Los protectores de la
MAGIA

INICIACIÓN

SEBASTIÁN SILVA

Reservados todos los derechos. No se permite la reproducción total o parcial de esta obra, ni su incorporación a un sistema informático, ni su transmisión en cualquier forma o por cualquier medio (electrónico, mecánico, fotocopia, grabación u otros) sin autorización previa y por escrito de los titulares del copyright. La infracción de dichos derechos puede constituir un delito contra la propiedad intelectual.

Título original:
Los protectores de la magia
© Sebastián Silva,
Bogotá 2024

ISBN: 978-628-01-4-246-3

1ª edición: Julio 2024

Diseño y composición: Stilo Media

Impreso por Stilo Media

stilo.media
Impreso en Colombia – Printed in Colombia

A Tamis por haberme regalado el libro de madera donde inició esta historia.

A Lakshmi por haberme traído al mundo, por haberme acompañado en cada paso, por ser el mejor bastón que un caminante pueda tener.

A Narayana por cantarme la canción de Nidra cuando no podía dormir, por guiarme, por siempre haberme invitado a ser quien realmente soy, sin miedo.

A Krishna por empujarme desde pequeño al riesgo, somos capaces de materializar lo que soñamos.

A Shuly por haberme acompañado en esta aventura, por cada palabra leída, por cada lágrima sentida en el corazón.

Al Pitu por creer en mí, por la paciencia, el apoyo y el amor. Por el deseo cumplido de hacer las cosas como merecen ser hechas y los sueños que vamos a cumplir.

A los maestros que me guiaron para llegar hasta aquí.

A todos los que sueñan en libertad, al amor y al universo.

Gracias.

Escanea este código con tu celular y escucha el sound track original mientras lees el libro.

Disponible en tu plataforma de streaming favorita.

www.losprotectoresdelamagia.com/musica

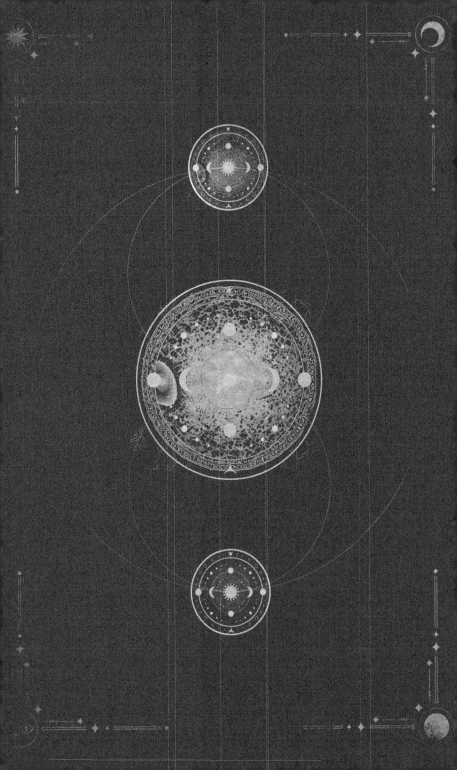

ΑΘΙϘƚ

Nunca creí que la magia existía de verdad, nunca quise creer en ella y jamás llegué a imaginar que estaba tan cerca. Solo existía en los libros y películas de ciencia ficción. Así fue, hasta el día en que mi padre se quitó la vida y liberó el hechizo que me había hecho para bloquear mis poderes. Ese día, que parecía salido de una pesadilla, pude sentir toda la magia del universo en cada centímetro de mí.

Esta es mi historia, es real, y la cuento con la única intención de cumplir mi propósito.

Los poderes del universo no pueden seguir ocultos.

Necesito tu ayuda para evolucionar y ganar la batalla contra la oscuridad.

Se vienen tiempos difíciles.

Elíam.

CAPÍTULO 1
El quiebre del hechizo

Si pudieras elegir la forma en que vas a morir, ¿cuál elegirías? Yo seguramente elegiría la menos dolorosa, una salida fulminante de este mundo, un tiro en la sien o un medicamento que aplicado en exceso hiciera que mi corazón latiera cada vez más lento hasta quedarme dormido y que se detuviera sin percatarme de ello.

Mi padre eligió la más dolorosa; cortó las venas de sus manos sobre el tejado de la casa y luego saltó al vacío, un vacío lo suficientemente alto como para romperle los huesos, pero demasiado chico para una muerte inmediata. La policía no le encontró un sentido lógico a su método más que el de morir sufriendo, sin posibilidad de levantarse a pedir ayuda mientras su cuerpo se desangraba. Una muerte consciente, lenta e inevitable.

Yo tampoco le hallo un sentido, no sé qué pretendía con eso. No le bastó con preparar una escena espantosa, decadente y triste para el momento en que su único hijo llegara a casa, sino que se encargó de que las cámaras de seguridad grabaran su espeluznante suicidio.

Es inevitable contener el llanto al recordar esto e intentar ser sutil describiéndolo. El corazón se rompe en mil pedazos, no te alcanzan las lágrimas para expresar el dolor de ver a tu padre entre un lago de sangre, el deseo infernal de correr a buscar y asesinar al criminal que acabó con su vida, pero unas horas después darte cuenta de que ese criminal fue él mismo.

El alma arde lo suficiente para quemarte desde adentro.

Nunca tuve una madre, ella murió al darme a luz, así que él fue mi padre y mi madre, era la única familia que tenía. Él y yo, siempre y para siempre, nadie más.

Los protectores de la magia

Mientras la policía me arrancaba a la fuerza de su cuerpo ensangrentado, trataba de implorar al cielo que me despertara de esta pesadilla, que la sangre en mis manos se convirtiera en pintura de colores y todo fuera un mal segundo acto de alguna película irónica de Almodóvar.

Pero no, la muerte de mi padre era más real que los latidos que me golpeaban el pecho, que el aire que me pedían los pulmones, pero que no lograba inhalar.

Me llevaron a la comisaría del pueblo. Macdó, un pueblo escondido entre las montañas, tenía todo lo necesario para llevar una vida moderna, pero se encontraba alejado de cualquier ciudad principal. Desde que nací llegamos a vivir allí, no conocía otra cosa, tampoco lo necesitaba, era feliz en ese lugar, un pueblo donde jamás pasaba nada, un pueblo que nunca llamó la atención, un pueblo perdido donde lo peor que había ocurrido en años era el suicidio de mi padre.

El regordete jefe de la estación me hizo entrar a su oficina, me señaló el asiento en silencio e hizo rechinar un vaso con agua empujándolo sobre su viejo escritorio hacia mí.

Después de unos minutos en silencio se atrevió a hablar.

—Lo lamento mucho, chico.

Mi mirada seguía perdida en su escritorio. ¿Qué más puede hacer uno en esos momentos?

—Lo siento, pero tengo que hacerle un interrogatorio de rutina, con la única intención de tener su versión de los hechos, ya que usted fue encontrado en la escena de muerte, y a pesar de ser un caso comprobable de suicidio, debemos tener el registro de su versión, en caso de ser necesaria una investigación.

Él agarró su grabadora de voz y la activó sobre la mesa.

—Estación de policía Macdó, Caso 11, suicidio de Vincent Cob, entrevista a testigo principal siendo las 11:45 de la noche. Diga su nombre, edad y parentesco.
—Elíam Cob, veintiún años... —pude decir entre susurros— él era mi... padre.

Varias lágrimas atravesaron con fuerza mis ojos.

—Joven Elíam, ¿podría describir qué se encontraba haciendo durante el día?
—Estuve recorriendo los caminos ocultos de la montaña.
—¿Estuvo en compañía de alguien que pueda corroborar su ubicación durante las horas del suceso?
—No, fui solo. —Respondí mirándole directo a los ojos.
—¿Por qué fue solo?
—¿Qué está insinuando, señor? —Me levanté con furia, golpeando su viejo escritorio de madera que resonó en todo el lugar.
—Por favor, siéntese y responda joven Elíam. Esto es solo un cuestionario de rutina.
—Es doloroso... —dije aún de pie.
—Lo sé... por favor responda.
—Siempre voy a pintar al bosque el día de mi cumpleaños —dije con las últimas fuerzas que le quedaban a mis pulmones—. Es mi auto regalo, una especie de ritual artístico que hago cada año.

Agarré la mochila que aún estaba en mi espalda, manchada como si la pintura roja se hubiera derramado. Saqué mi bitácora, abrí la última página y la lancé con fuerza sobre el escritorio.

Los protectores de la magia

El paisaje inundado de acuarela se expuso bajo la mirada del comisario.

Un silencio deprimente llenó la fría oficina del viejo jefe de policía que se agarraba la cara entendiendo la gravedad de mi dolor.

—Hagamos esto fácil… dos últimas preguntas. ¿Tenía Vincent algún posible motivo o dolor para acabar con su vida?

—No, señor —dije convencido—. Mi padre era un ser ejemplar, un hombre amoroso, generoso, siempre hablaba de lo hermosa que era esta tierra y de lo maravillosos que éramos los seres humanos. Disfrutaba del pueblo, de su gente, no le temía a nada más que a perder la libertad en las grandes ciudades; decía que la gente allá era cruel y despiadada. Él jamás habría hecho algo así… jamás. —Mis pulmones volvieron a quedar sin aire—. ¿Cuál es su última pregunta, señor?

—¿Tiene algún familiar a quien podamos llamar para que pueda pasar la noche? Su casa quedará sellada mientras se realiza el cierre de esta investigación.

—Solo éramos él… y yo.

Una feroz campanada del viejo reloj de la comisaría marcó la medianoche, mi pecho vibró y sentí una intensa punzada. Con cada una de las siguientes campanadas la sangre en mi cuerpo empezó a ir cada vez más rápido, sentí un cosquilleo que recorrió mis manos y piernas hasta llegar a mi pecho, comprimió mi estómago con un fuerte golpe y mi visión se empezó a desenfocar. Todo se puso negro. Lo último que alcancé a ver fue al comisario intentando atraparme en el aire antes de caer al suelo, sin alcanzar siquiera a imaginar lo que estaba a punto de ocurrir.

A pesar de tener una visión nula, oscura, de no poseer control absoluto sobre mi cuerpo, logré escuchar con dificultad los gritos y movimientos del personal de la comisaría intentando reanimar mi cuerpo, como si mis oídos estuvieran atrapados en los filtros de un DJ cuando juega con los bajos de la música en una fiesta.

Una gran explosión de luz hizo que todo se iluminara.

El tiempo corrió diferente.

Te pido que abras los límites de tu mente e ignores la lógica humana que se te ha enseñado durante toda tu vida hasta este momento, porque lo que ocurrió a continuación hizo que cualquiera de las leyes humanas existentes perdiera valor en mí; nunca antes había experimentado una sensación similar, jamás había sentido algo parecido.

El aire dejó de entrar a mis pulmones, pero no lo necesitaba. Mis ojos estaban cerrados, pero podía ver cada uno de los rincones de la comisaría, a cada una de las personas que intentaba medir mi ritmo cardiaco nulo. Al parecer mi corazón se había detenido, pero no lo necesitaba.

Podía sentir la angustia del comisario mientras llamaba a la central de emergencias rogando por una ambulancia, su ritmo cardíaco acelerado y también pude sentir ese instante cuando se detuvo su corazón al enterarse por uno de sus hombres que el mío había dejado de latir.

—¡Está teniendo un paro cardiaco! —gritó el comisario en su celular al servicio de emergencias.

En ese momento no lo entendía aún, no lograba descifrar lo que estaba pasando, intenté hablarle a los miembros de la comisaría, pero ninguno respondió, no podían escucharme. Eso hizo que una densa capa de impotencia y abandono me cubriera, una bruma azul comenzó a aparecer alrededor de mi cuerpo, sentí que me expandía y mezclaba con todo lo existente en ese lugar, literalmente sentí que era parte de cada uno de los miembros de la comisaría. Pude percibir su temor, sus conocimientos, sus deseos, pero también me convertí en los objetos que estaban allí. Sentí que la rigidez del viejo escritorio de madera me pertenecía y que el frío del metal de las celdas me inmovilizaba. Fue claustrofóbica la sensación que produjo mi cuerpo al quedarse chico para el infinito estado de expansión y simbiosis en el que estaba.

Lo único que no hizo parte de mí esa noche, fue una repentina presencia. La sala se llenó de un olor a incienso, una figura con apariencia oscura invadió la comisaría, no podía verla, pero la sentía. Tuve que repasar varias veces cada rincón del lugar para lograr identificar de dónde provenía, hasta que en una de las esquinas me encontré con una sombra, un brote en la pared que empezó a crecer. Se movía cómo un huracán oscuro, un agujero negro. Inició una expansión veloz, transformándose en una sombra humanoide. Me costó unos segundos lograr ver la figura de este ser alto, carnoso y oscuro, con una barba poblada y larga. Un destello salió de sus ojos y se posó en los míos con intensidad, una fuerza con la que nunca me habían visto antes, la misma intensidad con la que pronunció desde las penumbras:

—Lo encontramos.

CAPÍTULO 2
Adrenalina

Una explosión de sangre en el pecho me despertó, el aire entró a mis pulmones con potencia, los ojos se abrieron de par en par. Hice un esfuerzo por enfocar mi visión; no reconocía el lugar donde me encontraba. Giré a ver hacia mi lado izquierdo, logré identificar unas máquinas, estaban conectadas a mi cuerpo, pero no se asusten, no era algo alienígena o conspirativo, eran solo equipos médicos, estaba en el hospital.

La luz del sol entraba cálida por la ventana, había una atmósfera de paz, no se escuchaba nada más que el bip del aparato que medía mi ritmo cardiaco.

Cada músculo de mi cuerpo dolía, mi pecho ardía, esto hacía que fuera casi imposible respirar, sentía que las costillas me quemaban cada vez que inhalaba aire.

La puerta se abrió y entró una chica a la habitación, me observó por un instante, asegurándose que realmente estuviera viéndola, salió veloz y a lo lejos gritó con urgencia:

—¡Despertó! ¡Doctor, despertó!
De inmediato vino una horda de personas a la habitación. El primero en entrar fue el comisario, que, a juzgar por su apariencia y olor, no había regresado a su casa en mucho tiempo.
—Qué bueno que estás bien. ¡Bienvenido de nuevo! —exclamó con alegría el comisario, dejando escapar un largo suspiro de alivio.
—¿Bienvenido? —le pregunté.
—Hace dos noches tuviste un paro cardiorrespiratorio —dijo el doctor con emoción examinando mis signos vitales—, estuviste muerto por casi 10 minutos, eres un puto milagro.
—Doctor, cuide su lenguaje, el chico acaba de despertar —reclamó el comisario entre risas.

—Una disculpa, pero esto que pasó no tiene explicación alguna. Tienes suerte, alguien allá arriba no quiere que te vayas aún —exclamó el doctor con fascinación.

La imagen de mi padre se me apareció en la cabeza de inmediato, todos en la habitación lo notaron.

—¿Tu familia tiene algún antecedente, alguna enfermedad que tú pudieras heredar?
—Mi padre, no.
—¿Algún otro pariente que presentara enfermedades? ¿Madre, abuelo, abuela?
—No conocía a nadie más...
—¿Una tía? —insistió el doctor con extrañeza en su cara.
—No, literalmente nunca conocí a nadie más que él.

La sala dejó escuchar otro silencio.

—OK, te dejaremos en observación unos días más, vamos a descubrir qué pasó exactamente y nos aseguraremos que no vuelva a ocurrir —dijo el doctor alejándose—. Preparen todo para realizar exámenes y chequeos.

Todo el equipo médico abandonó la habitación, quedamos solos el comisario, yo, y el sonido escandaloso de mi corazón amplificado por las máquinas.

—Chico, me diste un buen susto... ¿Qué pasó esa noche?
—Creo que usted puede contar mejor la historia, Comisario, yo... morí. Acaba de decirlo el doctor.

—Fue una locura, tú estabas parado y de repente caíste, creí que no contarías la historia.
—Yo hubiera preferido no contarla.
—No digas eso, muchacho, muchos quieren tu suerte. El rumor ya recorrió el pueblo, hasta un reportero de la gran ciudad quiere entrevistarte.
—No quiero hablar ni ver a nadie.
—Piénsalo, ahora eres un milagro, si el mundo conoce tu historia, podrías convertirte en un ícono. Yo puedo servirte como guardián. De hecho, le exigí al reportero que me enseñara las preguntas que te haría y son muy interesantes. Quiere saber si al momento de estar muerto viste algo, una luz, un túnel... Que cuentes lo que sentiste, si viste a alguien...

El sonido de mi corazón se aceleró, haciendo que las máquinas conectadas a mi cuerpo le sumaran más ruido a las burradas que decía el comisario en la sala.

—No recuerdo nada. —Mentí; recordaba cada detalle.

El comisario reparó en las máquinas con extrañeza y volvió su mirada fija en mí.

—Descansa, chico, ya tendremos tiempo de hablar. Por ahora necesitas recuperarte. No tienes que preocuparte por los gastos del hospital, corren por cuenta del seguro de la comisaría.
—¿Mi padre? —le pregunté antes de que cruzara la puerta.
—En la morgue. Lleva dos días en la cámara de refrigeración, estábamos esperando a ver qué pasaba contigo. Queríamos que le dieras un sepelio digno y tuvieras la oportunidad de despedirte.

—Gracias, Comisario, yo ya estoy bien, no es necesario que siga aquí, usted también necesita descansar... y tomar una ducha.

El comisario me miró fijamente, dejando salir una leve sonrisa.

—Tienes razón, mi mujer ya está insoportable con sus llamadas. Iré a descansar.
—No olvide lo de la ducha... es muy importante.
—Qué bueno que tienes sentido del humor, muchacho, eso es un buen síntoma —dijo el comisario con una carcajada, atravesando la puerta de la habitación.

Mientras él salía, una loca idea entraba a mi cabeza. Necesitaba regresar a mi casa y encontrar alguna señal, alguna pista que me ayudara a entender las más recientes acciones de mi padre.

¿Pero cómo iba a salir de allí?

Debía idear un plan de escape perfecto, no solo para librarme de los médicos, enfermeras y personal de la comisaría, sino del pueblo entero. No quería ver a nadie ni responder una sola pregunta.

La huida debía ejecutarse cuando el sol cayera. La oscuridad de la noche me ayudaría a pasar desapercibido en el pueblo. Debía lograr quitarme todos los aparatos sin que emitieran una sola alarma al dejar de recibir mi pulso cardíaco.

«¡Piensa, Elíam, piensa! ¿Cómo lograrlo?».

Un sutil golpe en la puerta interrumpió mi plan de escape.

—¡Elíam! Tienes visita. —Una de las enfermeras se asomó por la puerta con una sonrisa pícara—.

Déjame saber si necesitan algo y por favor no lo hagas emocionar mucho.

La enfermera se retiró, dándole ingreso a la figura de una chica alta, pálida y rubia que atravesó la puerta.

—Hola, Elíam.
—Pamela. ¿Qué haces aquí?
—También me da gusto verte. —Pamela, fingiendo una sonrisa, se acercó veloz a la camilla a abrazarme.

Pamela fue mi única y mejor amiga durante toda la escuela. Creo que tenemos el récord mundial de más horas riéndonos. Fue la única capaz de entender mi extraña forma de ser. Yo no era el chico más popular, de hecho siempre me tildaron de ser el más raro y freak, todo porque a los seis años me la pasaba hablando con los árboles. Suena freak, lo acepto, pero tranquilos, los árboles no respondían. No entiendo por qué tanto alboroto, si es lo mismo que le pasa a los católicos con Dios; al menos a los árboles sí puedo verlos y tocarlos.

—Todo lo que ha pasado es absurdo. Lo lamento mucho.
—Lo sé, yo también lamento no haber estado allí cuando ocurrió. Tal vez hubiera podido salvarlo. —No pude contener más las lágrimas.
—No existen los «hubiera». Fue su decisión y aunque duela hay que respetarla.

Pamela era de esos seres privilegiados que nacieron con un manual sobre cómo vivir la vida, su inteligencia emocional era tan avanzada que lograba elaborar consejos perfectos para los problemas de los demás, la parte difícil era tener la fuerza de voluntad para seguirlos, ya saben que a los humanos nos encanta el drama. Mientras un humano normal supera una ruptura amorosa en tres meses, Pamela logra hacerlo en tres días; créanme, lo sé de primera mano. Hacía tres años ella había confesado estar enamorada de mí, pero a pesar de lo asombrosa que es, yo nunca pude sentir nada más que una amistad. Así que aplicó sus consejos y se alejó de mí; le hacía daño tenerme cerca y no poder besarme. Lo sé, sueno irresistible y pretencioso, pero no lo dije yo, lo dijo ella. Desde ese día no volví a verla, hasta este día.

—Yo no creo que haya sido un suicidio, Pamela. Mi papá no es así, tú lo conoces. Por eso debo ir a mi casa e investigar antes de perder algún rastro.
—Elíam, todo quedó grabado en las cámaras de seguridad. Entre más rápido lo aceptes, más rápido lo superarás. —Agarró mis manos y las llevó hacia su pecho, pude sentir su corazón latir—. Tranquilo, respira. ¿Sabes cuál es la mejor solución a todo esto?
—Tu corazón... ¡TU CORAZÓN! —dije emocionado.
—¿Estás bien? —Pamela se levantó, dirigiéndose a la puerta—. Señorita, creo que Elíam no está bien...
—Cállate y ven aquí, necesito tu corazón.
—Elíam, me estás asustando —susurró, alejándose.
—No seas tarada, Pamela. Me diste una gran idea. Necesito que me reemplaces esta noche en el hospital.
—¿Ah?...
—Necesito que te quites la ropa, te acerques a mí y cambiemos todos los sensores de la máquina a tu cuerpo.

Pamela estaba más confundida y asustada que nunca.

—Estás loco... —susurró, recriminando mi idea.
—Por favor, ayúdame. ¿Quieres que supere esto? Necesito ir ahora mismo a mi casa, intentar descubrir

qué pasó antes de que sigan alterando las pruebas o se pierda algún rastro de lo que pasó. Mi padre no pudo hacerlo. Ayúdame, te lo ruego.

Pamela se quedó muda. Podía ver cómo la idea paseaba dudosa por su mente.

—¿Y si nos descubren? —dijo finalmente.
—¿Qué puedo perder? —Dejé salir a propósito unas lágrimas de los ojos. Debo confesar que eso fue un poco manipulador de mi parte—. ¿Acaso me van a llevar preso por intentar descubrir el motivo por el que mi padre se suicidó?
—OK, hagámoslo —refunfuñó y se acercó a la camilla.
—Quítate la ropa.
—¿Toda? —dijo avergonzada.
—Relájate, piensa que nos estamos bañando en el lago.
—¡No es fácil! ¡No te veo desde hace tres años y a solo cinco minutos de nuestro reencuentro, quieres sacarme la ropa!

OK, creo que exageré, no es tan inteligente emocionalmente; tiene sus puntos débiles. Por fortuna, Pamela cedió y me ayudó a iniciar el plan de escape.

Empezamos a cambiar uno a uno los sensores que estaban sobre mi piel, eran seis, la máquina daba un pitido largo cada vez que despegábamos uno de mi pecho, pero inmediatamente el sensor se adhería a la piel de Pamela y hacíamos que la máquina se callara. Era una misión que debía efectuarse con agilidad, de lo contrario las alarmas alertarían al equipo médico y vendrían a checar que todo estuviera bien conmigo.

Ya habíamos logrado transferir cuatro de los seis sensores, cuando inicié a despegar el quinto se me resbaló de las manos y un fuerte pitido resonó en todo el lugar. Pamela velozmente hizo que se callara atrapándolo y adhiriéndolo a su pecho con agilidad.

Ambos dimos un gran suspiro de alivio, la sala estuvo en calma de nuevo, todo era silencio aparte de los acelerados latidos de la mezcla de nuestros corazones.

De repente, la puerta se abrió y fue atravesada por la enfermera, quien se quedó boquiabierta viéndonos a Pamela y a mí desnudos sobre la camilla.

—¡Oh! ¡Vaya! Ya entiendo la alarma del electrocardiógrafo. —Dejó escapar una sonrisa pícara, mientras se tapaba los ojos con una mano—. Te dije que no lo hicieras emocionar mucho. Ahora regreso, no se preocupen, esto queda entre nosotros.

La enfermera tropezó torpemente contra una de las paredes al intentar salir con los ojos cubiertos. Tras varios intentos, encontró la puerta con su otra mano y abandonó la sala.

Pamela me miró y soltamos una carcajada.

—Casi se me para el corazón. —Suspiré intentando detener el ataque de risa.
—Vamos, Elíam, debes apresurarte, no tardará en regresar.
—No creo que regrese pronto, seguro va a darnos media hora para que terminemos de consumar nuestro amor. —Agarré el cabello de su frente románticamente.

—¡Idiota! —Pamela arrancó con fuerza el último sensor de mi piel, haciéndome gritar, y lo adhirió a su pecho—. Deja los chistes para otro día.

—Y tú la sesión de depilación —le reproché mientras me levantaba de la camilla lidiando con el dolor en el cuerpo.

Me arranqué la bata de tela, se la lancé a Pamela para que se cubriera, y empecé a buscar mi ropa en todos los rincones de la habitación, pero no apareció por ningún lado.

—¿Cuál es la siguiente parte de tu plan, genio?

—Puedes parar de gritarme. Gracias, intento pensar.

Me senté rendido en el borde de la camilla, volviendo a checar cada rincón de la habitación, pero no veía más que equipos médicos y la ropa de Pamela tirada en el suelo.

—Al menos trajiste jeans… —dije mientras observaba la ropa fijamente con resignación.

Tomé fuerzas, me agaché para recogerla y entrar en ella.

—¿Qué? ¡No! ¿Qué haces? —Pamela furiosa me gritaba entre susurros—. No me vas a dejar sin nada que ponerme.

—No tenemos más opción. ¿Crees que me siento muy feliz teniendo que usar crop top de girasoles y unos jeans mega ajustados? No. Pero ya metido el pie, metida la mano.

Corrí hacia la ventana, intenté abrirla, pero era de esas inútiles ventanas chicas que solo dejan correr una pequeña corriente de aire.

—Piensa, Elíam. ¡Piensa! —me dije a mí mismo, intentando mantener la calma.

Pamela y yo nos observamos durante varios segundos.

—Vas a tener que romper la ventana —dijo convencida.
—No seas idiota. Van a escuchar el estruendo y vendrán de inmediato.
—¡No seas idiota tú! Estamos en un hospital. La ley de construcción de espacios públicos del país establece que las ventanas de los hospitales no pueden ser elaboradas con vidrio real. Por seguridad debe ser una combinación de plástico, lo cual significa que, al romperse, no producirá el mismo sonido de un vidrio común. Lo más probable es que se caiga en bloque hacia abajo.

Me olvidé de contarles este detalle, Pamela estudiaba arquitectura e ingeniería moderna en una de las mejores universidades virtuales. Excelente recurso para un momento como este.

—¡OK! ¡OK! —Agarré fuerzas y tomé una de las sillas de la sala.
—Una vez el bloque de la ventana caiga, salta y corre. Yo intentaré distraerlos.
—Gracias, Pamela. Te debo una —dije con la silla entre mis manos.
—Me debes mil. ¡Ahora, corre!

Tomé impulso, conté hasta tres y corrí hacia la ventana. Lancé la silla contra el vidrio, produciendo un catastrófico estruendo que retumbó por todo el hospital. La sala entera quedó repleta de esquirlas de vidrio.

—¿NO ME DIJISTE QUE NO ERA DE VIDRIO? —grité, desorientado por el estruendo que habíamos provocado.

—¡NO SÉ! DEBE SER QUE A ESTE HOSPITAL LO CONSTRUYERON ANTES DE QUE SALIERA LA LEY DE CONSTRUCCIÓN DE ESPACIOS PÚBLICOS. ¡QUÉ SÉ YO! —gritó apenada, mientras retiraba los vidrios de su cuerpo.

Se comenzaron a oír voces angustiadas a lo lejos por el pasillo.

Nos habían descubierto.

—Bloquearé la entrada. —Pamela saltó de la camilla y empujó todo el equipo médico hacia la puerta—. Tú salta, ¡ahora!

La adrenalina en mi sangre eliminó el dolor en mi cuerpo. Tomé impulso y sin pensarlo dos veces, salté. El vacío de la caída fue tan familiar; era la referencia perfecta para explicar cómo me sentía desde que murió mi padre, cada segundo era un vacío infinito. Pero a diferencia de este salto, no tenía fin. Caí sobre unos arbustos, duré unos segundos en el suelo intentando recuperar el aliento, me levanté y corrí veloz sin mirar atrás.

Afortunadamente, al atravesar los jardines del hospital, la noche empezó a caer y la oscuridad se ocupó de llenar los rincones, abriéndome caminos para evitar las miradas de la gente. Después de una larga caminata en la oscuridad, logré llegar a casa, aunque ya no podía llamarle así, ya no tenía un hogar, ya no pertenecía a ninguna parte.

Me detuve para admirar durante unos segundos a la enorme estructura de piedras y barro. Al frente mío ya no existía una casa, tan solo era una caja de evidencias, una gran y fría caja que escarbaría hasta descubrir al verdadero asesino de mi padre. Lo único que me quedaba por resolver antes de irme de este mundo.

Ya lo había decidido.

CAPÍTULO 3
Salida de emergencia

El corazón, muy pocas veces, juega de la mano de la razón, se requiere de astucia, tiempo y experiencia. Nada que yo tuviera para ese instante de vida y dolor en el que me encontraba.

El suicidio era lo menos inquietante, el cómo hacerlo rondaba una y otra vez por mi cabeza. Sabía que la forma menos dolorosa era una inyección, pero no tenía tiempo de conseguirla. La manera más sencilla sería atarme una soga al cuello y descolgarme en ella, rogando que no cediera, y así obtener el boleto de salida de este mundo.

Mis pensamientos fueron interrumpidos cuando a lo lejos pude ver los altos muros de piedra del portón de mi casa, en su humedad se reflejaba el rojo y azul de una patrulla de policía que se encontraba haciendo guardia; una cinta amarilla señalaba «No Pasar» cubriendo el enorme portón.

Cuatro murallas de roca resguardaban mi casa, en la parte trasera no había más calles, solo un bosque profundo que continuaba hacia las montañas; ese era el final del pueblo. Pero lo que nadie imaginaba era que entre el frío bosque y los altos muros se escondía un secreto, una compuerta.

—Hoy es una gran noche para romper las reglas —me susurré a mí mismo.

Mi padre había creado una salida oculta de emergencia en el caso de que algún día tuviéramos que huir. Una compuerta secreta que daba paso a un túnel para ingresar a la casa, o más bien para escapar de ella. Las reglas de mi padre eran estrictas, bajo ningún motivo se podían incumplir, como la de no usar redes sociales o abstenerse de saludar a personas ajenas al pueblo.

No utilizar la salida de emergencia, a menos que hubiera una emergencia, era una de sus reglas más estrictas.
Esta sería la primera vez que cruzaría el túnel.

Rodeé la casa cuidadosamente hacia la parte trasera, evitando llamar la atención de los policías. Al llegar ubiqué la compuerta secreta, retiré algunas de las ramas y hojas que la cubrían. Parecía la tapa de una alcantarilla, un poco más grande, y sobre ella se hallaban símbolos de mandalas forjados en hierro. Apareció también una pequeña pantalla, en la que poco a poco fue generándose un teclado numérico; era el sistema de seguridad de la compuerta, el cual se podía desactivar con un único código.

Por fortuna mi padre se ingenió una forma para hacer que recordara el código. En mi cumpleaños número siete, mi regalo fue un tatuaje, ambos nos hicimos el mismo. Un símbolo de protección en el brazo.

Siempre inventaba una historia diferente cada vez que alguien preguntaba sobre el significado de mi tatuaje; la respuesta podía ir desde símbolos piratas hasta alineaciones de estrellas, incluso llegué a inventar que eran las líneas ocultas de Nazca. Pero el verdadero significado venía acompañado de una frase de protección que ocultaba el código, para que nunca lo olvidara. Alcé mi brazo y mientras mis dedos repasaban las líneas del tatuaje, murmuré la frase.

—*Siete cuerpos de luz enlazan un alma. Invoco a las cuatro dimensiones que protegen la luz que solo un ser puede ocupar. Que si la luz se corta, dos no la ocupen, que si la ocupan, los siete cuerpos impidan la apropiación y me lleven a la liberación.*

Un escalofrío me recorrió el cuerpo.

714127

Marqué el código en la cerradura. De inmediato se produjo un sonido rechinante, seguido de un viento polvoriento con olor a libro viejo que me azotó la cara. La compuerta se abrió a la mitad y con esfuerzo jalé ambas partes hacia mí. Había escalones de roca que guiaban la entrada hacia una oscuridad profunda.

Tomé un respiro y me armé de valor para bajar las escaleras. La oscuridad se apoderaba de cada rincón de la recámara. No había otro sonido más que el de un frío vacío y mi corazón a mil revoluciones por segundo. Tuve que quedarme estático, me tomó varios segundos lograr que mis pupilas se adaptaran a la poca luz que la luna lograba introducir por la compuerta.

Entre la oscuridad empezaron a aparecer cientos de objetos; cuadros, copas, candelabros, baúles, cientos y cientos de antigüedades con apariencia medieval o egipcia. Más que un pasillo de escape era una amplia cueva que albergaba lo que parecía el tesoro de un pirata.

La caja de evidencias en la que se había convertido mi casa acababa de ampliarse y me iba a tomar aún más tiempo investigar todo lo que había ocurrido.

¿Por qué mi padre escondía todo esto debajo de nuestra casa? ¿Quién había llevado estas cosas hasta allí?

Eran demasiadas antigüedades para una persona que le temía al mundo exterior.

Me ocuparía del tesoro después; debía ir en orden, primero tras la habitación de mi padre y sus cosas personales. Al fondo del amplio salón logré ver una puerta, debía ser la conexión a la casa.

Atravesé el laberinto de objetos en dirección a la puerta, pero antes de llegar, un portarretrato polvoriento llamó mi atención. Era la foto de una chica hermosa sonriendo, creo que podía tratarse de mi madre, no lograba identificarla con exactitud porque nunca había visto una foto de ella tan antigua, debía tener 17 años en el momento en que fue retratada. Otro escalofrío me recorrió.

Seguí abriéndome paso hasta llegar a la puerta; otra pantalla numérica se iluminó al acercarme. La desempolvé e introduje el código. Un sonido de error me hizo saltar del susto. Volví a ver la pantalla, que arrojaba un mensaje: «Código inválido, tres intentos restantes».

—¡No puede ser! ¿Código inválido? ¿Serán códigos distintos el de entrada y salida? ¡No tiene sentido!

Pude haberme equivocado digitando uno de los números. Desempolvé aún más el teclado para no errar esta vez. Volví a marcar el código. El sonido de tres pitidos me hizo saltar de nuevo. La pantalla arrojó otro mensaje «Código inválido, dos intentos restantes».

¿Qué otro código hubiera podido poner mi padre? Debía haber algún error, si fuera un número diferente él se habría encargado de que yo lo supiera.

Me quedé varios minutos viendo el teclado del dispositivo.

—OK, si este es el número de la puerta de salida y mi padre no me enseñó otro, el código de entrada puede ser... —observé de nuevo mi tatuaje y giré el brazo— puede ser al revés.

Me regresé corriendo por el pasillo de objetos, agarré el portarretrato de la versión joven de mi madre y escribí el código invertido sobre el polvo del vidrio, tenía solo dos oportunidades más de abrir la puerta; quería asegurarme de no errar ningún número.

721417

Presioné lentamente cada uno de los dígitos, la tensión en mi cuerpo me hacía sudar. Al introducir el último número, tres pitidos más fuertes me aturdieron la cabeza, pude leer en la pantalla «Código inválido, un intento restante».

—O… puedo intentar escalar la muralla trasera. No quiero descubrir qué pasa si fallo en el último intento.

Me di vuelta para salir de la recámara, atravesé de nuevo el laberinto de objetos y justo cuando estaba a punto de llegar a las escaleras, vi unas piernas atravesar la compuerta desde afuera.

Me agaché de inmediato para ocultarme tras uno de los viejos baúles, mi respiración se aceleró aún más de lo que ya estaba. Giré lentamente hacia la compuerta y vi una sombra que observaba el interior de la recámara, la falta de luz me impedía identificar qué era exactamente. De repente la sombra levantó su brazo y un flashazo me cegó los ojos; pude identificar que se trataba de una cámara fotográfica.

—¡Aléjese de aquí, es propiedad privada! —grité enfadado.

Me levanté con furia y corrí hacia la compuerta de salida. No podía creer que alguien estuviera merodeando y tomando fotos de mi casa. No iba a permitir que se llevaran una sola evidencia y que se supiera que esta recámara existía, información que debía seguir oculta, al menos mientras descubría de qué se trataba todo esto.

Justo cuando estaba subiendo la escalera, a punto de salir, el intruso cerró la compuerta con fuerza. El coraje me invadió, un grito se me escapó del fondo de las entrañas, corrí aún más rápido y atravesé la compuerta. No entiendo cómo lo logré; fue como si la hubiera hecho explotar con mi cabeza. Por una parte, me sentí liviano, por otra el golpe me produjo unas ganas absurdas de vomitar y sentí como si mi cuerpo hubiera caído de un golpe al suelo.

Sin entender la sensación, yo seguí adelante. Vi que la sombra corría hacia el bosque, la seguí con extraña facilidad, alcancé al hombre encapuchado y su cámara, lo alcé del cuello y comencé a golpearlo. Él gritaba, estaba aterrorizado. Empecé a sentir toda su confusión como si me perteneciera, sus pensamientos oscuros pasaron por mi cabeza, literalmente pude pensar lo que él estaba pensando, sentir lo que él sentía, era tal su temor que me hizo parar de golpearlo. Miré a mi alrededor y me di cuenta de que estábamos flotando en el aire.

—¡Ayuda! —gritaba el intruso con fuerza, mientras trataba de alcanzar una de las ramas de los árboles a nuestro alrededor.

Observé a mi alrededor, todo se veía y sentía distinto. Los objetos brillaban, los árboles resplandecían con una luz azul, un flujo de energía que parecía mezclarse y dirigirse hacia la tierra.

Me sentía liviano, como si no existiera la gravedad. Observé al cielo, las estrellas brillaban más fuerte que nunca, lanzaban ondas de colores unas a otras, como una gran aurora boreal. La luna resplandecía enorme, pero había más, eran más lunas, un poco más chicas. Bajé mi mirada hacia la casa, estaba rodeada con símbolos de luz rojos, y sobre ella había una estructura, como si la construcción continuara hacia arriba y tuviera otros tres pisos enormes, pero estos niveles estaban hechos de pura energía; parecía una dimensión paralela que había sido creada con luz.

Volví mi atención hacia el chico que tenía en mis brazos, reconecté con él y pude sentir de nuevo lo que pasaba por su cuerpo, pero esta vez él pudo verme y sentirme también.

—¿Quién eres? —Pensé.
—Soy Frank —respondió sin hablarme, aunque ya sabía su nombre. Sabía todo de él.

Podíamos comunicarnos solo con nuestros pensamientos. Me podía ver a mí mismo desde sus ojos. Me veía diferente, también estaba hecho de luz. También pude percibir cómo, poco a poco, él empezó a sentir tranquilidad.

—¿Qué es todo esto? ¿Qué eres? —Su pálida piel empezó a agarrar un poco de color.
—No lo sé. ¿También puedes ver a través de mis ojos?
—Sí, veo muchas luces y me veo a mí mismo.

Un sonido ensordecedor nos aturdió. Un rugido infernal que venía de lo profundo del bosque, me hizo soltar a Frank, quien cayó al piso, golpeándose fuerte la cabeza.

A pesar de que podía flotar, no sabía cómo moverme. Miré abajo y le grité a Frank con desespero para que me ayudara, pero no reaccionaba, estaba inmóvil. El golpe le había hecho perder la consciencia.

Quise bajar a ayudarlo, decirle que todo iba a estar bien, pero ahí me encontraba, inmóvil, flotando entre todas esas corrientes de energía que me rodeaban.

El rugido aumentó, estaba acercándose a nosotros. Poco a poco empecé a sentir de nuevo mi corazón físico, estaba acelerado, pero yo seguía inmóvil en esta versión de energía en la que me había convertido. A lo lejos, hubo movimientos en los árboles de donde apareció un ser extraño, era horrible, casi demoníaco, tenía nueve ojos distribuidos en su cara formando triángulos, sus patas se movían con velocidad, tenía una apariencia arácnida mezclada con forma humana. Lo más perturbarte era la incontrolable maldad que podía percibir de él.

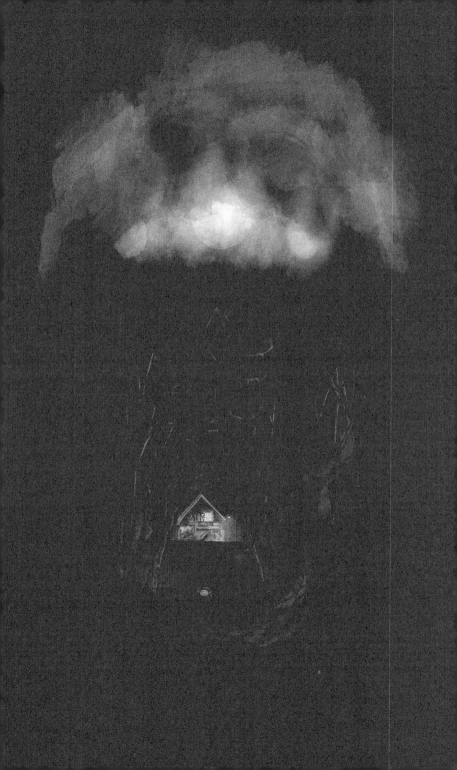

Los protectores de la magia

Todo lo que tocaba o a lo que se acercaba se oscurecía, la energía dejaba de fluir.

No sabía qué hacer, todo era muy extraño en esta pesadilla, nada se sentía igual a la vida real. El ser de los nueve ojos me miró desde lejos, se dio cuenta de mi presencia, aumentó su velocidad, corrió hacia mí. Mi corazón latió como nunca, sentí a mis pulmones colapsar del terror. El asqueroso ser estaba cada vez más cerca, pero para mi sorpresa, justo antes de atacarme cambió el rumbo; ahora se dirigía hacia la cámara oculta de mi casa.

Del cielo empezaron a caer rayos dorados, las nubes comenzaron a agruparse anunciando una fuerte tormenta. Inesperadamente, pude volver a moverme entre el aire. Con velocidad perseguí a este ser que atravesó la compuerta como acto de magia. Sin pensarlo dos veces, hice lo mismo; logré atravesarla también y al entrar vi mi cuerpo tirado en el suelo convulsionando.

La araña humanoide extendió una de sus garras hacia mi pecho. La garra se iluminó, como si me estuviera robando el alma. Quedé inmóvil viendo cómo la introducía poco a poco en mi cuerpo. Sus rugidos eran cada vez más insoportables, los rayos del cielo tronaban con furia; todo a mi alrededor se empezó a oscurecer.

Un impulso de supervivencia me hizo gritar y saltar con fuerza sobre este ser maligno y justo antes de que todo terminara de oscurecerse por completo a mi alrededor, desperté en mi cuerpo.

Me sentí pesado de nuevo, estaba sudando, la respiración agitada me hacía doler las costillas.

Busqué en todas direcciones una amenaza, una señal de persecución o peligro, pero no había nada, todo era silencio, estaba solo en la recámara.

La cabeza me dolía. Llevé mi mano hacia la frente y pude sentir la viscosidad de la sangre. Al parecer me había golpeado contra la escotilla de salida cuando esta se cerró.

Todo había sido una pesadilla, pensé.

—¡El fotógrafo! Debo detenerlo.

Logré ponerme en pie, con esfuerzo volví a subir la escalera, y empujé la escotilla para abrirla.

Al salir todo estaba frío, la neblina ya empezaba a apoderarse del bosque.

Observé en todas las direcciones, pero no sabía a dónde ir.

Me decidí por el mismo lugar al que había ido en mi pesadilla, corrí unos cuantos metros y para mi sorpresa, entre los árboles, pude ver al fotógrafo inconsciente sobre el árido suelo.

Me paré frente a él y...

—Es igual que en mi... pesadilla.

Era un chico joven, debía tener veintipocos años. Su cuerpo era robusto y tonificado, su cabello grisáceo estaba rapado a los lados, sus labios eran enormes, su frente sangraba. Tomé sus signos vitales, aún tenía pulso. Intenté acomodarlo mejor sobre suelo.

—Despierta. —Empecé a darle golpecitos suaves en la cara, intentando que reaccionara.

Poco a poco fue recobrando la conciencia. Cuando pudo reconocerme, se alejó de un brinco.

—¿Estás bien? —Intenté acercarme a él.
—¿Qué fue todo eso que pasó? —preguntó asustado.
—O sea que... sí pasó... —Me senté en el suelo, intentando encontrar una lógica.
—No me hagas daño, solo quería hacerte una entrevista para la revista en que trabajo. Solo eso, Elíam.
—¿Cómo me encontraste?
—Estaba en el hospital, intentando meterme por una de las ventanas para hablar contigo y de repente saliste volando por el segundo piso. Te seguí hasta aquí. Te juro que mis intenciones son buenas.
—Frank... ¿verdad? —le pregunté con temor.
—¿Cómo sabes mi nombre?
—No sé qué me está pasando, pero de repente sé cosas y veo cosas que no existen...
—Yo también las vi... vi a través de tus ojos.
—Y yo de los tuyos.

Nos quedamos viendo durante unos segundos; su mirada me generaba paz. Por alguna razón que desconocía, este chico me generaba confianza.

—¿Nos conocemos de antes? —le pregunté, intentando descifrar la sensación de familiaridad.
—Ojalá. Harías mi trabajo más fácil. Pero no.
—Necesito tu ayuda —dije con vergüenza—, debo entrar a mi casa y no puedo hacerlo solo.
—Cuando me alzaste en el aire, fue como si pudiera sentir y saber todo lo que pasaba por tu cabeza. Pude ver todo. Fue escalofriante. Toda esa sangre de tu padre, dolía...
—Duele —corregí—. El dolor no se va, nunca...
—Y también pude ver que... tú, lo seguirás. Te irás cuando descubras lo que realmente le pasó. Una soga en el cuello.

—Exacto. —No pude sostener su mirada. Di media vuelta.

Caminamos sin pronunciar una sola palabra, de regreso al muro trasero de la casa. Él se agachó, me paré sobre sus hombros, logré escalar y sentarme en el borde del muro, luego él tomó impulso, dio un salto y con mis manos lo ayudé a subir.

Entramos por la puerta del jardín trasero; de inmediato sentí ese olor, esa esencia que tenía mi casa, ese aroma a incienso oriental mezclado con la vieja madera de los pisos que me tranquilizaba y al que pertenecía, al que siempre quería regresar, pero que no volvería a sentir jamás.

—¿Cuál es el plan? —preguntó Frank.
—¿Cómo harías para probar que tu padre no se suicidó?
—Yo empezaría por lo fácil, probar que sí lo hizo…
—¿Cómo?
—Siempre dejan una señal, una explicación, algo —dijo muy seguro—. Está comprobado que nadie se va sin dejar una señal de su rebeldía o la causa que lidera al momento de abandonar este mundo. Si no encontramos algo, comenzamos la búsqueda del asesino de tu papá.

Hablaba con tanta convicción y seguridad que no me daba otra opción más que creer en él y su talento para la investigación. A la final me había encontrado, era periodista, los periodistas tienen ese talento y a él le corría en cada vena.

—¿Por dónde empezamos? —pregunté ansioso.
—Por curarnos las heridas. Ya me harté de verte toda esa sangre en la cabeza —exclamó con una divertida cara de asco.

Fuimos a la cocina por el botiquín, él desinfectó mi herida y limpió toda la sangre. Yo hice lo mismo con la suya, solo que él chilló como un bebé.

—Si tuvieras que elegir un lugar, aquí en la casa, que los conectara a tu padre y a ti, ¿qué lugar se te viene a la mente?

De mi boca no salió una sola palabra. Mi cuerpo empezó a caminar; sabía perfectamente a qué punto dirigirse.

Subí las escaleras, Frank me siguió. Recorrí el amplio pasillo y me detuve frente a un enorme cuadro pintado al óleo. La pintura era una réplica del "Hombre de Vitruvio" de Leonardo da Vinci, donde está la figura de un señor desnudo sobreimpresa de brazos y piernas en una circunferencia y un cuadrado. La pintura cubría gran parte del pasillo. Me detuve enfrente y no pude decir una sola palabra.

—OK… ¿Este cuadro? —dijo Frank después de un rato—. Déjame y lo reviso de abajo a arriba, seguro encontramos algo.
—No, empuja el cuadro y deslízalo a la derecha.

Frank lo hizo y quedó boquiabierto con una puerta que apareció tras la pintura.

—Con razón el comisario no logró encontrar nada, esta casa es toda una caja de sorpresas. —Dio un silbido mientras golpeaba la puerta con sus nudillos.
—Mi padre la llamaba «la habitación secreta de la creatividad». Solo podíamos entrar si estábamos juntos, él decía que lo oculto es arte y que las cosas más

bellas no necesitan de atención. Por eso nos encerramos a pintar y crear esculturas, obras que solo quedarían expuestas en la intimidad de esta habitación.
—A tu padre sí que le gustaba el misterio, evitar el mundo exterior.
—Siempre sentí que alguien lo perseguía y él no se quería dejar encontrar.
—¿Nunca le preguntaste?
—Sí...
—¿Y...?
—Me dijo que algún día lo entendería. Que todo siempre llega a su debido tiempo, que no existe temprano ni tarde.
—Pues llegó la hora de saber la verdad. ¿Cómo entramos a esta recámara?
—Solo debes girar la manija...
—Oh, así de simple. Creí que iba a tener su truquillo. OK, entremos.

Frank abrió lentamente la puerta, entró, y pude escuchar una sorpresiva bocanada de aire que salió de él. Yo lo seguí y al entrar a la inmensa habitación no pude evitar caer sobre mis rodillas, mis ojos se inundaron en decepción.

—¿Qué son todos estos símbolos? —preguntó Frank, sorprendido.

Las paredes estaban repletas de cuadros que habíamos hecho con mi padre, y sobre ellos había símbolos y figuras que me provocaron un inmenso vacío.

—¿Qué significan? —volvió a preguntar Frank, confundido.
—Sí, lo hizo. Sí, lo hizo.

Me lancé al piso y me acurruqué desconsolado. Si tenía alguna esperanza dentro de mí, había naufragado en las profundidades del dolor y la decepción. Frank se acercó, me alzó y me abrazó.

—Respira, Elíam, todo va a estar bien… todo… va… a…

Su voz se desvaneció en un eco, un eterno silencio donde solo existía dolor.

Sebastián Silva

CAPÍTULO 4
La cara de la muerte

Es difícil saber a dónde ir cuando ya no existes, cuando se rompe todo lo que eras. El tiempo desaparece, no pasa; un bucle interminable de dolor se convierte en el segundero del reloj, el exterior se vuelve vulnerable, la realidad deja de existir.

—¿Qué se hace luego de que te destrozan la vida? —dije después de horas de silencio.
—Reconstruirla.
—¿Cómo pudo hacerme esto?
—En teoría él solo destrozó la suya, a los demás nos corresponde decidir cómo procesar el resultado de sus actos, pero tú estás bien. Literalmente bien, todo ese dolor solo ocurre en tu cabeza.
—Es fácil decirlo cuando todo tu pasado no se desmorona y se convierte en una farsa —dije entre gritos ahogados—. Ahora, no sé quién era mi padre, ni siquiera sé «quién» o «qué cosa» soy yo realmente.
—Vamos a descubrirlo.

Frank levantó una hoja donde había escrito todos los símbolos que estaban sobre las paredes de la habitación secreta.

—¿Qué es? ¿Qué significa?
—Es un idioma que se inventó mi padre. Siempre fue nuestro medio de comunicación.
—¿Quieres decirme qué dice? —me preguntó con sutileza.

Después de varios intentos por articular la voz con las que serían las últimas palabras de mi padre, logré enunciarlo:

«Elíam, ¿qué sentido tiene que el sol salga y se oculte sin un propósito? Llegó el momento de volar, de

evolucionar. Ahora todo es oscuridad para ti y luz para mí, pero llegará el instante donde la oscuridad y la luz se junten para dejarnos ver.

»Deséame suerte, yo te la deseo a ti.

»El amor va más allá de la lógica, que siempre sea ese tu norte. La libertad te espera a la sombra del asombro».

—...
—...
—Wow —suspiró Frank con lágrimas en sus ojos—, ¿qué significa?
—Que sí lo hizo.

Otro silencio se apoderó de la sala, un silencio que solo Frank fue capaz de romper.

—Al menos ya sabemos la verdad.

—¿Me ayudarías con una última cosa? —le rogué.

—Solo si me prometes no quitarte la vida después de esa «última cosa».
—Eso no te lo puedo prometer… pero… debo ver a ese hijo de puta en persona antes de irme.

La rabia me consumía.

—Elíam, escúchate…
—No, él no merece nada menos.
—Entonces, escúchame a mí. De nada funcionaría…
—Cállate, ya tuve suficiente con esto. —Arranqué el papel con los símbolos de su mano y lo lancé al piso—. Ayúdame a entrar a la morgue, luego te desentiendes de mí y yo haré lo que deba hacer.
—No es justo.
—¿Te diste cuenta? Nada lo es. Ya sea hoy o en ochenta años, igual me voy a morir. Y la verdad, no quiero ochenta años de sufrimiento —dije mientras me incorporaba y salía por el patio trasero de la casa.

Frank me siguió durante todo el camino intentando convencerme de no acabar con mi vida. Tenía muy buenos argumentos, pero en ese instante ninguno era capaz de hacerme retroceder.

Caminamos entre las sombras hasta llegar al viejo edificio de la morgue, había autos de policía enfrente, el lugar era impenetrable.

—¿Cómo entramos? —pregunté.
—Por la puerta, tú tienes derecho a ver el cadáver de tu padre.
—Si hacemos eso, cinco minutos después voy a estar atado a una cama de hospital; el comisario se toma demasiado en serio su trabajo.
—Podrías usar tu truco para convertirte en espíritu…

—No sé cómo funciona eso...
—Déjame pensar... ¿Cómo se puede entrar a una morgue sin ser vistos?
—Entrar estando muertos... —respondí con la mirada perdida en uno de los furgones de la policía.
—Estás loco, yo no voy a... Espera, Elíam espera...

Me dirigí veloz hacia el furgón. La puerta trasera estaba a medio cerrar, la abrí y dentro me recibió una enorme bolsa negra de plástico con un cadáver.

—¡Elíam, estás loco! —Frank llegó veloz a mis espaldas.
—Solo hay un muerto, vamos a tener que meternos los dos en la misma bolsa...
—¡Estás demente, yo no voy a entrar ahí!

Abrí la bolsa negra que despidió un olor nauseabundo. Luego de unas cuantas arcadas, tomé valor, una gran bocanada de aire, y me lancé sobre el cuerpo hinchado del anciano.

—¡Entra! —le grité a Frank, quien comenzaba a alejarse poco a poco del furgón.
—Nos van a descubrir, esto es ilegal, e innecesario. Yo te espero aquí afuera.
—Dijiste que me ayudarías, entra ahora, antes de que lleguen.
—Pero la bolsa se va a ver enorme con nosotros dos adentro.
—Los muertos se hinchan. La bolsa es grande, es nuestra única oportunidad.

A lo lejos se oyó la voz de los dos policías que venían a descargar el cuerpo. Busqué con desespero la cremallera tras de mí para cerrar la bolsa. Las voces se sentían cada vez más cerca, y justo antes de que llegaran a nosotros, sentí un empujón. Frank se metió, se recostó sobre mi espalda y terminó de cerrar la cremallera por completo.

Escuchamos ambas puertas del furgón abrirse. Ambos policías murmuraron, pero no alcanzaba a escuchar exactamente lo que decían. De repente sentimos que palparon la bolsa con fuerza. Hice un esfuerzo sobrehumano para evitar producir un solo sonido.

    —¿Deberíamos checar esto?
    —¿Por qué?
    —No es posible que se haya hinchado tan rápido.

Uno de los policías dio un fuerte puño a la bolsa, golpeándome la pierna, e hizo que me mordiera la lengua para evitar gritar del dolor.

La cremallera de la bolsa comenzó a bajarse.

    —¿Qué haces?
    —Revisando el cadáver.
    —Deja eso quieto; que el doctor se encargue.

La cremallera se cerró de nuevo, procedieron a alzar la bandeja, y la pusieron sobre una camilla.

Y ahí estábamos Frank, el pegajoso anciano, y yo entrando por la puerta de la morgue. Uno de los policías se detuvo y firmó unos documentos mientras coqueteaba con la recepcionista, lo que hizo más larga la espera.

Respirar se tornaba imposible, el olor era asqueroso. Por más que intentáramos tomar la mínima cantidad de aire, controlar las arcadas se nos estaba saliendo de control. Con mi mano apreté la de Frank para que resistiera; cualquier mínimo movimiento alertaría al personal de la morgue.

Finalmente, la camilla siguió su camino por un pasillo que se sintió eterno y fue abandonada en una sala.

Al sentir que estábamos en calma y seguros, la paciencia de Frank colapsó e inició un desesperado intento de escape de la apestosa bolsa. Se contorsionó sobre mí, haciendo que mi cara rozara la del cuerpo muerto del anciano.

—¡No encuentro la cremallera! —dijo entre labios con ansiedad.
—Respira, relájate.
—¡No puedo respirar este olor de mierda!

Después de repetidos intentos, Frank logró encontrar la cremallera y pudimos salir de la bolsa. Nuestros cuerpos húmedos y sudados se chocaron con el sepulcral frío de una sala llena de cadáveres.

El olor a formol cortaba por completo la fetidez de los pálidos cuerpos que ocupaban las camillas de metal.

—Apresurémonos, pueden regresar en cualquier momento —dijo Frank, recomponiéndose.

Caminé frente a cada uno de los cuerpos, no lograba encontrar el de mi padre. Algunos de los cadáveres estaban cubiertos por sábanas blancas que levanté, una a una.

—No está aquí, debe haber otras salas —dije con desespero.
—OK, salgamos.

Abrí la puerta, observé con precaución hacia ambos costados de un eterno pasillo repleto de más puertas.

 —Son muchas, esto nos va a tomar demasiado tiempo, es muy peligroso —dijo Frank con preocupación.

Un aire caliente llegó de repente y me golpeó la cara. Intenté ver de dónde venía sin éxito; no encontré una posible fuente lógica a tal evento. Esa energía de calor se posó en mi pecho, me hizo salir y atravesar la puerta. Era un fuego que me guiaba, cerré los ojos y me dejé llevar.

Caminé a través del pasillo, Frank me susurró varias veces a lo lejos que regresara, pero el calor en mi pecho no me lo permitió. Me llevó seis puertas adelante, luego me inundó un fuerte deseo de entrar, abrí la puerta y me encontré directo con el cadáver de mi padre en el centro de una amplia habitación. El calor en mi pecho se esfumó.

El cuerpo estaba desnudo, deshidratado y chupado hasta los huesos. Los cortes en sus muñecas eran notorios, sádicos, su expresión era de terror.

Atravesé la puerta y me dirigí hacia él, veloz.

 —Eres un hijo de puta. Te amo tanto. Eres un hijo de puta. —Lo golpeé con rabia en su pecho, pero luego no pude evitar abrazarlo.

Estaba tan frío que me quemaba el alma.

Frank llegó por la espalda, me tomó de las manos y me alejó del cuerpo.

 —Hasta nunca, te veré en el infierno porque es el único lugar al que pueden llegar personas como nosotros.

La puerta se cerró de un solo golpe, Frank y yo giramos asustados, nos encontramos con la sombría figura de un hombre grande, gordo, con barba larga, unas ojeras pesadas y una mirada penetrante, llevaba en su cuello un collar con la pata de un gato disecada.

Era el mismo hombre que vi cuando mi corazón se detuvo en la comisaría, solo que esta vez no era una sombra, era de carne y hueso. Me quedé mudo, inmóvil, no podía quitar mi mirada de sus penetrantes ojos que me habían hipnotizado.

—Disculpe, señor, no se moleste, estábamos reconociendo un cadáver, ya vamos de salida —dijo Frank, intentando salvar la situación.

—Elíam, te hemos buscado durante veintiún años —exclamó el gran hombre con una voz gruesa y potente.

—¿Quién es usted? —pregunté aterrorizado.

—¿Sabes quién eres tú? —preguntó el gran hombre.

—A usted lo vi en un sueño que tuve.

—No fue un sueño, esa noche estuve ahí cuando tu cuerpo explotó. Todos tus poderes generaron un ruido intenso en el cosmos, eso me permitió encontrarte.

—¿Poderes? ¿De qué habla?

—Entiendo... —el gran hombre se tomó unos segundos para asimilarlo— ¿Aún no sabes nada? No te lo contó Vincent.

—Mi padre ocultó muchas cosas, aparentemente —dije mientras giraba a ver su cuerpo sin vida.

—Eres la esperanza de la humanidad, eres la energía de la salvación, haces parte de los Sulek. ¿Podemos hablar a solas?

—Todo lo que tengas que decirme, lo puedes decir en frente de Frank.

Frank de inmediato me lanzó una mirada de terror, no quería meterse en problemas.

El hombre metió su mano en uno de los bolsillos de su gran gabán, sacó un puñado de tierra mezclada con sal, la lanzó a su alrededor en un círculo, dijo una frase entre dientes casi imperceptible, cerró los ojos y su cuerpo tuvo una leve convulsión.

Frank y yo nos quedamos inmóviles esperando a que el gran hombre reaccionara. Luego de unos segundos comenzó a hablar con sus ojos cerrados.

—No es un buen lugar para hablar de esto, está a punto de venir el personal de la morgue, tus golpes alertaron a todos. —El hombre volvió a abrir sus ojos, después de otra convulsión—. ¿Quieres saber más de tu verdadera historia y de lo que realmente eres? Ve a este sitio mañana antes de que el sol caiga.

El gran hombre se acercó y me entregó una tarjeta arrugada con una dirección.

—Será mejor que desaparezcan antes de que los guardias regresen; les harán la vida imposible si los encuentran aquí.

El hombre salió con velocidad y desapareció a lo largo del pasillo.

—¿Quién eres? —me preguntó Frank con temor.
—No lo sé. Salgamos de aquí.

Giré a ver lo que quedaba de mi padre sobre esa bandeja de metal y me despedí para siempre.

Frank me jaló del brazo, me sacó de la sala y cerrar la puerta, vimos a tres policías que revisaban con precavido temor cada una de las salas. Frank me empujó detrás de una columna. Los policías alcanzaron a escuchar nuestros pasos.

—Están allá al fondo del pasillo.

Comenzaron a correr hacia nosotros.

—Entremos a esta. —Frank señaló una puerta atrás de nosotros.

Una onda de calor golpeó en mi pecho de nuevo.

—No, por ahí no —le dije a Frank.
—No hay tiempo, vamos.
—¡Que no! —Lo detuve.

El calor en mi corazón me decía que debíamos atravesar el pasillo e ingresar a la puerta de enfrente. Hice caso, evidentemente los policías me vieron cruzar.

—¡Deténganse! —gritó uno de ellos.

Frank me siguió, atravesamos la sala y al fondo una ventana estaba abierta. Me lancé impulsado por el fuego en mi pecho y caí sobre unas cajas vacías. Frank saltó atrás de mí y cayó de pie a mi lado.

Corrimos lo más rápido que pudimos para escapar del lugar.

Fuimos al hotel donde hospedaban a Frank. Al entrar, pude ver en la cara de la recepcionista el desagradable olor a muerto que traíamos.

—Puedes dormir conmigo, no me molesta.

—Gracias, pero prefiero dormir en el sofá —respondí aún con mi mente perdida.

—OK, como quieras, tomaré una ducha. Necesito descansar, este es el caso más loco que he investigado.

—Oye, Frank.

—¿Qué? —Giró mientras se quitaba la ropa antes de entrar al baño.

—¿Sabes guardar secretos? —Lo miré fijamente.

—Sí.

—Este es uno.

CAPÍTULO 5
A la deriva

Entró el primer rayo de sol a través de la ventana y me encontró recostado en el viejo sofá de la habitación del hotel, con trescientos planes diferentes en la cabeza y solo una cosa entre las manos, la arrugada tarjeta del hombre de anoche.

—¿Pudiste dormir? —preguntó Frank desde la cama.

—Ya encontré algo más efectivo que el café: estar a la deriva sin pasado ni futuro.

—Lo mejor de estar a la deriva es que puedes encontrar lo inimaginable; las posibilidades son infinitas. Creo que es la mejor forma de existir.

—Y tú, ¿pudiste descansar? —le pregunté para evitar sus habilidosos consejos de vida.

—Encontré algo más efectivo que estar a la deriva: compartir habitación con un brujo. No pude pegar el ojo en toda la noche, temía por mi vida. —Lanzó una risita pícara.

—No soy brujo, idiota. No sé qué me pasa, qué soy o quién soy. Esto es serio.

—No quería decirlo, pero definitivamente no puedo tomarte en serio con esa ropa.

Con todo lo que estaba pasando, no había notado que aún tenía la blusa de Pamela, solo que ahora los girasoles estaban llenos de sangre, sudor y baba de muerto.

—Te propongo una cosa —dijo Frank mientras se levantaba de la cama—, báñate, ponte algo de mi ropa y te invito a desayunar… O, ¿será que tus poderes incluyen aparición de omelets y pancakes?

—Debo apestar, ¿verdad? —pregunté entre suspiros.

—No sé. Creo que lo tuyo puede ser una palabra nueva, «apestar» se queda corta. —Eso último me sacó una pequeña risa.

—No sé qué hacer, por dónde iniciar la…
—Relájate —me interrumpió—, desayunamos y luego pensamos en un plan. ¿Va?

Frank me lanzó una de las toallas del hotel y me obligó a entrar a la ducha. El agua hizo lo suyo, pero la sentía diferente. Una extraña vibración se producía en mi piel cuando me tocaba, me limpiaba las manchas de tierra y el sudor, pero al mismo tiempo se llevaba el peso de mi alma. De una forma extraña sentía cómo quitaba la negatividad de mi energía.

—Es como si ahora mis cinco sentidos hubieran evolucionado. Dame tu mano —le dije a Frank mientras esperábamos nuestras tazas de café y sus tostadas francesas, en la mesa de un restaurante al lado del hotel.
—¿Para qué? —preguntó alarmado.
—Quiero probar algo. —Él extendió su mano hacia mí y yo la agarré—. Es una locura, pero puedo sentir tu sangre fluir, el movimiento de tus músculos, tus pulmones, tu corazón.
—¿Qué? —Su mano estaba tensionada y fría.
—Como si mis sentidos se hubieran exponenciado.

Una mesera apareció de la nada con nuestra orden y escondimos velozmente las manos con algo de vergüenza. La mesera dejó los cafés sobre la mesa mientras me observaba con lástima. Se dio media vuelta para irse, pero regresó.

—Escuché lo que pasó y… lamento mucho… lo de tu padre.

La mesera volvió a dar media vuelta y se perdió en la cocina. Ahí noté que todos los que se encontraban en el lugar me miraban con lástima. El aire estaba lleno de murmullos y suspiros por mi presencia.

—¿Cuál es el plan? —preguntó Frank.
—Necesitamos un auto, para ir a esta dirección. —Lancé la tarjeta sobre la mesa.
—¡Uy! Eso queda en la gran ciudad. Lo del auto, te lo quedo debiendo. Trabajo en una de las revistas más importantes, pero me hacen venir a uno de los pueblos más alejados a cubrir una historia en autobús —reclamó con fastidio—. Siento que por mi edad no me toman en serio.
—No podemos ir en autobús; hay un control policial permanente frente a la parada de buses. Pero creo que podemos conseguir un auto.
—¡Genial! ¿Cómo?
—Vas a ir a casa de Pamela y le pedirás su auto prestado.
—¿Quién es Pamela?
—La dueña de la ropa de anoche.
—¡Oh! OK, OK, entiendo. Puedo pedirle su contraseña del banco también... —reclamó Frank con sarcasmo.
—Entrégale la blusa de girasoles y dile que la necesito.
—¿Por qué no vamos juntos?
—¿No te das cuenta cómo me miran todos? En menos de veinte minutos va a estar el comisario aquí, nadie más me puede ver.

Esperé durante más de una hora en la habitación del hotel, invadido por la curiosidad sobre mis nuevos sentidos; quería tocarlo todo, cada textura era una nueva experiencia. Podía recorrer cada una de las grietas de la madera que cubría las paredes y con un poco de concentración sentir al árbol de dónde provenía ese tronco, saber su historia, sentir su esfuerzo al crecer. Podía sentir a la distancia, desde el olor de la chica de la recepción, hasta los calzones sucios en la maleta de Frank, como si se creara un mapa en mi cabeza, de la ubicación de todas las cosas a mi alrededor.

Un pitido fuera del hotel me sacó de mis pensamientos. Me asomé por la ventana y vi a Pamela y a Frank bajándose de la camioneta. Corrieron hasta llegar a la habitación.

—¡Elíam! —Pamela se lanzó a abrazarme—. ¿Cómo te sientes? Qué bueno que estás bien. Todos te buscan. Lo lamento, pero tuve que decir que me engañaste para no meterme en problemas. Fui afortunada, porque no tener mi ropa era evidencia suficiente para que me creyeran.

—¡Calma! Pamela, todo está bien, intenta no alterarte porque me estás haciendo sentir dolor —le dije agarrándome la cabeza.

—¿Dolor? —preguntó asustada.

—Es muy confuso todo ahora, pero solo vamos a poder saber exactamente qué es lo que me está pasando si vamos a esta dirección. —Le enseñé la tarjeta.

—Estamos a ocho horas de ese lugar. ¿Por qué ir allá?

—Solo préstanos tu auto —le rogué. No quería que se enterara de la locura que estaba viviendo.

—No te lo puedo prestar así como así. Mis papás me matarían.

—OK, entonces ven con nosotros, pero debemos salir ya. Me van a encontrar en cualquier momento y no quiero que me encierren de nuevo en el hospital. En verdad necesito solucionar esto.

Pamela dio vueltas en la habitación, quejándose de lo estúpida y vulnerable que era al aceptar siempre mis locas ideas. Pasaba de un sí a un no rotundo en menos de cinco segundos. Frank y yo solo nos mirábamos esperando a que ella tomara una decisión.

—Sería como un viaje de amigos… solo eso, ¿verdad? —preguntó aún en su shock traumático.
—Exacto. Vamos, investigamos de qué va esto que me está pasando y volvemos. —Mentí; no tenía pensado regresar.
—¿Quieres que regresemos a tu casa por ropa, Elíam? —preguntó Frank.
—Si no te molesta, prefiero seguir usando la tuya —dije avergonzado.
—OK, igual te queda bien. Algo grande, pero bien. —Lanzó otra de sus risitas.
—¿Y a mí me vas a prestar también? —contestó Pamela agresivamente.
—No seas dramática, tú te la pasabas repitiendo la misma ropa todos los días, no la necesitas —le grité mientras salía de la habitación.

Agarramos la avenida principal hacia la gran ciudad. Pamela iba al volante, yo no podía parar de ver todo el paisaje y los animales, para mi sorpresa me sentía como un niño que salía de excursión por primera vez, todo parecía nuevo aunque lo había visto ya millones de veces.

—¿No tienes miedo? —preguntó Pamela.
—¿De?
—De estar fuera del pueblo.

Sí, tenía miedo, un temblor en las tripas que me iba a hacer parar al baño en cualquier segundo; estaba rompiendo las reglas de mi padre, pero ya me había dado cuenta de que, justo eso, era lo que debía hacer. Todo lo contrario a lo que él me había enseñado, si quería llegar a la verdad.

—¿Qué darías por saber los más grandes secretos de ti misma? —interrumpió Frank.

—¿Ah? —Frenó Pamela—. Disculpa, pero yo no tengo secretos.

Miré a Frank por el retrovisor y le lancé una risa, sabía que lo hacía para evadir y cambiar el tema.

—Todos los tenemos —volvió a atacar.
—A ver, cuéntame uno tuyo y yo te cuento uno mío —respondió Pamela retadora.
—Odio mi trabajo, pero amo mi profesión.
—Eso no tiene sentido —respondí, viéndolo por el retrovisor del auto.
—Claro que sí. Odio tener que seguir órdenes de una sabelotodo que cree que puede pasar por encima de mí, solo porque soy joven. No valora mi talento…
—Ay, tan modesto —lo interrumpió Pamela—, a ver cuéntanos cuál es tu talento, estrellita.
—Encuentro joyas —le sonrió desde atrás—, verdaderas historias que valen la pena ser contadas en una revista, pero ella solo quiere que busque historias pasajeras, amarillistas, sin sentido.
—Espera. ¿Tú no venías a cubrir mi historia? —le reclamé.
—¡Ups! —exclamó Frank apenado—. Bueno, lo tuyo es diferente. Venía por carbón y encontré un diamante. Pero… ¿sabes qué?
—¿Qué? —respondí con curiosidad.
—¡En este momento renuncio! —Bajó la ventana y sacó la mitad de su cuerpo gritando—. ¡RENUNCIO! ¡Uhuuu!

Yo me le sumé, saqué mi cabeza por la ventana y empecé a gritar. Podía sentir exactamente lo que pasaba por su pecho, me había contagiado con esa ráfaga de emoción, que por primera vez en muchas horas, me permitía ver el mundo de forma diferente. Sentía el viento golpeándome la cara, revolcándome el cabello, escuchaba el eco de nuestros gritos entre las montañas y cómo nos liberamos de todo el peso, confusión y dolor que habíamos cargado por años. Era el mismo dolor que él sentía, pero se había pintado con otro pincel y de otro color.

—¡Ahora cuéntame tú un secreto! —le exigió Frank después de incorporarnos de nuevo en el auto.
—OK... ahí te va... —Tomó un respiro y lo lanzó—. Estuve enamorada de Elíam...
—Ay, eso no es un secreto... —le grité con burla.
—Puede que para ti no, pero para Frank sí... —dijo encaprichada.
—Yo lo noté desde el momento en que dijiste que sí venías. Soy investigador, lo veo todo, no lo olvides... TOOOOOODO.
—Ya me harté de ustedes dos.

Pamela dio un giro veloz en el auto, las llantas rechinaron, mientras nos metía a una estación de gasolina. Estacionó y se bajó furiosa, azotando la puerta antes de dirigirse al baño.

—Tu amiga tiene un genio bastante fuerte, ¿eh?
—Te pasaste con lo de que le gusto. Eso realmente la marcó —le dije aun viendo los rastros de furia que había dejado Pamela en su camino.
—Creo que no le caigo bien.
—Nadie le cae bien. Relájate.
—Elíam, ahora que recuerdo, el hombre dijo que debíamos llegar antes de que cayera el sol, ¿será muy importante ese detalle?
—¡Es verdad! —Recordé—. Faltan tres horas para eso.

—Y nos quedan aproximadamente cuatro horas de viaje.

Me incliné hacia el puesto del conductor y comencé a pitar repetidamente para que Pamela saliera rápido del baño. Asomó su cabeza y me levantó el dedo de la mitad.

—¡Apresúrate, se nos hace tarde! —le grité.

El resto del camino nos la pasamos esquivando autos, adelantándonos entre el tráfico para poder ganarle la carrera al sol. Pamela logró ganar la batalla a su ego y nos perdonó por haberla «humillado con eventos pasados que carecen de sentido, pero que en su momento dolieron y con eso no se juega» según ella.

Cuando entramos a la ciudad, quedaban solo treinta minutos antes que desapareciera el último rayo de sol. Yo estaba impresionado con la cantidad de personas que caminaban por las calles, la altura de los edificios, la inmensidad de los detalles de la urbe. Estaba viendo por la ventana como si fuera un niño de nuevo.

—Parece que es acá. —Pamela echó un vistazo a la calle—. Sí, calle Francis, 32.

Nos bajamos frente a un edificio que parecía una iglesia abandonada. Todas sus puertas estaban bloqueadas con tablones enormes de madera y metal.

—Pero para saber la entrada exacta, necesitamos el último número de la dirección. —Frank me arrancó la tarjeta de las manos—. No hay más números, debe ser aquí. El sol está a punto de irse. ¿Qué hacemos?

En ese momento una ráfaga de calor apareció de nuevo en mi pecho, una fuerza que me empujó y me hizo acercarme al edificio abandonado.

—Elíam, ¿qué haces? —susurró Pamela.
—Creo que debemos seguirlo, ya le ha pasado antes —le respondió Frank.

El calor en mi pecho empezó a vibrar, era una energía muy potente, cada vez que me acercaba al edificio se tornaba más caliente. Crucé a través del terreno abandonado y me dirigí hacia uno de los costados donde había un callejón que separaba a la iglesia de otro edificio, también deshabitado.

—No creo que sea buena idea entrar por aquí —susurró Frank.

Pero a pesar de su advertencia, mi cuerpo no podía detenerse. Era la razón peleando contra el corazón, pero el corazón inevitablemente ganaba la batalla. Me acerqué hacia un basurero, el olor era fétido, aún más potente con mi nueva sensibilidad, sin embargo, la sensación en mi pecho no me permitía distracciones. Una voz resonó en mi mente.

«La libertad te espera a la sombra del asombro».

El calor empezó a moverse hacia el brazo derecho hasta llegar a mi mano, la atravesó y llegó a mi dedo índice. El dedo me pedía que lo llevara a tocar la pared, me guio entre los ladrillos hasta llegar a uno en específico. Lo presioné con fuerza, hundiéndolo hacia la pared, que para mi sorpresa y la de todos, hizo que el basurero comenzara a moverse. Sonaron unos engranajes sutiles que poco a poco fueron descubriendo una compuerta igual a la que había en mi casa.

El teclado electrónico se activó, miré el tatuaje en mi brazo y sin dudarlo introduje el código.

713127

La compuerta se abrió.

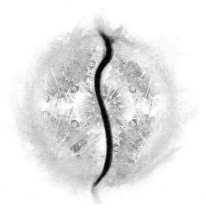

CAPÍTULO 6
El templo

Quien olvida su pasado está condenado a repetir su miseria. Yo estaba reconstruyendo el mío y aunque nunca lo pude olvidar, porque siquiera llegué a conocerlo, la sensación era liberadora y de poder. Quien se niegue a ver y aceptar la verdad, su condena será el miedo eterno, pero para conocerla debes estar dispuesto a bajar al infierno y enfrentar al mismísimo demonio en carne y hueso.

Ahí estaba yo, frente a las escaleras del infierno, sin saber con qué me encontraría, pero dispuesto a enfrentarlo y vencerlo.

—Ni loca voy a bajar por esas escaleras —exclamó Pamela con asco.
—¡Elíam, el sol! —gritó Frank.

Una última línea naranja pintaba el cielo que se mezclaba con el azul profundo de la noche. La compuerta comenzó a cerrarse.

—La verdad te espera en la sombra del asombro —les susurré viéndolos a los ojos.

Frank tomó impulso, corrió hacia mí y me empujó con fuerza al interior de la compuerta. Pamela lo siguió y logró atravesarla justo antes de que esta se cerrara por completo.

—¿Qué demonios estamos haciendo? —gritó Pamela levantándose del suelo—. ¡Solo a ustedes se les ocurre entrar a un lugar mugroso y peligroso como este!

No sabía dónde habíamos caído, todo estaba oscuro, solo podíamos escucharnos. A diferencia del exterior, el lugar tenía olor a incienso y aceites vegetales.

Al fondo de lo que parecía un largo pasillo, vimos una luz que empezó a hacerse más grande y fuerte, acompañada de unos pesados pasos sobre el piso empedrado. Pude sentir el terror de Frank y Pamela tras de mí. Yo, por el contrario, seguía sintiendo el calor en el pecho que me obligó a avanzar hacia donde venía la luz.

—¡Elíam! Lo lograste —resonó una voz gruesa con entusiasmo en el pasillo.

El gran hombre de la barba larga y la pata de gato disecada colgando en su cuello, alzó el farol con fuego que llevaba en la mano para ver mi cara.

—Espera, ¿Qué hacen ellos aquí?—gritó el hombre alarmado con furia—. No pueden entrar, no está permitido.
—Si ellos no entran, tampoco lo haré yo… —Retrocedí y me planté al lado de Pamela y Frank.
—No te preocupes, Elíam, yo puedo esperarlos afuera… —dijo Pamela insegura, dando una vuelta.
—¡Que no! —dije—. Llegamos aquí los tres, nos vamos los tres.
—¡Aghhh!

El hombre introdujo la mano en su gabán y lanzó tierra con sal al piso. Igual que la otra noche, dio una pequeña convulsión después de decir unas palabras entre murmullos. Se quedó estático durante unos segundos, para luego regresar a nosotros con otra convulsión.

—Han autorizado su ingreso. ¡No lo puedo creer! Síganme todos por aquí. —Giró y caminó con apuro hacia el interior del largo pasillo—. Esto es peligroso, muy arriesgado —se decía a sí mismo con preocupación.

—Oye grandulón, nos diste mal las indicaciones, por poco no entramos —reclamó Frank mientras caminábamos.

—Aquí solo se puede entrar con la intuición —respondió seco.

—¿Es el calor que siento dentro?

—Sí, esa es la voz de tu corazón. Es nuestra guía, nosotros la tenemos más desarrollada que los demás.

—¿Nosotros? —preguntó Pamela asustada—. No sé qué hago aquí.

—Te adelanto de todo en un rato —le susurró Frank al oído.

—¿Qué somos «nosotros»? —pregunté agitado mientras intentaba seguir los largos pasos del hombre.

—No soy el indicado para responderte eso, y ya basta de preguntas, la paciencia no es algo que se me facilite en esta vida —respondió entre gruñidos.

Al salir del largo pasillo entramos a una gran bóveda, estaba iluminada con caminos de fuego alrededor de algunos muros. Raíces, ramas de árboles y enredaderas se habían colado entre las paredes de lo que parecía la recepción de un hotel místico dentro de la tierra.

—¿Qué es este lugar? —me atreví a preguntar, dándole un vistazo a cada detalle de la mágica recámara.

—Es el gran templo de los Sulek, defensores de la luz. Quítense los zapatos y déjenlos en este lugar.

El hombre abrió una gran puerta de madera, eran asombrosas las figuras y tallados sobre ella. Parecía que se hubieran tardado

mil años en crearla por todo el detalle que tenía. El grandulón nos ordenó entrar con su fuerte y ojerosa mirada. Los tres avanzamos con precaución.

—Wow... —se le escapó a Frank al entrar.

Teníamos enfrente una construcción subterránea sacada de película. El verde de cientos de plantas le daba color al lugar. Las enredaderas bajaban por las paredes y llegaban a cada una de las estatuas de hombres y mujeres en forma de altar con inciensos y flores distribuidas a través de toda la plaza. El recinto estaba habitado por todo tipo de personas; jóvenes, niños, adultos, ancianos. La mayoría usaba un traje marrón, se veía cómodo, y tenían tatuajes de figuras y formas en la piel muy parecidas a las de mi brazo. Algunos leían, comían, otros practicaban hábiles posiciones de yoga, los iluminaba una gran lámpara de fuego en el centro del templo.

Atravesamos la multitud, dirigiéndonos hacia una gran escalera al otro extremo de la sala. Todos detuvieron sus actividades y nos observaron pasar con curiosidad, estaban sorprendidos de vernos allí.

En la mitad de la escalera nos esperaba una señora, su piel era pálida, tenía una cicatriz en la mitad de su rostro, pero eso no impedía apreciar la belleza que emanaba su expresión. Mientras más me acercaba a ella, más podía sentir su paz. Era tal la potencia de su energía que mi cuerpo soltó cualquier tipo de tensión en él, la mandíbula dejó de apretar y cada célula en mí logró entrar en un estado de relajación.

—No se asusten, es normal sentirlo. Al único que no consigo contagiar es a Melek, este insensible, impaciente y acelerado grandulón. —La señora no paraba de sonreír.

—Dinah, aquí están tus invitados. Estaré en mi recámara, en caso de necesitarme —dijo Melek con una reverencia antes de continuar su camino por las escaleras.

—Melek, detente. Lleva a nuestros dos invitados a su recámara, necesito hablar en privado con Elíam.

—Ellos deben estar conmigo todo el tiempo —le exigí.

—No debes temer, esto es necesario. —Dinah se acercó y tocó mi brazo, me transmitió la sensación de querer estar a solas con ella. Lo que estaba a punto de conocer requería de toda mi atención.

—Vayan con Melek, ahora los alcanzo. Todo va a estar bien —les dije.

Pamela y Frank siguieron su camino hacia arriba, por las enormes escaleras del lugar. Dinah y yo comenzamos un recorrido donde ella me enseñaría todo el templo y me contaría al fin la verdad sobre mi vida.

—Somos los Sulek, protectores de la luz. Una raza humana creada hace miles de años a causa de la guerra entre la oscuridad y la luz, el bien y el mal. Somos seres evolucionados en conciencia, capaces de usar nuestra energía y espíritu para proteger a la humanidad a través del mundo astral.

Entramos a una sala donde había más de cincuenta personas acostadas en el suelo. Cada una de ellas rodeada de un círculo de velas, flores y una especie de polvo blanco, todos parecían estar dormidos.

—Cada uno de nosotros cuenta con diferentes habilidades, la mayoría de estas solo las podemos desarrollar en el momento en que nuestra alma abandona el cuerpo físico. Pero ya irás aprendiendo más sobre ellas durante las clases.

—¿Qué clases? —pregunté con intriga.

—Las clases que debes empezar a tomar aquí en el templo, ahí podrás aprender a controlar tus poderes. Serás parte de nosotros y cumplirás tu propósito en la tierra —respondió Dinah con una gran sonrisa.

—No estoy aquí para eso, estoy aquí para saber quién soy yo realmente —mi tono de voz fue alto y contundente.

Algunas de las personas en el lugar empezaron a despertar y se incorporaron, sorprendidos por nuestra presencia.

—Acompáñame por este lado, Elíam.

Dinah giró con sutileza para ir hacia otro pasillo, yo la seguí hasta llegar a una habitación que ella llamó «los grandes maestros de la luz».

—¿Ves cada una de las estatuas que están aquí?
—Sí, hay más en el salón principal.
—Exacto, cada uno de ellos ha sido la versión humana de las distintas vidas de nuestros grandes maestros de la luz. Seres que nos han guiado y enseñado, a través de diferentes encarnaciones terrenales, nuestras posibilidades para proteger a la tierra de la oscuridad. La misma alma regresa al mundo con distintos cuerpos para seguir cumpliendo su misión. —Dinah se detuvo frente a una estatua.

El tiempo se congeló al ver la figura de mi padre tallada en roca. Mi corazón se puso frío, el estómago se comprimió, el aire pasaba con dificultad a los pulmones.

—Tu padre, Vincent Cob, ha sido uno de nuestros más grandes e importantes maestros. Nuestra guía a través del tiempo. Él y tu madre se habían convertido en la esperanza de los Sulek y la humanidad entera, porque iban a dar a luz a un ser con una nueva evolución de conciencia. Cada cien años, nuestros hermanos más ancianos y sabios tienen la oportunidad de atravesar un portal de luz para obtener información y nuevas guías para nuestro plan en el universo. Los últimos mensajes que nos llegaron están escritos allí en esos pergaminos.

Dinah me hizo una seña para que avanzara y los leyera. La pared estaba repleta de estos pergaminos enmarcados en una bella madera tallada; había dos en particular que mis ojos no podían dejar de ver. El calor en mi pecho apareció de nuevo. Me acerqué y quedé sorprendido al ver su contenido.

—Voy a traducirlos para ti, están escritos con simbología universal. —dijo Dinah.
—No es necesario, puedo entender cada palabra.

Me acerqué a los pergaminos con los mismos símbolos que mi padre había usado para dejar sus últimas palabras, pero esta vez contenían dos predicciones que dictaban el destino de la humanidad. Los leí en voz alta.

—«*La evolución se ha detenido, los esfuerzos han cesado, la humanidad será acechada por uno de los seres más oscuros del universo. Maldad llegará a cada rincón del planeta y castigará los bloqueos de la intuición del corazón. La nueva era astrológica se alinea para abrir el portal que dará paso a la estación más oscura de la historia cósmica. La oscuridad ha de invadir cada uno de sus cuerpos hasta crear un cáncer planetario que*

acabará con los días de luz. Sangre ha de correr por el plan perfecto, de la sangre nacerá y con sangre se salvarán».

El fuego en mi pecho me llevó frente al siguiente pergamino.

—*«Un alma espera paciente su ingreso al planeta, un alma que atraviesa el universo para llegar al séptimo cuerpo. Con la unión de toda una especie podrá llevarlos al fin de la temporada de las sombras. Un faro en el mar para cruzar la tormenta y llegar a la calma. Hijo de dos cuerpos ancestrales que entregarán las gotas de poder para crear la grandeza del fin del ciclo. La libertad le espera a la sombra del asombro».*

—No entiendo. ¿Qué significa todo esto?
—Durante los siete años lunares siguientes a esta predicción, ninguno de los Sulek quedó en embarazo. No percibimos un solo ser que viniera al útero de alguna de nosotras. Hubo abortos masivos, cualquier intento de maternidad se veía frustrado por la sangre. Pero exactamente siete años lunares después... tu madre murió dando a luz a la esperanza de los Sulek. A ti.

Dinah señaló otra estatua. ¿Recuerdan el portarretrato que encontré en mi casa? Era la misma chica joven; era mi madre. No pude evitar acercarme y acariciar su cara.

—¿Por qué murió?
—Su cuerpo no resistió el parto.
—Ella murió por mi culpa.
—No, ella murió para ti, para que pudieras vivir. Fuiste el único niño en nacer desde el ritual de la predicción. Ella hubiera dado lo que fuera por que tu corazón latiera y conociera este mundo. Nunca se rindió. Todos estábamos agradecidos y muy felices, hubo

celebraciones en el mundo astral, la gente por fin veía un poco de luz entre tanta oscuridad.

—¿Por qué me ocultaron, entonces? —pregunté confundido.

—Tu padre y tú desaparecieron la misma noche en que naciste. No hubo rastro de ustedes. De alguna forma lograron borrar sus huellas del mundo astral, del mundo físico y hasta hace cuatro días volvimos a sentir tu energía en el planeta.

Fuimos interrumpidos por la presencia de Melek en la habitación, venía agitado, nervioso; agarraba con fuerza la pata de gato disecada que llevaba en el cuello.

—Dinah, encontré registro de nuevos hechizos en las muestras de tierra que extraje de Macdó. —Lanzó un puñado de tierra al fuego que iluminaba la habitación.

El fuego creció y lanzó una onda que nos aturdió. Dinah cerró sus ojos y entró en un trance al igual que Melek. Yo me quedé mudo, inmóvil, intentando asimilar todo lo que estaba ocurriendo.

—¿Qué te enseñó tu padre? —preguntó Dinah, volviendo inesperadamente de su trance.

—Nada —dije aterrorizado.

—¿Entonces cómo sabes el lenguaje universal?

—Mi padre me lo enseñó, pero siempre creí que era un juego, otra de sus locas ideas o inventos.

—¿Te enseñó algún hechizo? —preguntó Melek insistente.

—No, no tengo idea de qué hablan —respondí sintiéndome acorralado—. Hasta hace cuatro días empecé a vivir y experimentar esta rara magia que ustedes hacen, nunca en mi vida supe algo de esto.

Dinah se alejó de nosotros para recorrer la habitación con lentitud; su mirada estaba perdida en sus pensamientos.

—No te asustes, esto es información difícil de procesar para nosotros. Siempre creímos que ustedes habían sido raptados por la Orden de los Kimeriformes...
—¿Los qué? —la interrumpí.
—Los Kimeriformes son seres malignos, una orden liderada por la oscuridad. Se dedica a invadir cuerpos fuertes con almas débiles para hacer que reine el mal. La destrucción es su misión. Siempre creímos que ellos los habían raptado a ti y a tu padre, pero ahora Melek descubrió nuevos hechizos que no conocemos y tienen la energía de Vincent, tu padre.
—Chico, tus poderes habían estado ocultos por este hechizo que creó Vincent, y todo Macdó había quedado fuera del mapa astral por un gran arco protector. —Melek daba vueltas de un lado a otro de la habitación—. Dinah, esto no tiene sentido, ¿Por qué Vincent ocultaría y bloquearía a su propio hijo? ¿Cómo creó estos nuevos hechizos?
—Todo llega a su debido tiempo, no existe temprano...
—Ni tarde —Dinah me interrumpió continuando la frase.
—Eso decía mi padre cuando no entendía algo.
—Su frase favorita —dijo Melek recuperando su cordura.

Salimos de la habitación de los grandes maestros de la luz, recorrimos en silencio los pasillos. Cada vez que alguien me veía, me saludaba con una reverencia; se sentía extraño ser el popular de un momento a otro. Estaba inundado de temor y confusión.

Llegué a la habitación que nos habían asignado, era amplia, las paredes de roca me transportaban a la época medieval. En el piso, sobre una plataforma de madera en forma de flor, salían tres pétalos, en cada uno de ellos había una cama. Una tenue luz se reflejaba de cristales incrustados en la pared. Parecía ser bioluminiscencia, no había visto antes algo parecido, su luz era muy placentera para los ojos.

Dinah nos pidió entregar cualquier dispositivo electrónico que tuviéramos y nos ordenó no abandonar el templo de los Sulek. Supuse que eso no le iba a gustar nada a Pamela, quien efectivamente intentó escapar tres veces a la fuerza, hasta que la capturaron y la llevaron donde Dinah, quien le explicó que cada noche se hacía un hechizo de protección para que el templo siguiera oculto y no fuera encontrado por la Orden de los Kimeriformes. Si ella quería salir, debía esperar al amanecer para hacerlo; durante esta explicación me dio tiempo para adelantar a Frank de los nuevos descubrimientos sobre mi extraña vida.

—Así que ahora resulta que soy un «salvador» —le dije entre vergüenza y pena.
—No te preocupes, todos siempre lo somos en la vida de alguien. Si no, mírame, aquí salvándote el trasero de un futuro aburrido… —sonrió Frank.
—Cállate que yo soy el que te salva de la gruñona de tu jefa. —Le lancé una de las almohadas de la cama.

Era increíble cómo él lograba hacer de cualquier situación tensionante un simple chiste.

—¿Ahora qué vas a hacer? —me preguntó con seriedad.
—Tengo dos opciones; una más fácil que la otra.
—Empecemos por la difícil.
—Siempre me he preguntado cuál será la forma menos dolorosa de morir…

—¡CORRIJO! Empecemos por la fácil —gritó interrumpiendo mi idea.

—Quedarme aquí a «salvar al mundo». Asistir a las clases, aprender a controlar estos poderes y tratar de... cumplir mi destino... —dije intentando no tener un patético tono de superhéroe—. ¿Tú qué harás?

—También tengo dos opciones...

—¿Empezamos por la fácil? —pregunté con duda.

—Quedarme a ayudarte a «salvar el mundo».

—¿La difícil?

—Huir de aquí y arrepentirme por siempre de haberme perdido la mejor aventura de nuestras vidas.

—Puede ser muy peligroso...

Ni siquiera yo sabía en qué me estaba metiendo. A juzgar por las últimas reacciones de Dinah y Melek, todo esto de la magia, la protección de la luz y el mundo astral era un tema serio y peligroso. Se había derramado mucha sangre por ello.

—¿Acaso no lo ves? —Se acercó a mí susurrando y apretando los músculos de sus brazos—. El peligro corre por mis venas.

—Lo único que veo es lo patético que te ves haciendo eso —le susurré de vuelta con un empujón—. Ya, anda, déjame dormir, mañana debo salvar al mundo.

Ninguno de los dos pudo contener la risa. Él fue a su cama, yo a la mía. Y aunque parecía que con la noche había llegado la calma, que mi vida empezaba a aclararse, el verdadero caos estaba a punto de iniciar al cerrar los ojos del cuerpo y abrir los del alma.

CAPÍTULO 7
Los siete cuerpos

Cierra tus ojos. ¿Ves ese espacio oscuro en el centro de tu frente? ¿Ese lugar vacío entre tus dos cejas? Ahí queda la puerta al mundo astral; ese es el oscuro límite entre tu mente, la realidad y el universo espiritual. Aprendí que ahí se proyectan los deseos de tu alma, las creaciones de tu cerebro, los sucesos recreados por la pasión cuando duermes. Todos los humanos tienen la posibilidad de controlar ese portal, algunos con facilidad, otros solo cierran los ojos y se conforman con el negro del vacío. Pero mi caso es diferente.

Desde hace cuatro noches, cada vez que intento cerrar los ojos, ese lugar oscuro se llena de luces, tres exactamente, formando un triángulo. Mi deseo es atravesarlo, pero no lo consigo. El temor se apodera de mí, dejándome inmóvil. Siento que el cuerpo me aprieta, como si a mi alma le hubiese quedado chico y quisiera escapar de allí.

Durante nuestra primera noche en el templo de los Sulek, desperté en varias ocasiones gritando de dolor. Frank y Pamela intentaron calmarme sin conseguirlo. La tensión de cada uno de los músculos desde el interior del cuerpo me hacía sentir como un paciente del manicomio al que le condenan con una camisa de fuerza para evitar que se haga daño. Mis gritos atrajeron la atención de personas que dormían alrededor, ingresaron y se agruparon en la habitación. El tumulto fue atravesado por Dinah, quien pudo detener el dolor que sentía con solo tocar mi piel con sus dedos.

—Déjenlo dormir, todos a sus habitaciones —ordenó con su sutil voz—, mañana comenzará a aprender cómo controlar todo ese poder.

Fue lo último que escuché antes de caer en un sueño inducido que me llevó hasta mis más profundas pesadillas. Dinah había conseguido apagar mi cuerpo, pero no mi mente. Tuve que ver la criatura de los nueve ojos arrancándome la cabeza cientos de veces. A la recámara secreta del tesoro de mi padre convertirse en un enorme laberinto del que debía escapar, olas de sangre pútrida me perseguían. Una pesadilla tras otra.

—Nunca habíamos conocido a alguien que hubiera perdido control de sus poderes durante tanto tiempo —dijo Melek mientras desayunábamos en uno de los grandes comedores del templo—. Debe ser eso, muchacho. Tendrás que aprender a controlar la libertad de tu alma y energía.

Mis ojos estaban rojos, dolían. No había podido descansar, otra noche se sumaba a la tortuosa temporada de insomnio.

—¿Es la única opción de desayuno que hay? —Escuché los quejidos de Pamela resonando a lo lejos en el gran comedor—. Deberían tener más variedad, un desayuno americano, no sé, algo distinto.

Pamela se acercó furiosa a nuestra mesa con una mezcla de avena insípida y vegetales en su plato. Se sentó y entre arcadas intentó comer su desayuno.

Para mi sorpresa, la asquerosa preparación les agradaba a mis papilas gustativas. No comprendía cómo algo tan asqueroso visualmente pudiera saber tan delicioso; podía sentir el bien que le hacía a mi cuerpo. Al igual que sentir un poco de la luz que entraba por medio de unas claraboyas en el techo, diseñadas con espejos, que de forma estratégica lograban permitir el paso del sol hasta el interior de la construcción subterránea.

—En otras ocasiones diría que Pamela es una exagerada, pero esto está horrible —me susurró Frank al oído.

—No me preguntes por qué, pero a mí me sabe riquísimo —le susurré de vuelta.

Frank me miró con un gesto, que resumía extrañeza extrema, en su rostro.

—Oye, te conseguí algo.

Frank buscó entre su mochila, sacó una libreta y un lápiz, y me los entregó bajo la mesa.

—¿Para las clases? —pregunté confundido—. No sé si en este tipo de enseñanza se toman apuntes, Frank.
—No, para que dibujes —me susurró de vuelta—. Sé que te gusta, eso te va a hacer bien, te va a relajar.

Era como si el momento en que estuvimos volando en el bosque, donde pudimos ver a través de los ojos del otro y leer cada pensamiento ajeno, nos hubiera dado un vínculo inmediato de dos amigos que se conocen de toda una vida. Mi sonrisa fue interrumpida por el sonido de unos tambores que le dieron entrada a Dinah en el comedor. La mujer atravesó las mesas del fondo y se posicionó en el centro del salón.

—Sulek, gracias por ser parte de la energía del bien en el universo un día más. Como saben, hemos sido bendecidos de nuevo por la presencia de Elíam Cob, quien nos guiará a través de esta era de oscuridad.

Todos los asistentes emitieron un sonido con su garganta, un alargado «Ohm» que hizo vibrar el lugar. Era como un gran aplauso pero energético.

—Quiero que ayuden a Elíam en cada una de sus sesiones de aprendizaje. Necesitamos que logre dominar sus poderes y el mundo astral lo antes posible. Hemos descubierto la presencia de más Kimeriformes que se acercan al templo...

El terror comunal hizo que el ambiente se tornara frío de inmediato. Nadie emitió un solo sonido.

—No debemos temer, ni retroceder. No hay registro de que hayan descubierto nuestro legendario templo. Solo recuerden las reglas: nadie salga del templo físico, que ningún Sulek cruce los límites del arco de protección en el mundo astral, así vamos a seguir ocultos.

Otro alargado «ohm» fue emitido con vibraciones por parte de cada uno de los asistentes.

—Dinah. —Pamela levantó su mano—. Disculpa, la regla de no salir... Es solo para los de la raza de ustedes, ¿verdad? Yo en serio debo irme porque mis papás deben estar muy preocupados. No he tenido oportunidad de hablar con ellos, ayer ustedes me quitaron el celular. Igual, no hay señal aquí abajo, pero... podrían abrir la puerta, solo un segundo, yo salgo rápido y «aquí no pasó nada».

Todos en el comedor veían con extrañeza a Pamela, quien tenía una gran y forzada sonrisa en su rostro.

—Muy bien, abriremos la puerta para ti, pero antes debemos aplicarte el hechizo «Kortesh» para que puedas irte. Este impedirá que compartas el conocimiento que adquiriste sobre nosotros a otro humano. Cualquier intento que hagas de hablar sobre los Sulek será bloqueado inmediatamente...

—Sí, lo que sea, Dinah. No te preocupes, yo colaboro, pero encendamos las máquinas y hagámoslo ya porque necesito irme, de verdad —respondió Pamela, dando aplausos con un positivismo sobreactuado.
—Muy bien, todos a sus labores —ordenó Dinah con una reverencia.

Los tambores volvieron a sonar mientras los Sulek salían del gran comedor.

Dinah se acercó a nosotros

—¿Estás segura de querer abandonar el templo?

Pamela volteó a verme y asintió culpable con un nostálgico adiós en su mirada.

—Sí, debo irme. Este lugar y estar desconectada me generan un alto estrés. El templo es hermoso, toda una obra arquitectónica espectacular… pero, no puedo fingir que… no me asusta lo que hacen aquí. Prefiero olvidarlo. Además, eso de que se acercan los Kimeriformes espanta a cualquiera.
—No te sientas culpable, les pasa a muchos humanos. En ocasiones les cuesta tanto aceptar la verdad que prefieren seguir ciegos ante ella, es natural.

Dinah asintió y le hizo una señal a Melek para que se llevara a Pamela.

—Por favor, cuídense mucho—. Pamela se lanzó a abrazarme.
—No te vayas. ¿Recuerdas esa noche bajo las estrellas en que me dijiste que siempre habías sentido que existía algo más allá de la realidad, que darías lo que

fuera por conocerla? Tenías razón, existe, mira donde estamos. —Agarré una de sus manos y me aferré a ella.
—Sí, Elíam. Sí, todo lo que está pasando es increíble, te confieso que esta es una de las construcciones más fascinantes que he visto en mi vida, cada rincón en ella me sorprende. Quisiera quedarme para explorarla y entenderla por completo. Además todo lo de tus poderes y esta raza de personas también me genera mucha curiosidad y emoción, pero... mis papás... no puedo hacerles esto, sabes lo nerviosos que son. Desaparecer de un momento a otro les puede hacer mucho daño. Mi amor hacia ellos es lo único que no me permite quedarme. Bueno, eso y los desayunos, que son asquerosos —susurró mientras se le escapaba una sonrisa.

Pamela volvió a acercarse y luego de un culposo abrazo corrió para seguir a Melek fuera del comedor.

—¿Estás emocionado por iniciar? —me preguntó Dinah.
—Asustado.
—No deberías estarlo.
—Señora Dinah —interrumpió Frank—, ¿sería posible acompañar a Elíam en las clases? Puede que descubra mis poderes ocultos.
—Percibo en tu energía que has decidido quedarte. —Dinah lanzó una mirada dudosa sobre Frank—. De igual forma, tenemos que aplicar el hechizo «Kortesh».
—Hagan lo que tengan que hacer, señora. Quiero ser parte de esto y ayudar.
—Es probable que te hagan mucho daño y sufras al estar cerca de nosotros.
—Estoy dispuesto.
—Ningún humano a nuestro alrededor ha sobrevivido.

—Entonces seré el primero —respondió Frank con serenidad.

Dinah nos pidió seguirla, recorrimos varios pasillos mientras ella hacía un detallado resumen de los cuatro pilares de sesiones de aprendizaje en las que me enfocaría durante las próximas semanas.

El primero sería «*Teoría multidimensional de los cuerpos*», que abarcaría la comprensión de todo el conocimiento adquirido por los Sulek sobre la estructura energética de la que está compuesto el cuerpo físico y las diferentes dimensiones que existen en él; la teoría necesaria antes de pasar al segundo pilar.

«Meditación y acceso al mundo astral» me enseñaría las técnicas y procedimientos para salir de mi cuerpo, controlar, y luchar en el campo astral. Además, rituales de protección y ocultamiento del cuerpo y el alma.

El tercer pilar sería «Hechizos y pociones», un innumerable catálogo de configuraciones y creaciones energéticas para efectuar hechizos dentro y fuera del mundo astral, para así poder protegernos de lo que sería el cuarto y último pilar:

«El enemigo, la Orden de los Kimeriformes», donde aprendería todos los secretos de esta maligna raza espiritual y técnicas para derrotarlos.

Llegamos al final de uno de los pasillos más alejados y fríos en el templo. Una vieja puerta oxidada se abrió, Dinah nos pidió ingresar y de ahí en adelante debíamos seguir por nuestra cuenta. Podía sentir humedad del otro lado, el fuego en mi pecho de nuevo se encendió, me hizo entrar. Frank me siguió con temor, bajamos por unas oxidadas escaleras en espiral, al llegar al fondo fue inevitable quedar boquiabiertos.

Habíamos descendido a una cueva de agua subterránea inmensa. El techo estaba repleto de rocas en punta; era una construcción magistral de la naturaleza. El gran cenote albergaba en él una plataforma construida en piedra, diez Sulek estaban sentados en ella viendo de frente hacia la laguna de agua cristalina, la punta de una gran roca se asomaba a través del agua en todo el centro del cenote. Allí estaba sentado Diógenes, el maestro de la teoría multidimensional.

—Bienvenidos. Pónganse cómodos y prepárense para entrar en este viaje a través de los siete cuerpos. —El viejo hombre con voz ronca dio un gran salto girando en el aire y con facilidad aterrizó frente a nosotros.

—Tiene el… tiene el poder de volar… —dijo Frank pasmado.

—No es magia, chico, cuando entiendes de lo que estás hecho, tienes la posibilidad de mezclarte con todo lo existente. Estamos hechos de la misma materia del universo, del prana. Mientras lo comprendas conscientemente podrás ser todo y nada al mismo tiempo.

Diógenes estiró su mano hacia mí, extendí la mía de vuelta y cuando las dos se chocaron sentí una ráfaga de visiones que entraron a mi cabeza, cientos y miles de conocimientos sobre el mundo astral, el cuerpo y el universo. El ágil y simpático anciano me sonrió, dio otro gran salto, pero esta vez mi cuerpo lo siguió y aterrizamos juntos sobre la roca en el centro de la laguna.

Para este momento, ninguno de los demás asistentes que se encontraban en la cueva había movido un solo músculo, meditaban y se conectaban con la gran biblioteca del conocimiento.

—Frank, ¿quieres aprender? —gritó Diógenes desde el centro de la cueva—. Elíam te lo enseñará todo.

Mis ojos se cerraron intuitivamente. En el oscuro espacio entre mis cejas empezaron a aparecer unas torres de luz que eran grandes bibliotecas. Comencé a escalarlas y llegué a unos libros que brillaban de color dorado.

—Ahí están, Elíam, esos son los libros que debes abrir —dijo Diógenes, emocionado y excitado por la sensación que le producía el compartir conocimiento universal.

Los libros se abrieron ante mí, estaban escritos con simbología universal, las letras brillaban y se leían con facilidad; era información codificada en luz.

—Díselo, Elíam, díselo todo a Frank —volvió a gritar el viejo Diógenes.

El agua alrededor de nuestro cuerpo físico comenzó a girar. Era tanta la potencia de la energía transitando nuestros cuerpos, incluyendo el de Frank, que un gran remolino se creó a nuestro alrededor. Inicié una traducción instantánea que fue pronunciada por los labios de mi cuerpo físico.

—*Una persona no es su cuerpo. Por ejemplo, tú, Frank, ni yo, Elíam, somos esta materia que podemos ver y tocar aquí en este plano. Esta bolsa de huesos es tan solo uno de esos cuerpos, son siete y los explicaré a continuación.*

El agua a nuestro alrededor comenzó a crear figuras mientras intentaba explicarle la compleja teoría multidimensional a Frank.

—El primer cuerpo lo conoces a la perfección. Se llama cuerpo físico, se mueve en la tercera dimensión y con él puedes realizar acciones en este plano material denso.

»El segundo cuerpo es llamado etérico. Este cuerpo se mueve en la cuarta dimensión y almacena la energía de cada uno de los hechos y recuerdos que ocurrieron en tu vida actual.

El agua comenzó a proyectar imágenes y recuerdos que se guardaban en mi segundo cuerpo. Frank pudo ver un resumen de mi vida en tan solo un instante.

—El tercer cuerpo se llama mental. También funciona en la cuarta dimensión y en él se deposita la sabiduría adquirida en esta vida, lo que necesita la chispa divina, un fuego de tres llamas que habita tu corazón energético. Ese fuego nos proporciona la intuición y se conecta con este tercer cuerpo para guiarnos por la vida y el universo. Esa llama fue la que seguí para abrirnos la puerta al templo de los Sulek.

»El cuarto cuerpo es llamado el cuerpo emocional. Por medio de él accedemos a estados de paz y felicidad, reales y conscientes. Irradia la energía natural de la creación.

»Estos cuatro cuerpos son inferiores y todos los humanos solemos transitarlos sin siquiera notarlo. Algunos, más que otros, adquieren mayor habilidad y conciencia

para conectar con ellos y atravesar esta vida cumpliendo su propósito.

»Los Sulek somos seres que, por nuestra avanzada conciencia, logramos penetrar las barreras de estos cuerpos inferiores hasta llegar al quinto cuerpo.

»El cuerpo Sulek, que traduce «luz», es el quinto y funciona como un guardián silencioso, oculto. Se mueve en el mundo astral sobre los cuatro cuerpos inferiores. Es el protector de la luz, que todo el tiempo está mediando para defenderla. Almacena conocimientos y habilidades codificadas de vidas pasadas. Eso es lo que somos nosotros, en esta dimensión nos movemos. Pero ese ha sido el límite al que hemos podido llegar. La profecía dice que yo, Elíam, voy a poder guiarlos a todos para cruzar las barreras ocultas del sexto y séptimo cuerpo.

»El sexto cuerpo es llamado causal, y es una aura protectora, una energía de siete bandas circulares de colores que, se cree, almacena los tesoros que se han conseguido a través de la existencia y rodea el séptimo cuerpo, llamado el yo superior. El verdadero secreto de la existencia, donde se encuentra la perfección de amor del universo y nuestro plan maestro.

En ese instante el agua cayó y todo se detuvo, la cueva quedó en absoluta quietud. Abrí los ojos y pude ver a Frank contra una de las paredes intentando mantenerse en pie.

Tomé unos cuantos respiros, mi corazón se volvió a llenar de fuego. A mi cabeza llegó un recuerdo, ya había visto una construcción energética de luz antes, muy similar a esta que acababa de presentarme Diógenes en el mundo astral.

—Ya había visto esto antes.
—¿Qué? —Diógenes exclamó sorprendido.
—Sobre mi casa, en Macdó. La noche en que conocí a Frank y Melek.
—¿Estás seguro de haber visto una biblioteca de luz?
—Sí, era una gran construcción sobre mi casa. Pisos y pisos de luz. La estructura era igual a la que acabas de enseñarme.
—Esto es imposible…

Las aguas volvieron a alterarse. Pude sentir a la distancia el corazón de Diógenes acelerado, latiendo con fuerza. Su rostro cambió de trigueño a ceniza. Los Sulek que meditaban en la cueva despertaron y velozmente subieron la escalera para salir del lugar. Diógenes dio un fuerte suspiro y cayó sobre sus rodillas.

—Estamos perdidos… los Sulek… estamos perdidos.

CAPÍTULO 8
La cárcel de la mente

Cualquier ser humano sobre la faz de la Tierra podría pensar que tener superpoderes es lo mejor que podría llegar a sucederle.

¿Tú qué piensas? ¿Qué harías si de un día a otro adquieres habilidades superhumanas?

Probablemente no te cambiarías por nadie, las aprovecharías al máximo; tener la posibilidad de salir de tu cuerpo, volar, obtener conocimientos milenarios sobre la raza humana e información valiosa de tu estructura corporal; hechizar, moldear la energía para construir con ella, conectar con otros seres, sentir el corazón y las emociones de las personas que te rodean.

Sí, suena tentador, alucinante. Pero no es nada agradable cuando cientos de seres a tu alrededor sienten miedo, terror, pánico. Tu cuerpo recibe todas esas señales, se inunda en esa energía sucia que luego te penetra hasta acabar con tus huesos, el estómago se convierte en un agujero negro, el vacío te domina, la cabeza duele hasta explotar.

Saqué mi cabeza de un balde con agua fría para volver a tomar una gran bocanada de aire. El agua chorreaba abundante de mi pelo sobre el piso de la habitación.

—Están asustados, temen morir, temen perder su hogar, fallar en su misión —dijo Frank, intentando justificar mi dolor.
—A lo mejor su misión sea esa: fallar.
—Pero ellos no lo saben, intenta entenderlos.
—Los entiendo más de lo que quisiera, créeme.

Volví a meter mi cabeza en el balde con agua en un intento desesperado por aliviar el dolor.

Habíamos descubierto que mi nivel de sensibilidad y conexión era mayor al de los demás Sulek, por eso me afectaba tanto la depresión colectiva que había llegado al templo.

Todos entraron en pánico cuando por los pasillos corrió el rumor de la existencia de una construcción energética fuera del templo, una biblioteca de conocimiento universal que podría estar desprotegida allá fuera.

Nadie mejor que Diógenes, un maestro de la teoría multidimensional, podía comprender el peligro que significaba tal descubrimiento, razón por la cual alertó a Dinah y los demás maestros, quienes convocaron a una reunión de emergencia en la ancestral sala de la luz. Un amplio e histórico recinto en lo profundo del templo, donde se reunieron durante décadas los más altos rangos de los Sulek. Una sala amplia y vacía para evitar distracciones a los líderes en el momento de tomar decisiones de emergencia; no tenía más que once grandes sillas, tronos hechos de roca, dispuestas en un gran círculo; en el centro, sobre una plataforma también construida en roca y tallada con símbolos universales, se hallaba en pie la persona que hacía su intervención, en este caso el angustiado maestro Diógenes.

    —Una construcción Sulek desprotegida atenta contra nuestro gran plan maestro, tal acción está prohibida, nunca se había hecho. —Diógenes intentaba convencerlos a todos entre gritos—. Los Kimeriformes pueden llegar a ella, descubrir nuestros secretos, acabar con nosotros y usarnos para apoderarse finalmente del planeta.
    —Calma, Diógenes —dijo Dinah con su suave voz abriendo sus brazos—. Acércate.

El afligido anciano entró en medio de un abrazo calmante. Lo que nadie se había dado cuenta era que Dinah también ocultaba temor en la profundidad de su ser, un potente miedo que gracias a su habilidad lograba esconder ante los demás, pero no a mi desarrollada sensibilidad.

—Elíam, descríbenos exactamente qué pasó esa noche en tu casa. —Dinah me hizo una señal para pasar al centro de la sala.

Atravesé la circunferencia hasta llegar a la plataforma de piedra, subí y tuve mi primer encuentro, frente a frente, con los once líderes actuales de los Sulek. Eran seres particulares, en sus vestimentas y accesorios se podía ver una larga lista de influencias históricas ancestrales, seres sacados de la mezcla de una película de piratas con el misticismo de la fantasía. A cada uno de ellos los conocería más adelante en mis sesiones de aprendizaje, pero ahora debía rendir testimonio de esa alocada noche en que descubrí mis poderes.

—Hola, a todos. Solo quiero decirles que no fue mi intención asustarlos ni crear todo este caos…

—Al grano, chico, ¿qué pasó esa noche? —Me interrumpió Melek con su impaciencia característica, quien también hacía parte de los líderes maestros.

—Esa noche, cuando regresé del hospital, Frank me siguió y tomó una foto de una bóveda secreta en mi casa por la que intentaba ingresar. Me di un fuerte golpe en la cabeza, pero por alguna razón que no logro identificar aún, salí de mi cuerpo, volé a través del aire persiguiendo a Frank…

—¡¿Qué?! ¿Volaste? —Me interrumpió Ciró, uno de los maestros más ancianos. Usaba lentes y un particular bigote en puntas, instruía el conocimiento de ingreso al mundo astral y la meditación.

Todos los demás maestros susurraban y estaban aparentemente sorprendidos con el inicio de mi relato.

—¿Cómo lograste volar? ¿Habías accedido al mundo astral antes? —preguntó Ciró con intensa curiosidad.

—Sí, volé persiguiendo a Frank, logré atraparlo y lo alcé del cuello...

—¿Cómo? —Me interrumpió Elías, el maestro de hechizos y pociones, tenía un acento extraño, difícil de entender—. ¿Pudiste interactuar desde el mundo astral con alguien del mundo físico?

Los líderes de los Sulek estaban alterados y sorprendidos, hablaban entre ellos. Todo fue confusión en ese momento; no sabía cómo responder a sus preguntas.

—Nok Suleker daf sang cua due aner, mapeng sang kush. —Dinah alzó su voz en lenguaje universal, haciendo que todos se quedaran en silencio.

"Los Sulek Hemos estado esperando esto por años, por favor estén en calma"

—No sé qué dijo exactamente, señora Dinah —exclamó Frank avanzando hacia el centro del lugar a mi lado—, pero créanle a Elíam, yo también lo viví. Me asusté mucho y más cuando pude ver a través de...

—Sí, créanme. —Interrumpí velozmente a Frank. Ya los Sulek estaban demasiado asustados como para contarles que habíamos logrado conectar de tal forma—. Luego de eso vi sobre mi casa la misma estructura a la que accedí en la sesión de aprendizaje con Diógenes, y un segundo después regresé a mi cuerpo con una herida en la frente, nada más pasó.

Frank, cómplice, se mantuvo en silencio para no revelar más de lo que había ocurrido esa noche.

—¿Pudiste acceder a la biblioteca y ver qué contenía? —preguntó Hazal, el instructor y experto conocedor del enemigo, la Orden de los Kimeriformes, uno de los maestros más jóvenes.

—No, en ese momento no sabía qué era esa construcción, ni lo que me estaba ocurriendo.

—Sulek, evidentemente estamos ante un caso sorprendente de poder avanzado, solo los más experimentados y conscientes maestros logran estas hazañas que Elíam acaba de describir. Después de esta temporada tan oscura, finalmente veo algo de luz. Aún no sabemos cuál es la construcción que está sobre la casa de Vincent, pero pensando en las últimas pruebas que recolectamos de la tierra de Macdó, seguramente él mismo la construyó y es probable que ahí residan los hechizos que creó para ocultar los rastros de la energía del pueblo en el mundo astral y además bloquear los poderes de Elíam, su propio hijo. El hechizo debe ser extremadamente potente para ser capaz de bloquear tal magnitud de poder. —Dinah caminaba rodeando el círculo, viendo a cada uno de los líderes de cerca—. A estos nuevos, extraños y poderosos hechizos podríamos usarlos a nuestro favor, esconder el templo de forma permanente en el mundo astral y así protegernos de los Kimeriformes que han estado pisándonos los talones durante las últimas semanas. Además, piensen en el sinfín de hechizos nuevos que tal vez podríamos encontrar en una biblioteca construida por Vincent. Recuerden todo el poder y la habilidad que poseía.

—¿Por qué no simplemente entran en el mundo astral y van volando hasta Macdó para acceder a la biblioteca y descubrir de qué trata todo esto? —pregunté inocente.

Una risa comunal explotó en medio de la recámara. Para ellos fue como escuchar a un niño humano resolviendo los problemas de la Segunda Guerra Mundial con aviones de papel.

—Chico, se nota que te falta mucho entrenamiento para entender realmente el funcionamiento de nuestro mundo —dijo Ciró agarrándose sus bigotes—. No todos los Sulek tienen la posibilidad de volar como tú, son muy pocos los que lo logran. La mayoría caminan, así que tomaría mucho tiempo llegar hasta Macdó. Ya lo aprenderás en tus clases, pero es muy peligroso alejarse tanto de tu cuerpo mientras recorres el mundo astral. Si un Kimeriforme te ve y logra detectar tu cordón de plata, puede descubrir dónde está tu cuerpo y adueñarse de él.

—¿Qué es el cordón de plata? —me atreví a preguntar.

—Es ese lazo energético que conecta todos los siete cuerpos, es por donde se transmite la información divina. Tu cuerpo astral se mantiene conectado a tu cuerpo físico a través de este hilo —respondió Dinah—. Propongo lo siguiente. Elíam debe aprender más sobre el mundo astral, los rituales de protección, hechizos y debe seguir explorando sus poderes. Una vez logre tener control sobre ellos, organizaremos una visita a Macdó y accederemos a la biblioteca de Vincent. Solo roguemos que siga protegida de la misma manera en que lo ha estado todos estos años.

Un fuerte golpe se escuchó en la puerta del salón y un hombre agitado salió de ella, corrió hasta Dinah susurrándole algo al oído, que a juzgar por la reacción que provocó en ella, no era nada bueno. Tuve un muy mal presentimiento.

—¿Alguien más lo sintió? —preguntó Dinah. Varios cerraron los ojos y luego de unos segundos asintieron—. Elíam, ve a continuar tu aprendizaje. Ciró, llévalo contigo. Melek, acompáñame, necesito de tu ayuda.

Todos los líderes salieron de la sala con apuro. Frank y yo seguimos a Ciró a través de los pasillos. Al pasar cerca de otras personas podía sentir sus intensas miradas y temor; algo no andaba bien. Mi corazón empezó a arder, mi llama triple se había activado y la intuición me estaba guiando a un lugar distinto al que Ciró nos llevaba.

—¡Elíam, regresa! —gritó Frank a lo lejos.

Inevitablemente, comencé a correr, el fuego en mi pecho me guió por un laberinto de pasillos que me llevaron frente al salón de los grandes maestros de la luz. Un tumulto de personas rodeaba el lugar, al notar mi presencia muchos se asustaron y me abrieron paso entre murmullos hasta que pude llegar a la entrada de la recámara donde estaban Dinah y Melek frente a la estatua de mi padre. Para mi sorpresa, esta estaba destruida, como si una gran garra le hubiera desfigurado la cara, y en su pecho tenía la marca de «moknet», que en simbología universal significaba «traidor».

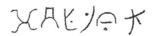

Quedé totalmente petrificado frente a tal escena. El pecho dolía de nuevo, la mente creó un sinfín de posibilidades absurdas, la muerte volvía a tocar el deseo, las ganas de desaparecer se hicieron presentes, el miedo, la incertidumbre, la vergüenza.

>—¡Elíam, te ordené algo! Es importante que avances en tu proceso, concéntrate en eso. No debes pensar en nada más, ve, regresa con Ciró.

Frank me agarró por los hombros y me obligó a salir de la sala. Todo ocurría en cámara lenta, veía la decepción en los ojos de los demás Sulek que se acercaron a ver la violenta escena.

Ciró apareció a lo lejos, corría hacia nosotros con un pésimo físico, parecía que se iba a desarmar de lo apaleado que estaba por esa corrida. Me ordenó que lo siguiera, esta vez la llama en el corazón se había apagado, así que fui tras de él.

Caminé por inercia hasta llegar a una sala que parecía un salón de ballet, el piso era en madera antigua, repleto de marcas negras que parecían quemaduras. Espejos con formas geométricas estaban incrustados en todas las paredes; era un gran domo donde podías observarte a ti mismo desde cualquier ángulo.

>—No te confundas con lo que ves —dijo el maestro Ciró con entusiasmo—, nada está en caos, solo elegimos el ángulo en que deseamos ver las situaciones y así las juzgamos. ¿Desde dónde deseas verte a ti mismo?

Observé cada ángulo del salón con rechazo. No encontraba un solo espejo en el que me sintiera cómodo viéndome a mí mismo. En algunos espejos se reflejaba Frank, quien también buscaba su reflejo favorito, en otros solo se reflejaba un traidor. Los recorrí a todos hasta que llegué a uno en forma de media luna.

—Ese es, Elíam, ese es —gritó Ciró—. ¿Lo sentiste? Porque yo lo sentí. Ahora, concéntrate en ese punto. Observa atento, mírate, intenta ver tu propio ser, pero no al físico inservible, sino al poderoso.

Mi reflejo en el espejo comenzó a cambiar de color, veía un aura azul alrededor de mi cuerpo.

—Ya estás conectado —susurró el maestro con sutil misticismo—, junto a ustedes hay un cofre. Este cofre contiene una mezcla de tierra sagrada y alcanfor, una cera blanca parecida a la sal sacada del ancestral árbol Cinnamomum Camphora. Su energía aleja la negatividad. Este ritual siempre se practica antes de abandonar el cuerpo, para protegerlo y que no pueda ser tomado por los Kimeriformes mientras estamos en el mundo astral. Agarren esta mezcla con su mano derecha y formen un círculo en el piso alrededor de ustedes.

Ciró se acercó con una antorcha encendida y prendió con fuego el alcanfor a nuestro alrededor. La mezcla despidió un olor mentolado, los pedazos más gruesos explotaron. Comenzó a pronunciar un hechizo en idioma universal; se me hacía familiar lo que decía.

—Ase sulek Corper flush na duk. Je invok du nok mo parter proter do su kua fan na Sang obek estork. Pe nok su don, fe pu on estork, nok ase korper preter nok tule ong asief je du nok prandon.

«Siete cuerpos de luz enlazan un alma. Invoco a las Cuatro dimensiones que protegen la luz que solo un ser puede ocupar. Que si la luz se corta dos no la ocupen, que si la ocupan, los siete cuerpos impidan la apropiación y me lleven a la liberación».

Era la misma frase que mi padre me había enseñado; la frase que llevaba tatuada en los símbolos de mi brazo.

—Ahora quiero que se acuesten boca arriba en medio del fuego. Cierren sus ojos y sigan mis instrucciones. Concéntrense en el entrecejo, ese lugar oscuro. La puerta al mundo astral va a empezar a abrirse, pero para ello debemos entrar en el estado de «samyama». Un estado de conciencia del cuerpo donde se debe llegar a un nivel tal de relajación que accedamos a la delgada línea entre estar dormidos y despiertos. Van a hacer siete respiraciones profundas, usando toda su capacidad pulmonar. Comiencen a soltar cualquier tensión muscular, se relajan cada vez más. En las próximas respiraciones quiero que repitan tres veces «No me dormiré, soy consciente y estaré consciente durante este ritual».

Repetí la frase tres veces. Mi cuerpo empezó a entrar en un estado tal de relajación que parecía flotar, podía sentir cómo el fuego a mi alrededor me ataba a la tierra y alejaba cualquier señal de negatividad.

—Quiero que empiecen a visualizar una pequeña llama de fuego que se enciende frente a ustedes. Créanla. Ese portal oscuro es vuestro; tienen todo el control.

Lo estaba logrando. Sentía la levedad empezando a ser parte de mí, una sensación inexplicable. Tanta libertad y expansión al mismo tiempo. Como por acto de magia, mi alma empezó a salir de forma épica de mi cuerpo. Todo comenzó a transformarse en luz. Cada forma, cada espejo del lugar se convirtió en un portal a diferentes lugares del universo.

—No pierdan la conciencia en el ahora, el presente. Si llega algún pensamiento, déjenlo pasar, déjenlo ir.

Tan pronto Ciró dijo eso, me condenó a miles de pensamientos que empezaron a cruzarse por mi mente; fue imposible evitar la avalancha de negatividad y pesimismo que llegó. Toda mi falsa vida pasada corrió como una película frente a mí. Incluso la voz de Ciró quedó opacada por mis ideas. No escuché nada más. El peso regresó a mis músculos. Las imágenes de la estatua de mi padre destruida, la decepción y temor de los Sulek me encadenaron a la tierra y por más que lo intenté, no logré salir. Las puertas del portal nunca se abrieron para mí, no se me permitió la entrada al mundo astral; había quedado bloqueada para siempre.

CAPÍTULO 9
La orden de los Kimeriformes

Sun Tzu escribió en El arte de la guerra: «Si conoces a tu enemigo y te conoces a ti mismo, no deberías temer el resultado de mil batallas. Si te conoces a ti mismo, pero no a tu enemigo, por cada batalla que ganes sufrirás una derrota».

Mi caso era devastador; no conocía a ninguno de los dos. Estaba condenado a la muerte. Nunca supe quién era yo realmente, se me había concebido para salvar una raza y protegerla de la oscuridad, pero hasta el momento no había logrado más que bloquear mi acceso al mundo astral y que mis propios pensamientos entraran a jugar a la ruleta rusa en mi contra.

Si no existe aún una enfermedad de exceso de pensamientos, podría ser yo el creador y portador de la nueva patología. Mi mente se había convertido en un huracán de ideas oscuras que azotaban mi serenidad consciente e inconsciente; lo único que ayudó a calmar un poco la avalancha de designios macabros la noche anterior, fue dibujar en la libreta que me había obsequiado Frank y sus palabras, él siempre sabía qué decir ante cualquier situación. Ese sí que era un verdadero superpoder.

Por otro lado, no conocía absolutamente nada sobre la Orden de los Kimeriformes, jamás en mi vida llegué a imaginar que existían tales seres, malignos y despiadados, pero sería ese mi próximo escalón de aprendizaje. Estaba a punto de entrar oficialmente a la batalla entre la oscuridad y la luz.

Ingresamos a una habitación con cientos de plantas en su interior, la luz era tenue, azulada, en el centro un gran cristal de amatista pintaba la habitación de violeta. El sonido de los tambores marcó el inicio del ritual al que debíamos someternos antes de ingresar y mencionar el mundo de los Kimeriformes. Era tal el poder de la atracción mental y de la palabra, que mencionarlos durante horas seguidas crearía conexiones energéticas y llamaría su atención hacia nosotros.

Hazal, el líder más joven de los Sulek, nos pidió dejar nuestros objetos personales a un lado junto a nuestra ropa.

—¿Quiere que nos quitemos toda la ropa? —pregunté, absolutamente sorprendido por su requerimiento.

—Sí, toda. Necesito cubrirlos con este barro, es una poción que contiene el hechizo «obsuk», bloquea temporalmente las señales energéticas emitidas por el cuerpo hacia el exterior —dijo el místico Hazal mientras mezclaba con su bastón de madera el barro en un gran recipiente.

Frank y yo nos miramos por un segundo, no supe al instante si él tenía cara de «Vamos a hacerlo» o de «¡Ayuda, sácame de aquí!».

Pero definitivamente era la primera. En un impulso se sacó toda la ropa; yo desvié mi mirada de inmediato e hice lo mismo. Ambos quedamos en calzones frente al maestro Hazal, quien había hecho lo mismo, solo que él estaba completamente desnudo.

—Recuerden que esto que tenemos es solo un instrumento aquí en la tierra. A los humanos les cuesta aceptar la naturaleza del cuerpo, pero es solo un adoctrinamiento de estas ideas sociales. Todos somos lo mismo: barro y polvo de estrellas.

Pero definitivamente no todos teníamos lo mismo, Hazal poseía una gran diferencia. Pude sentir a mi lado a Frank quitándose su ropa interior y ya no tuve otra alternativa más que hacer lo mismo y entregarme al proceso.

Untamos con esta poción pegachenta todo nuestro cuerpo. Evité ver el cuerpo desnudo de Frank, cosa que él no logró;

podía sentir su mirada intensa y burlona sobre mí. Luego, entre sonidos de tambores, Hazal, nos rodeó cantando un mantra en idioma universal.

De inmediato pude sentir cómo mis receptores energéticos se redujeron, ya no percibía de la misma forma a las personas que estaban en la sala. Confieso que eso me trajo algo de paz, como una píldora para el dolor cuando enfermas. Por un segundo volví a ser solo yo y mis emociones.

Hazal nos ofreció unas batas, luego nos sentamos alrededor de los cristales en el centro de la sala.

—No se preocupen, todo lo que hablemos y sintamos durante esta sesión se quedará aquí. Tenemos tres horas hasta que el efecto protector se agote; el hechizo, los cristales y las plantas a su alrededor ayudarán a capturar la energía. Que corra el tiempo.

Hazal activó un pequeño dispositivo frente a él que estaba construido con muchos engranajes de madera. Una esfera plateada en la parte superior comenzó a girar; en el instante en que la esfera completara su órbita, sería nuestra señal para detener la sesión.

—Desde épocas ancestrales, cuando nuestros antepasados evolucionaron y lograron convertirse en seres pensantes, energías oscuras del universo llegaron para habitar seres débiles y apropiarse de sus cuerpos, ejerciendo la maldad con el propósito de garantizar el reinado de la oscuridad en el planeta. Los Kimeriformes son espíritus de energía vibracional tan baja que funcionan casi como agujeros negros. Absorben luz de cualquier ser, oscureciendo todo alrededor mientras transitan en el mundo astral y esto se ve reflejado en el mundo físico. —Hazal se levantó y continuó su explicación de manera muy pasional, moviéndose de un lado a otro de la sala—. Debo confesar que científicamente son seres fascinantes de investigar, aún no logramos terminar de revelar sus secretos, pero cada día logramos obtener un poco más de información aquí en este centro de estudio. Lo primero que deben entender es que la existencia de un Kimeriforme brota a través del sacrificio de un ser de luz por medio de un ritual oscuro.

—Lo que significa que también nacen de la luz —comentó Frank.

—Sí y no. Estoy seguro de que la luz nunca va a querer que exista la maldad, pero un ser de luz puede ser convencido de transitar al otro lado, entre las sombras, donde quedará condenado a habitarlas hasta el fin de los tiempos. Una vez se efectúa el sacrificio de su propio cuerpo y alma, el nuevo Kimeriforme se queda atascado en el mundo astral hasta que logre conseguir un cuerpo que habitar. Logran detectar almas débiles a las cuales acechan, esperan el momento en que su luz se apague tanto que puedan introducir su garra, expulsar el alma, y apropiarse del cuerpo.

—¿Qué hacen después de apropiarse de él? —preguntó Frank con su tono impulsivo de periodista.

—Esto depende del poder de evolución del Kimeriforme. Algunos solo logran hacer que el cuerpo entre en estado de coma, otros llegan a tomar mayor control de la víctima y transforman la rutina de esta persona, afectando a todas las vidas que tienen a su alrededor, atraen peleas, depresiones y oscuridad a la comunidad que rodea a esta víctima. Otros logran tal nivel de evolución que obtienen poder total sobre el cuerpo y llegan incluso a desarrollar la habilidad de quitar vidas inocentes.

—Significa que no todos pueden asesinar...

—No, en el mundo físico no, pero pueden convencer a otros de hacerlo —respondió Hazal con frialdad.

—¿Cómo se puede identificar la presencia de un Kimeriforme?

—En el mundo físico los seres humanos lo pueden sentir como un frío que les recorre el cuerpo, una sensación inexplicable de temor constante. En el mundo astral su energía tiene forma demoníaca, una mezcla de humano con la textura de una serpiente y facciones de insecto. Requiere mucha preparación poder enfrentarlos sin dejarte llevar por el miedo y la oscuridad.

—¿Cómo los derrotamos? —me atreví a preguntar.

—Qué apresurada pregunta —dijo Hazal con una risa nerviosa—. No es nada fácil, requiere años de entrenamiento, sobre todo lograr una estabilidad consciente frente a ellos, sin dejarse distraer o afectar por sus aterradores sonidos y asquerosa apariencia. Nosotros, los Sulek, tenemos la posibilidad de luchar contra ellos en el campo astral. Ya aprenderás varios hechizos que te permitirán debilitar a un Kimeriforme hasta que su energía se desvanezca, pero ellos también te pueden atacar a ti, debilitarte. Además han adquirido la habilidad de percibir el cordón de plata.

—Es el cordón energético que une a los siete cuerpos —respondió Frank.

—Exacto. Si un Kimeriforme logra detectar tu cordón de plata en el mundo astral, puede rastrear la ubicación de tu organismo físico. Ellos se mueven velozmente, incluso más rápido que algunos de los Sulek. Así que llegarán hasta la ubicación donde dejaste tu cuerpo, con su garra golpearán intensamente el hechizo del ritual de protección que hiciste con el alcanfor y la tierra antes de salir, y una vez logren destruirlo, si no llegas a tiempo, con su gran garra cortarán el cordón de plata, expulsarán tu alma, y se apropiarán de tu cuerpo físico. Por eso es tan peligroso alejarse de tu cuerpo en el mundo astral.

—¿Alguna vez un Kimeriforme intentó romper tu cordón de plata? —preguntó Frank.

Los ojos de Hazal se humedecieron. A pesar del efecto del barro pude volver a sentir su energía, un dolor intenso que le explotó por cada poro.

—Los Sulek hemos tenido batallas muy intensas, históricas; yo he estado en varias. Al comienzo era fácil vencerlos, las pérdidas que teníamos eran muy pocas. Los cordones de plata de varios de nuestros hermanos Sulek, incluso el mío, quedaron afectados, pero nos recuperábamos con facilidad. Honrábamos a los pocos que perdían la vida y a los que eran poseídos los llevábamos a una sección interna del templo para intentar recuperar sus almas por medio de rituales. Seguíamos adelante, manteniendo el equilibrio y control de la luz en el planeta. Luego... después de...

Pude ver cómo Hazal buscaba entre su vocabulario palabras sutiles y apropiadas para continuar con la desastrosa historia que estaba a punto de contarnos.

—Los últimos treinta años han sido... muy... muy lamentables para nosotros. Batallas desastrosas vinieron, las pérdidas fueron de magnitudes gigantescas. Nuestra comunidad comenzó a reducirse, de miles a cientos, ahora solo quedamos unos cuantos intentando seguir con la misión. —Hazal tragó un poco de agua de un cuenco a su lado y se tomó unos segundos para continuar su relato—. Desde la última predicción de luz que recibieron los mayores, todo se salió de control, la sangre comenzó a trazar nuestro camino. Como lo dice el pergamino... «Sangre ha de correr por el plan perfecto, de la sangre nacerá y con sangre se salvarán». Fueron tantas las posesiones que definimos un nuevo protocolo; si un Sulek era poseído, inmediatamente debíamos quitarle la vida en el mundo físico.

—Es decir, tuvieron que comenzar a matarse entre ustedes mismos —interrumpió Frank.

—Sí, sin importar quién fuera, una vez detectáramos presencia Kimeriforme enterrábamos una daga sagrada en el corazón del cuerpo de nuestros hermanos. «Con sangre se salvarán». —Hazal dio un profundo respiro—. En la última batalla que tuve, un Kimeriforme logró alcanzarme, detectó mi cordón de plata y descubrió mi cuerpo. Lauren, mi esposa, estaba luchando también en el mundo astral, habíamos dejado nuestros cuerpos juntos en el bosque. Por alguna razón el Kimeriforme decidió ignorar mi cuerpo y se apropió del de ella. Así que tuve que despertar, tomar mi daga con fuerza, y atravesar el corazón de Lauren.

Los ojos de Hazal se inundaron, el suelo fue lavado con lágrimas de sus ojos, le tomó unos segundos encontrar aire suficiente para recomponerse.

—¡Ahora entiendo el terror que les tienen! —dijo Frank entre murmullos—. ¿Estamos protegidos de ellos aquí en el templo?

—Este templo siempre ha estado oculto para ellos, era lo único que habíamos podido mantener bajo control, pero desde hace unas semanas hay reportes excesivos de Kimeriformes cerca. Se están organizando. No hemos vuelto a realizar ataques estratégicos para defender el territorio, esperando a estar mejor preparados; ellos han logrado evolucionar con rapidez.

—¿De qué depende su evolución? —pregunté.

—Entre más almas y cuerpos logran apropiar, más poder adquieren. Podrán identificar su nivel de evolución en los ojos. Pelear con un Kimeriforme de un solo ojo es como pelear con un bebé; lo destruyes fácilmente con un hechizo básico. Entre más ojos tengan, más será su poder y habilidad. Para los de cuatro y cinco ojos es cómo pelear con un adolescente ansioso; te cuesta sacártelo de encima. Los poseedores de seis y siete ojos ya son peligrosos; debes ser muy astuto para vencerlos. Ellos engañan con facilidad. Sin importar lo dóciles que puedan parecer, son maldad absoluta, deben estar alerta y no permitir que los engañen. Por eso preparé algo para ustedes.

Hazal se dirigió a una de las paredes y activó una palanca de metal que salía entre las rocas. Una vibración recorrió toda la sala y Frank y yo nos pusimos en pie. El piso del centro del salón, donde estaban los cristales, comenzó a elevarse, la vibración era cada vez más intensa. Poco a poco unos barrotes le dieron forma a lo que parecía una jaula gigante de un pájaro y en el centro de la gigantesca jaula había un niño, sentado de espaldas.

—¡Ayúdenme! ¡Por favor, ayúdenme! —El pequeño niño se giró hacia nosotros llorando—. Sáquenme de aquí.

Frank y yo retrocedimos unos pasos, el maestro Hazal se incorporó a nuestro lado, obligándonos a alejarnos más de la jaula.

—No lo escuchen, solo intenta debilitarlos y sacar provecho de esta situación. Este niño, aparentemente inocente, fue una de las víctimas de los Kimeriformes, asesinó a sus padres. Logré capturarlo hace un año y desde entonces lo tenemos aquí para seguir estudiando a los Kimeriformes.

—Pero es solo un niño. Libéralo ahora mismo —exigió Frank mientras se adelantaba a auxiliar al pequeño.

De un solo impulso, Hazal agarró a Frank de los hombros y me pidió ayuda para detenerlo. Frank movía sus fuertes brazos, intentando liberarse. Entre los gritos y la confusión, mi cabeza empezó a doler, poco a poco fue llegando a ella un mensaje, unas palabras, una voz gruesa y asquerosa.

—¡Díganle que se calle! —grité con fuerza, agarrándome con desespero la cabeza.

—Elíam, ¿qué pasa? —Frank volvió su atención hacia mí.

Una fuerte migraña se había adueñado de mi cabeza, sentía que me iba a explotar. Las palabras fueron volviéndose cada vez más claras, la voz del Kimeriforme que había en el niño me estaba contactando.

—Hola, Elíam, gracias por venir… Ya casi se acaba tu tiempo, alertaste a todos para que vinieran al templo, gracias por cumplir tu misión.

—¡Cállenlo! Por favor, cállenlo. —Me lancé al piso cubriendo mi cabeza con las manos. Las palabras que llegaban a mí dolían tanto que quería arrancarme la cabeza.

Frank y Hazal intentaron auxiliarme, yo gritaba con fuerza en un intento de opacar la voz en mi cabeza.

—Estamos próximos a acabar con ustedes. Pero tú tienes la oportunidad de cruzar al otro lado; únete a nosotros y reina para siempre a nuestro lado.

Movía mi cuerpo de un lado a otro en el piso. Frank se tiró encima de mí e intentó controlarme para que no me golpeara y me hiriera con las rocas.

—El ritual ya está escrito en sus registros de luz, ahí tienen la información del ritual oscuro. ¡Síguelo! Síguelo y conviértete en uno de nosotros. Imagina tu poder actual potenciado en niveles inimaginables.

Comencé a golpearme con fuerza la cabeza, quería hacerme daño, estaba dispuesto a lo que fuera por apagar la voz.

—¡Quiere que me convierta! ¡Quiere que vaya con ellos! —grité.

El niño dentro de la celda comenzó a reír con fuerza, trepaba por los barrotes como una araña. Hazal, en un veloz y ágil movimiento, corrió hasta la parte trasera de la celda, sacó una escopeta y sin pensarlo dos veces le disparó en la cabeza al niño. La sangre de sus sesos voló, manchándonos a todos.

Inmediatamente, el cuerpo del niño cayó al suelo y un fuerte rugido inundó la sala.

Hazal corrió, agarró tierra de una de las matas y la lanzó a su alrededor. Se acostó mientras pronunciaba el hechizo de protección y salió de su cuerpo con una pequeña convulsión. Algunas de las matas a nuestro alrededor comenzaron a moverse, como si alguien las estuviera golpeando, y los cristales sobre la jaula brillaron.

Yo seguía escuchando la voz en mi cabeza que repetía el mismo mensaje una y otra vez. El cuerpo de Hazal inició una serie de fuerte convulsiones, Frank no sabía si quedarse conmigo evitando que me golpeara o ir a auxiliar a Hazal.

Después de varios minutos, todo se detuvo, la voz en mi cabeza cesó y el cuerpo de Hazal quedó inmóvil.

—¿Estás bien? —me preguntó Frank, revisando mis signos vitales.
—Sí, estoy bien, pero esa cosa es muy poderosa. Me estaba haciendo daño —giré y vi el cuerpo inmóvil de Hazal tirado en el suelo—. ¡Maestro! ¡Maestro, despierte!

Una convulsión trajo de vuelta al maestro, quien tuvo que tomar unas largas bocanadas de aire para recuperar su total conciencia.

—Hace mucho no lo hacía, pero lo destruí —dijo agitado el maestro—. ¿Estás bien? ¿Qué te decía Elíam?
—Que... que me uniera a ellos. —Dudé en responder.
—Qué extraño. Nunca se había intentado comunicar con nadie. Debe ser por la sensibilidad de tus receptores. —Me agarró la cabeza y me miró directo a los ojos—. Eres muy importante para nosotros, Elíam. No caigas en sus trampas. ¡Genial! Ahora tendré que conseguir otro espécimen para seguir obteniendo información. Esto es lo que hace un Kimeriforme de siete ojos, tienen demasiado poder.
—¿Y los de nueve ojos? —pregunté aún con el corazón acelerado—. ¿Qué pueden hacer los de nueve ojos?
—No existen. La evolución de los Kimeriformes llega hasta los siete ojos.

Un escalofrío me recorrió la piel, el estómago se me comprimió. Dudé en hablar, pero tenía que hacerlo.

—Yo vi uno de nueve.

—¿Qué? Eso es… imposible.

Me levanté del suelo y corrí hacia la entrada de la sala, agarré entre mis cosas la libreta que me había regalado Frank. Busqué entre mis dibujos hasta encontrar el que había estado haciendo la noche anterior durante mi insomnio.

> —Lo vi esa noche, en la casa de mi padre, cuando salí por primera vez de mi cuerpo —dije mientras le enseñaba a Hazal el dibujo del Kimeriforme de nueve ojos.

La mirada del maestro se llenó de terror. El dispositivo giratorio del tiempo sonó; había completado su órbita.

Varios hombres irrumpieron en la habitación, nos levantaron con fuerza, y fuimos sacados a empujones. Nos estaban tratando como prisioneros. Exigimos una respuesta a tal agresividad, pero lo único que recibimos fueron órdenes de guardar silencio. Nos llevaron a la fuerza hasta la gran sala ancestral de la luz, nos obligaron a entrar y lo primero que vimos fue a Pamela, asustada, sentada en uno de los grandes tronos, con las manos atadas.

CAPÍTULO 10
El diario secreto

¿Alguna vez has pensado en lo degradante que sería hacer el trabajo de una carnada? ¿Ser una lombriz chica e insignificante, sin valor alguno, sacada de la mierda y del barro, empalada viva en un anzuelo para atraer a un pez grande, gordo y jugoso que todos desean para la cena?

Así me sentí cuando el Kimeriforme de séptima evolución con piel de niño me anunció el plan que tenía la orden conmigo. Solo era eso: una miserable lombriz empalada.

Por otro lado, no entendía por qué los Sulek nos habían llevado con tal agresividad a la sala ancestral de la luz, y mucho menos la aparición repentina de Pamela atada de pies y manos en el templo. Era cuestión de tiempo para que el volcán en el que estábamos atrapados explotara, la verdad estaba a punto de hacer erupción.

—¿Qué demonios haces aquí? —Salí corriendo hacia Pamela para intentar liberarla.
—Elíam, detente —susurró Frank, agarrándome por la espalda—. ¿Y si ahora es un Kimeriforme?

Frank tenía razón, el aspecto de Pamela había cambiado, su pelo estaba sucio, su piel tenía manchas de tierra, incluso desde la lejanía podía sentir el olor fétido que provenía de sus axilas y aliento. Todo en ella se había transformado.

—¡Pamela, responde! —insistí—. ¿Qué haces aquí? ¿Por qué estás atada?
—Mejor díganme ustedes qué hacen semidesnudos y llenos de chocolate con salsa de fresas.
—Sí, es ella —le susurré de vuelta a Frank.
—No es chocolate, es barro y sangre de un niño —contestó Frank, acercándose para liberarla.

—¡Oh! Entiendo. Definitivamente, su historia es más interesante que la mía. ¡¿QUÉ DEMONIOS PASA, ELÍAM?! ¡¿SANGRE DE UN NIÑO?! —Pamela estaba consumida en terror.

—¡RESPONDE TÚ! ¿QUÉ HACES AQUÍ? DEBERÍAS ESTAR YA EN EL PUEBLO CON TUS PADRES. —Frank se había sumado al caos de gritos.

—Ya, cálmense los dos, por favor. Pamela, tú primero. ¿Qué ocurrió?

—¡OK! La mañana en que salí del comedor, todo era aparentemente perfecto. Melek me hizo beber un agua verde, asquerosa, por cierto. Luego me rodeó con un incienso, dijo un par de palabras extrañas, y me acompañó a una salida del templo que era diferente a la que usamos para entrar. Corrí de inmediato hacia la calle trasera, donde habíamos estacionado la camioneta, pero lo único que encontré fueron vidrios rotos en el suelo. ¡Se la habían robado!

—¿Qué? ¿Llamaste al servicio de emergencias?

—Para allá voy, Frank. Intenté llamar a emergencias, pero mi celular se había quedado sin batería. Estuve durante horas gritando en la calle y golpeando las puertas externas de la construcción superior del templo, pero solo conseguí llamar la atención de los vagabundos que viven por la zona, quienes comenzaron a agruparse. Cuando uno de ellos se acercó, no tuve más opción que correr. Corrí y corrí, lo más rápido que pude, tratando de encontrar una tienda, un restaurante, algún lugar donde pudieran ayudarme. A lo lejos vi una casa extraña de venta de celulares y tecnología. Pude darme cuenta de que el barrio es muy inseguro porque la puerta estaba cubierta con barrotes y ellos atendían a través de las rejas. Me acerqué a pedirles ayuda, ellos se ofrecieron a cargar mi celular, se lo entregué y luego de una hora de espera, fui a tocarles, pero no volvieron a salir. Luego

de insistir varias veces, uno de ellos apareció por una ventana, y aseguró no conocerme y no saber nada de mí o de un celular.
—¿No hiciste nada? Te robaron en tu cara —la interrumpió Frank, incrédulo.
—¡Cállate, cerebrito! ¿Qué hubieras hecho tú?

Pamela intentó ponerse de pie para enfrentar a Frank, pero su olor nos hizo retroceder de inmediato. Definitivamente, seguía siendo ella por dentro, pero se había transformado en un monstruo por fuera.

—Pamela, continúa —le pedí con gentileza.
—Fue horrible, Elíam. Ha sido uno de los peores momentos de mi vida. —Pamela explotó en llanto—. Estaba sola, allá afuera, en una ciudad inmensa que no conozco, donde absolutamente nadie quiere ayudarte. Intenté contar la historia a varias personas, pero me tomaban por loca, ya que al momento de llegar a la razón por la que estábamos aquí, los «Sulek», mi boca sencillamente dejaba de pronunciar palabras. Para mi sorpresa, el hechizo de Melek sí funcionaba; no podía contarle nada a nadie. Así que decidí regresar al templo, golpeé todo lo que pude para llamar su atención, pero nadie nunca salió, nadie nunca respondió. Pasé la noche afuera. Tuve que ocultarme de los demás vagabundos, si se hubieran enterado de que estaba allí, seguro no pasaba de esa noche. Me escondí entre la basura. Fue horrible, Elíam, fue asqueroso. ¡MIRAME!
—Sí, lo percibo claramente y siento mucho que hayas tenido que pasar por esto, pero ¿cómo terminaste aquí atada?
—A la mañana siguiente fui más lejos para intentar buscar ayuda, ya que los Sulek no habían respondido. Llegué a una zona de tiendas. La gente ni siquiera me dirigía la palabra; mi aspecto los alejaba.

Ingresé a otra tienda de tecnología y no se imaginan lo que vi en uno de los televisores.

—¿Qué viste? —preguntó Frank.

—Es muy grave la situación, chicos. Supe que debía regresar y hacer hasta lo imposible por contarles en persona. Así que recordé que en el templo, la luz del sol entra a través de unos túneles secretos recubiertos en espejo. Duré mucho tiempo intentando encontrarlos, pero una vez los descubrí, comencé a lanzar piedras en el interior. Pude escuchar cómo se quebraban los espejos, lo hice en cuatro túneles y cuando estaba a punto de descubrir el quinto, unos hombres me lanzaron al piso y me trajeron esposada aquí.

La sala se quedó en completo silencio, estábamos petrificados. Me sentí avergonzado y culpable de que Pamela tuviera que experimentar eso allá afuera por mi culpa.

—Bueno, pero ¿qué era lo que tenías por decirnos? —preguntó Frank ansioso.

—Ah, sí. Todo esto se salió de control, estamos en grave…

La puerta de la gran sala ancestral de la luz se abrió y todos los líderes entraron con velocidad, seguidos de Dinah, quien llevaba una gran daga en sus manos. Esta se acercó a nosotros y nos ordenó arrodillarnos frente a ella.

—¿A qué están jugando ustedes? Digan cuál es su plan ahora mismo. —Movió la daga con agilidad en el aire y terminó pegada a mi cuello.

—No sé a qué te refieres, Dinah. Nosotros no hemos hecho nada más que intentar seguir tus instrucciones.

—Llegan y todo comienza a salirse de control. Los Kimeriformes se acercan cada vez más a nuestro templo, aparece la estatua de Vincent destruida, el maestro Hazal dice que te comunicaste con ellos y los has atraído hasta aquí, tu amiga destruye los túneles de luz y protagoniza un escándalo en el exterior, llamando la atención de todos hacia nosotros.

—Te lo juro, Dinah, por la memoria de mi padre, yo no tengo idea de qué ocurre, hasta hace unos días todo esto era desconocido para mí. Debe haber una explicación.

—Necesito saberla o, por el bien de nuestra raza, tendré que decapitarlos a todos ahora mismo.

El temor de Dinah finalmente se había quitado la máscara y había salido a la luz. Todos la miraban sorprendidos; nunca había reaccionado de tal manera, pero esta reacción cobraba sentido cuando entendías que el equilibrio de la oscuridad y la luz en la tierra estaba pendiendo de un hilo.

—Nosotros llegamos aquí porque ustedes nos lo pidieron. Estoy de acuerdo en que hay algo muy extraño alrededor mío, no entiendo las razones, pero poco a poco iremos encontrando una explicación. Puedo sentir tu temor, Dinah, lo comprendo, déjame ayudarte a solucionar todo esto.

—¿Ella por qué estaba destruyendo la entrada de luz? —Dinah aumentó la presión del filo de la daga en mi cuello.

—Robaron nuestro auto, Pamela estuvo afuera todo este tiempo intentando comunicarse, pero ustedes no respondieron, fue la única forma que encontró de llamar nuestra atención.

—Es verdad, señora. Usted no se imagina por lo que tuve que pasar —respondió Pamela aun entre llanto.

Dinah se alejó de nosotros, caminó en círculos intentando ordenar las ideas de su cabeza, nadie más emitía un solo ruido en la sala.

—Dinah, Pamela vino porque necesitaba decirnos algo con urgencia. ¿Podríamos dejarla hablar? —pregunté, levantándome del suelo.

—¡Habla! —ordenó Dinah.

—Cuando entré a una tienda vi en uno de los televisores una cara que se me hizo familiar, así que me acerqué a mirar con detenimiento. Era el rostro de Elíam, estabas en las noticias. El comisario del pueblo organizó un gran escándalo mediático para intentar encontrar al chico que «estuvo muerto y resucitó». Dijo que él había quedado designado como protector de Elíam y no descansaría hasta encontrarlo. Aparecieron varios testigos del pueblo que declararon haberlo visto asediado por una chica malhumorada y un periodista de pelo gris, quienes lo metieron en su auto y lo secuestraron. Creen que Frank y yo te secuestramos y nos están buscando por todos lados.

—Ahora también nos persigue la policía. —Dinah respiró con fuerza—. ¿Qué más viste? ¿Lograron seguirlos hasta acá?

—No, por ahora buscan en los alrededores del pueblo y mis padres… —su voz se cortó en llanto—. Ellos están siendo investigados y asediados por todos…

La puerta de la gran sala se abrió, interrumpiendo el relato de Pamela. Melek venía agarrando con fuerza a un chico del brazo y lo llevó hasta el centro del lugar.

—¡Lo encontré! —dijo Melek mientras lanzaba al joven con fuerza junto a nosotros—. Usó un hechizo para deshacer su rastro, pero logré descifrarlo. Él fue quien arruinó la estatua de Vincent.

Un adolescente de aproximadamente dieciocho años, cabello corto y varios tatuajes en su cuerpo, jadeaba a nuestro lado, observando con rabia a cada una de las personas en la sala.

—¡Ustedes no tienen idea de lo que están haciendo! —gritó el chico—. Están permitiendo que quienes nos traicionaron hace veintiún años regresen a destruir lo que queda de nosotros. Su plan está perdido. Somos varios los que estamos en contra de que Elíam Cob esté aquí.

—Lo que nos faltaba: tenemos una disidencia —exclamó Dinah, acercándose veloz al chico con su daga—. ¿Quiénes están contigo?

—No te lo diré.

Sin pensarlo dos veces, Dinah, dio un giro en el aire y con fuerza clavó la daga en el pecho del adolescente. Frank me agarró la mano y Pamela ocultó su mirada en mi pecho. El frío de la muerte nos recorrió a todos. Un gran «ohm» proveniente de las voces de los líderes hizo vibrar la sala.

—«Sangre ha de correr por el plan perfecto, de la sangre nacerá y con sangre se salvarán». —Dina sacó un pañuelo de uno de los bolsillos de su vestido y limpió la sangre de la daga—. Que sirva de enseñanza para todos en el templo. Quien no siga las órdenes y el plan, será ejecutado.

Ninguno de los otros líderes se atrevió a decir una sola palabra; en el fondo compartían el accionar de Dinah. Podía sentir cómo ver el cuerpo del adolescente en el suelo les daba confianza y seguridad. La mayoría de ellos aceptaba que era necesaria la sangre para cumplir el plan, pero no lo era para mí.

Estuve a punto de abrir mi boca, de oponerme, pero la llama en mi corazón me detuvo, me hizo callar. Si me rebelaba en ese momento, Dinah y los demás líderes irían por nosotros. Era tal el miedo que experimentaban los Sulek, que estaban dispuestos a hacer lo que fuera por salir de esta era de oscuridad, una era en la que sin darse cuenta estaban creando su propia versión de la noche.

—Vamos a seguir con nuestro plan. Elíam, debes dominar tus poderes lo más pronto posible; esa es nuestra prioridad. Pamela y Frank se quedarán aquí, la policía los busca, así que será mejor que sigan ocultos. Deberán cumplir ciertas tareas para ayudar a la comunidad. Ahora, todos fuera, que limpien este desastre.

Dinah atravesó la sala, dejando un camino de la sangre del chico que se había impregnado en la parte inferior de su vestido. Salió con determinación, los demás la siguieron.

Pasaron varias semanas desde el incidente y los Sulek guardaban más silencio de lo normal. Se reportaron más apariciones de Kimeriformes en la ciudad; nos estaban acechando. Todos temían y callaban, se concentraban en sus aprendizajes.

Las únicas voces que resonaban con frecuencia entre los pasillos eran las de Frank y Pamela, quienes debían servir los desayunos en las mañana y ayudaban con la limpieza del lugar en las tardes. Una vez terminaban sus quehaceres, iban a entretener su mente en nuevas pasiones que habían descubierto. Pamela halló libros que contenían los planos físicos del templo, la estructura de las formas y secretos arquitectónicos que ocultaba y logró conseguir autorización para investigar y crear ideas nuevas de seguridad para fortalecer el templo. Frank desarrolló una pasión por estudiar las pociones y los rituales; era como un aprendiz de brujo humano.

—Todos los humanos pueden llegar a manejar la energía que emana del universo hacia nosotros y desde nosotros hacia el universo. Algunos lo logran con mayor facilidad que otros, pero todos pueden llegar a hacerlo —dijo Elías, el maestro de hechizos y pociones.

Frase que quedó grabada en el consciente y subconsciente de Frank, la cual aprovechó para querer ser un experto en el tema. En la teoría le iba muy bien, pero en la práctica solo lograba encender las velas del ritual con esfuerzo.

Por mi parte seguí asistiendo a todas mis clases, aprendía mucho, pero no logré volver a salir de mi cuerpo; mi puerta al mundo astral seguía bloqueada por mis pensamientos. Días enteros de meditación y esfuerzos por dejar la mente en blanco fueron inútiles.

Comenzaron a llegar notas anónimas, agresivas, invitándome a dejar el templo, a darles vía libre para seguir con su misión. Las miradas en los pasillos eran aterradoras, llenas de confusión. En el fondo los entendía porque el progreso de mis habilidades en el mundo astral era nulo.

Dormir se había convertido en un verdadero desafío. Frank siempre me acompañaba en mis jornadas de insomnio, eran tensionantes, aunque los ronquidos de Pamela lograban sacarnos un par de risas.

—Si quieres resultados diferentes, debes hacer cosas diferentes.
—Frank, cada día intento algo nuevo, ya se me acabaron los recursos. ¿Has visto cómo me ve Dinah cada vez que paso cerca de ella? Siento que el tiempo se agota.

—Oye, no digas eso. Mírame. —Frank me obligó a verlo a los ojos—. Eres de los seres más increíbles que conozco; nunca antes vi algo similar a lo que tú me has hecho ver. Eres especial, Elíam. Yo creo que ti.

—No sé cómo lo logras… —le dije frustrado.

—¿Qué?

—Darme tanta tranquilidad, saber exactamente qué decir siempre, jugar con la impaciencia, hacer todo tan bien…

—¿De qué hablas? —me interrumpió—. ¿Recuerdas esa parte de las sesiones donde entramos en un estado profundo de relajación en que el maestro nos pide repetir tres veces «No me voy a dormir»? Yo no sé qué pasa de ahí en adelante en la clase, siempre me duermo.

Nos reímos a carcajadas. Hablar con él era más relajante que las clases de meditación.

—Entonces, ¿qué harás esta noche? ¿Intentarás dormir o dibujarás como siempre? —me preguntó, cubriéndose con una de sus sábanas.

—Ninguna; haré algo diferente. De verdad quiero ser funcional para los Sulek. Iré a la cueva para intentar entrar en la biblioteca energética, a lo mejor logre abrir mi portal solo y pueda acceder para empezar a aprender. En vez de perder el tiempo, aquí escuchando el concierto gutural de Pamela.

—¿Eso de ir a la biblioteca a esta hora es legal? —preguntó Frank con duda—. No quiero que termines como pincho asado en la daga de Dinah. Por favor, deja de reírte, es en serio, Elíam.

—Tranquilo, adquirir conocimiento aquí es legal. Además, ya se me están acabando las páginas de la libreta de dibujo, así las administro mejor.

—¿Cuándo me vas a mostrar esos dibujos?

—Cuando yo esté preparado para los resultados diferentes. No me gusta que nadie los vea.
—Yo no soy «nadie».
—Ya, mejor duerme. —Le lancé mi almohada y salí de la habitación.

Todo estaba más oscuro de lo normal. El terror les pertenecía a los pasillos vacíos, las mariposas en el estómago se transformaron en gusanos, gusanos que estaba dispuesto a soportar para cumplir con mi propósito.

No recordaba con exactitud la ubicación de la recámara de la cueva, mi sentido de orientación no era el mejor. Aunque ya había recorrido cientos de veces estos pasillos, cada día me sorprendía un nuevo descubrimiento de ruta.

Giré por una de las paredes, sentí algo detrás y volteé rápidamente, pero no vi más que oscuridad y vacío. Tomé un respiro y continué, ya estaba cerca. Cuando estuve a punto de atravesar la puerta de metal oxidada hacia las escaleras, miré hacia el piso y vi unos pies tras de mí. Giré de inmediato, pero el pasillo seguía vacío.

El corazón se aceleró y los gusanos comenzaron a atravesar las paredes de mi estómago. Pensé en devolverme, di unos cuantos pasos de regreso a la habitación, pero el calor en mi pecho de nuevo me detuvo. Llamó mi atención hacia uno de los muros detrás de mí y poco a poco comenzó a aparecer una sombra. Las piernas me temblaban, el aire húmedo y frío que salía de la recámara de la cueva me hizo poner los pelos de punta, la respiración se agitó, quería gritar, pero no podía siquiera moverme. La sombra comenzó a caminar hacia la puerta oxidada y la atravesó.

Solo una posibilidad corrió por mi mente en ese instante, y era huir. Debía correr de regreso y alertar a todos de la presencia de este ser. Pero mi cuerpo reaccionó diferente; comenzó a caminar hacia la cueva. No seguía mis órdenes, era como si tuviera vida propia o estuviera siendo manejado a control remoto desde otro universo.

Atravesé la puerta, bajé las escaleras en espiral y llegué a la cueva oscura. Solo se escuchaba el eco de las gotas que caían del techo por la humedad y el fuerte palpitar de mi corazón. La sombra apareció inesperadamente y mi cuerpo dio un salto del susto.

La sombra comenzó a aumentar de tamaño, perdí el equilibrio y caí a la laguna, el agua se agitó. La ropa me pesaba, intenté nadar hacia la piedra del centro, pero resultaba difícil moverse, el frío del agua comenzó a hacer estragos, a congelar cada uno de mis músculos y me impedía moverme. Tragué agua un par de veces, intentando vencer la corriente para sacar mi cabeza y tomar aire.

La mente comenzó a jugar sus cartas de supervivencia, grité lo más fuerte que pude, pero la sala estaba tan lejos que nadie lograría escucharme. Estaba quedándome sin aire, mis pulmones se comprimían con fuerza intentando sacar el agua que había logrado entrar en ellos. Poco a poco mi alrededor se oscureció y fue justo ahí, cuando quise resultados diferentes, que terminé bajo el agua sin poder respirar.

Una luz resplandeció en el centro de la oscuridad. Por primera vez en semanas volvía a verla. La reconocía, ya la había visto antes. La luz comenzó a tomar forma, se elevó y como acto de magia hizo que la gran biblioteca de luz apareciera frente a mí.

Pude moverme a través de ella, me sentía libre de nuevo, liviano; había logrado salir de mi cuerpo.

Cada libro tenía un nombre llamativo, información que deseaba adquirir para avanzar, pero por alguna razón no me animaba a abrirlos. El fuego en mi corazón ardió, más que nunca, me guio en una dirección diferente, me hizo subir a lo alto de la biblioteca.

Una luz roja resplandeció entre el dorado de los libros. Me acerqué, los aparté y tras ellos me encontré con un librito marrón, rojizo, era hermoso, tenía un cierre hecho del mismo material de la carátula, parecía cuero. Este pequeño librito era diferente a todos los demás ejemplares que llenaban la gran biblioteca.

Pude percibir que mi cordón de plata se estaba dañando, al parecer mi cuerpo estaba teniendo problemas en el mundo físico, y sí, estaba ahogándose en medio del agua. Pero la curiosidad que me producía este pequeño librito me hizo querer quedarme un poco más para ojearlo.

Lo abrí y lo primero que vi fue una nota. Pude reconocer la letra, era de mi padre.

> *«Durante 60 días me desperté temprano en la mañana a escribir y dibujar el primer pensamiento que se me venía a la mente. El resultado me sorprendió, este fue un verdadero ritual mágico donde se comprueba y expone la sencillez de la magia para cualquier humano.*
>
> *»Vincent Cob».*

No puedo explicar lo que sentí al leer esas palabras, un aura azul comenzó a salir de mí y se esfumaba en el espacio a mi alrededor, la nostalgia me hizo sonreír. No me importaba quedarme sin aire en los pulmones si podía quedarme con este pedazo de mi padre para siempre, leer sus pensamientos, recordar sus palabras. Le di vuelta a la primera página y me encontré con su primer pensamiento.

Los protectores de la magia

»¿Qué es lo más lejano que puedes ver?

»En la playa, una línea que separa el cielo del mar.

»En un bosque, la montaña más lejana que se ve a la distancia.

»En la noche, puntitos brillantes en el cielo, miles de luces girando al rededor.

»Pero, más allá de la línea del mar, hay continentes, tierras lejanas repletas de conocimientos y culturas.

»Más allá de la montaña hay ríos, lagos, cientos de lugares, animales y formas que existen.

»Más allá de los puntitos brillantes en el cielo hay planetas, soles, constelaciones y cientos de miles de cuerpos astrales rodeándonos.

»Pero el hecho de que no puedas verlos, no significa que no existan.

»Ahora imagina la infinidad de cosas que aún no podemos ver, tanto afuera como adentro.

»Somos el infinito».

«¿Qué es lo más lejano que puedes ver?

»En la playa, una línea que separa el cielo del mar.

»En un bosque, la montaña más lejana que se ve a la distancia.

»En la noche, puntitos brillantes en el cielo, miles de luces girando al rededor.

»Pero, más allá de la línea del mar, hay continentes, tierras lejanas repletas de conocimientos y culturas.

»Más allá de la montaña hay ríos, lagos, cientos de lugares, animales y formas que existen.

»Más allá de los puntitos brillantes en el cielo hay planetas, soles, constelaciones y cientos de miles de cuerpos astrales rodeándonos.

»Pero el hecho de que no puedas verlos, no significa que no existan.

»Ahora imagina la infinidad de cosas que aún no podemos ver, tanto afuera como adentro.

»Somos el infinito».

Mi cordón de plata comenzó a jalarme para regresar, algo intentaba arrastrarme de nuevo al cuerpo, pero yo no me quería ir. Abracé con fuerza el pequeño diario y cerré los ojos para quedarme con él.

CAPÍTULO 11
La maldición

¿Crees en las maldiciones? Yo sí. Son astutas, voraces, intrépidas. Llegan en silencio cuando menos lo esperas, acompañadas de un regalo, un sutil e inocente regalo que abrirá la puerta de tu alma y te condenará al dolor.

¿No me crees?

Piensa en cuál ha sido el regalo más valioso que te han dado y descifra su maldición. Desde un inofensivo dulce, ese que te metes en la boca, lo chupas y activa finitas dosis de dopamina; hasta un boleto ganador de la lotería que te permite comprar lo inalcanzable para el ochenta y cinco por ciento de la población mundial. Luego llega la maldición; ese sutil dulce se convierte en el enemigo silencioso de tu cuerpo que con persistencia podrá llegar a detener tu corazón. Ese boleto de lotería se convertirá en la depresión más grande cuando descubras que el amor no se puede comprar. No hay una sola rosa en el mundo que nazca sin espinas.

Ahora piensa en grande, sin límites, ¿Cuál crees que ha sido el regalo más valioso de la humanidad?

Podría tratarse de ese centenar de microuniones energéticas, miles de conexiones neuronales que desarrollaron los cuerpos a través de la historia para permitirnos crear la memoria y recordar. Así hemos aprendido, hemos recordado el aprendizaje y evolucionado. Esas microconexiones son las que nos han traído hasta aquí. Pero es un regalo peligroso si no logramos dominarlo.

Así que, ¿cuál es nuestra maldición?

Recordar.

Los protectores de la magia

Mirar para atrás se ha convertido en nuestra involución, nos ha impedido vivir el presente y concentrarnos en el ahora, nos ha atado a viejas imágenes que inundan nuestros corazones en nostalgia y tristeza. Vemos hacia el pasado, lanzando un ancla de sufrimiento por los momentos felices que ya pasaron y creemos que no volverán, las relaciones que terminaron, la vitalidad que teníamos, los familiares que nos abandonaron, dejándonos solos para siempre.

Por eso dicen que los que tienen mala memoria son más felices.

Ahí estaba yo, atado de pies y manos al diario de mi padre, experimentando la maldición de la humanidad. El pasado me alejaba de mi evolución mientras mi cuerpo se ahogaba en el presente, estaba muriendo bajo el agua.

Todo comenzó a vibrar, la biblioteca de energía se empezó a desvanecer, mi cordón de plata se tornó frío. Se estaba quebrando. Aunque no pudiera verlo, sentía esquirlas liberándose de él como navajas que me cortaban el aura.

Caí de nuevo al agua. Frente a mí, mi cuerpo físico estaba hundiéndose lentamente. Su expresión era de dolor, inexplicable, la piel se tornó pálida, cada parte de mí temblaba, las partículas de oxígeno que quedaban en los pulmones terminaron de salir convertidas en pequeñas burbujas. Intenté acercarme, entrar de nuevo, regresar a él, pero no lo logré. La escasa luz que se colaba a través del agua se desvaneció, dejándome en total oscuridad.

No le deseo eso a nadie, lo que viví a continuación fue la peor experiencia que mi ser sintió jamás. La oscuridad del limbo, un espacio donde el tiempo se siente como si pasaran millones de años, donde la gravedad es tan potente que te comprime sin piedad, un sufrimiento que parece no concluir. Intenté gritar sin éxito. Las facultades que se nos dieron como humanos no funcionan allí, tampoco las facultades del alma. Estás atrapado, solo, inmóvil pero consciente. Otra maldición.

Esperé.

Soporté.

Esperé.

Resistí el dolor.

Esperé por alguna señal, pero nada llegó.

Luego de haber vivido lo que parecían cuatro milenios, cuando mi alma ya estaba agotada a punto de desvanecerse, a lo lejos entre la oscuridad, una leve luz apareció. Me dirigí hacia ella con mucho esfuerzo. Entre más me acercaba, la presión disminuía. Un portal de luz se abrió y sin pensarlo dos veces lo atravesé.

Una bocanada de aire entró a mis pulmones, mi cuerpo se levantó de inmediato, estaba sobre una cama, era de paja, antigua, y me cubría una polvorienta tela rústica.

Me sentí extraño, diferente. Intenté identificar el lugar en el que estaba, pero no me era familiar. Me levanté, noté que una de mis piernas estaba mal, cojeaba. Recorrí lo que parecía ser un viejo sótano construido en piedra maciza y que olía a heces de animal.

En una esquina había herramientas en acero, palas, azadones, sogas. En otra de las esquinas había un improvisado escritorio con montañas de papel y trapos sucios manchados con sangre.

Un reflejo de luz me dio en la cara, giré de golpe y vi que en otra de las esquinas había un retazo de espejo quebrado junto a unos jarrones con agua. Con dificultad me acerqué, algo me impedía mover mi pierna derecha, dolía.

Cuando llegué frente al espejo, me encontré cara a cara con el reflejo de otro hombre. Un salto de terror me tumbó al piso. Me tomó unos segundos volver a levantarme. Una ola de pensamientos que no lograba identificar se pasó por mi cabeza. Subí de nuevo y volví a ver el extraño reflejo.

Toqué mi propia cara y no pude reconocerla, era diferente. Una piel áspera, quijada robusta, una fuerte sombra de barba recién afeitada y una cicatriz en el mentón. Ahí fue cuando me di cuenta de que había llegado al cuerpo de otro hombre.

Recorrí el lugar buscando una salida, parecía la guarida de un animal. Dibujos escalofriantes regados por todas partes, una colección de cuchillos artesanales de diferentes tamaños manchados con sangre, paja por todos lados.

No veía una posible salida. Palpé con desespero cada centímetro de pared, intentando encontrar escapatoria, mi respiración se agitó y la claustrofobia hizo su entrada; debía actuar rápido y salir de ahí. De repente sentí algo en una de las paredes, una abertura cubierta por grandes bloques de paja. Los removí, descubriendo una apretada escalera por la que subí lo más rápido que pude y al salir llegué a la parte interna de un establo repleto de animales. Eso explicaba el pútrido olor a caca.

Corrí entré los cerdos y gallinas, abrí la gran puerta de madera y al salir me encontré con una vista alucinante desde lo alto de una montaña.

Inhalé con potencia. El aire se sintió diferente.

A lo lejos pude observar un pueblo, era chico, su arquitectura antigua, parecía sacado de la Edad Media, al igual que la ropa que llevaba puesta el cuerpo en el que había aterrizado.

El sol estaba cayendo, y mientras la noche llegaba yo corría con dificultad por una improvisada carretera hacia el pueblo.

Al llegar escuché a las personas hablar un idioma diferente. Una anciana me saludó y me preguntó sobre mis puercos. Logré entenderla y responderle; para mi sorpresa podía hablar este idioma con facilidad.

Recorrí las calles que definitivamente hacían parte de otra época de la humanidad. Los habitantes encendieron sus antorchas y hogueras para ayudarle a la luna a iluminar el pueblo. Y mientras las estrellas fueron saliendo una a una en el firmamento, en mí empezó a nacer sed de sangre; una irreconocible pero adictiva necesidad de asesinar.

Esa noche no paré de caminar. Recorrí una y otra vez cada calle del pueblo, reparé en cada detalle, sorprendido por su belleza. El recorrido también me ayudó a sentir, identificar y reconocer el cerebro de este ser en el que había ingresado. Pude leer los pensamientos almacenados en ese cuerpo.

Me llamaba Onur, era un campesino que criaba animales para ser vendidos como alimento en el pueblo. Había nacido con un problema en mi cadera, la razón de la dificultad al caminar. Mientras más pasó el tiempo, más profunda fue la mimetización con este ser, ya no lo sentía extraño; hacía parte de mí, de mi historia. Había ingresado a una de mis vidas pasadas.

Esa noche durante el recorrido, me encontré con una chica. Era hermosa, se llamaba Lauren. Hablar con ella me hizo recordar cada detalle de esa vida pasada. Lauren me consideraba un amigo, pero ella para mí era una de mis presas de caza.

Desde meses atrás había estado trabajando su psiquis para convencerla de ser parte de mi experimento.

Nací en dolor, en un espacio de confusión.

Al darme a luz mi madre dejó caer mi cuerpo, haciendo que se fracturara una parte de mi cadera. Mi padre siempre culpó a mi madre por ese suceso. Su único hijo era un bueno para nada que no podría sobrevivir por sí mismo; sería una carga para siempre. Esto generó un odio incesante, una sensación de fastidio hacia mi madre que lo acompañó durante toda su vida. Mi madre cayó en una profunda adicción al licor, fue capaz de prostituirse con tal de conseguir una gota de vino o algún fermentado que la ayudara a salir de esa realidad. Cuando no lo conseguía se desquitaba con mi cuerpo, golpeándome.

En esa vida, desde que fui consciente, tuve un profundo deseo de morir, pero le temía tanto al dolor que era incapaz de elegir una forma para quitarme la vida por mi propia cuenta. Así que mi existencia entera la había dedicado a mis experimentos, probar diferentes formas de morir en otras personas para luego más adelante elegir la más apropiada para mí, en la que sintiera la menor cantidad de dolor posible.

Poco a poco pude recordar todo el sufrimiento que tuve, el rechazo de la gente por ser diferente, el rechazo de mis padres, quienes murieron también siendo parte de mis experimentos.

Tenía un talento excepcional para ocultar los cuerpos y crear rumores de desapariciones y abandonos.

Es una historia muy interesante la que viví en esa vida, oscura, pero tuvo un gran aprendizaje. La increíble historia de Onur, esa se la contaré en otro libro.

Al final de la noche, cumplí mi cometido y logré convencer a Lauren de acompañarme al sótano de mi establo. Gracias a lo que pareció un juego teatral improvisado, ella me enseñó «la muerte por desangre», cortando una de sus arterias principales. Sufrió mucho, una muerte que descarté de inmediato de mi lista. Limpié todo, enterré su cuerpo y finalmente me acosté en la cama de paja.

Al cerrar los ojos un fuerte golpe en el pecho me despertó, salía agua de mis pulmones. Tosí con fuerza, volví a llenarme de oxígeno y vi directamente a los ojos de Frank que había logrado sacarme del agua.

—¿Qué te pasa? ¿Qué hacías ahí metido? —gritó Frank.

Podía sentir de nuevo su corazón y sus emociones a flor de piel.

—Frank, volvió a abrirse —dije gritando con fuerza. Estaba más feliz que nunca—. Volvió a abrirse mi portal al mundo astral.
—Pero, ¿a qué costo? ¿Te estabas ahogando? —dijo con rabia mientras me empujaba.
—«La libertad te espera a la sombra del asombro». Frank, es inexplicable todo lo que está pasando, pero es magia pura y es real. —Mis ojos lloraban y al mismo tiempo una gran carcajada contrastaba el dolor físico que acababa de vivir.
—¿Qué te pasa? Tú eres el único que está a punto de morir y se ríe como un loco. ¿Qué pretendías con todo esto?
—¿Por qué me seguiste hasta acá? —pregunté sorprendido.
—Sentí algo en el pecho, algo me decía que debía venir a buscarte —dijo aún afectado por la situación—. Creo que después de tanta meditación se está activando mi llama triple.
—Gracias.

Intenté levantarme a abrazarlo, pero noté que mis brazos abrazaban algo más en mi pecho. Miré hacia abajo y tenía el libro de cuero rojo de mi padre. No lo podía creer, lo tenía entre mis manos, lo había sacado del mundo astral y podía llevarlo conmigo para siempre.

—¿Qué es eso? —preguntó Frank.
—Lo escribió mi padre cada mañana durante sesenta días. —Mis ojos volvieron a desbordarse—. Lo encontré en la biblioteca.
—¡Wow! ¿Te dieron membresía? Ya que andas llevando libros para la casa.

Eso me hizo explotar con una carcajada.

—No. No sé qué pasó. Hay muchas cosas que aún no entendemos. Solo no le cuentes a nadie, por favor.
—Tienes mi palabra. —Levantó su mano y cruzó los dedos en el aire—. Solo ya párale con los accidentes; estoy harto de salvarte.
—¡Ay! Te encanta salvarme, se te ve en la cara.

Me levanté del suelo, se sentía increíble tener mi cuerpo de nuevo. Di unos cuantos pasos, noté que ya no cojeaba, y pude recordar todo.

—Tampoco quiero que le cuentes esto a nadie, pero creo que acabo de salir de una de mis vidas pasadas y fui alguien... rarito.
—En esta vida también lo eres. Ya basta de locuras, vamos a dormir y me vas contando en el camino. Mañana será gran día para los Sulek, a su líder se le volvió a abrir la puerta al mundo astral.

Esa noche dormí como un bebé. Pude recuperar toda la energía que había perdido durante semanas de insomnio. La vida cobraba más sentido con cada evento sobrenatural que me ocurría, como si fuera necesaria la locura para recobrar la cordura, como si fuera necesaria una maldición para reencontrar el camino.

El pequeño libro rojo se mantuvo oculto de los Sulek, nadie excepto Frank y yo sabía de su existencia. Se convirtió en mi brújula. Cada vez que se bloqueaba mi camino, cuando no sabía qué decisión tomar, abría una página del libro al azar y recibía la respuesta perfecta, como si mi padre nunca se hubiera ido y me siguiera aconsejando a través de su pequeño libro.

—¡Despierta!

Sentí un empujón.

—Elíam, despierta. Ya nos perdimos el desayuno y tenemos clase de hechizos. —Frank me meneaba de un lado a otro para que recobrara la consciencia.

Corrí, me alisté con velocidad y bajé enérgico a la sala de hechizos y pociones. Estaba ansioso por adquirir la mayor cantidad de conocimiento posible y seguir descubriendo este nuevo mundo que me había quitado las vendas de los ojos.

—Bienvenidos a otra sesión. Preparen sus pociones y que inicie el ritual —dijo el maestro Elías, atravesando uno de los muros del salón.

Elías tenía un poder único y escaso: poseía el talento de cruzar del mundo astral al mundo físico. De hecho, su cuerpo estaba tirado en la mitad de la sala, rodeado de tierra y alcanfor para protegerse, pero a sus clases las dictaba con su cuerpo astral.

Prácticamente era como ver un fantasma de una película. Por eso lo habían elegido para enseñar este tema, porque de esa forma podía probar y demostrar todos los hechizos, pociones y ataques, a personas que aún no lograban controlar su ingreso al mundo astral, usualmente niños, así que junto a ellos tomábamos la clase.

—¿Alguien me puede decir cuál es el hechizo para dejar inmóvil a un Kimeriforme? —preguntó Elías flotando entre nosotros.

—Hechizo «Tronto» —respondió Frank con agilidad—. Se hacen dos giros con las manos mientras se pronuncia mastro... mas... mastro... —a su lengua aún le costaba manejar el idioma universal— «mastroprash tro tronto», que significa «detención astral tronto». Luego la mano toca el corazón y se dispara el hechizo con fuerza.

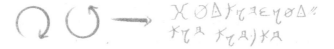

—Correcto —dijo el maestro sorprendido, mientras efectuaba la maniobra y lanzaba el hechizo con fuerza a una de las paredes de la habitación que explotó en chispas doradas—. Es importante que lo ensayen y lo realicen con velocidad porque los Kimeriformes no se detienen, con práctica lo van a poder efectuar solo con pensarlo y realizar el movimiento veloz con sus manos.

Ese día aprendimos varios hechizos. El maestro Elías se enfocó en tres, ya quería tener la oportunidad de probarlos todos en el mundo astral.

El primero fue el hechizo «Ashif», con el que puedes usar la energía de los árboles para elevarte hasta lo más alto de sus copas. Te permitirá encontrar rutas de escape, o preparar un ataque sorpresa.

El segundo fue el hechizo «Fogte», que te permite extraer energía de la lava del centro de la tierra para destruir o debilitar a un Kimeriforme. Es un hechizo que toma tiempo debido a la distancia que debe recorrer la energía hasta atravesar toda la capa terrestre, por eso se debe hacer en equipo, mientras un Sulek distrae al Kimeriforme el otro prepara el ataque.

El tercero fue el hechizo «Funsebra». Es uno de los hechizos más hermosos que existen porque te permite ceder parte de tu luz y energía a otro ser. Este hechizo puede hacer que una planta marchita reviva, pero su energía es limitada, si te excedes usándole se agotará y morirás.

Al salir de clase fuimos a encontrarnos con Pamela.

Habernos apartado por completo del mundo humano, de la sociedad, dejó un vacío que logramos llenar con reuniones clandestinas en nuestra habitación. Algunas tardes nos encerramos a jugar con unas cartas artesanales de póker que yo mismo había dibujado. Esto era uno de nuestros grandes secretos dentro del templo. Solo invitábamos a dos chicos que eran de nuestra entera confianza, Tom y Tina, que se habían vuelto muy cercanos a nosotros, sobre todo a Pamela, además eran de los pocos que no me rechazaban en el templo. Ganaron su lugar en nuestro grupo y les enseñamos a jugar este adictivo juego.

—¿Qué vamos a apostar el día de hoy? —dijo Tom con tono sobrado.

El más joven de nuestro grupo, tenía la actitud de un viejo mafioso agrandado, pero en el cuerpo de un delgado niño de quince años. Era muy buena onda, tenía un talento excepcional para hablar, convencer, era además de los mejores y más hábiles aprendices dentro del mundo astral.

—No creo que quieras seguir perdiendo tus desayunos —le respondió Tina.

Una chica guapa y voluptuosa, todos hablaban de ella y de sus grandes senos, además de su avanzado talento con las pociones y hechizos. Sus pretendientes recorrían los pasillos sin poder quitarle los ojos de encima, pero ella no tenía ojos para nadie más que Frank, y no lo digo por chismoso, recuerden mi habilidad para percibir los sentimientos ajenos, algo en lo que Frank era pésimo, ya que no se había percatado en lo absoluto de su nueva pretendiente.

—Yo le regalo mi desayuno a quien quiera tomarlo, es asqueroso —dijo Pamela repartiendo las cartas.
—Frank, luego de jugar quiero enseñarte unas pociones nuevas que he estado probando —dijo Tina con un tono nervioso, acercándose a él.

Frank asintió sin prestarle mayor atención mientras lanzaba una de sus cartas. Era increíble, el idiota ni siquiera se había dado cuenta de que estaban a punto de embrujarlo. Seguro Tina tenía preparado un cóctel de su calzón para darle a probar y así hechizarlo para lograr que él se fijara en ella.

—¿Qué tienes? —me susurró Frank al oído—. Estás más callado que de costumbre.
—Nada. He traído todo el día en la cabeza lo que pasó anoche, mi accidental entrada al mundo astral. No sé si sea prudente contarle a Dinah o mejor me lo guardo para no crear falsas expectativas sobre mi progreso.
—Creo que lo tienes más que claro, solo sigue los impulsos de tu corazón.
—Podrían dejar los secretos para otro momento y jugar —gritó Tom—. Gracias.
—Apuesto todo. —Lancé mis cartas boca abajo.
—Yo voy igual —dijo Tina, imitando mis movimientos.

Destapamos las cartas y todos nos espantamos por el chillido que dio Tina al darse cuenta de que me había ganado.

Me levanté con fuerza, agarré el librito rojo de mi padre y salí de la habitación.

—No es para tanto, Elíam. Regresa —gritó Frank.
—No es por el juego. Necesito respirar.

Mentí. Sí era verdad que estaba furioso por haber perdido la partida. También era verdad que estaba perdido y no sabía qué paso dar. Así que fui en busca de un pasillo solitario y me senté a leer una de las páginas del diario de mi padre.

«Siendo fiel a tu existencia, a ti mismo, puedes inspirar a otros a crecer.

»Así como las aves fueron el camino para que los humanos conquistaran el cielo, para que se cumpliera la imposibilidad de volar, gracias a ellos aprendieron a jugar con la gravedad.

»Durante la historia de la humanidad, la arquitectura de la naturaleza ha inspirado las creaciones más bellas, y la naturaleza no miente, no se esconde, no pretende, es pureza al cien por ciento, fluye dejando guiar por el agua, el viento, nace del fuego y se alimenta de la tierra.

»Cuando exista una duda, puedo pensar en cómo la naturaleza la resolvería y seguramente la respuesta siempre será: Fluir, existir, crecer, transformar, paz».

Eso era, debía aceptarme, aceptar la verdad y sin importar cuál fuera el destino al que me guiara, no podía seguir evitándolo. Porque, así terminara atravesado por la daga de Dinah, eso era lo que debía ocurrir y no podía negarme a ello.

Me levanté y corrí a través de los pasillos hasta la recámara de Dinah, debía contarle absolutamente cada detalle de mi accidental reingreso al mundo astral, del viaje a mi vida pasada y de la existencia del diario de mi padre.

Al llegar a la puerta, me dispuse a tocar, pero antes de que mis nudillos rozaran la vieja madera de roble, escuché una conversación que se estaba dando en el interior de la sala.

—Ni creas que me vas a poner esa tarea, Dinah —gritó Melek enfadado—. Sabes muy bien que no tengo paciencia, por eso soy el protector del templo, descubro rastros, soy un sabueso. Pero maestro, ¡NUNCA!

—Eres nuestra última esperanza, Melek. De verdad necesitamos acceder a la biblioteca de luz que creó Vincent para protegernos —dijo Dinah con su pacífica voz—. Este chico está retrasando todo nuestro plan. Resultó ser un inútil. Tú eres uno de los más hábiles de nosotros, puedes salir de tu cuerpo en tres segundos, tienes la mayoría de poderes activados en ti. Te necesitamos para que ayudes a Elíam.

—Me rehúso, me rehúso y me rehúso a hacerlo. Yo cumplo mi tarea y que cada quien cumpla la suya.

—Debemos hacer sacrificios, Melek. Tú mismo has visto todas las vidas que se han perdido en las guerras. Todas las vidas que hemos tenido que quitar con nuestras propias manos para llegar hasta acá. No pueden ser en vano. —Su pacífico tono la hacía sonar perversa y miserable.

—Sabes que siempre he sido el principal retractor de tu reciente actuar, el otro día le quitaste la vida a un chico sin darle la oportunidad de arrepentirse. No estoy de acuerdo en que asesinemos a los nuestros. —Melek golpeó una mesa.

—La profecía lo dice. «De la sangre nacerá y con sangre se salvarán».

—Pero también nuestras antiguas profecías y enseñanzas dicen lo contrario. Debemos proteger la vida. «Nadie deberá cortar un solo cordón de plata para evolucionar».

—Los tiempos cambian. Las reglas cambian. Hasta los Kimeriformes cambian. ¿Acaso no lo viste? Ya tenemos evidencia de uno de nueve ojos. Eres el siguiente en la lista, Melek. Te toca cambiar a ti. Ahora, fuera de mi recinto y cumple con tu labor.

—¡Esta será tu maldición, Dinah!

—Y la tuya, si no logras hacer algo para que ese chico despierte —respondió ella con la mayor pasividad existente.

Escuché los pesados pasos de Melek acercándose con furia hacia la puerta. Corrí de inmediato y me escondí entre unas columnas del largo pasillo. Los rugidos de Melek resonaron entre las paredes como una gran orquesta acompañando la parte más dramática de una película.

Salí de mi escondite y estuve parado fuera de la habitación de Dinah durante varios minutos, pero mi corazón nunca me invitó a entrar. Ese no era el camino, esa no era la ruta, ese no era mi destino.

CAPÍTULO 12
La delgada línea entre la vida y la muerte

Dicen que toda alma tiene un precio. ¿Cuál es el precio de la tuya? Algunos la venden por billetes de papel, otros por un trozo de comida, hay quienes la disuelven en líneas de euforia artificial que luego aspiran. Incluso existen quienes la regalan a cualquiera que sea capaz de besarles la piel durante la noche, esos que estarían dispuestos a hacer lo que sea con tal de no pasarla en soledad.

La noche siempre se sentirá más fría cuando intentas enfrentarla solo, pero es cuestión de percepción; todo ocurre en nuestra cabeza. Muchos se engañan, se congelan y algunos otros mueren por intentar descongelar a los que ya perdieron la batalla contra la oscuridad.

Ahí estaba yo, tirado en la cama, temblando, inseguro, solo. El frío se colaba entre las cobijas, me amenazaba cruelmente con llegar al corazón y congelarme para siempre.

Si me preguntabas, vendería mi alma por un abrazo de mi padre, me quedaría ahí para siempre; entre sus brazos, protegido. Necesitaba una guía, no sabía qué hacer, qué rumbo tomar. Los pensamientos atrapados en mi cabeza me hacían sentir que ya nadie confiaba en mí y yo no debía confiar en nadie.

Incluso mis amigos me habían abandonado esa noche después de una discusión.

Horas antes, luego de huir del recinto de Dinah con el corazón a mil, entré a la habitación y encontré a Pamela y Frank abrazados. Cerré la puerta con rapidez y me acerqué a ellos.

—¡Chicos! Ya no sé qué más hacer, no sé en quién confiar. Necesito ayuda... ¿Qué pasa Pam?

Quiso hablar, pero la angustia atorada en su garganta se lo impidió.

—Está teniendo otro ataque de pánico, por lo de sus padres —respondió Frank por ella.
—¿Otra vez? —pregunté, harto de sus ataques y lloriqueos de la última semana.

Pamela me miró fijamente, las lágrimas caían de sus ojos, se acercó y me dio una bofetada.

—¡Eres un puto egoísta! Estamos metidos en este lío por ti. Por tu culpa mis padres deben estar desesperados buscándome.
—Eso lo dices porque tú no tienes la presión que yo tengo. Lo de tus padres es una estupidez al lado de lo que me está pasando y la misión que me han impuesto. Pero al parecer todos están en mi contra.
—¡Elíam! Cálmate y ten un poco de empatía —me exigió Frank luego de un intento por alejar a Pamela.
—¡No! Que ella la tenga. —La señalé con fuerza—. Tú no encontraste a tus padres entre un charco de sangre, tú no tienes la presión de aprender a manejar todo el mundo astral, tú no debes luchar contra seres asquerosos y oscuros, a ti no te persiguen sombras, tú no pasas noches enteras sin poder cerrar los ojos. Lo único que debes hacer es esperar a que yo logre todo eso para poder ver a tus «papitos». Ya saliste una vez y no fuiste capaz de hacer nada.
—No lo puedo creer. Eres un egoísta, engreído de mierda. Jódete y que se jodan todos aquí. —Pamela me dio un fuerte empujón y salió corriendo de la habitación.
—Frank, ayúdame. Descubrí a Dinah y Melek...
—No, Elíam —me interrumpió—. Esta vez te pasaste. Tú no eres así. —Frank corrió tras Pamela.
—¿Tú también me vas a dar la espalda? —le grité para intentar detenerlo, sin éxito.

La sangre recorría mi cuerpo con furia, la cien latía, mis músculos en tensión ardían, quería golpearlo todo.

Las horas pasaron, le di mil vueltas a la habitación. Cada segundo que corría llegaba con un poco de razón junto al frío y la culpa, pero sin rastro alguno de Pamela o Frank. Quería ir a buscarlos, saber si estaban bien, pero mi ego no me lo permitía. Intenté salir de mi cuerpo tres veces para encontrarlos y espiarlos desde el mundo astral, pero fueron tres intentos fallidos.

Me lancé a la cama rogando que el sueño me alejara por unas horas de los problemas, pero nunca llegó.

Entre la soledad de la noche, el silencio que llenaba el templo de los Sulek se convirtió en pasos que recorrieron el pasillo. Un sutil rechinar vino de la puerta de mi habitación; se abrió lentamente proyectando una gran sombra en la pared posterior.

—Elíam... —una voz gruesa susurró mi nombre— Elíam.

Cerré mis ojos con fuerza, deseando que todo fuera una pesadilla. La voz aumentó su intensidad, se estaba acercando.

—Elíam...

La sábana que me cubría la cabeza comenzó a ser jalada desde los pies.

—¡Atrás! —Di un brinco con fuerza, y ataqué con una patada a la figura que intentaba quitarme la tranquilidad.
—¡Tranquilo! Tranquilo, muchacho. —Levantó sus manos en el aire—. Soy yo, Melek.

—¿Qué demonios te pasa? ¿Por qué entras como un espanto violador a quitarme la sábana? ¿Quieres asesinarme? —le grité.

—No seas dramático, chico, nadie quiere asesinarte. Solo quería despertarte con sutileza —dijo el grandulón mientras relajaba mi pose de ataque.

—¿Qué quieres? —pregunté seco.

—Debemos hablar. Agarra un abrigo y acompáñame.

—¿A dónde? —pregunté con desconfianza.

—Al bosque central de la ciudad.

—No debemos salir del templo. ¿Qué pretendes con todo esto?

—Ayudarte.

Mi mente inundada en dualidad inició una guerra de decisiones y sus posibles resultados futuros. En la mayoría Melek terminaba asesinándome, en algunos otros me ayudaba a escapar.

—¿Por qué debo confiar en ti? —le pregunté amenazante.

—Solo sigue tu corazón, muchacho.

Melek dio media vuelta y abandonó la habitación. Mi corazón de inmediato se llenó de fuego, sin pensarlo dos veces agarré mi abrigo, me puse mis tenis y corrí tras él.

—¡Shh! No hagas ruido —ordenó Melek—, sígueme.

Recorrimos varios pasillos hasta llegar a uno sin salida. No tenía sentido para mí, pero sí para Melek, quien palpó con precaución la pared hasta encontrar tres rocas diferentes que presionó con fuerza y luego de un aturdidor estruendo, las rocas se movieron y una puerta apareció en medio de la pared.

—Espero que tengan el sueño pesado hoy —dijo el gran hombre atravesando la puerta—. Apresúrate, debemos movernos rápido, tenemos pocas horas antes del amanecer.

Entramos a un largo túnel, que a diferencia del resto de pasillos parecía una mina, todo era tierra y roca natural, era un escape secreto del templo de los Sulek.

—Esta entrada fue construida en la época de las Cruzadas. El templo no siempre perteneció a los Sulek, antes fue habitado por saqueadores de oro y templarios que trajeron todas sus riquezas de muy lejos. El templo tiene infinidades de secretos, yo he descubierto la mayoría, y te pido que no le cuentes a nadie sobre este en específico.

Caminamos durante varios minutos, el diámetro del túnel fue reduciéndose poco a poco, el aire se agotaba. Melek gateaba con confianza, eso generaba en mí algo de seguridad.

Llegamos a un punto en que tuvimos que arrastrarnos entre la tierra, y justo cuando el sudor nos empapó y el aire parecía estar a punto de agotarse, caímos desde lo alto de una colina de rocas.

—Wow... —Me levanté.

Estábamos rodeados de pinos gigantes, una abundante bruma impedía ver el suelo. Miré hacia arriba, la luna llena iluminaba potente el antiguo bosque de la ciudad. Inhalé la mayor cantidad de aire que pude; se sentía increíble volver a respirar en el exterior.

El fuego en mi corazón llamó mi atención y vi a Melek caminando a lo lejos, corrí para alcanzarlo.

—Yo era como tú, muchacho.
—¿Guapo?
—No seas idiota, Elíam. —Melek me lanzó una mirada asesina; definitivamente debía dejar las bromas para otro momento si quería continuar con el plan de salir con vida—. Esto es serio. Yo no podía salir de mi cuerpo, lo único que me permitió comenzar a hacerlo fue la delgada línea entre la vida y la muerte.
—¿Qué quieres decir? —pregunté con temor.
—Siempre que mi vida corría peligro o estaba en riesgo, mi portal astral se abría. Así que fui perfeccionando la técnica y ahora logro salir en menos de tres segundos del cuerpo.

A mi mente se vinieron de inmediato los momentos en que había podido acceder al mundo astral. Melek tenía razón, en cada uno de esos momentos mi vida había corrido peligro.

—Hoy te voy a enseñar mi técnica para salir del cuerpo, no tiene nada que ver con las técnicas de esos maestros de pacotilla del templo.

Definitivamente, Melek tenía sus roces con los Sulek.

—Lo primero que quiero que sepas es que este bosque ha tenido presencia de Kimeriformes en las últimas tres semanas, es muy probable que uno de ellos nos encuentre... o varios —anunció Melek con frívola tranquilidad mientras mis pelos se ponían de punta y el corazón se aceleraba.
—¿Qué hacemos aquí, entonces? Regresemos —grité dando media vuelta.

Sentí un jalón en la espalda que me regresó frente a Melek, quien se acercó a mi cara.

—Esa es la idea, muchacho, que nos encontremos a uno y estemos en peligro —susurró, permitiéndome sentir su apestoso aliento. Si no me mataba un Kimeriforme definitivamente lo haría Melek.

Caminamos durante diez minutos hasta encontrar un terreno seco y parejo donde pudiéramos acostarnos. Mi cuerpo temblaba, estaba atento a cada sonido, a cada movimiento del espeso bosque.

—Acuéstate aquí. —Melek señaló un lugar mientras sacaba su mezcla especial de tierra y alcanfor—. Esta es mi propia receta, le pongo más alcanfor y un poco de sal.
—¿Para qué la sal?
—¡Que te acuestes! —gritó impaciente.

Mi cuerpo obedeció de inmediato y se lanzó al suelo.

—La sal es un elemento de protección muy potente, pero los Sulek le temen porque ha estado relacionada con técnicas de ocultismo y brujería.
—¿Brujería? ¿Ocultismo? ¿Me hablas en serio? —Me levanté de inmediato sacudiendo mi espalda—. Yo creo que si le temen es por algo y debemos…
—Vuelves a desobedecerme y yo mismo me encargo de entregarte a los Kimeriformes. —Melek me tomó por los hombros y me zarandeó con rabia—. Cállate de una vez y sigue mis instrucciones.

Volví a acostarme sobre la tierra mientras él, aferrado a la pata de gato disecada que colgaba en su cuello, finalizó un gran círculo de protección a nuestro alrededor.

—Cierra los ojos —ordenó.

Yo los cerré.

Estuvimos en completo silencio por varios minutos. Los sonidos del bosque se amplificaron en un intenso coro sinfónico, el viento rozó las ramas de los árboles, los insectos y anfibios resonaron por doquier, algunos animales atravesaron el bosque velozmente. Un murmullo salió de la boca de Melek, era la melodía de una canción, se me hizo familiar.

—Hmmm... Yaa Devi Sarva-Bhutessu Nidra-Ruupenna Samsthitaa, Namas-Tasyai Namas-Tasyai...
—Namas-Tasyai Namo Namah...
—Vaya, conoces la canción de Nidra... —dijo Melek sorprendido.
—No sé qué significa, pero mi papá me la cantaba cuando no podía dormir. —Fue inevitable contener las lágrimas.
—¡Vaya! Vincent sigue sorprendiéndome... —Sus labios evocaron una leve sonrisa—. Para algunas personas en la India, Nidra es la diosa en forma de sueño que mora en todos nosotros, es un canto antiguo para invocarla y entrar al mundo de los sueños.

Escuchar esta canción me devolvió un poco de calma, mi cuerpo dejó de temblar y mi corazón ardió en fuego más que nunca.

—Ahora, mientras canto de nuevo la canción, quiero que pienses en la mayor cantidad de peligros que nos acechan en este momento, todo lo malo que puede llegar a pasarnos al estar aquí acostados.

Una vez Melek inició el cántico, mi mente voló y llegaron las imágenes más espeluznantes a mi cabeza, pero para mi sorpresa la que más dolió fue imaginar que Frank y Pamela me abandonaban mientras yo estaba allí, cargado de ego, tirado en el suelo del bosque intentando entrar al mundo astral en vez de estar corriendo a buscarlos para evitar que se fueran.

En el entrecejo de mi frente comenzó a abrirse una puerta, volví a sentir la levedad característica del mundo astral y poco a poco me fui elevando, dejando mi cuerpo atrás. Era asombroso, los colores, la luz de la energía que iba y venía entre cada ser, elemento y planta que habitaba el bosque.

—¡Muy bien, muchacho!

Escuché la voz de Melek, giré para verlo, pero su cuerpo estaba inmóvil en el piso, intenté acercarme, pero un segundo antes de llegar a él, me sorprendió su alma volando encima de mí.

—¿Creíste que no volverías a ver esta maravilla? —dijo sin abrir su boca mientras se alejaba volando. Podíamos leer nuestros pensamientos, como si la energía misma hablara por nosotros.
—¡Me asustaste! —le reclamé—. Ven aquí.
—No, tú ven aquí —dijo mientras se alejaba volando.
—¿Cómo voy hasta ti? —pensé.
—Imagina que estás a punto de morir si no te acercas a mí volando. Recuerda: la delgada línea entre la vida y la muerte.

Vi cómo Melek se alejaba, me abandonaba, me dejaba solo en ese espeso bosque. Volvió a mi cabeza la imagen de Frank abandonándome, Pamela huyendo por mi culpa; de inmediato mi cuerpo se elevó en el aire.

—¡Wow! —Una pequeña risa se le escapó a mi alma.

Mientras me elevaba en el cielo, obtuve la vista privilegiada de la gran ciudad, una alucinante pintura energética que se movía y se conectaba entre sí, un flujo magistral que haría volarle la cabeza a cualquier ser. Poco a poco fui agarrando velocidad y logré alcanzar a Melek, quien seguía avanzando hacia el estrellado cielo, donde pude ver de nuevo varias lunas posadas a través del firmamento.

—Qué locura, a pesar de ir volando tan rápido no siento el aire —dije con una gran sonrisa.

—Es que somos el aire —me respondió Melek con otra sonrisa y avanzó con más velocidad. Yo pude seguirle el vuelo—. Nuestro nivel de conciencia espiritual nos permite transformarnos en la materia, podemos aprovechar cualquier energía para movernos entre ella.

—Pero no todos los Sulek logran hacerlo. ¿Por qué? —pregunté sorprendido.

—No solo los Sulek. Los humanos también deberían poder lograrlo. Tu papá y yo compartíamos esta idea de que cualquier ser de energía tiene esta capacidad, pero nos ciegan las costumbres, viejos aprendizajes e ideologías que transformadas en miedo bloquean toda la magia que poseemos.

—Todo ser sobre la tierra debería tener derecho de ver y sentir esto que nos pasa a nosotros.

—Los humanos, cuando consumen drogas, pueden llegar al mundo astral, experimentan este estado en el que estamos, solo que lo hacen sin conciencia. De hecho, es uno de los momentos en que los Kimeriformes aprovechan para robar cuerpos. Pero eso no es importante ahora. Mira—. Melek se detuvo, señaló hacia el suelo.

Giré mi cabeza y pude ver la inmensidad del planeta. Estábamos en todo el límite de la estratosfera. Era alucinante la vista desde allí, tal majestuosidad produjo un centenar de sensaciones en mí. Era magia pura.

—¿Por qué hay más lunas en esta dimensión? —pregunté.
—El planeta Tierra posee siete lunas. Una es física, las otras seis son energéticas y solo se pueden ver entrando al mundo astral.
—Wow, como nuestro cuerpo…
—Exacto, son protecciones de la Tierra para evadir a los seres de afuera.
—¡Qué! ¿Existen los aliens? —pregunté sorprendido.
—Ese es otro tema. Vamos en orden, enfoquémonos en el conocimiento terrestre…
—Pero…
—Basta, Elíam. En verdad necesitamos de tu concentración en la adquisición y manejo de tus poderes. Esto no te lo enseñan en el templo, pero lo primero que debes hacer es encontrar tu amuleto de protección.
—¿Qué es eso?
—Es un elemento físico de la tierra que te permite evocar con mayor facilidad tu energía de protección, debe ser algo muy importante para ti, algo a lo que puedas aferrarte en momentos oscuros y te lleve a la luz con velocidad. Eso te permitirá generar una protección más inmediata y un vínculo más fuerte entre lo astral y lo terrenal. Si yo quisiera volver de inmediato a mi cuerpo, acudiría a mi amuleto.

Se vinieron dos cosas con esas características a mi mente, el pequeño diario de mi padre y… otra cosa, pero no me atreví siquiera a pronunciarlo en mi cabeza o escribirlo aquí.

—¿Cuál es tu amuleto? —pregunté.

—La pierna de mi gato.
—¡¿Qué?!
—La disequé cuando hace novecientos ochenta y nueve años.
—Espera, ¿qué edad tienes?
—Cuatro mil quinientos treinta y ocho. Recuerdo todas mis vidas, pero no nos desviemos, eso lo aprenderás más adelante.
—No me jodas, ¿cómo que más adelante? ¡Explícame eso ya! —le ordené.
—Hmm… Qué molesto eres. Tengo el poder de recordar todas mis vidas pasadas terrenales…
—¿Y las no terrenales?
—¡Ja! ¡Ja! ¡Ja!... Qué astuto niño. Hace novecientos ochenta y nueve años mataron a Akbag, mi gata…
—¿Por qué la mataron?
—Deja de interrumpirme, ya iba para allá. Era el año 1034, yo hacía parte de la orden del clero...
—Wow… Fuiste cura…
—Estúpida iglesia, siempre siendo lo más oscuro de la tierra. La única manera de sobrevivir en esa época, con mis poderes, era siendo parte del clero. De esa forma, si alguien llegaba a notar algo sobrenatural en mí, podía culpar a «Dios»…
—¿Crees en Dios?
—¡Que te calles!
—OK…
—Akbag… mi gatita, y yo, teníamos una conexión hermosa...

El alma de Melek empezó a emanar ondas de color azul, preferí no preguntar o terminaría aprendiendo de magia solo, o en algún calabozo mágico del planeta si volvía a interrumpirlo.

—Los animales son maestros avanzados, extraterrenales, que vienen a enseñarnos. Seres que están dispuestos a morir, sin ser escuchados, para alimentar a la gente o acompañarla, solo con la esperanza de transformar la conciencia de algún humano en su corto camino. Mi gatita y yo éramos inseparables, ella adquirió cientos de comportamientos casi humanos, complementaba todo lo que yo hacía durante los días y las noches. En esa vida, yo ya había aprendido a salir del cuerpo y podía ver absolutamente todo lo que pasaba en la iglesia, cientos y cientos de seres humanos manipulados y engañados, les pedían dinero e impuestos prometiéndoles que los llevarían al cielo. Paseaba cada noche por los pasillos del castillo, atravesaba los muros y podía ver a los demonios durmiendo en las camas de los sacerdotes.

—¿Kimeriformes?

—Sí. Descubrí a uno de ellos abusando de una pequeña, la hija de uno de los trabajadores feudales de la zona, él le decía que la ayudaría a ver a Dios.

—¿Qué hiciste?

—Logré encontrar la forma de inculparlo, lo descubrieron y reprendieron en privado, nunca se dijo nada en público para no armar un escándalo. Descubrieron que yo había sido el denunciante de tal hecho. Deseaban herirme, atacarme. Yo siempre he sido muy hábil para protegerme en el mundo astral, así que no podían hacerme daño por esa vía. Ellos sabían que solo podrían vengarse de mí en el mundo físico. Una tarde llegué de hacer mi recorrido por el pueblo, al entrar al castillo Akbag no estaba en el lugar donde siempre me esperaba. La llamé varias veces, la busqué en sus lugares recurrentes favoritos. Decidí subir a mi habitación y al abrir la puerta las paredes estaban manchadas con su sangre, dejaron su patita sobre mi almohada. Habían asesinado a Akbag.

Un silencio nos acompañó.

—Tenía conocimientos de taxidermia, disecar animales, así que lo hice con su patita y desde entonces se convirtió en mi amuleto. A través de cada una de mis vidas he ido a recuperarlo. Cada vez que logro recordar quién soy realmente y me quito la venda del nacimiento, voy tras la búsqueda de mi amuleto al último lugar en que lo oculté en mi vida pasada y desde entonces es el que me protege.
—No sé qué decir…
—Vaya, veo que eres sensible al menos. —Melek señaló mi pecho, de donde salían ondas de color azul.
—¿Qué es esto? Vi que te salieron a ti también.
—En el mundo espiritual no lloramos, pero sí modificamos la energía. Cuando sentimos tristeza, salen ondas azules.
—Wow. Oye, y tú con todo el conocimiento que tienes, ¿por qué no has logrado atravesar al sexto y séptimo cuerpo?
—Eso es todo un misterio, chico. Aparentemente, solo puedes atravesarlo cuando mueres. Pero nunca nadie puede recordar esa parte del camino, es como si el universo quisiera esconder ese secreto con todo su poder. Pero por alguna razón siento que tu alma nos llevará a poder atravesarlo, a obtener este conocimiento.
—¿De dónde salen las almas?
—¿A qué te refieres?
—Si se supone que los humanos reencarnamos, y hemos estado aquí los mismos entre una vida y la otra, ¿de dónde sale tanta gente? Hace unas décadas éramos unos cuantos y ahora superamos los siete mil millones.
—No tengo respuesta a esa pregunta. Tiene mucho sentido, pero no, no sé de donde salen las almas. Por ahora.

—OK, otra pregunta...
—¡Me vas a enloquecer!
—Según lo que dices, mi padre al morir atravesó esas dimensiones... y ¿ahora está en el séptimo cuerpo?

Melek dudó un poco en responder.

—Debo hablarte con la verdad. Las predicciones de los ancianos nos han permitido conocer que únicamente atraviesan al séptimo cuerpo las almas de los que mueren de forma natural. Si es autoprovocada la muerte, es decir, un suicidio, el espíritu queda en un limbo, una dimensión oscura y dolorosa.

De mi corazón salió de nuevo una onda azul.

—No puedo creer que mi padre sabiendo todo esto lo hiciera.
—Yo tampoco, muchacho, créeme. Por más que lo he intentado, no comprendo.
—Debe estar sufriendo ahora. Creo que atravesé a esa dimensión y es muy dolorosa.
—¿A qué te refieres?
—Debo confesarte algo. Al parecer, tú y yo somos muy similares. Hace unas noches ingresé, no sé cómo, a una vida pasada.
—¿La recordaste? —preguntó Melek confundido.
—No, literalmente atravesé un portal y pude vivir mi vida pasada, que de hecho no fue tan buena. Convencía a la gente de que se quitaran la vida, era parte de mis experimentos.
—Wow, muchacho, definitivamente sí que tienes mucho poder.
—También debo confesar que encontré un diario de mi padre escondido en la biblioteca energética del templo.

—No lo puedo creer —Melek dio una carcajada y gritó—. Vincent, ¿Por qué no paras de sorprenderme?

—¿Esto es malo?

—No, muchacho. Él era un genio, solo él lograría esconder su diario físico en el mundo astral. ¿Cómo es posible? —Volvió a explotar en una carcajada—. Es por eso que necesitamos acceder a la biblioteca de tu casa; debe haber creado muchos hechizos que nos permitirán asegurar nuestro templo y recobrar la fuerza que teníamos antes.

—Creo que ya sé cómo manejar todo esto. La línea entre la vida y la muerte. Deberíamos ir mañana a Macdó —dije con seguridad.

—No, ya aprendiste a entrar a mi manera, sé que te funcionará. Por ahora hablaré con Dinah y le pediré tres días donde tú puedas practicar hechizos y explorar tus poderes en las aulas para tener un control real en este plano.

—Mucha suerte contándole eso a Dinah, espero no te corte la cabeza —le dije usando un poco de su sarcasmo.

—Yo sé, chico, ella está perdiendo su norte, pero nos preocupamos de eso luego, ya tengo un plan. Por ahora enfoquémonos en la biblioteca de Vincent.

Un fuerte rugido me aturdió.

—¿Qué fue eso? ¿Escuchaste? —pregunté asustado. De mi corazón salieron ondas negras.

—Aquí no se escucha nada, estamos en la estratosfera. Calma, muchacho —dijo Melek, reparándome de arriba a abajo.

—Melek, hay un Kimeriforme cerca de nuestros cuerpos, lo puedo sentir.

—¡Imposible! Mi hechizo me habría notificado.
—¡Ahh! —grité—. Están cortando mi cordón de plata, lo puedo sentir.

De mi espalda comenzaron a salir esquirlas punzantes, sentía que me cortaban de nuevo.

—Tienes razón, usaré mi amuleto para llegar ahora mismo. Tú regresa volando lo más rápido que puedas.
—Melek desapareció.

Inicié mi recorrido de regreso al bosque antiguo de la gran ciudad, volé lo más rápido que pude. Me sentía débil, mi cordón seguía rompiéndose.

—¡MELEK! —grité con desespero.

No lograba encontrar dónde habían quedado nuestros cuerpos en el bosque, mi mente estaba confundida, no podía pensar con claridad.

Estaba perdido, hasta que escuché una explosión cerca. Un resplandor de luz naranja llamó mi atención, volé hacia él. Mientras maniobraba entre los árboles, pude ver el camino que había recorrido el Kimeriforme que nos atacaba, porque había dejado sin energía a toda la vegetación a su paso, muchos pinos y arbustos estaban oscuros, les había robado la luz.

—¡TRONTO! —Melek recitó el hechizo con un fuerte grito.

Movió con velocidad sus brazos y de su corazón salió un rayo de luz que inmovilizó por unos segundos a este Kimeriforme de siete ojos.

—¡Entra a tu cuerpo y aléjate de aquí! —me ordenó Melek.

—Elíam...

Una sucia voz se había metido en mi cabeza.

—Elíam, tu lugar está en la oscuridad. Ya lo viste en esa vida a la que te permitimos ingresar.

La voz del Kimeriforme dolía, sus pensamientos dolían.

—Melek, me está hablando.
—No lo escuches y regresa a tu cuerpo.

El Kimeriforme le dio un golpe a Melek, quien salió volando por el aire y atravesó varios árboles que debido al impacto cayeron en el mundo físico.

—Ahora sí estamos solos —me dijo la horrenda voz en mi cabeza.
—La delgada línea entre la vida y la muerte.
—¿Qué? —preguntó la voz en confusión.

Cerré mis ojos y comencé a efectuar el hechizo «Fogte», ese que habíamos ensayado tantas veces entre chistes y bromas con Frank, ese hechizo que el maestro Elías nos había hecho recordar con énfasis para salvar nuestras vidas. Era momento de efectuarlo, sabía el proceso, sabía el hechizo, solo debía confiar y lograr hacerlo para sobrevivir.

El Kimeriforme se acercó con velocidad a mi cuerpo y retomó su trabajo para lograr cortar mi cordón de plata.

Recordé cada uno de los movimientos, lo hice y pude sentir el poder de la lava de la tierra llegando a mis manos. Me tomó varios segundos, que se sintieron como una eternidad, pero justo antes de que el asqueroso monstruo terminara de cortar mi cordón de plata, un gran chorro de energía salió de mis manos y golpeó al Kimeriforme que se quemó entre insoportables chillidos.

Volé sobre mi cuerpo e ingresé de inmediato. Abrí los ojos, volví a sentir el peso, la piel se erizó con el frío del bosque. Vi el cuerpo de Melek y me acerqué para moverlo con fuerza y hacer que despertara, pero tras varios intentos, no reaccionó.

La patita de Akbag colgaba en su cuello, lo agarré y comencé a efectuar el hechizo «Funsebra» para darle parte de mi luz y energía.

—¿Qué diablos haces, muchacho? —gritó Melek, haciéndome saltar del susto—. Jamás efectúes este hechizo en vano, te quita vida.
—¡Melek! Lo lograste, volviste a tu cuerpo. —Me lancé a darle un fuerte abrazo.
—Ya aléjate, basta.
—Tenía miedo de que murieras por mi culpa.
—Oye, lo del hechizo «Funsebra» es muy en serio, no lo hagas en vano. Yo lo he realizado en dos ocasiones y si lo hiciera una vez más, perdería mi vida. Así que hay que escoger muy bien el momento para hacerlo.
—¿Con quién lo realizaste? —pregunté curioso.
—Eso no te importa —contestó, cortando el tema de inmediato—. Qué buen susto nos dio ese Kimeriforme. Lo hiciste muy bien. Tu primer Kimeriforme derrotado, ahora debes recuperarte, alcanzó a cortar parte de nuestros cordones.
—Gracias —le dije.
—Agradéceme cuando regresemos con vida de Macdó.

Nos levantamos y nos pusimos en marcha hacia el templo. Los primeros rayos de sol ya habían pintado el bosque de naranja. Recorrimos los túneles y, al ingresar de nuevo, sabía qué era lo primero que debía hacer. Ofrecerle una disculpa a Pamela, pedirle a Frank que se quedara a mi lado.

Ellos eran mi amuleto. Él era mi amuleto.

CAPÍTULO 13
El vuelo de la mariposa

Perdonar es de valientes; olvidar el daño que alguien te causó para seguir tu vida como si nada hubiera ocurrido, es una de las prácticas humanas más exigentes. El dolor emocional te nubla, la traición te hiere, los golpes físicos te debilitan, las palabras se convierten en dagas que penetran el corazón para herirlo o sanarlo, por eso hay que escogerlas con amor. Pero sin importar la clase de daño que hagas o te hagan, todo siempre ocurre con un propósito: aprender.

Mientras corría por los pasillos del templo, me di cuenta de lo cegado que había estado horas atrás. La culpa me carcomía el corazón y rogaba por que Frank y Pamela fueran lo suficientemente valientes para perdonarme.

Algunos Sulek salían de sus habitaciones para iniciar su día y labores, me miraban con extrañeza al ver lo sucio y mugriento que estaba a causa de la tierra y el sudor. Me acompañaba un mal presentimiento que me hizo ignorarlos a todos.

Llegué a mi habitación y al entrar seguía vacía. Frank y Pamela habían pasado la noche en otro lugar. Regresé a los pasillos del templo pensando lo peor: se habían ido y me habían abandonado. No las veía, pero podía sentir las ondas azules saliendo de mi corazón.

—Aquí es cuando odio que los Sulek no permitan los celulares. ¿Qué haría yo si fuera Frank y Pamela?

Una idea se me vino de inmediato a la cabeza.

—La habitación de Tom y Tina. Nuestros únicos amigos aquí.

Corrí en la dirección opuesta, ellos dormían al otro lado del templo. Atravesé el gran salón principal, subí las escaleras e ingresé al pasillo de las recámaras del ala norte. La respiración se me iba por momentos, haber asesinado un Kimeriforme durante la madrugada me había dejado sin fuerzas.

Mientras me acercaba a la habitación, mi piel se erizó, podía sentirlo. Sí, estaba allí. Mientras más me acercaba percibía con más fuerza la energía y presencia de Frank en el templo, se me escapó una risa de esperanza.

Llegué frente a la puerta, la abrí de un golpe y encontré a los chicos durmiendo, Pamela con el musculoso Tom en una cama y la voluptuosa Tina junto a Frank en otra.

—¿Qué haces? —Tom se levantó de un susto—. Estamos durmiendo.

Pamela abrió los ojos con dificultad. Frank y Tina seguían dormidos, abrazados.

—Vete de aquí, Elíam, —susurró Pamela—, no queremos verte.

Me quedé mudo, sin palabras, sentí que algo se me había quebrado dentro.

—Lo lamento. —Retrocedí y cerré la puerta con suavidad al salir de la habitación.

Di unos cuantos pasos con dificultad, las manos me temblaban, un nudo en la garganta me impedía tragar. Tuve que sentarme y recostarme contra una pared.

Este era el resultado de mis actos y tenía que aceptarlo. A lo mejor debía seguir este camino solo, intentando encender mi luz en la oscuridad para ver.

Algunas mariposas solo viven veinticuatro horas y eso no las hace menos hermosas o valiosas, pero hay que aceptar que esa es su naturaleza. Un solo día volando, atravesando la inmensidad del cielo, para luego caer con la noche hacia el olvido. Un olvido eterno, en un mundo que nunca será igual sin el batir de sus alas. A menos que alguien la encuentre y la diseque, como hizo Melek con su gatita, para inmortalizarla.

Solo eso me quedaba, disecar los pocos recuerdos que tenía de esa mariposa e inmortalizar el batir de sus alas en mi memoria.

Una lágrima se deslizó por mi mejilla y cayó al suelo.

—Elíam. —Una cálida voz entró a mi cabeza.

Levanté mi mirada, el pasillo estaba vacío.

—Elíam —repitió la cálida voz.
—¿Quién eres?
—No abandones a tu mariposa.
—¿Quién eres? —grité. Otra lágrima corrió por mi mejilla—. ¿Papá?

Nadie volvió a responder.

—¡Papá! ¡Háblame! —grité con rabia, esperando volver a escuchar su voz—. Por favor, háblame, no me dejes así. ¡PAPÁ!

La voz nunca regresó. Me acurruqué en el suelo, abracé mis rodillas con los brazos y me quedé solo, ahogado en llanto.

La puerta de la habitación de Tom y Tina se abrió, los chicos salieron alertados por los gritos. Frank me vio en el suelo y de inmediato corrió hacia mí.

—¡Elíam! ¿Estás bien? —Se acercó y me abrazó.
—Escuché su voz… —intenté decir entre el ahogo.
—¿Qué voz?
—La de mi padre. —Lo miré directo a los ojos—. Frank, Pam, por favor perdónenme, lo que dije estuvo mal. No me dejen solo aquí.

Pamela me vio con lástima y sin decir nada volvió a entrar a la habitación. Tom y Tina la acompañaron dejándome a solas con Frank.

—Ya es tarde, Elíam. Ya todo está arreglado. Nos vamos hoy.

Mi corazón volvió a quebrarse.

—Nunca es temprano ni tarde. Todo ocurre como debe ocurrir.
—Es tarde para Pam, está muy afectada por lo que está pasando con sus padres y es entendible. Además, llegó una noticia: encontraron la camioneta robada de Pam, estaba abandonada en uno de los miradores de la ciudad, había sangre dentro. Aparecieron los padres de Pam en las noticias pidiendo que les devolvieran el cadáver de su hija. Ellos creen que ella está muerta.
—¿Cómo supieron todo esto? —pregunté impactado.
—No habíamos querido decirte nada para no desconcentrarte de tu proceso, pero hemos estado siguiendo las noticias y todo lo relacionado con este tema en unos viejos dispositivos en las áreas superiores del templo.
—Soy un idiota. —Me golpeé la cabeza con la mano—. ¿Cómo fui capaz de decirle eso de ayer a Pam?

—No te conviertas en alguien que no eres. No te encierres en tu propio mundo.

—Por favor, no se vayan. Ya logré entrar al mundo astral. Melek me enseñó su técnica, solo debo practicar durante tres días. Luego de eso, iríamos a Macdó a entrar a la biblioteca de mi padre. Podemos ir todos juntos, solo esperen tres días. Si se escapan, lo más probable es que no nos volvamos a ver, porque no podrán regresar nunca al templo.

—Es que no es solo eso, Elíam. Yo tampoco tengo vida, extraño todo lo que hacía antes, tomar fotos, investigar, respirar aire puro.

—Pero tú lo decidiste. Tú decidiste quedarte aquí.

—¿Sabes qué debería estar haciendo en este momento? —preguntó con sus ojos aguados—. Debería estar afuera disfrutando la vida, yendo a cenar, corriendo por el parque en las mañanas, yendo al cine, viviendo una vida normal. Esta noche ocurre uno de los festivales de música más importantes en la ciudad. Deseaba ir desde hace varios años, tenía entradas para esta versión y ¿qué crees? No voy a poder ir por haberme metido en todo esto. La verdad es que sí, yo lo decidí. Disfruto de acompañarte y ser un cómplice de la magia, pero esas ganas se me van cuando tienes ese tipo de actitudes, egoístas y egocéntricas, de ayer.

—Lo lamento. Discúlpame.

—Disculpas aceptadas.

—¿A qué hora salen? ¿Cuál es el plan?

—No podemos decírtelo, nadie debe saberlo o se puede arruinar. Eso de que ustedes se leen la mente entre ustedes no es tan conveniente —dijo con su característica risita de sarcasmo—. Freaks.

Me hizo reír.

—Chico, llevo más de una hora buscándote. —Melek apareció por uno de los extremos del pasillo—. Habíamos quedado en vernos en la sala de pociones y hechizos.

—Lo siento, debía atrapar una mariposa, pero ella necesita irse.

—¿De qué hablas? —Melek me lanzó una mirada de confusión.

—Creo que sé de qué habla —interrumpió Frank—. Es lindo que quieras dejarla volar, libre. Te aseguro que si la mariposa regresa después de recorrer el infinito del cielo, es porque siempre se pertenecieron.

Ambos nos levantamos del suelo. Quise decir algo más, pero preferí guardármelo. Melek me agarró del brazo y nos dirigimos hacia el salón para iniciar mi entrenamiento intensivo, pero antes de salir del pasillo, giré y vi a Frank que todavía estaba viéndonos.

—Entonces tal vez vuelva a verte.

Él dejó escapar una sonrisa y yo continué el camino a mi destino.

—Hablé con Dinah. Ya todo está arreglado, en tres días salimos a Macdó y es el tiempo justo que tienes para volverte un experto en el mundo astral.

Esa mañana, Dinah ordenó el día libre para los Sulek, todos los líderes y maestros estuvieron en el mundo astral junto a mí. El entrenamiento fue extremo e intenso, aprendí cerca de cuarenta hechizos y pociones que jamás hubiera imaginado que existían. Pude ver a los maestros, admirar el talento de cada uno de ellos y la unión de todos para lograr convertirme en un guerrero del mundo astral. Sus consejos y trucos eran tan asombrosos, la facilidad con la que se movían y transformaban la energía en herramientas para llenar el planeta de luz. Ellos también quedaron asombrados por la cantidad de habilidades innatas que yo poseía.

Luego del entrenamiento fui directo a mi habitación, mi cuerpo necesitaba dormir con urgencia.

Me deshice de la ropa, me lancé a la cama y los chicos se vinieron de inmediato a mi cabeza. Deseé con todas mis fuerzas que estuvieran bien, que hubieran logrado salir.

Me aferré a mi amuleto, a mis recuerdos, abracé cada uno de ellos. Poco a poco mis ojos se fueron cerrando y caí en un sueño profundo. Un sueño del que solo podría despertar con el batir de sus alas, que estaban a punto de llegar.

CAPÍTULO 14
Éxtasis

Existen conceptos humanos que en realidad no existen, necesitamos de ellos para darle lógica a nuestra existencia, pero son solo inventos para intentar cuantificar lo infinito. El tiempo no existe a menos que tú se lo permitas; tu conciencia puede hacer que se expanda o se contraiga.

¿Alguna vez has vivido un instante por siempre? Yo sí. Un momento que duró mil años y al mismo tiempo una milésima de segundo. Pero que cambiaría el rumbo de mi historia para siempre.

—Elíam… Elíam, despierta.

Pasada la media noche, sentí una caricia en la espalda que me trajo de nuevo a la realidad. Abrí los ojos.

—¿Frank?
—Hola.
—Hola. —Sonreí—. ¿Qué haces aquí? ¿Qué hora es?
—Ninguna de esas preguntas importa ahora —respondió Frank con su pícara sonrisa.
—¿Estoy soñando?
—¿Te golpeo?
—¡Volviste!
—No porque quisiera. Fue imposible salir del templo, hubo una tormenta afuera. El túnel por el que íbamos a escapar se inundó, esperamos todo el día a que bajara el agua, pero no pasó. El plan se pospuso para mañana.

Nos quedamos en silencio por varios segundos.

—Ya… confiesa.
—¿Qué?

—¿Qué hechizo hiciste? —Me clavó sus dedos en las costillas.
—No hice nada —dije entre risas.
—Bueno, algo en mí tampoco quería que se des-inundara el túnel. Eso sí, te recomiendo no pasar cerca de Pam, ella sí que está histérica.
—Lamento que te hayas perdido de tantas cosas por mi culpa.
—Neh, ya relájate. Estaba cargado esta mañana, fui muy fuerte con lo que dije.
—Hoy aprendí muchas cosas. No te imaginas todo lo que existe en este universo y no te imaginas de todo lo que soy capaz.
—Ya cállate, señor modesto...
—No me empujes así...
—Es broma. Desde ese día en que me alzaste por el aire en el bosque, pude verlo. Eres magia pura.

A mi mente volvió ese recuerdo, ese instante en que pudimos ver a través de los ojos del otro, ese momento que nos había cambiado para siempre.

Una loca idea se me vino a la cabeza.

—Oye, quiero intentar darte algo —le dije emocionado.
—¿Qué?
—Algo que deseas desde hace mucho.

Me levanté de la cama, me puse un abrigo, lo empujé hacia afuera de la habitación y corrimos por el pasillo.

—¿Qué haces, Elíam? —me preguntó confundido.
—Cállate, debe ser la una de la madrugada, vas a despertar a alguien.

—Al menos dime a dónde me llevas. ¿No puedes darme la sorpresa en la habitación?
—No. —Solté una carcajada.
—¡Dime algo!
—Es una sorpresa y las sorpresas no se revelan o dejan de ser sorpresas.

Llegamos al mismo pasillo por el que habíamos salido la noche anterior con Melek. No recordaba exactamente cuáles eran las rocas que debía presionar. Confieso que usé un poco de mis poderes y el fuego de mi corazón para descubrirlas. Las oprimí y la pared dio un estruendo.

—¿Qué es esto? —preguntó Frank dando unos pasos para atrás.
—Un secreto.
—¡Genial! Otro más para la lista.

Entramos al túnel, nos arrastramos por él y caímos por la pared de roca en el antiguo bosque de la ciudad.

—¡Wow! Qué bien se siente el aire aquí afuera —dijo Frank inhalando con fuerza. Yo me reí.
—¿No es verdad? Ahora, sígueme.
—Elíam, espera, estás loco. Estamos incumpliendo las reglas de los Sulek. Sabes muy bien lo que pasaría si se dan cuenta de que salimos del templo. Dinah literalmente podría asesinarnos.
—Ayer lo hice con Melek y no pasó nada. Te prometo que regresaremos antes del amanecer. Nadie se dará cuenta.
—Esto es muy peligroso.
—Lo sé. Pero valdrá la pena.

Caminamos hacia el mismo punto donde habíamos hecho el ritual con Melek la noche anterior, solo que esta vez todo se veía diferente, se sentía distinto. Miré al firmamento, la luna nos acompañaba llena y cálida, las estrellas brillaban fuerte, como si quisieran presenciar con intensidad todo lo que iba a ocurrir esa noche.

Al llegar pude ver los árboles caídos por la pelea contra el Kimeriforme. El bosque resplandecía, cómplice de los chispazos y retorcijones que estaba sintiendo dentro de mí. No era temor, era «Prana».

—¿Qué pasa, Elíam? Ya di algo, ¿por qué estás tan callado?
—Pensaba en mi palabra favorita del idioma universal.
—¡Eres increíble! Estás pensando en tu palabra favorita mientras cometemos uno de los peores crímenes de los Sulek —dijo Frank asustado, provocándome una carcajada—. Al menos dime cuál es.
—¿Qué?
—Tu palabra favorita.

Busqué una rama en el húmedo suelo del bosque, la tomé y dibujé sobre la tierra.

—Pra... —Frank intentó leer con dificultad—. Pra... ¿Prana?

—Sí.
—¿Qué significa?
—Es una palabra mágica, porque significa todo y nada a la vez.
—¿Es decir…? —Me lanzó una mirada de confusión.
—Prana significa universo y amor al mismo tiempo. Hace referencia a todo lo existente. Es ese aire invisible que respiramos, es el espacio en el que habitamos, es la atmósfera infinita del amor y la creación de vida en el universo, en el «Prana». Una palabra que expresa que todos vivimos y existimos en la energía del amor y gracias al amor. Pero no el amor dramático, sino el amor infinito de la creación y la consciencia.
—¡Wow! Qué patético eres… —Frank me hizo explotar en otra carcajada.

Tomó la rama de mi mano y volvió a escribir «Prana» en el suelo.

—No soy tan bueno con el idioma universal, pero a esta no la olvidaré. Prana… mi nueva palabra favorita.

Miré al cielo para evadir su mirada, me percaté que la luna ya había cambiado de posición, haciéndome consciente del tiempo que había pasado.

—Debemos apurarnos, hay que regresar antes del amanecer. Acuéstate —le ordené a Frank.
—¿Qué? ¿Aquí? Elíam, me estoy muriendo de frío.
—Confía en mí —le rogué.
—OK. —Hizo una mala cara y se tiró al suelo.

Yo agarré un poco de tierra con alcanfor y lo lancé a nuestro alrededor en un círculo, luego me acosté a su lado.

—Quiero que cierres los ojos.
—OK…
—Deja de temblar, no estés nervioso.
—No seas idiota, es por el frío. —Me lanzó un codazo.
—Cierra tus ojos y déjate llevar.

Canté la canción a Nidra, me llevé a mí mismo a la línea entre la vida y la muerte y mi alma comenzó a flotar sobre mi cuerpo. Había logrado salir de nuevo, justo como me lo enseñó Melek.

Miré hacia el suelo y vi nuestros cuerpos, acostados, juntos. Frank hacía caras inconscientes, muy divertidas, tratando de concentrarse. Me acerqué flotando sobre su cuerpo y traté de tocar uno de sus hombros, pero mis manos siguieron de largo y lo atravesaron.

Respiré para concentrarme, vi cómo mi abdomen físico se infló al lado de Frank, era absurda la conexión que había entre el alma y el cuerpo dentro del mundo astral. Volví a intentarlo, pero esta vez traté de tocar sus mejillas, él reaccionó.

—Elíam, ¿eso lo hiciste tú? —preguntó asustado.
Todo su cuerpo entró en tensión.
—Confía —pensé. Él pudo escucharme.
—Wow, no recordaba lo que se sentía.
—¿Qué?
—Tenerte dentro.

Lo agarré de los hombros y comencé a alzarlo lentamente en el aire. Su cuerpo se elevó unos centímetros del suelo. Todos sus músculos volvieron a tensionarse con fuerza, comenzó a temblar y su respiración se agitó.

—Quiero que sueltes todo, déjate llevar —le pedí.

Él dio un gran suspiro y con esfuerzo logró soltarse. Una luz comenzó a salir del cuerpo de Frank, iluminó todos los pinos y arbustos alrededor; su alma estaba saliendo del cuerpo. Sus ojos astrales se abrieron y pudo verme.

>—Elíam.
>—Frank.
>—Wow, esto es…
>—Hermoso.
>—Mágico.

El color de su alma era diferente, rayos dorados salían de él.

>—No lo puedo creer, ese soy yo —dijo sorprendido al ver su cuerpo tirado en el suelo.
>—Tu alma, es diferente a la de los Sulek. Todos se ven como yo, pero tú… brillas… diferente.
>—¿Eso es malo?
>—No lo sé —dije sin poder parar de sonreír.
>—Y, ¿ahora qué? —preguntó mirándome a los ojos.
>—Ahora sí viene la sorpresa.
>—¿Hay más?

Me acerqué a él, tomé sus manos y nos elevamos en el aire.

>—Wow… —Veía todo a su alrededor como un niño que observa el mundo por primera vez—. ¿A dónde me llevas?
>—Ya lo verás.

Volamos sobre el bosque, luego atravesamos parte de la ciudad, era la primera vez que no quería mirar otra cosa que no fuera ese niño sorprendido por cada luz que atravesábamos.

—Espera… —me dijo— eso es…
—El festival.
—¿QUÉ? —gritó de emoción—. No lo puedo creer.

Llegamos al parque de diversiones de la gran ciudad, que estaba atestado de luces neón, moradas, rojas y azules por todos lados. Atravesamos la gran rueda de la fortuna, descendimos y aterrizamos atrás de unas carpas de comida rápida.

—Wow, no lo puedo creer. —Frank más eufórico que nunca—. Esto es alucinante, no solo estar en el festival, sino la sensación de estar en este plano. La libertad que se siente, la energía, la luz.
—Todos los humanos deberían sentir esto alguna vez en su vida. —Le sonreí.
—Estoy de acuerdo. —Me sonrió.
—Muy bien, ¿qué artista quieres ver primero? —le pregunté.
—Uf… no sé, en realidad no me importa nada de eso, solo quiero sentirme así por siempre.
—Entonces decido yo.

Salimos volando de nuevo y aterrizamos en el escenario principal del festival. Las personas, con maquillajes excéntricos y ropa alternativa, bailaban eufóricas a nuestro alrededor. Algunas notaron nuestra presencia.

—Elíam, creo que ellos pueden vernos. —Frank señaló a un grupo de chicos que nos observaban sorprendidos.
—Están en éxtasis. Melek dice que las drogas te pueden traer a este estado en el mundo astral.
—O sea que tú eres mi éxtasis.

Eso último me hizo sonreír con locura, una onda roja salió de mi pecho.

—¿Qué fue eso? —Señaló mi cuerpo.
—¡No lo sé! No tengo idea. Ya cállate y disfruta del concierto —le ordené.

Durante varias horas estuvimos bailando y cantando, la atmósfera se convirtió en un idilio total, el universo se había transformado en euforia, una euforia que no existía en el tiempo, no pasaba, solo era euforia y ya.

—¿Qué voy a hacer cuando te vayas mañana con Pamela? —pregunté nostálgico.
—Venir conmigo.
—Sabes que no puedo irme.
—Entonces, ¿podrías intentar que tu vida no corra peligro hasta que regrese? —dijo con pretensión sobreactuada.
—Eres el idiota más gracioso que conozco.
—Y tú, el Sulek más aburrido de la faz de la Tierra, que no quiere venir conmigo y traicionar a los de su raza para que la humanidad quede hundida en la oscuridad total.
—Valdría la pena.

Nos ahogamos en otra carcajada que solo se detuvo cuando vi a un hombre que mirándome directo a los ojos. «Otro con sustancias alucinógenas», pensé y traté de esquivar su mirada.

Poco a poco noté más personas oscuras y misteriosas, que se agrupaban cerca de nosotros. Mi corazón comenzó a alertarme. Pero el estado de euforia en el que habíamos entrado no me permitía distinguir con claridad lo que estaba ocurriendo.

—Elíam, ¿qué pasa? Siento mucho temor, pero viene de ti.
—No lo sé, no logro identificar lo que ocurre.

Hice un esfuerzo y miré con detalle alrededor, pude ver energía de los Kimeriformes en los cuerpos de personas que estaban entregando pastillas y sustancias a otros humanos.

Un fuerte rugido me aturdió.

—Frank, debemos irnos. Hay un Kimeriforme cerca, puedo escucharlo.
—Yo también lo escuché.

Más rugidos asquerosos resonaron a lo lejos. Tomé a Frank de las manos y nos elevamos con velocidad en el cielo. Desde allí arriba pude ver una docena de Kimeriformes rodeando el parque y acercándose con velocidad, para robar los cuerpos de los asistentes al evento.

Nunca había visto a tantos Kimeriformes juntos, corrían como fieras sedientas de sangre, la mayoría tenía seis y siete ojos, pero había uno con ocho que los lideraba. Ondas negras comenzaron a salir de mi corazón.

—Elíam, tengo miedo.
—Tranquilo, no vienen por nosotros y aquí arriba no pueden alcanzarnos.
—Estoy sintiendo algo extraño.

Frank comenzó a temblar, la luz de su alma se fue apagando poco a poco. Otro grupo de Kimeriformes llegó con furia al parque, eran más de cincuenta ahora. En una estrategia simultánea, empezaron a rasgar con sus garras los cuerpos de los asistentes en estados más débiles del festival. Gritos y lamentos se proyectaron en el mundo astral.

Veía las almas esfumarse y los asquerosos Kimeriformes tomar posesión de los cuerpos convulsionando en el piso. Era una escena repulsiva.

Frank segía perdiendo su luz.

—Elíam, ayuda. ¿Qué me está pasando?
—Frank, tranquilízate, quédate conmigo.

Lo tomé entre mis brazos y volamos de regreso al bosque. Intenté ir lo más rápido que pude.

—Resiste, ya vamos a llegar.

Sentía cómo su energía se desvanecía poco a poco entre mis manos.

—Duele. Elíam, duele mucho.

Esos fueron los últimos pensamientos que escuché de él antes de que su alma se esfumara por completo.

Entré en shock. Me quedé pasmado en el aire, no pude seguir moviéndome. Una fuerte descarga de electricidad me llegó al pecho, pude recuperar el control y volé lo más rápido que pude.

Al llegar al lugar donde habíamos dejado nuestros cuerpos en el bosque, vi un gran número de personas. Había lámparas por todos lados. La policía tenía perros rastreadores que me ladraban con desesperación.

Lo único que no vi abajo en el suelo fue el cuerpo de Frank, había desaparecido.

Me lancé a mi cuerpo y desperté. Tosía con fuerza, el pecho me dolía, estaba hiperventilando, todo se veía oscuro, todo era confusión.

Comencé a llamar a Frank con todas mis fuerzas. Escuché personas a mi alrededor que empezaron a aplaudir, y una vez mi visión se aclaró, lo primero que vi fue la regordeta figura del viejo comisario de Macdó.

—Tranquilo, Elíam, todo está bien, te hemos encontrado. Por ahora debes descansar.

Una enfermera me puso una máscara con gas anestésico en la cara y todo volvió a ser oscuridad.

CAPÍTULO 15
Caos

Se nos dijo que día a día construimos nuestro propio destino, pero se equivocaron. Solo somos los actores intelectuales del camino que recorremos, porque el destino que se nos impuso siempre será el mismo. Podemos elegir la ruta para llegar a él, atravesar el árido desierto o las frondosas montañas. ¿Cuál elegirías? Debes ser hábil y astuto para hacerlo, porque cada camino lleva oculta una consecuencia, no es buena ni mala, jamás la calificaría así, pero si existiera una forma de medir las consecuencias, definitivamente radicaría en el dolor.

Elegir es la maldición que acompaña el regalo de la vida, el libre albedrío del que tanto se habla. Algunos caminos te darán fortuna, otros te arrastrarán a los infiernos, pero definitivamente las decisiones más dolorosas son las que su consecuencia toma como premio a las personas que más amas y se las lleva para siempre.

Somos las víctimas directas de nuestras propias decisiones.

Somos el caos que decidimos permitir.

El alarmante sonido de las noticias de último minuto salió de un televisor en la pared de la habitación de lo que parecía ser un hospital.

Tragué saliva para humedecer mi garganta seca por las horas de inconsciencia. Intenté levantarme, pero me detuvieron unas esposas; me habían atado las manos a la camilla.

El televisor volvió a llamar mi atención. Solo veía manchas. Hice un esfuerzo para enfocar, parpadeando varias veces. Una vez las manchas borrosas cobraron sentido, vi mi cara en la pantalla.

—Elíam Cob, el adolescente que tanta conmoción ha causado por su milagrosa historia y posterior desaparición forzada, fue hallado inconsciente esta madrugada por un escuadrón de búsqueda de la policía en el antiguo bosque de la ciudad —dijo la reportera del noticiero.

Una mezcla de imágenes heroicas protagonizadas por el comisario y un jefe de policía aparecieron en la pantalla. Los perros olfateando los caminos del bosque y un séquito de personas con linternas revisando con detalle cada centímetro del lugar.

—Luego de intensos meses de búsqueda, ha ocurrido otro milagro. —El comisario limpió sus ojos aguados, hablaba con pasión, tenía un excelente manejo frente a las cámaras, se veía que su búsqueda de protagonismo los meses pasados le había funcionado—. Finalmente, Elíam Cob está de regreso con nosotros; ningún esfuerzo ha sido en vano. Queremos agradecer a toda la comunidad por su ayuda y apoyo para permitirnos llegar hasta él.

—¿Ya hay algún reporte del estado de salud de Elíam? —preguntó uno de los periodistas.

—Lo encontramos hace unas horas inconsciente, estaba sufriendo de hipotermia. Logró recobrar la conciencia en un estado de shock, gritaba desesperado, lo que obligó al equipo médico a sedarlo, para así transportarlo y tratarlo directamente en el hospital central de la ciudad.

—¿Hay información de sus secuestradores? —preguntó otra de las periodistas.

—Elíam fue hallado junto a Frank Özer, uno de sus secuestradores, que también se encontraba inconsciente. Fue capturado por las autoridades… —Una de mis dos preocupaciones se había solucionado; al menos el cuerpo de Frank seguía con vida. Seguía rogando por que un Kimeriforme no hubiera robado su cuerpo— en este momento se encuentra retenido en este mismo hospital esperando obtener la aprobación de los médicos para llevarlo a detención preventiva, mientras se realiza un juicio de su vil accionar.

—Comisario, ¿hay información sobre el cadáver de Pamela Kiev? —preguntó la misma periodista.

—Ya salieron los resultados de laboratorio y descubrimos que la sangre encontrada en el vehículo abandonado posiblemente sí pertenece a una mujer, por los niveles de ferritina. Pero no corresponde al ADN de Pamela Kiev, por lo cual seguimos en la búsqueda de esta presunta criminal y de otra víctima.

Pamela y Frank tenían razón, todo era un caos aquí afuera. Pero yo estaba dispuesto a hacer lo que fuera por arreglar esta situación. No me importaba la cantidad de secretos Sulek que debieran ser revelados para evitar que Frank fuera a prisión.

—¡Wow, chico! ¡Despertaste! —El comisario hizo una entrada triunfal a la habitación—. ¿Qué tal me viste en esa entrevista? ¿Ah? ¿Quién iba a creer que un pueblo como Macdó daría tanto de qué hablar?

—Comisario, están equivocados, Frank no es un criminal. Yo les pedí que me trajeran —dije con desespero.

—¿De qué hablas, muchacho?

—Frank y Pamela solo me trajeron para poderme encontrar con los Sulek…

—¿Los… qué?

—Una raza humana a la que pertenezco, estamos encargados de…

—Chico, chico, ya. Relájate. ¿Qué tonterías dices? —El comisario se acercó a tocarme la frente con su mano—. Ya no necesitas mentir, estás protegido. No importa lo que esos criminales te hayan hecho o dicho. Ya estás en casa.

—Tiene que creerme. Yo pertenezco a los Sulek...

—Hemos interrogado a Frank, y no ha dicho absolutamente nada. Cuando le preguntamos cuál fue el motivo de raptarte, no ha pronunciado una sola palabra, se queda mudo.

—Es porque tiene el hechizo «Cortesh» que le impide decir cualquier información relacionada con los Sulek...

—Basta. —Volvió a interrumpirme—. No tienes que mentir por ellos.

Es común en los humanos. Cuando la verdad sale a la luz, ellos se esconden de ella para seguir ciegos ante el oportunismo y las costumbres. El enfado en mí ya había cambiado de nombre, la ira explotaba en cada célula de mi cuerpo.

Si iba a haber caos, me encargaría de crear uno tan grande que los únicos resultados posibles fueran dos: salir con vida o morir en el intento. Hoy estaba más que dispuesto a pagar cualquier consecuencia.

—¿Dónde está Frank? —pregunté.

—Está en uno de los pisos inferiores, lejos de nosotros. No tienes de qué preocuparte, está custodiado por un guardia de policía y así lo estará hasta que lo llevemos tras las rejas.

—Gracias, Comisario. Usted es mi héroe.

Una apestosa sonrisa salió de su cara, engrandecido se acercó para tomar mi mano.

—Para eso estamos, muchacho. Como te dije aquella tarde en el hospital de Macdó, seré tu tutor y estaré ahí para ti siempre.

—Gracias. ¿Puede darme un abrazo? He sufrido mucho.

El viejo comisario se acercó eufórico y se lanzó encima para abrazarme. Después de unos segundos, el abrazo se tornó en total incomodidad, se incorporó lentamente y me lanzó una mirada oscura que me dejó pasmado.

—Creo que ya no son necesarias. —Levanté mis manos esposadas a la camilla, intentando ignorar la atmósfera oscura que había aparecido.
—Claro que lo son, Elíam, no creas que vas a volver a escaparte. Eres una pieza importante.
—¿De qué habla, Comisario?

El hombre retrocedió, observó por la puerta al pasillo, y se aseguró de que nadie pudiera escuchar lo que estaba a punto de decirme. Volvió a mí con un incómodo swing en su caminar.

—¿Crees que voy a perder esta oportunidad?
—No le estoy entendiendo, Comisario.

Intenté buscar el botón de señal de pánico de la habitación, pero estaba demasiado lejos. El comisario continuó acercándose.

—Solo un idiota como tú abandonaría su afortunado destino. Y ¿qué crees? Yo no soy idiota, no abandonaré el mío.
—Comisario, por favor, quíteme las esposas y hablemos como personas civilizadas.
—No, Elíam. De ahora en adelante harás lo que yo diga. Recorreremos el mundo contando tu historia y haremos tanto dinero que no nos cabrá en la puta bóveda más grande del banco. Sabes todos los mensajes que pudiste recibir del más allá para dárselos al mundo. El infinito es nuestro aliado ahora.

—No haga lo mismo que Frank y Pamela, Comisario, usted no es un criminal como ellos.

—Esto no es un crimen, es solo un negocio que...

Un ruido en la puerta detuvo la asquerosa prosa del comisario. Una tierna señora, ya entrada en edad, con un bolsito entre sus manos y un sutil caminar, ingresó a la habitación.

—Rosmary, mi amor, qué sorpresa. —El comisario cambió su actitud de asesino y abrazó a su esposa con nerviosismo.

—Te estuve esperando abajo para tomar el café, pero no me imaginé que era este chiquitín el que te había retrasado. Bienvenido de nuevo, Elíam.

—Señora, su esposo quiere obligarme a trabajar para él, inventando mentiras, aprovechándose de la gente. Prácticamente, esto es un secuestro. Señora, ayúdeme, desáteme de la cama o avise a la policía.

La señora miró impactada a su esposo, dio unos cuantos pasos para atrás, retrocedió hasta llegar a la puerta, y la cerró de nuevo.

—Elíam, mi amor, jamás vuelvas a decir eso de este honorable comisario que solo se ha preocupado por tu bienestar.

—¿Ah...? —Eso me tomó por sorpresa.

—Es mejor que hagas caso a lo que te digamos. Ya no tienes más el control, ahora eres parte de nuestra familia. Déjanos guiarte.

—¡Ayuda! —comencé a gritar con todas mis fuerzas—. ¡Ayuda!

—Cállate, Elíam —me ordenó el Comisario.

—¡Ayuda! Me quieren secuestrar —continué gritando, con la esperanza de que alguien escuchara y viniera a ayudarme.

Una enfermera entró a la habitación con urgencia.

—¿Qué ocurre, señor?
—Me quieren secuestrar, ayúdeme —le rogué.

La enfermera observó a la pareja de viejos que se agarraban la cara con un pánico sobreactuado.

—Señorita, creo que Elíam continúa en estado de shock por su secuestro. ¿Podríamos sedarlo para que descanse? —dijo el Comisario con el mismo patético tono de héroe que usó en el noticiero.
—Es mentira, no le crea, me quieren obligar a trabajar para ellos.

La enfermera, impactada por la situación, agarró una jeringa y la inyectó en el suero que estaba pegado a mi brazo. Intenté liberarme de la camilla con todas mis fuerzas, e impedir que me sedara, pero las esposas en mis muñecas no me lo permitieron. Luego de revolcarme con furia, perdí la fuerza y quedé en un estado vulnerable, en el que no tenía control de mi cuerpo.

La borrosa figura del comisario y su esposa se acercó a mí.

—Más te vale seguir nuestras órdenes o tendrás que acostumbrarte a vivir así— murmuró el comisario.
—Al final es un medicamento más que necesitarás —completó la señora.

Ambos se sentaron junto a la camilla, uno a cada lado, tomando mis manos. Le dieron un celular a la enfermera y le ordenaron tomar una foto.

Este sería el inicio del patético show. La foto fue enviada a la prensa, y los medios comenzaron a publicarla. El comisario se convirtió de inmediato en el salvador del chico que estuvo muerto por siete minutos, y su esposa en la noble madre adoptiva de un huérfano milagroso.

Lo que nadie pudo ver en aquella foto, fue la verdadera identidad de los que orquestaron la patética escena. Un anciano torpe, manipulable, cegado por el dinero y una Kimeriforme.

CAPÍTULO 16
Saturno

Los somníferos no me permitían pensar con claridad. Todo era confuso. En los pequeños instantes de lucidez que lograba tener, mis oídos volvían a activarse y escuchaba conversaciones que carecían de sentido, pero que eran más reales que la prisión en la que se había convertido la pequeña habitación del hospital central de la gran ciudad.

—Necesito diez kilos de sal marina, ¡ahora mismo! —ordenó la esposa del comisario.

—¿De dónde crees que voy a sacar diez kilos de sal, Rosmary?

—Usa tu influencia, eres una de las personalidades más mediáticas en este momento. Ordénale a uno de tus perros falderos que la traiga.

—No lo van a hacer, además me verían como a un loco. ¿Para qué necesitas tal cantidad de sal?

—¿Confías en mí? —La anciana se acercó lentamente al comisario.

—Rosmary, claro que confío en ti, todo ha salido exactamente como me lo has dicho. —El viejo tartamudeó al sentir a su esposa tan cerca—. Últimamente, tienes una actitud que me produce temor.

—El temor es nuestra llave al alma de la gente —le susurró al oído—, pero por ahora no necesitamos tu alma, no debes temer. Confía en mí y te llevaré a la gloria.

—Yo mismo iré por la sal que me pediste.

—Si quieres que salga bien el plan, tráela antes de que el sol caiga. Yo debo ir al cementerio.

—¿Al cementerio?

—¿CONFÍAS EN MÍ? —gritó la anciana—. ¡No quiero repetirlo!

El comisario asintió después de dar un brinco de temor.

—¿Qué hacemos con Elíam? Puede despertar y arruinarlo todo —dijo el Comisario.

La anciana se acercó a la camilla, agarró la misma jeringa que había usado la enfermera horas antes, inyectó otra dosis del medicamento calmante en mí y todo volvió a ser oscuridad.

—¡Saturno! —susurró una voz.

Alcé la mirada y vi entre la oscuridad una luz.

—Saturno…

Volví a escuchar otro susurro que provenía de la luz. Me acerqué. La luz se expandió y se transformó en un portal. Al otro lado vi la sombra de una mujer.

—Saturno, es hora, debes despertar.

Atravesé el portal y desperté en otro cuerpo. Me tomó un poco más de esfuerzo para llenar de aire los pulmones de este nuevo cuerpo. Me senté, estaba en una cama gigante, con sábanas blancas, suaves. Alrededor de la cama colgaba un velo que se movía con el cálido aire que entraba por la puerta abierta de la gran habitación, a través de ella se veía el océano.

Una mujer sentada en el borde de la cama me habló.

—Tranquilo, Saturno, es otra de tus pesadillas, ya regresaste —dijo la mujer con una dulce voz, en un idioma diferente que lograba entender.
—¿Qué año es este? —pregunté.
—¿Qué clase de pregunta es aquella? —Soltó una carcajada.
—Olvídalo.

Ya conocía esta sensación. Era cuestión de tiempo poder recordar y entender esta vida pasada en la que había ingresado.

Me levanté de la cama y noté que estaba desnudo. Toqué cada parte de mi cuerpo, era tonificado, fuerte, mi pecho era enorme y ni hablar de allá abajo.

—¿Qué te ocurre? —La mujer, también desnuda, se acercó a mi lado, besó mis labios con pasión.

En esta vida la amaba. ¡Felicia! Recordé. La mujer tomó mi mano y se acercó a una de las esquinas de la habitación donde había una jarra, dos cálices de cristal, y unas plantas. Tomó un poco de agua en un cáliz, dio varios giros con su mano rodeando una de las plantas, y una luz dorada, muy sutil, resplandeció en la planta y de ella creció una flor.

Felicia la cortó y la lanzó en el cáliz, que luego me dio a probar.

—Esto te dará la energía necesaria para completar tu misión la noche de hoy.

La luz del atardecer entró por una de las ventanas, volví mi mirada a Felicia, quien me señaló el cáliz. Le di un sorbo a la bebida, quedé sorprendido con su sabor y la energía inmediata que le proporcionó a mi cuerpo.

—Recuérdame la misión —le pedí.
—¿A qué te refieres? —preguntó extrañada.
—Quiero recordar cada paso.
—Saturno, solo tú la sabes. Ya es hora, el sol va a caer, debes salir. —Felicia señaló uno de los muebles de la habitación donde había una elaborada túnica y unos zapatos antiguos.

—¿Dónde hay un espejo? —pregunté. Quería conocer mi rostro en esta vida, tal vez eso ayudaría a mi memoria.

Felicia me lanzó una mirada de confusión.

—¿Espejo?
—Mi reflejo, quiero ver mi reflejo.
—No tenemos un speculum. —Sonrió extrañada—. ¿Para qué lo necesitas?

Tomé las manos de Felicia y las acerqué a mi cara.

—Describirme. ¿Cómo soy?

Felicia rozó mi mejilla.

—Eres fuego. Tus ojos hechos con luz de estrellas. Brillan. —Bajó su mano rozando mi rostro hasta la barbilla—. La quijada de un león. Tus labios, el banquete que todos desean. La magia corre por tus venas, las llena y las marca sobre tu piel. El pecho de un simio, el abdomen de un Dios. El corazón de un guerrero. La agilidad de un leopardo. La mente más poderosa de los Sulek.

Detuve su mano, que estaba llegando a mi ingle. Mi corazón latió fuerte después de haber escuchado esa última palabra.

Corrí hacia el mueble donde había doblado mi túnica, la agarré para vestirme. Al levantarla, un objeto pesado cayó de ella, provocando un escándalo. Me agaché a recogerlo y quedé sorprendido al descubrir lo que era; la daga sagrada de los Sulek, la misma que Dinah había usado para asesinar a un chico hacía varias semanas.

Me vestí, escondí la daga entre mi ropa y corrí a la puerta.

Al salir, fue inevitable detenerme para admirar la prodigiosa vista de ese mar antiguo, que se extendía hasta el infinito junto a los rayos naranjas del sol. Comencé a descender por las escaleras improvisadas de una montaña rocosa, repleta de pequeñas viviendas.

No sabía en qué dirección ir, pero debía confiar en que mi corazón me llevaría por la vía correcta hacia el destino que debía cumplir en esa vida.

Mi cuerpo había nacido atlético, era muy fácil correr, saltar, había nacido muy ágil en esa vida. Aumenté la velocidad, pasaba frente a las antiguas casas, produciendo un sonido fugaz.

Una mano salió de repente de entre una de las puertas y me jaló a su interior, me hizo aterrizar con fuerza entre una pila de ropa maloliente. La casa estaba abandonada y mugrienta.

—Saturno, por poco sigues de largo.
—Lo siento —dije reincorporándome.

Le eché un vistazo al joven que tenía enfrente para intentar reconocerlo. Era alto, su cuerpo tonificado, cabello rubio, corto y ondulado, hacía juego con su nariz para hacerle tributo a alguna estatua antigua de Miguel Ángel.

—¿Estás listo para la misión? —pregunté en un intento por obtener información.
—Así es, mi señor. El emperador nos dio las instrucciones secretas, solo hay que mover ese mobiliario de lugar y podremos atravesar los túneles hasta la recámara de sus rituales. Ya deben estar por llegar los demás machos convocados.

—Muy bien, Lucio. —Recordé su nombre.

En una descarga frenética de información, a mi mente comenzaron a llegar cientos y cientos de datos de la vida de Saturno y de la importante misión que estábamos a punto de iniciar.

En esa vida yo ya hacía parte de los Sulek. Éramos pocos los que lográbamos agruparnos, ya que la comunicación mundial era difícil y complicada en esa época. Había que meditar por años para descifrar tus poderes, era casi un autodescubrimiento, hasta que lograbas entrar al campo astral y ver otros seres que también habitaban esta realidad.

Por otra parte, la oscuridad era poderosa, sigilosa y astuta. Luego de mucho esfuerzo habíamos logrado agrupar unos cuantos Sulek de lejanas partes del mundo y estábamos a punto de asesinar, con la daga sagrada, a uno de los emperadores más sangrientos y macabros, durante uno de sus rituales oscuros.

Llegaron más hombres, adolescentes y jóvenes, a la vieja y sucia casucha donde nos encontrábamos.

Cuando ya estuvimos completos, movimos unos pesados estantes hechos en piedra, de una de las paredes del fondo de la pequeña casa abandonada. Tras ellos apareció una puerta de madera maciza. Golpeamos doce veces y la puerta se abrió.

Los guardias del emperador salieron por nosotros y nos ordenaron quitarnos las túnicas. Luego de quedar en ropa interior, uno a uno, ingresamos por un estrecho túnel.

Caminamos por varios segundos en completa oscuridad y silencio hasta llegar a una recámara que estaba iluminada por antorchas encendidas con fuego.

Una anciana arrugada, vestida con trapos oscuros y sucios, nos recibió. Su piel era pálida, desgastada, parecía haber vivido más de doscientos años. Al entrar, me miró con detenimiento, solo tenía uno de sus ojos, el otro se lo había pedido el emperador como sacrificio para demostrarle lealtad, así que una herida incurable yacía en parte de su cara.

La anciana agarró un cuenco y con una rama nos bañó en sangre. Evocó a los doce espíritus de los demonios oscuros e hizo entrar al emperador a la recámara mientras recitaba una canción gutural.

El emperador estaba completamente desnudo. Con sus brazos abiertos se acercó a una plataforma de piedra en el centro del salón y dieron inicio al ritual de sacrificio, para darle poder y juventud eterna.

La repugnante bruja no paraba de mirarme; a pesar de su oscuridad, identifiqué un destello oculto de esperanza que resplandeció de su único ojo.

—Venid... todos... aquí... —susurró la bruja mientras levantaba un cuchillo filoso elaborado con el fémur de un humano— cantad el rito.

La bruja realizó un feroz corte en la palma de su mano, la apretó y desde lo alto dejó caer su sangre sobre la cabeza del emperador. Nos obligaron a bailar y realizar cánticos a su alrededor.

Ya había recordado perfectamente cuál era mi misión y estaba dispuesto a hacer lo que fuera para completarla.

La bruja eligió a uno de los hombres para realizar el sacrificio; debía ser el adolescente más puro.

Los demás nos acercamos al emperador, rodeándolo. Todos sudábamos, la sala ardía en calor. Quedé frente a frente del emperador, sus ojos giraban perdidos, estaba en un trance profundo. Debía esperar el momento exacto en que volviera a recuperar su conciencia para introducir la daga en lo más profundo de su corazón y así destruir su maligna alma para siempre.

La bruja nos ordenó lamer el cuerpo del emperador. Todos nos acercamos a él y la escena se convirtió en una orgía infernal, tuve que lamer sus genitales.

El joven más puro de corazón subió al altar de piedra. La bruja agarró su daga, la alzó en lo alto mientras recitaba blasfemias horrorosas, y mientras lo hacía no paraba de mirarme. De repente sentí en mi corazón una explosión de fuego y justo antes de que ella atravesara el pecho del joven, saqué la daga sagrada de los Sulek y la clavé en el corazón del emperador.

La repugnante anciana dio un fuerte grito, generando una onda que me golpeó, lanzándome contra una de las paredes donde se abrió un portal de luz. Lo atravesé y desperté de inmediato en otro cuerpo.

Los ojos me pesaban, los abrí con esfuerzo para observar alrededor, estaba en un hospital. Intenté llevarme las manos a la cara para identificar mi rostro, pero unas esposas me lo impidieron, estaba atado a la camilla. Eso significaba que había regresado a mi cuerpo actual, era Elíam.

Todo seguía igual en la habitación, excepto por la presencia de mis captores, no había rastro del comisario o su esposa.

Debía idear una manera de salir de la habitación, ir en búsqueda de Frank y escapar juntos del hospital.

Pero, ¿cómo?

Varios planes se pasaron por mi cabeza. En el primero llamaba a la enfermera y le pedía que me llevara al baño. Una vez me liberaba, la empujaba, agarraba una jeringa y la amenazaba con clavársela, la amordazaba para evitar que gritara y la dejaba atada de pies y manos en el baño. Eso me daba tiempo suficiente para encontrar a Frank, engañar al guardia frente a la puerta y escapar juntos.

En el segundo plan, dislocaba parte de los huesos de mi muñeca, para así liberar las manos de las esposas. Me camuflaba entre el personal del hospital y llegaba a Frank.

El tercer plan era un poco más agresivo. Esperaría a que aparecieran el comisario o su esposa en la habitación, hablaría con él o ella durante unos minutos, ganando su confianza, luego le pediría que se acercara a mí para decirle algo en secreto y, una vez le tuviera cerca, le arrancaría la oreja de un mordisco. La situación generaría tanto caos que una docena de personas entrarían a la habitación, alertadas por los gritos de dolor. Contaría la verdad de lo que está ocurriendo y de alguna forma convencería a alguien de liberarme.

Mi cuarta y última opción era salir de mi cuerpo al mundo astral, encontrar a Frank, entrar a su mente, contactarlo para elaborar un plan de escape en conjunto y al menos verlo una última vez antes de que algo peor ocurriera.

Este último parecía el plan más sencillo y fácil de ejecutar, pero era el más peligroso, ya que estaba literalmente atado de manos y no poseía los elementos necesarios: la tierra y el alcanfor, para realizar un ritual de protección antes de abandonar mi cuerpo. Al salir sin elaborar el ritual, quedaría expuesto. Un Kimeriforme podría tomar posesión de mi cuerpo muy fácilmente y, a juzgar por mi reciente descubrimiento de la esposa del comisario, el hospital debía estar rodeado de ellos.

Tomé un profundo respiro y me preparé para ejecutar el primero de mis planes de escape.

—¿Hay alguien cerca? Necesito ayuda con algo...

Esperé unos segundos, nadie respondió.

—¿Hay alguien? Necesito orinar. Estoy atado a la camilla y necesito orinar...

La enfermera entró corriendo a la habitación.

—¡Hola! ¿Cómo te sientes? ¿Ya estás más tranquilo? —preguntó la enfermera, acercándose con precaución a la camilla.
—Sí, mucho mejor. Necesito orinar, mi vejiga va a explotar. ¿Me ayudarías a llegar al baño?
—¡Oh! Disculpa, pero tengo la orden directa de no liberarte. —La mujer se agachó y alzó un recipiente de metal—. Te puedo ayudar a orinar en esta bacinilla.

«¡No puede ser! ¡La puta que te parió!» pensé.

—No me siento cómodo haciendo en esa taza. Pero entiendo, órdenes son órdenes. Podrías al menos liberar una de mis manos para agarrarlo y apuntar.

La enfermera se sonrojó y se le escapó una risa nerviosa.

—No, de verdad no puedo liberarte. Yo lo haré por ti. No tienes que preocuparte, estoy acostumbrada a estas cosas.

No tuve otra opción más que permitir que me bajara los pantalones y me ayudara a desocupar el tanque. La verdad es que sí lo necesitaba. Fue un minuto y medio incómodo. Pensé en aprovechar que la tenía cerca y efectuar el tercer plan, arrancarle la oreja de un mordisco, pero no pude; la culpa no me lo permitió. Ella no tenía que perder su oreja por mi irresponsabilidad allá en el bosque.

Al terminar, la enfermera dio unas cuantas sacudidas, un poco bruscas para mi gusto, y lo volvió a guardar.

—¿Lo ves? No fue difícil. Ahora continúa descansando y recuperándote, es probable que mañana te den salida —La mujer sonrió y se dirigió a la puerta—. Si necesitas algo más, solo llámame. Soy la única autorizada para atenderte.

«¡Genial!», pensé. Ahora mis posibilidades de efectuar el primer plan eran nulas, no podría engañar a nadie más, debía prepararme para efectuar el doloroso segundo plan.

Hice un ejercicio de meditación, inhalé y exhalé varias veces. Cuando me sentí preparado, comencé a jalar mis manos con toda mi fuerza, intenté liberarme de todas las maneras posibles, pero mis muñecas no cedían. Las golpeé contra los tubos laterales de la camilla, pero por mi posición no lograba efectuar la fuerza necesaria para dislocar los huesos. Las esposas comenzaron a destrozar mi piel y la camilla se manchó con sangre que escurría de mis muñecas.

Me recosté enfadado. Solamente quedaba una opción. Debía esperar a que el comisario o su esposa entraran a la habitación para efectuar el tercer plan. Mis esperanzas estaban agotándose, mis ojos se inundaron en frustración.

Esperé.

Esperé un poco más.

Y esperé.

Varias horas pasaron y nadie hizo presencia en la habitación. Ya me había aprendido cada centímetro de ella a causa del exhaustivo escaneo para encontrar una oportunidad, una herramienta o alguna señal que me permitiera escapar de allí.

Esperé un poco más y al no aparecer nadie, finalmente decidí efectuar el arriesgado cuarto plan. Era ahora o nunca, incluso podría ser demasiado tarde. La policía ya habría podido trasladar el cuerpo de Frank a algún calabozo cercano.

Cerré los ojos, mi cuerpo temblaba de temor, mi piel sudaba fría. Inicié el canto a Nidra, la voz se entrecortaba con nerviosismo. Me llevé al límite de la vida y la muerte, mi alma se elevó unos centímetros sobre mí, pero regresó con fuerza al cuerpo. No logré salir.

Volví a intentarlo varias veces, pero no conseguí entrar. Cada minuto se convertía en la dolorosa posibilidad de perder a Frank para siempre.

Nos pasamos la vida entera sufriendo, privados de libertad, siendo la imposibilidad que nuestra mente creó. Intentamos descubrir a nuestro captor, ese que se llevó la llave y nos dejó atrapados en una jaula diminuta. Pero son muy pocos los que logran descubrir que ese captor somos nosotros mismos; fuimos quienes nos encerramos y escondimos la llave.

Solo tú puedes liberarte, cualquier cosa que tu mente pueda imaginar es real, solo debes encontrar la vía para volverlo realidad. Eres el ser más creativo y poderoso del universo. La magia corre en ti, en tu corazón, en tu sangre, en cada respiración.

Fue ahí, en ese instante en que vino a mi mente la misión que había completado en la vida de Saturno.

Era capaz de hacerlo todo, cualquier cosa que me propusiera podía lograrla, debía tener convicción y creer en mí. Era el Sulek más poderoso, la energía del universo me acompañaba, no necesitaba ningún ritual para protegerme, podía lograrlo convirtiendo mi propia energía en protección. Tuve que adorar el cuerpo de un demonio para asesinarlo; era capaz de cualquier cosa.

Mi alma, como por acto de magia, explotó en el mundo astral. Muchos halos de colores resplandecieron de mi corazón, reflejándose por toda la habitación. Estaba flotando.

Giré y vi mi cuerpo tendido en la camilla. ¡Lo había conseguido!

Comencé a atravesar una a una las paredes de las habitaciones de alrededor para buscar a Frank. Pude ver los cuerpos de varias personas enfermas, muchas de ellas no iban a lograr salir con vida del hospital, sus almas comenzaban a salir lentamente del cuerpo.

Al atravesar una de las habitaciones de la esquina del hospital, algo llamó mi atención afuera.

Ya era de noche, el sol había caído y Rosmary, la esposa del comisario, estaba rodeando el hospital con sal, mientras profesaba un hechizo oscuro para evitar el ingreso o salida de cualquier ser de luz. Un fuego rojizo se desprendía del camino de sal que iba dejando la asquerosa anciana, quien estaba tan concentrada en su oscura labor que no notó mi presencia.

Debía apresurarme.

Recorrí cada uno de los pasillos en búsqueda de Frank. Era enorme la estructura de este hospital.

Al llegar al segundo nivel, mi corazón se activó y me llevó a una de las habitaciones más lejanas. Volé con premura, entre más me acercaba, más fuerte era su rastro energético. Ingresé a la habitación y ahí estaba acostado en una camilla, tenía su mirada perdida en la ventana, me acerqué, quedé frente a frente con él y toqué una de sus mejillas.

—¿Elíam? —Dio un salto.
—Frank.
—Eres tú. ¿Estás bien?
—Frank, no hay tiempo.
—Tranquilo, ya lo pensé. No importa lo que deba pasarme, ni lo que tenga que enfrentar. Si tú eres libre y puedes completar tu misión, todo va a estar bien —dijo con lágrimas en sus ojos.
—No, Frank. Eso no sería justo. No permitiré que te lleven a prisión, además…
—Concéntrate en tu misión, sé inteligente —me interrumpió.
—¡Escúchame! —le ordené—. Los Kimeriformes están tomando el control de esta situación, me quieren secuestrar. Debemos idear un plan para escapar juntos.
—¿Secuestrarte? ¿Cómo?
—No hay tiempo para eso. Debemos salir de aquí lo más pronto posible.
—¿Cómo escapamos?

Nuestra conversación se vio interrumpida por un oficial de policía.

—Frank, ya tienes orden de salida. Vístete, serás llevado a detención preventiva hasta obtener una audiencia con el juez.

Ambos quedamos pasmados con la noticia. Yo reaccioné antes que Frank.

—Frank, consigue el mayor tiempo posible antes de abandonar la habitación. Voy a sacarte de aquí.
—¿Cómo? —preguntó entre dientes.
—Así como lo escuchó, señor Frank, será llevado a prisión —respondió el policía, creyendo que le hablaba a él, luego abandonó la habitación.
—Elíam, ¿cómo vas a sacarme de aquí?
—Con una oreja. Ya te veo, Frank.

Atravesé el techo de la habitación hacia el piso donde me encontraba, avancé veloz y regresé a mi cuerpo. No iba a tener otra opción más que arrancarle la oreja a la enfermera.

Al despertar, ella ya estaba ahí, de espaldas en mi habitación, no iba a tener que gritar para que viniera.

—Necesito ayuda con mi vejiga de nuevo —le dije.

La enfermera se giró lentamente y, para mi sorpresa, ya no era la misma chica que me había atendido antes. Dinah estaba en el hospital vestida de enfermera.

—Dinah, ¿qué haces aquí? —pregunté sorprendido.
—Salvando tu irresponsable trasero —dijo con una mirada con la que habría podido asesinarme.
—Frank, se lo están llevando, ve a salvarlo primero.
—Pamela se está encargando de eso. Yo debo sacarte a ti.

Dinah giró y continuó buscando algo sobre la mesa de instrumentos.

—¿Dónde están las llaves de las esposas?

A lo lejos, en el pasillo, se escuchó la voz del comisario que venía con premura hacia mi habitación.

—Apresúrate, Dinah, ya viene.

El comisario notó la figura de la nueva enfermera.

—¡Oiga! Señorita, usted no es la encargada de esa habitación —gritó mientras corría hacia nosotros—. Salga de ahí ahora mismo.
—Señor Comisario, aún debo limpiar estos instrumentos, es por el bienestar del paciente —dijo Dinah en tensión.
—Que se salga, le ordené.

El comisario agarró su radio para pedir apoyo, pero justo antes de que presionara el botón, lo interrumpí.

—Comisario, necesito decirle algo urgente.
—¿Qué ocurre, muchacho? —Su dedo quedó suspendido en el botón del radio.
—Es algo importante, algo que nadie puede escuchar sobre nuestro nuevo trabajo. Acérquese.

La atmósfera se llenó de tensión, nadie movió un solo músculo hasta que el comisario dio su primer paso hacia mí.

—Te está sonando la idea, ¿eh?

El comisario esbozó una pequeña sonrisa. Mi corazón iba a salirse del pecho, Dinah seguía aún inmóvil. El comisario se acercó lentamente a mí, se inclinó hasta que pude sentir su aliento.

—Su esposa es una Kimeriforme —le susurré.
—¿Qué? —preguntó confundido y se acercó un poco más.

Sin pensarlo dos veces, me lancé sobre su oreja, la mordí con todas mis fuerzas. Los dientes me tronaron y pude sentir las capas de cartílago desprendiéndose de su cráneo. La sangre escandalosa corrió sobre mi cara, empapándome.

El comisario, dando gritos de dolor, me agarró del cuello, acercándome despiadadamente a él, y me dio un puño en la cara.

Dinah agarró una jeringa de la mesa de instrumentos, la misma jeringa que habían usado para inyectarme hace unas horas, y la clavó en la garganta del comisario. Un chorro de sangre explotó en medio de la sala. Dinah volvió a clavar la jeringa repetidas veces en el comisario hasta que este cayó al suelo inconsciente.

CAPÍTULO 17
El escondite de la bruja

Desde el comienzo de los tiempos han existido los pactos energéticos; poderosas y potentes alianzas que ni siquiera el tiempo o la muerte son capaces de romper. Pactos secretos entre la oscuridad y la luz para beneficio de ambos. Quedan ocultos, flotando en el espacio hasta que puedan ser cumplidos.

Es allí donde empiezas a descubrir que a lo mejor las sombras que te acechan en la noche son tus aliadas y algunas partículas de la luz solo pretenden quemarte y hacerte desaparecer. Un instante donde la utopía del bien y del mal carece de sentido.

Dinah se acercó al cuerpo ensangrentado del comisario que yacía inconsciente en el suelo de la habitación. Arrancó las llaves de su pantalón y probó cada una de ellas en las esposas que me ataban a la camilla.

Mientras tanto, la oreja del comisario seguía en mi boca, busqué un lugar prudente donde pudiera escupirla. Dinah me ofreció su mano. Como si se tratara de un chicle, escupí la oreja y ella la lanzó al bote de basura, luego continuó probando las llaves hasta que una hizo clic y consiguió liberarme de la camilla.

Me levanté con prisa, las piernas reaccionaron con debilidad debido a la cantidad de horas que estuve acostado.

Dinah me entregó un uniforme médico y ordenó que me lo pusiera luego de limpiar la sangre del comisario de mi rostro.

Esperamos a que el pasillo estuviera lo más vacío posible y salimos de la habitación.

>   —Camina despacio, solo los que temen ser atrapados corren —susurró mientras tocaba mi hombro y me llenaba de tranquilidad con su poder—. De lo demás me encargo yo.

Dinah hizo lo mismo con cada persona que intentó hablarnos o detenernos en los pasillos. Dinah sacaba la mano de su bolsillo y tocaba el rostro de las personas y, como por acto de magia, caían al suelo. Noté cierta pérdida de su energía, se debilitaba con cada uno de los seres que lograba inmovilizar.

—¡Oigan! ¿Qué hacen? —un guardia de seguridad gritó a nuestras espaldas, al ver que habíamos tumbado a un médico—. Deténganse.

El guardia agarró su radio para alertar a la seguridad del hospital.

—¡Atención, atención! Violación de seguridad en el piso...

Dinah corrió veloz y logró interrumpir la comunicación. Lanzó al guardia con fuerza al suelo, puso sus manos sobre él, y lo dejó inconsciente.

—Saben que estamos escapando. ¡Debemos correr! —dijo Dinah con esfuerzo, estaba quedándose sin energía—. Vamos por las escaleras de emergencia.

Corrimos hasta atravesar la puerta de emergencia del sexto piso e iniciamos nuestro descenso con velocidad por las escaleras. Antes de llegar al segundo nivel, Dinah se detuvo.

—Afuera van a estar todos esperándonos. Necesitamos crear una gran distracción.
—¿Qué hacemos? —pregunté sin ninguna idea en la cabeza.

Dinah se giró y golpeó con fuerza el cristal de una de las alarmas contra incendios, la activó provocando un ensordecedor ruido que aturdió a todos en el hospital.

De inmediato las escaleras se llenaron de personas intentando escapar de las posibles llamas. El caos volvió a reinar y fue justo ahí cuando mi cerebro se activó, era mi oportunidad de rescatar a Frank.

—¡Elíam! ¿A dónde vas? —gritó Dinah mientras yo me abría paso entre la multitud que intentaba abandonar el segundo piso del hospital.

Ignoré el llamado de Dinah y corrí esquivando a las personas en el angosto pasillo.

A lo lejos vi a Frank. Mi piel se erizó. Estaba siendo escoltado por un policía. Lo llevaba con las manos atadas a la espalda. Tras ellos venía Pamela, tenía puesto un traje de enfermera, le gritaba imponente al policía, pidiéndole que no se llevara a Frank. El policía la ignoraba mientras seguía empujándolo con desprecio a través del pasillo.

Un plan, un arriesgado plan, había nacido en mí en cuestión de segundos, y debía confiar en él, porque era la única oportunidad que teníamos de salir vivos de allí. Sin importar lo imposible que pareciera, debía intentarlo.

Ingresé a la primera habitación vacía que encontré, me lancé a una camilla y con velocidad salí de mi cuerpo al mundo astral. Atravesé la pared de la habitación hacia el pasillo.

Frank, Pamela y el policía ya estaban llegando a la salida de emergencia.

—Refuerzos, necesito refuerzos. —solicitaba con premura el oficial a través de su radio.

Volé más rápido que nunca, me acerqué a Frank y lo abracé por la espalda con toda mi energía.

—Elíam... —susurró.
—Corre... —le ordené.

Frank, sin pensarlo dos veces, se unió a la estampida de personas.

—¡Hey! ¡Deténganlo! —gritó el oficial.

Pamela le dio un fuerte empujón al policía, lanzándolo contra una pared, y corrió tras Frank. El oficial se levantó furioso e inició la persecución.

La siguiente parte de mi plan requería de mi absoluta concentración y confianza. No sabía exactamente cuántas leyes del mundo astral estaba a punto de romper, pero mi disposición a pagar el precio para que Frank y Pamela salieran libres de esta, era infinita.

Floté hacia el policía y usé toda mi energía para tomarlo por los hombros. Él se detuvo en seco, de inmediato todo su cuerpo entró en tensión como un témpano.

En otras condiciones hubiese sido imposible efectuar la maniobra, pero fue tal mi deseo por sacarle el alma del cuerpo que en cuestión de segundos el espacio astral se llenó con el brillo dorado de su alma humana y el cuerpo del policía cayó inmóvil al suelo.

Leí su mente, estaba ahogada en confusión, creía que yo era un demonio, un espanto, la muerte. Su vida entera corrió veloz en el imaginario de su conciencia.

Algo llamó mi atención a mis espaldas, me inundó el terror. La esposa del comisario corría con velocidad, como un lobo sediento. Perseguía el rastro de mi cuerpo, entraba y salía con agilidad de cada una de las habitaciones del pasillo; ella sabía que mi cuerpo estaba allí.

Me preparé y efectué un hechizo «Tronto» para inmovilizar a la asquerosa Kimeriforme que corría endemoniada. Moví mis manos y de mí salió un fuerte rayo que cayó sobre ella, pero no hizo efecto alguno. Este tipo de hechizos funcionaban solo en el campo astral, su oscura alma Kimeriforme debía estar fuera del cuerpo de la anciana para que surtiera efecto.

A mi lado, el alma del policía se llenó de convicción y se lanzó sobre mí, intentando atacarme. Lo empujé con fuerza, mi instinto de defensa me hizo reaccionar y, sin pensarlo, realicé el hechizo «Tronto» y lo lancé sobre él.

Un gran impacto ocurrió en el mundo astral, tal fue su magnitud, que atravesó a la dimensión física, e hizo que la anciana se detuviera al percibir la explosión. El alma del policía quedó petrificada, parecía hecha de piedra.

Volví a sentir mi corazón arder. El hechizo le permitió a la anciana rastrear mi cuerpo con mayor rapidez, y en cuestión de segundos ya había sido encontrado por ella. Punzó uno de mis dedos con una jeringa y comenzó a recolectar la sangre que salió de él en un pequeño cuenco de madera. Había iniciado un ritual de expropiación de mi cuerpo.

Recordé de inmediato una de las lecciones del maestro Hazal.

Cuando un Kimeriforme que ya posee un cuerpo robado, encuentra otro cuerpo libre, puede crear un hechizo oscuro que impide que el alma reingrese al cuerpo y así darle tiempo a otro Kimeriforme para que logre llegar y en cuestión de segundos se apropie de él.

«Por eso es tan importante que SIEMPRE efectúen el ritual de protección antes de salir de su cuerpo».

Sus palabras resonaron en mi cabeza, junto a algunos chillidos de Kimeriformes que venían corriendo a lo lejos.

Intenté ingresar a mi cuerpo varias veces, pero fue imposible. Traté de efectuar todos los hechizos y ataques que recordaba, pero ninguno funcionó. Esa era la situación perfecta para la orden de los Kimeriformes: tener un cuerpo vacío, sin protección, resguardado por uno de ellos en el mundo físico.

La asquerosa anciana agarró un bote metálico de basura, tomó unos papeles, los arrugó y lanzó al bote. Sacó un encendedor de su bolso y prendió en fuego el bote de basura.

Un fuerte rugido de lo profundo del edificio la hizo sonreír. Uno de los monstruos ya había arribado, se movía con velocidad, podía sentir todo su odio y sed de sangre.

«¿Qué hago? ¿Qué hago? ¿Qué hago?».

La anciana velozmente se sacó el anillo de matrimonio, lo puso entre la caneca de fuego, y de inmediato comenzó a rodear mi cuerpo con sal.

Ahí me di cuenta de que este no era un ritual normal de expropiación. Querían hacer una maldición u otro tipo de ritual y sellarla con oro para que fuera inquebrantable.

El Kimeriforme estaba cada vez más cerca. Mientras llegaba preparé el hechizo «Fogte». La lava de la tierra subió hasta mis brazos y justo cuando el Kimeriforme apareció a través de la puerta, lancé toda la energía del fuego sobre él, quien, luego de un chillido doloroso, quedó destrozado.

A lo lejos se escuchó el galopar de más Kimeriformes que llegaban. Iba a ser imposible destruirlos a todos juntos, pero debía intentarlo, aunque en el fondo de mi ser la esperanza ya se estaba agotando.

Dos Kimeriformes ingresaron al piso del hospital, se movieron con velocidad y llegaron a mi cuerpo para iniciar a cortar mi cordón de plata. Era tal el deseo de apoderarse de mí que incluso peleaban entre ellos, se rugían y se empujaban uno a otro.

Mi existencia comenzó a doler, sentí las esquirlas de mi cordón de plata; frías punzadas que acercaban la expropiación de mi cuerpo. Reuní fuerzas y logré lanzar un hechizo «Tronto» a uno de ellos para inmovilizarlo. Mi alma se debilitaba cada vez más.

Otro Kimeriforme apareció por la puerta, pero este le llamó más la atención el cuerpo del policía cuya alma había quedado petrificada en el mundo astral. Inició con furia la labor de cortar su hilo de plata y, en menos de lo que pensé, ya había logrado su misión. Se metió dando gritos desagradables en el cuerpo del oficial.

La culpa me dejó inmóvil, petrificado, observando la expropiación de cuerpo de la que había sido parte. No fui capaz de efectuar más intentos por salvar mi cuerpo.

Un festín se olía en el mundo astral, la oscuridad iba a ganar el premio mayor esa noche, las apuestas estaban hechas y no era yo el que ganaba.

Justo cuando las esperanzas se habían esfumado en mí, el hospital entero comenzó a llenarse de luz, las almas de los Sulek comenzaron a llegar.

Gritos de hechizos y poderosas explosiones se escucharon en el mundo astral. Algunos volaban, otros corrían velozmente entre las sombras para atacar a los Kimeriformes que llegaban a intentar tomar posesión de mi cuerpo.

Entre la batalla vi el cuerpo físico de Dinah entrando por la puerta del segundo piso, accedió a la sala donde estaba la anciana, la agarró por la espalda y comenzó a ahogarla con su antebrazo. La anciana dejó caer el cuenco con mi sangre y la muralla energética roja que se había creado alrededor de mi cuerpo comenzó a desaparecer.

Las dos mujeres forcejeaban y se empujaban de un lado a otro de la habitación.

En uno de esos empujones hicieron voltear la camilla y mi cuerpo cayó al suelo, tumbando el bote de basura encendido en llamas. El fuego comenzó a expandirse a mi alrededor. Una vez la muralla roja desapareció del todo, me lancé a mi cuerpo y desperté adolorido por los golpes. Era difícil respirar debido al humo.

—¡Corre! —gritó Dinah, que seguía forcejeando con la anciana.

Corrí con todas mis fuerzas, buscando la salida. El cuerpo del policía poseído por el Kimeriforme intentó detenerme. Le lancé una patada en el aire y logré tumbarlo con facilidad; la energía del Kimeriforme aún no se había compenetrado con el cuerpo del oficial, cosa que los vuelve torpes.

Bajé las escaleras, junto a más personas que seguían abandonando las instalaciones del hospital. Agarré un cubrebocas y me lo puse, intentando ocultar mi cara y pasar desapercibido.

Al salir, solo existía el caos. Cámaras de cientos de periodistas grababan las ventanas donde ya comenzaba a salir humo. El cuerpo policial estaba agrupando a las personas que salían para identificarlas.

Corrí hacia la parte trasera del edificio. Debía huir, alejarme lo más que pudiera de ese hospital.

Me metí entre las calles, atravesé estrechos callejones entre edificios para ocultar mi rastro. Algunas personas me miraban con preocupación y temor, creyendo que era un ladrón o un psicópata, pero no me detuve, jamás paré de correr.

Llegué a lo que parecía un mercado, un sucio y maloliente mercado callejero de la gran ciudad. Intenté ubicarme, pero me era imposible. No conocía nada de la ciudad. Y mucho menos cuál era la ruta que debía seguir hasta el templo de los Sulek.

Cuanto más me adentraba en ese mercado, más oscuras se volvían las tienduchas y quienes las atendían. Me quité el uniforme de médico que traía sobre la ropa; estaba llamando la atención. Debía pasar desapercibido. Mi camiseta cubierta con la sangre del comisario me ayudó a generar respeto y temor en las personas que transitaban el lugar.

«Al templo de los Sulek solo se puede ingresar con la intuición», recordé. Así que debía activar mi corazón para que él me llevara hasta allí. Cerré los ojos y me dispuse a respirar para empezar a sentir el camino que debía recorrer. Después de unos minutos, mi corazón se activó y me guio durante varias calles del mercado, hasta llevarme a lo que parecía un callejón sin salida.

—¡No! —me dije a mí mismo—. ¿Por qué me está trayendo aquí?

Observé el maloliente callejón oscuro con temor y duda, aunque mi corazón seguía insistiendo en avanzar. Tomé un fuerte respiro, agarré coraje y me adentré hacia el callejón. Al llegar al final, mi corazón se detuvo de frente en un local con luces verdes, una desastrosa puerta de madera tenía tallada la palabra «Brujería».

—Adelante.

La voz de una mujer se escuchó a través de la puerta. Mi corazón palpitó con velocidad.

—No tengas miedo… Elíam.

La mujer comenzó a tararear una canción, se me hacía familiar. Agarré valor, empujé la ruidosa puerta de madera y me adentré en el lugar.

Di unos cuantos pasos por un pasillo oscuro que despedía un olor a plantas quemadas, muy parecido a los sahumerios de las iglesias. Al final del pasillo atravesé una cortina de trozos de lo que parecía madera o huesos.

La antigua tienda estaba repleta de estantes con figuras, libros, frascos y espejos rayados con simbología oscura. En el centro del lugar había una mesa y dos sillas, una de ellas ocupada por una mujer de aproximadamente cuarenta años, que me miraba fijamente.

—Siéntate —me ordenó.

—¿Por qué sabes mi nombre? —pregunté con rudeza.
—Porque tú sabes el mío.
—Nunca la había visto en mi vida, señora.
—No en esta… —señaló uno de sus espejos.

Volteé a mirar y lo que vi en el reflejo me hizo dar un brinco de terror. Vi a la bruja sin un ojo, la misma anciana flacucha y repugnante que había dirigido el ritual de sacrificio del emperador en la vida de Saturno. Me miraba con la misma intensidad y deseo que cuando asesiné al emperador.

BRUJA

—¿Sorprendido? —preguntó la bruja.
—¡Aléjate de mí! —Intenté salir corriendo, pero mi corazón me detuvo.
—Qué gracioso. Siempre la misma reacción.
—¿A qué te refieres con siempre? —pregunté aterrorizado.
—A que esta no es la primera vez que nos reencontramos.

Giré lentamente e intenté ver a los ojos de la mujer. A pesar de la maldad que emanaba cada rincón de ese lugar y de su energía, algo en mí no tenía miedo, no debía huir.

—Es mejor que te quedes aquí un buen rato, la Orden de los Kimeriformes está cerca —dijo la mujer mientras encendía un tabaco—. Siéntate, quiero contarte una historia.

Me acerqué a la mesa y tomé asiento.

—Desde hace siglos, las brujas hemos sido perseguidas, controladas, convirtiéndonos en objetos de manipulación y poder. Hemos tenido una alianza muy estable con los Kimeriformes, muchas de nosotras ayudan a la causa de oscurecer el planeta, pero muchas otras nos mantenemos al límite.
—No estoy entendiendo nada. ¿Por qué mi corazón me trajo hasta aquí?
—Porque tengo algo que necesitas, y tú, algo que me pertenece; es parte de nuestro pacto.
—¿De qué hablas?
—Hace muchos años y muchas vidas, tú y yo hicimos un pacto. Pero antes de llegar allá necesito preguntarte, ¿recuerdas algo sobre los grupos de almas?
—No —respondí seco.

—Existen grupos de almas que suelen reencarnar juntas, entre una vida y la otra se reencuentran con diferentes roles en la tierra. Muy pocas personas logran ver esas vidas, como tú o yo. Quien fue tu esposa en una vida pasada, puede ser el alma de tu padre o tu madre en esta vida. O incluso tu mejor amiga pudo llegar a esta vida siendo tu peor enemigo.

—Cómo tú y yo ahora…

—Exacto… solo que nosotros siempre hemos tenido un secreto, un pacto que se repite a través de cada una de nuestras vidas. De hecho, no habías aparecido hace siete vidas mías, llevo esperándote mucho tiempo.

—Jamás haría un pacto con una bruja —dije con furia, levantándome de la mesa.

—Sí que lo harías y más por amor.

Volví a sentarme sin pensarlo.

—¡Qué predecible eres! —La mujer dio una carcajada—. Primero te contaré sobre nuestro pacto.

—Está bien.

—Esa noche, durante el ritual, al asesinar al emperador, me liberaste. Había estado doblegada ante él por años. El emperador, al poseer uno de mis ojos, tenía control sobre mí y mis poderes. Tú me liberaste y esa noche prometí pagar mi libertad con un favor.

—¿Cuál?

—Debía ocultar algo por ti y guardarlo hasta el momento en que lo necesitaras en otra vida.

—¿Qué te pedí que ocultaras? —pregunté con curiosidad.

La mujer se levantó, se acercó a un mueble viejo, abrió un cajón, y sacó varios libros y frascos. Cuando el cajón quedó vacío, levantó una tapa oculta de madera. El cajón tenía doble fondo.

Introdujo sus dos manos y lentamente sacó un objeto filudo que, a pesar de la poca luz de la habitación, emitió un fuerte brillo.

Me acerqué para observarlo de cerca. La bruja tenía entre sus manos la daga sagrada de los Sulek, la misma con la que asesiné al emperador, una copia exacta a la que poseía Dinah.

—Pero, ¿cómo es posible? Si solo existe una daga sagrada…
—Elíam, Saturno, Onur, Aristo, Julia, Éxodo, Franshesca, Audin, Jhon, Melquiades, Cleopatra, Kim, Ulises, Daniel, escúchame bien porque me pediste decirte esto en cada vida. Nada es cómo parece ser; la libertad te espera a la sombra del asombro.
—¡NO ME JODAS! Otra con esa misma frase… Aún no la entiendo.
—Tú me lo pediste, yo solo cumplo con nuestro pacto. Ahora dame lo mío —me ordenó, extendiendo su mano en el aire hacia mí.

No sabía qué hacer o decir, porque sin importar el pacto que tuviéramos, yo no tenía nada más que mi alma para darle a esa vieja bruja.

—Lo siento, pero… no tengo nada para ti.
—Sí que lo tienes, Elíam. Cumple con tu parte del trato. Está ahí, entre tus manos.

La mujer se levantó, agarró un cuenco y comenzó a tocarlo. El fuerte sonido del cuenco comenzó a penetrarme el cuerpo. Podía sentir vibrar mi aura.

La bruja empezó a hacer un cántico, repetía una y otra vez la misma frase «Urvhe alcah turi zimpelatha». Se acercó a mí con unas ramas, su cuerpo temblaba de la ansiedad por conseguir lo que había esperado durante tantas vidas.

—Lo siento, de verdad… Yo no…
—¡Ya viene! —gritó la bruja—. ¡YA VIENE! Urvhe alcah turi zimpelatha.

Todo a nuestro alrededor comenzó a temblar, el piso a nuestro alrededor se fracturó.

—¡Las manos en tu pecho! Urvhe alcah turi zimpelatha.

Yo solo la veía inmóvil.

—¡QUE JUNTES LAS MANOS EN TU PECHO!

Obedecí. Las vibraciones a nuestro alrededor aumentaron en intensidad. La bruja gritaba en una mezcla de alegría y dolor.

De repente, todo se quedó en silencio. Todas las vibraciones pararon.

Sentí un leve peso entre las manos, algo asqueroso, viscoso y húmedo, que había entrado en ellas. Las abrí lentamente. Entre mis manos tenía un ojo, el ojo de la vieja bruja.

La tienda entera volvió a temblar aún más fuerte. Fuertes truenos en el cielo comenzaron a marcar el cumplimiento de un pacto poderoso en el universo.

La bruja me empujó ansiosa, llevándome de cara hacia uno de los espejos donde se reflejaba la figura de la asquerosa mujer sin ojo del pasado. Una mano, arrugada y reseca, atravesó el vidrio del espejo y dispuso su mano para que le entregara lo que le habían arrebatado tantas vidas atrás, eso que le impedía ejercer control total de sus poderes. Pero antes de dárselo, tuve una pregunta para hacerle.

—Bruja, si te entrego tu ojo, ¿prometes ayudarme a llegar al templo Sulek?
—¡Dámelo! —ordenó con una voz gutural—. Yo no puedo llevarte a donde necesitas ir. Los Kimeriformes lo sabrían y me ejecutarían.
—Bruja, ¿puedes guiarme hacia alguien que amo?
—La historia se repite de nuevo. —Soltó una carcajada diabólica—. Se supone que debes aprender de tus otras vidas, Elíam. El amor para ti es imposible.
— ¡No me importa si es posible o no! —le grité—. Solo guíame.

Un rayo explotó en el cielo.

—Deseo concedido.

En mi cabeza se comenzó a dibujar un camino, un sinfín de calles quedaron grabadas en mi mente, direcciones que debía tomar y, al final de las señales, estaban Frank y Pamela acurrucados en el suelo, escondiéndose tras un basurero, el basurero fuera del templo de los Sulek.

—¡Ahora dámelo! —volvió a gritar la bruja del espejo.

Puse el viscoso ojo sobre su mano, ella lo llevó hasta su rostro, lo regresó a su cavidad sangrienta.

Otro trueno resonó en el cielo, la bruja desapareció y una energía invisible me empujó, atravesando el oscuro lugar para terminar fuera de él, en la calle y una vez allí todo rastro de la tienda desapareció.

Ahora sabía el camino que debía recorrer, llevaba la verdadera daga sagrada de los Sulek conmigo, y nada me iba a detener hasta llegar a ellos.

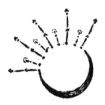

CAPÍTULO 18
Condena

¿Qué es lo primero que aparece en tu cabeza cuando cierras los ojos? ¿Cuál es el pensamiento que rodea ese mágico instante antes de dormir? Y digo mágico porque en el momento en que la melatonina se adueña de nosotros e induce a nuestro cuerpo en un sueño profundo, experimentamos al menos seis episodios físicos con los cuales sería más fácil morir que despertar al día siguiente.

Somos un milagro recurrente, nuestro cuerpo es mágico y atraviesa las sombras cada mañana para regresar a la vida. Así que debemos prestarle mucha atención a esos últimos pensamientos del día, porque posiblemente sean los mayores deseos de nuestra alma, y luego, hacer hasta lo imposible por cumplirlos al día siguiente, una vez nuestros ojos vuelvan a abrirse.

Esa mañana desperté en un calabozo, una estrecha celda a varios metros bajo tierra. Por fortuna, Frank dormía en la celda de al lado.

Deben estarse preguntando: PERO… ¿QUÉ PASÓ?

Es necesario regresar a la noche anterior. Una noche que había entrado en el escalafón de las más espantosas de mi vida, pero al mismo tiempo se había convertido en una de las más reveladoras y determinantes, no solo por el conocimiento adquirido y las posibilidades universales descubiertas, sino por las cañerías que estaban a punto de ser destapadas, esas que se habían atascado durante años con mentiras putrefactas. Hasta el momento, cada una de esas cañerías me llevaban a un mismo destino: Dinah.

Estaba infinitamente agradecido con ella por haberme salvado, pero eso no iba a impedir que la nueva misión que había nacido en mí iniciara: descubrir su verdadero propósito y descifrar los secretos que ocultaba siendo la líder de los Sulek.

Volviendo a la noche anterior, luego de atravesar la ciudad y seguir las indicaciones que la bruja había introducido en mi cabeza, pude ver el templo de los Sulek a lo lejos. Corrí hacia él y rodeé la estructura superior abandonada. Entre más me acercaba al bote de basura, sentía su energía con mayor intensidad.

Como si se tratara de un déjà vu, encontré a Frank y Pamela escondidos justo en la misma posición en que la anciana lo había proyectado en mi cabeza. Un instante después, y a pesar de que Frank seguía con sus manos esposadas en la espalda, nos fundimos en un abrazo que pudo haber durado unas cuantas eternidades.

Pamela decidió seguir ignorando mis numerosos ruegos de perdón, además me culpó de haber retrasado el reencuentro con sus padres por mi escapada al bosque. Tenía razón; en el fondo, la entendía. Solo me quedaba esperar a que llegara el momento en que estuviera lista para perdonarme.

Decidimos continuar la discusión al interior del templo, así que usé mi intuición para abrir la puerta secreta, la misma por la que entramos la primera vez, solo que en esta ocasión fuimos recibidos por una docena de guardias Sulek, quienes nos ataron a Frank y a mí y nos llevaron a los calabozos donde pasamos la noche. No me sorprendía, era de esperarse, habíamos incumplido las reglas. Grandes consecuencias estaban por llegar.

—Elíam…

Una voz me trajo de nuevo a la realidad.

—Elíam… ¿Sigues ahí? —preguntó Frank al otro lado de la pared del calabozo.
—¿No te basta con ser lo último que se pasa por mi mente antes de dormir? Y ahora eres lo primero que

me interrumpe el sueño en mi lujosa noche de resort bajo tierra.

—Veo que estás aprendiendo… —dijo Frank con una risa nerviosa— Buenos chistes en los peores momentos.

—Aprendí del mejor.

Un risueño suspiro se nos escapó a ambos.

—Elíam, tengo miedo.
—Lo sé, puedo sentirlo. No debes tenerlo.
—¡Claro que sí! He visto con mis propios ojos a esa bruja reaccionando ante el incumplimiento de las normas.
—Primero, nunca has visto una bruja, créeme. Y segundo, no creo que Dinah nos haga daño, ella nos necesita.
—Te necesita a ti. Yo no le sirvo para nada.
—Te lo repito, no tienes de qué preocuparte. Y si ella llega a intentar hacerte algo, tocarte un solo pelo, tengo un as bajo la manga… o bueno… bajo el pantalón.
—Elíam, no creo que los sobornos sexuales funcionen con ella.

Exploté en una carcajada.

En ese momento, Frank aún no sabía lo que traía conmigo, oculta entre los pantalones estaba la verdadera daga sagrada de los Sulek. Nadie podía enterarse de esto, ni siquiera él, hasta que tuviera mayor certeza del plan que tramaba Dinah y quienes estaban de su lado.

—Tengo un plan —dijo Frank con un fuerte susurro.
—¿Para qué?

—Para quitarme el miedo.
—¿Cuál? —pregunté incrédulo.
—¿Por qué no sales de tu cuerpo y vienes a abrazarme?

Un breve silencio. Tensión en todo el cuerpo. El corazón se aceleró.

—¿Tú crees que no lo intenté anoche? —confesé sin pensarlo, agarrándome la cara de la vergüenza.

Otro silencio invadió los calabozos. Traté de imaginar que él también sonreía con una estúpida risita imborrable.

—Me gusta —dijo.
—¿Qué? —pregunté con temor.
—Que lo hayas intentado.
—A mí me gusta que te guste.
—¿Sabes qué no me gusta?
—¿Qué? —pregunté con una voz impostada, intentando ocultar los nervios.
—Que no hayas podido hacerlo. Eso habla mucho de la poca habilidadsucha que tiene el elegido ese de los Sulek.

Volvimos a reír.

—Pues, el elegido ese no lo logró, porque anoche descubrió que las celdas y los muros tienen hechizos alrededor para no poder atravesarlos en el mundo astral. ¡Boom! —hice un sonido de explosión—. Punto para los Sulek.
—Ya no me caen tan bien como antes.

Uno de los guardias apareció frente a las celdas.

—Elíam, Frank. Dinah y los demás líderes los están esperando, ya inició el ritual. Deben venir conmigo.

Esa mañana, Dinah, había convocado a todos los miembros Sulek en el gran salón central del templo para una reunión de emergencia. Íbamos a ser sentenciados, en un ritual de juzgamiento, por haber incumplido las normas.

Golpes de tambores amenazantes anunciaron nuestra entrada hacia el centro de la sala. Atravesamos a la multitud que nos veía amenazantes. La energía del lugar era confusa, había temor, odio, repulsión. El ambiente se tornaba oscuro a pesar de estar todas las antorchas encendidas.

Me arrodillaron frente a Dinah e hicieron lo mismo con Frank a unos metros de mí.

—Anoche fue… una larga noche para todos. Los cuerpos de diecisiete de nuestros hermanos Sulek fueron tomados por la Orden de los Kimeriformes.

Los tambores volvieron a resonar.

—Diecisiete de nosotros que salimos a defender los resultados de tu irresponsabilidad.

El corazón se me inundó de culpa, agaché mi cabeza, avergonzado. Definitivamente la había cagado, había sido irresponsable.

—Fue mi culpa —dijo Frank, interrumpiendo a Dinah—, estaba desesperado de estar aquí encerrado. Tuve un ataque nervioso y Elíam solo quiso ayudarme a salir. Debía tomar un poco de aire fresco.
—Frank, no… —le susurré.

Dinah de inmediato sacó su daga y se acercó a Frank.

—Solo la sangre podrá llevarnos a la liberación, «De la sangre nacerá y con sangre se salvarán». Eres el culpable, Frank, eres el culpable de todo este caos y serás castigado para pagar tus deudas.

Los asistentes iniciaron un gutural y extenso sonido de «ohm». Dinah alzó su daga en el aire. Frank inclinó su cabeza con humildad y giró sutilmente para verme con una sonrisa, mientras una lágrima corrió por su mejilla.

Yo, de inmediato, mandé mi mano hacia la daga que estaba oculta en mi pantalón. Comencé a levantarme para sacarla y atacar a Dinah, pero un segundo antes de que el filo de la verdadera daga sagrada de los Sulek fuera tocada por la luz, la horrible escena fue interrumpida.

—¡Dinah, detente! Fue mi culpa, yo lo hice. —Melek había atravesado la multitud y sostuvo el brazo de Dinah en el aire.
—No digas tonterías, Melek. Suéltame y déjame concluir con mi labor.
—No son tonterías. ¿Cómo crees que pudieron atravesar la seguridad del templo? Solo yo conozco los secretos.
—Melek, eso es una grave acusación en tu contra.

El inmenso hombre se arrodilló ante los pies de Dinah e inclinó su cabeza.

—No seas idiota, Melek, levántate. —Dinah bajó su daga y la guardó.

Los Sulek que asistían a la ceremonia de juzgamiento iniciaron un sinfín de murmullos.

—¡A callar! —gritó Dinah, haciendo que todos se quedaran mudos—. ¿Por qué les permitiste salir del templo?

—Porque tú me lo pediste —respondió Melek.

Otra ola de murmullos arrasó con la calma del ritual de juzgamiento.

—¿Qué quieres decir con eso, Melek? —preguntó el anciano Diógenes.

—Jamás te pediría incumplir mis propias reglas, Melek —aclaró Dinah.

—Me pediste que Elíam estuviera listo lo más pronto posible, que pudiera ingresar al mundo astral y lo dominara con habilidad. Así podríamos emprender de inmediato la misión tan necesaria para nuestra raza, ir a Macdó y recuperar los hechizos creados por Vincent. Que saliera al bosque a enfrentar Kimeriformes era su última prueba, pero debía ir solo o al menos sin un Sulek a su lado. Frank lo acompañó por seguridad.

Otro gran murmullo llenó el salón central del templo. Dinah caminó en el centro del salón, rodeando a la multitud. Podía ver su mente trabajando en una decisión, en un posible plan, para salir librada de su propio veneno.

Luego de unos minutos volvió a hablar.

—La misión de proteger nuestra raza es de vital importancia, la premura que requiere encontrar nuevas formas de alejarnos del rastro de los Kimeriformes definitivamente es nuestra prioridad. Tomaremos la pérdida de estas vidas como parte de la causa. ¿Están de acuerdo?

Los tambores volvieron a resonar, acompañados por un fuerte «ohm» de muchos Sulek atemorizados que hicieron vibrar las columnas del templo.

—No se diga más —gritó Dinah alzando sus brazos en el aire para callar el gran rugido de los Sulek—. Elíam, mañana mismo emprenderás el viaje hacia Macdó. Solo podrás volver si traes contigo los hechizos creados por tu padre, Vincent Cob. De esta manera será perdonada tu vida.

Otro «ohm» acompañado de tambores marcó el inicio de mi sentencia.

—¡Melek!
—Señora.
—Tú deberás acompañar a Elíam en su misión…
—Pero, señora, yo…
—¡A callar! —ordenó Dinah— Será tu castigo por haber sido parte de este desafortunado desenlace de la noche pasada.
—¿Cuál será tu pago por también haber sido parte? —le preguntó Melek con coraje.

Dinah se acercó veloz al cuello de Melek y en un habilidoso movimiento llevó su daga a milímetros de la garganta del grandulón.

—No te atrevas a fallar esta vez —le susurró Dinah al oído—. Ya escucharon, esta será la única manera en que la pérdida de nuestros hermanos valdrá la pena.
—¡Yo iré con ellos!

Una voz entre la multitud llamó la atención de todo el recinto.

—Conozco muy bien la zona, sé que puedo ser de mucha ayuda —Pamela apareció abriéndose paso entre los Sulek—. Ellos van a necesitar alguien que evada a la policía y que proteja sus cuerpos. Creo que serviría de distracción en caso de que algo inesperado llegue a ocurrir.

—Yo también me ofrezco a ir con ellos y ayudar a Elíam a conseguir los hechizos. —El pequeño y musculoso Tom siguió a Pamela, la tomó de la mano y se acercó a nosotros—. Soy uno de los más hábiles en las prácticas astrales, estoy dispuesto a dar mi vida en la lucha por la protección de los nuestros.

—Yo también me ofrezco.

Frank se levantó del suelo y caminó hacia mí.

—Estuve en Macdó, conozco la zona. Soy la carnada perfecta para distraer a la policía. Además, he adquirido conocimiento astral y estoy capacitado por un gran maestro para defender los cuerpos en el mundo físico.

Ciró, el maestro de ingreso al mundo astral, le sonrió a Frank, luego dio un suspiro, agarrando sus bigotes con aires de grandeza y satisfacción.

—Yo también me uno a la misión.

«No puede ser», pensé. La metiche de Tina, la voluptuosa e intensa Tina, atravesó la multitud para unirse a nosotros.

—Soy una de las mejores hechiceras, ellos van a necesitar de mí para deshacer las trampas que pueda haber en la zona, para contrarrestar hechizos e incluso para luchar en caso de ser necesario. —Tina agarró con fuerza la mano de Frank.

—Muy bien. ¿Alguien más quiere unirse a la misión? —preguntó Dinah al resto de los asistentes.

Un silencio inundó la sala.

—Los que estén de acuerdo con este mandato den un gran «ohm».

Las ondas de los tambores y las gargantas de los Sulek llegaron hasta nosotros, se mezclaron con el leve temblor producido por el nerviosismo en nuestra piel. Los pelos se nos pusieron de punta y el temor se apoderó de nosotros al haber sido aceptados para efectuar la misión. El cantar de los Sulek lo había decidido y nuestro perdón sería otorgado al volver habiendo cumplido.

Pero… ¿Qué tan difícil podía ser? Solo debíamos encontrar unos cuantos hechizos en una biblioteca de energía en mi propia casa.

Un fuerte rugido apagó todas las antorchas del templo y nos dejó en total oscuridad.

—Elíam…

La voz en mi cabeza me hizo gritar, lanzándome de nuevo contra el piso.

—¿De dónde viene? —pregunté con desespero.

Tom y Frank intentaron levantarme entre la oscuridad.

—¡Dale saludos de mi parte, Elíam! —Volvió a sonar la asquerosa voz Kimeriforme en mi cabeza.
—¡Cállate! —grité.

—¿Quién? —preguntó Frank, intentando agarrar mi cara.

—¡Eliaaaaaaaam! —Otro asqueroso grito retumbó en las paredes del templo, pero esta vez todos pudieron escuchar la horrorosa voz.

Los guardias lograron volver a encender las antorchas y al iluminar de nuevo el lugar, pudimos ver a la anciana Rosmary, la esposa del alcalde, siendo escoltada entre empujones por los guardias hacia los calabozos.

—¡Ya lo sabes, Elíam! ¡YA LO SABES! —volvió a gritar la anciana— Serás parte de nuestra causa.

Uno de los guardias le dio un fuerte golpe en la cabeza e hizo que la anciana cayera inconsciente al suelo. La levantaron entre varios hombres y la llevaron directo a los calabozos.

Ya no quedaba más que alistarnos para emprender el viaje hacia la peor misión de nuestras vidas, porque como lo había dicho la endemoniada Rosmary, iba a tener que darle sus saludos al mismísimo demonio en persona.

CAPÍTULO 19
Los protectores de la magia

Desde el inicio de todos los tiempos, en el registro de las primeras memorias sobre la faz de la tierra, yacen los secretos más elementales de la humanidad. Secretos que podrían desmoronar a la sociedad entera en once días; y no lo dije yo, lo dirá Melek más adelante. El ser humano primitivo, gracias a su intuición, descubrió uno de los enigmas que más sorprende a la gente moderna: los rituales.

Los primeros habitantes de la Tierra descubrieron que existía una forma de moldear la energía y usarla a su favor, por medio de acciones físicas y una serie de pasos a seguir durante una ceremonia. Podían obtener lo que deseaban dándole intención a esa energía. Se crearon todo tipo de rituales para la abundancia, la protección, la fertilidad, el amor, la muerte, el nacimiento, la lluvia e incluso rituales para el éxito ante una guerra.

Desde los sacrificios de animales y cantos alrededor del fuego de la antigua Mesopotamia; la preparación de brebajes con hongos que hacían alucinar a los Vikingos antes de sus batallas y un sinfín de ceremonias asquerosas que los transformaban en animales salvajes; hasta llegar a la bendición de balas con agua bendita en los altares de las vírgenes por parte de los sicarios y asesinos contemporáneos.

Todas las civilizaciones, comunidades y pueblos, a través de la historia, han tenido sus propios rituales al momento de enviar a sus hombres a la batalla.

Los Sulek no eran la excepción. Después de haber sido aprobada nuestra misión para ir a Macdó y obtener los hechizos de mi padre, fuimos llevados a habitaciones individuales donde estuvimos el resto del día y la noche en un eterno ritual para la protección de la mente, el alma y el cuerpo.

Señoras mayores y sabias bañaron mi cuerpo con aguas de plantas. Entre cantos y bailes limpiaron la negatividad de mi energía con fuego y alcanfor. Me pidieron acceder al mundo astral, donde también realizaron limpiezas e insertaron códigos y oraciones de destreza y sabiduría en mí.

—Elíam Cob, ¿nos permites instalar en ti códigos universales de sabiduría? —preguntó una de las ancianas que flotaba sobre mí en el mundo astral.
—Sí —respondí.
—Invocamos a los maestros para que envíen a través de tu cordón de plata la sabiduría que requieres para este viaje.

Una luz atravesó el cielo, ingresó por el templo, y entró directamente a mi cuerpo. Parecía absurdo lo que estaba ocurriendo. Si no lo hubiese vivido en carne propia, no lo creería. Prácticamente, nos estábamos comunicando con… Dioses.

—Elíam Cob, ¿por qué tienes tanto dolor y odio en ti? —preguntó otra de las ancianas que danzaba a mi alrededor.
—¿Qué? —se me escapó una risa incrédula—. Claro que no, no tengo ningún odio o resentimiento.
—Yo no usé la palabra resentimiento, pero efectivamente también está ahí —agregó la anciana que continuaba en un baile al ritmo de los tambores.

«¡Genial! Mi gran bocota», pensé.

—Tienes… odio hacia… ti mismo… —La anciana hablaba lento y demoraba un poco en encontrar las palabras apropiadas para transmitir lo que necesitaba decirme— tienes odio a ti mismo, no aceptas… quien eres, no aceptas al amor, y el destino que tienes.
—Creo que te equivocas… yo… acepto ser Sulek y mi destino.

—No hablan de ser Sulek... ellos hablan de...
—¿Ellos? ¿Quiénes son ellos? —pregunté.
—Los maestros de la luz —respondió contundente la anciana—. Ellos hablan... hablan de aceptar quién viniste a ser porque viniste a ser...
—Creo que no estoy entendiendo... —dije con temor— podría pedirles que redacten mejor su acusación.

La señora me lanzó una mirada contundente para callarme.

—Escucha bien... recuerda bien... no temas quién eres, lo que sientes, no permitas que otros te desorienten y te alejen del camino, tú eres quien eres porque es parte de tu propósito.

No tenía ni idea de qué querían decir los maestros de la luz a través de la anciana, o eso quería creer en ese momento. Solo me autoengañaba, cuando en el fondo de mi mente y corazón estaba clara la imagen de mi mayor temor.

—¿Nos permites instalar en ti códigos universales de Prana? —preguntó la otra anciana que flotaba sobre mí.
—¿De Prana? —pregunté.
—Sí, de amor infinito.
—Sí —susurré.
Otro rayo atravesó el mundo astral para entrar en mí.

Al terminar, se nos ordenó pasar la noche a solas en la misma habitación del ritual para que pudiéramos estar con nosotros mismos sin ninguna distracción.

Para mi sorpresa, todo fue tranquilidad en mí, estaba en paz, me sentía liviano. El poder del ritual había logrado su cometido;

a pesar de estar a punto de reencontrarme con mi pasado y emprender un peligroso viaje, sentía plenitud.

A la mañana siguiente, fuimos sacados de las habitaciones y llevados al comedor central. Todos estaban en silencio, no se había pronunciado una sola palabra incluso durante el recorrido.

Busqué la mirada de Frank en varias ocasiones sin éxito, todos estaban atrapados en sus propias cabezas.

Luego de desayunar, fuimos despedidos por los maestros Sulek y Dinah.

—Desde este momento inicia su misión. —Los demás maestros Sulek emitieron un sonido de «ohm» con sus gargantas—. Recuerden que solo serán perdonados y podrán regresar luego de conseguir la información de la biblioteca energética de Vincent. El camino será difícil, la Orden de los Kimeriformes ha logrado tomarnos ventaja. Actúen en grupo y cuídense unos a otros.

Frank me lanzó una mirada de preocupación.

—Finalmente —le susurré—, creí que el ritual te había dejado zombi para siempre.
—Es complicado, pasaron cosas. —El corazón se me detuvo— Ahora hablamos.

Dio un paso a un lado hacia Pamela, Melek ocupó su lugar.

—No es momento para distracciones —me susurró el grandulón.
—No entiendo. ¿A qué te refieres?
—Díselo a tu sonrisita estúpida de hace un momento, muchacho. —Me puse frío de inmediato—.

Esto es serio y si queremos regresar con vida, debemos tener la cabeza en el plan, no en el pan.
—¿En el pan?
—Sí, tú me entiendes... Pan... Pan...

Lo observé confundido.

—En el pan, es decir, que tienes la cabeza en... meh, olvídalo... Solo concéntrate en el plan.

Asentí. Guardé silencio durante unos segundos, pero lo que no me pude guardar fue una duda que tenía.

—Melek, una última cosa antes de concentrarnos en el pan... digo PLAN. —Se me volvió a escapar una risita estúpida—. ¿Por qué todos están así... con esa energía tan... oscura?
—Por el ritual de anoche —susurró Melek—, no a todos les va tan bien como a ti y a mí, por el nivel de nuestros poderes y conexión. Pamela y Frank, al ser humanos comunes, sus cuerpos no están preparados para recibir los rituales con fluidez. Es como si tuvieran resaca mágica postraumática. Además, tuvieron que confrontar muchas verdades e información que les llegó de arriba.
—¿Ellos también hablaron con los maestros de la luz? —Me acababa de entrar una ola de ansiosa curiosidad.
—Seguro sí, en eso consiste el ritual.
—¿Qué les habrán dicho?
—No lo sé, es personal.
—Me averiguaré el chisme y te cuento.
—Muchacho, esto no es la preparatoria. Cálmate. Dales espacio.
—OK, OK... —susurré apenado— se los daré.

Dinah nos ordenó abandonar el templo. Fuimos guiados por Melek hacia uno de los túneles ocultos, donde nos entregaron mochilas con ropa, comida y unas antorchas. La puerta del oscuro túnel se abrió. Una vez Melek, Frank, Pamela, Tina, Tom y yo ingresamos, la puerta se cerró a nuestras espaldas.

Oficialmente, la misión había comenzado.

—Muy bien, chicos, síganme. Bienvenidos a esta aventura —dijo Melek con un torpe y sobreactuado entusiasmo mientras inició a caminar—. Probablemente, será una misión fácil, solo debemos mantenernos unidos, obtener lo que necesitamos y regresar en el menor tiempo posible. Sé que tienen una resaca espiritual y energética, debido al ritual de anoche, pero hay que echarle ganas y… y… ¿Cómo decirlo, Elíam?
—¿Ponerle energía positiva? ¿Good vibes?—sugerí.
—¡Exacto! Energía de vibes… —Por alguna razón, Melek, intentaba sonar adolescente, eso hizo reír un poco a Frank y Pamela—. Ahora que ya tengo su atención y disposición, pasaremos a explicar con más detalles el plan.
—¡Uhhhh! —Tom lanzó una porra y unos cuantos aplausos.
—Gracias, equipo. —Definitivamente, Melek sabía lo que hacía, todos se estaban animando. Continuó luego de otro aplauso y unas cuantas risas de Frank y Pam—. Ahora nos dirigimos por un túnel para salir cerca a la estación central de los trenes de carga que transportan mercancía a todo el país. Y ya que nuestro equipo cuenta con varios prófugos de la justicia, ese será el medio de transporte, para no llamar la atención de la policía en la estación de buses. Vamos a saltar y colarnos en uno de los vagones del tren que va hacia el sur y pasa por las afueras de Macdó.

—¿Qué? ¿Vamos a saltar a un tren en movimiento? —preguntó Frank con terror.

—Exactamente —respondió Melek con tranquilidad.

—Agradécelo a tus antecedentes criminales —exclamé.

—Mejor le agradezco al actor intelectual —Frank me estrechó la mano y se ahogó en una carcajada.

—OK, nos subimos al tren, ¿qué sigue? —preguntó Pamela.

—Debemos lograr soportar estar juntos durante ocho horas de viaje. Por favor, no vomiten, no hagan estupideces, ni jueguen esos patéticos juegos de campamentos. No los soporto —gruñó Melek.

Ninguno de nosotros podía parar de reír por las ocurrencias que decía el grandulón.

—Ya, Melek, en serio, ¿qué sigue en el plan? —pregunté.

—Al llegar a Macdó, buscaremos un hotel a las afueras, donde no llamemos la atención y podamos esperar a que sea medianoche, para ir a la antigua casa de Elíam.

—¿Por qué a la medianoche? —preguntó Pamela.

—Porque a esa hora existe menor probabilidad de que alguien nos vea en el pueblo, la mayoría duermen. Además, no hay tanta energía externa y así es más fácil acceder al mundo astral —explicó Melek con serenidad.

—Nosotros los… NO SULEK… ¿qué haremos? —preguntó Frank.

—Es importante que estemos juntos todo el tiempo, nadie se puede separar. Ustedes cuidarán de nuestros cuerpos, para que no pase lo mismo que ya sabemos qué pasó esa noche en el bosque. —Melek lanzó una mirada pícara, que hizo reír de nuevo a todos, menos a Tina, que seguía con la mirada perdida en Frank—. Y otra cosa, no te excluyas llamándote un «No Sulek». Ahora haces parte de nosotros, con poco talento, pero eres parte.

—Gracias —respondió Frank con gracia—, pero debo aceptarlo, solo soy un humano. Sin embargo, de lo que sí hago parte es de este grupo de rescate de la magia. Deberíamos ponerle un nombre.

Todos volvimos a reír.

—¡No se burlen! Hablo en serio.
—Tienes razón, Frank, deberíamos ponernos un nombre —intenté apoyar su estúpida idea.
—Si los Sulek son los protectores de la luz, nosotros deberíamos llamarnos... ¡Los invencibles... protectores de la magia!
—Te compro lo de la magia... —intervino Tom— pero lo otro es patético.
—Sí, Frank. Un poco infantil —agregó Tina, lanzándosele encima.
—Bueno, con eso me conformo. —Volvió a lanzar una de sus particulares carcajadas—. Entonces somos «Los protectores de la magia». Tengan cuidado, Kimeriformes, porque llegaron... Los protectores... de la magia.

Así se la pasó Frank el resto del oscuro camino, inventando frases pegajosas con el nuevo nombre de nuestro grupo. Lo único bueno que había salido de ese patético nombre era que él había vuelto a sonreír.

Una vez atravesamos el túnel y salimos al bosque, apagamos las antorchas y nos dirigimos hacia la carrilera que, aunque ya era visible, seguía estando lejos de nosotros. Una vibración en el suelo nos alertó.

—¡Debemos apresurarnos! —gritó Melek—. Ya viene el tren.

Corrimos entre los arbustos, esquivando las ramas del bosque. El sonido y la vibración eran cada vez más fuertes. Pamela, la menos habilidosa, se cayó en varias ocasiones. Por fortuna, el musculoso Tom la llevaba de la mano y la ayudaba a levantarse cada vez que se derrumbaba o quedaba atrapada entre las ramas.

La punta del tren apareció frente a nosotros, aún nos faltaban varios metros para llegar a él. Corrimos con todas nuestras fuerzas.

Melek dio zancadas enormes, con las que fácilmente nos dejó atrás. A pesar de su edad y estructura corporal, tenía un rendimiento físico increíble. Fue él el primero en dar un gran salto y treparse a uno de los vagones del tren.

—¡Apresúrense! —gritó, agarrándose fuerte de los tubos del vagón, escalando para entrar.

Frank, Tina y yo íbamos a un buen ritmo. Cuando estábamos a punto de llegar a las vías del tren y saltar, mi cuerpo fue jalado hacia el piso por algo. Caí de un solo golpe, desapareciendo de la vista de todos.

—Tina, ¡salta! —gritó Frank.

Tina dio un gran salto y se aferró con éxito a uno de los vagones.

—Ahora tú, Elíam… ¿Elíam? —Frank vio hacia todos lados, pero no logró encontrarme—. ¡Elíam!

Giré a ver lo que me había tumbado, era un enredo de alambre de púas que había atrapado mi cuerpo entre la maleza, como si se tratara de una gran trampa de osos. El pánico me paralizó por unos segundos, no podía hablar, dolía mucho, el cuerpo ardía.

—¿Qué pasó? —preguntó Pamela al llegar donde estaba Frank.
—Elíam, desapareció —dijo Frank mientras escaneaba con desesperación el terreno—. Salten rápido a uno de los vagones, yo buscaré a Elíam.
—Pero el tren ya va a pasar... —exclamó Tom.
—¡Salten ahora! —gritó Frank mientras regresaba corriendo a buscarme.

Tom y Pamela saltaron aferrándose a los tubos de otro de los vagones. El número de oportunidades se reducía para Frank y para mí, no íbamos a lograrlo.

—¡Frank! ¡Aquí! —saqué fuerzas y grité para intentar sobrepasar el escándalo que producían las ruedas del tren contra la carrilera.

Frank, quien ya se había alejado de donde yo había caído, se detuvo, logró escucharme y regresó.

—Elíam, grita más fuerte, no te escucho.
—¡Aquí! —Volví a hacer un enorme esfuerzo para que me saliera la voz.

Frank, como un águila cazadora, identificó veloz el lugar de donde salía mi voz. Corrió hacia mí y se espantó al verme enredado entre el alambre.

—Esto va a doler —exclamó preocupado.
—Ya duele... ¡AAAAAAAAH!

Frank jaló con fuerza el alambre, desprendiéndolo de mi abdomen y espalda.

—¡Hijo de puta! —mascullé en un alarido.
—Lo siento. —Frank me alzó entre sus brazos, repartió mi peso entre sus hombros y corrimos juntos—. Vamos, Elíam, falta poco, podemos lograrlo.

Ya se podía ver el final del tren, los últimos vagones atravesando el horizonte. Tomé un fuerte respiro, me llené de fuerzas para ignorar el dolor y corrí más rápido.

—¡Ya vamos a llegar! —exclamó Frank—. Vamos, salta en uno… dos… tres.

Di esas últimas zancadas y me lancé gritando hacia el penúltimo vagón.

—¡PROTECTORES DE LA MAGIAAAA!

Sentí cómo mis dedos rozaron el metal del tren, pero el impulso no me alcanzó para aferrarme con fuerza a él. Me resbalé y, justo antes de que las ruedas del tren me hicieran añicos, la mano de Frank me atrapó en el aire.

Él ya había logrado sujetarse a una de las barandas, me jaló con fuerza y terminé dando un bote por encima de él. El impulso nos tumbó a ambos en el interior del vagón. Quedamos bocarriba, hiperventilando, y yo ensangrentado, con el corazón saliéndose del pecho.

Luego de unos cuantos minutos de intentar recuperar el aliento, Frank se giró y me lanzó una mirada incrédula.

—¿Protectores de la magia? ¿En verdad gritaste eso antes de saltar? —Frank explotó en una carcajada—.

¿Te das cuenta de que esas iban a ser tus últimas palabras? Elíam, estás loco.

—Necesitaba fuerzas —repuse avergonzado.

—No lo puedo creer. El marcador va: Frank, mil ochocientos treinta y nueve. Elíam, cero —Exclamó orgulloso.

—Cállate, no estoy de ánimo para tus humillaciones de salvador. Frank, me duele el pecho.

Él se incorporó y se inclinó hacia mí. Yo estaba aún tirado en el suelo de madera del vagón; el dolor no me permitía moverme.

—En verdad no sé qué sería del destino de la humanidad si yo no estuviera en tu vida, pequeño ser torpe y testarudo.

Me agarró la cabeza con fuerza, fue tierno, pero doloroso.

—¡Auh! En verdad duele —me quejé, aunque quería que lo siguiera haciendo.

—Ya, no seas llorón. A ver, déjame ver qué tan grave es… —me levantó la camiseta— ay… ay. ¡Sí, está feo! Voy a tener que conseguir algo para curarte.

—¿En verdad? ¿Se ve muy mal? —pregunté atemorizado.

—Bueno, las heridas sí. Tus mini abdominales bebés, no tanto. Están… bien.

—Idiota… —me reí avergonzado.

Otra vez esa estúpida risita.

—Vas a sobrevivir, te lo prometo… por los PROTECTORES DE LA MAGIAAAAA —gritó, intentando imitar mi patético alarido al momento de saltar.

—¡Ya, suficiente! Por favor que este patético momento se quede entre nosotros.

—Así será, chiquilín. —Me revolvió con su mano el cabello—. Ahora solo relájate y disfruta el viaje. Voy a curarte.

Le hice caso, me relajé y me quedé ahí, echado en el suelo, viendo sus torpes intentos por curarme, con uno de los botiquines que sacó de la mochila que le habían dado los Sulek. Me sentía como un conejillo de indias con su inhábil capacidad para los primeros auxilios. Un bueno para nada curándome las heridas.

Qué hermoso sonaba eso en mi cabeza, él me curaba las heridas. Era insoportable, él estaba ahí con su desagradable pelo gris, sus molestos labios carnosos, no se callaba, pero yo tampoco quería que lo hiciera. Era uno de esos regalos del universo que vienen en forma de lora parlanchina, no son muy comunes, pero eso era lo bello de la situación.

—¿Qué tanto me miras? —me preguntó amenazante.

—Em… ¿Qué? —contesté atrapado en mis pensamientos.

—¿Qué tanto me miras? —dijo acercándose más a mí.

—Nada, nada. Me acordé de esta mañana, estabas diferente. —Intenté cambiar el tema para que mis particulares pensamientos no fueran descubiertos.

—Melek tenía razón. El ritual fue extraño, me dijeron muchas cosas que aun no entiendo —respondió Frank, regresando a su energía de la mañana.

—¿Qué cosas?

—No puedo decirte.

—Confía en mí. Seguramente he escuchado peores cosas, créeme.
—No, es que… —Dudó por un momento— literalmente me ordenaron no contarte nada.
—¿Quiénes?
—Los maestros de la luz. Me dijeron muchas cosas, pero debo… ocultarlas de ti.

En ese momento, quedé frío. Las peores hipótesis pasaron por mi cabeza. ¿Qué tipo de estrategia estaba jugando el universo con nosotros?

—Pero… ¿son cosas malas? —pregunté.
—No lo sé. No puedo contarte. No insistas. —Frank se apartó aún más de mí.

Pasamos varios minutos en silencio. Luego de un rato, cuando las heridas ya se habían acostumbrado a las vendas, me levanté y me senté a su lado.

—Lo siento, no quería ser molesto, solo me causa mucha curiosidad. A mí también me dijeron cosas extrañas —le dije tomando valor para recostarme en su espalda.
—¿Qué te dijeron? —preguntó curioso.

Mis ojos quedaron abiertos de par en par, no podía decirle nada; creía que podría llegar a ser contraproducente y malinterpretarse. Así no me lo hubieran dicho, creía que los maestros de la luz tenían razón, era mejor no contar nada de lo que pasó en el ritual.

—No puedo decírtelo —repuse—, también me insistieron en no contar nada.
—¡Vaya!

—¿Sabes qué sí puedo? —dije en un intento de volver a animarlo.
—¿Qué? —Frank giró su cabeza, quedando muy cerca de la mía—. ¿Qué sí puedes?
—Hacerte parte de mi propio ritual —respondí torpemente.

Él dejó entrever una sonrisa, que a ese punto no sabía si era de decepción o si realmente se emocionaba por mi propuesta.

—¿Cuál es su ritual, señor Elíam? —preguntó con el entrecejo fruncido.
—Emm… ya sabes —contesté intentando ocultar mi nerviosismo— En un momento importante como este, abro al azar una de las páginas del diario de mi padre y siempre tiene algo importante por decirme.
—Oh, ya. Ese ritual, sí… ¿Trajiste el diario?
—Sí —respondí—. ¿Me lo alcanzas? Está ahí en la mochila.

Él se levantó de inmediato y fue a buscarlo.

—Hubiera ido yo… pero estoy herido.
—Ya cállate. Aquí está. —Me lanzó el diario y volvió a sentarse a mi lado—. ¿Ahora qué hacemos?
—Elegiré una página al azar… Esta. —Abrí el diario y se lo entregué—. Léela.

Frank me miró sorprendido, como si una gran responsabilidad le hubiese sido confiada. Sonrió y luego de echarle un vistazo a la página, comenzó a leer las palabras de mi padre con su cálida voz, que tal como lo esperaba, parecían haber sido escritas para ser leídas en ese preciso instante.

Los protectores de la magia

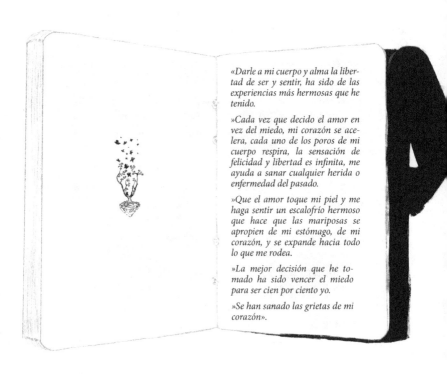

«Darle a mi cuerpo y alma la libertad de ser y sentir, ha sido de las experiencias más hermosas que he tenido.

»Cada vez que decido el amor en vez del miedo, mi corazón se acelera, cada uno de los poros de mi cuerpo respira, la sensación de felicidad y libertad es infinita, me ayuda a sanar cualquier herida o enfermedad del pasado.

»Que el amor toque mi piel y me haga sentir un escalofrío hermoso que hace que las mariposas se apropien de mi estómago, de mi corazón, y se expande hacia todo lo que me rodea.

»La mejor decisión que he tomado ha sido vencer el miedo para ser cien por ciento yo.

»Se han sanado las grietas de mi corazón».

Una vez Frank terminó de leer, volvió su mirada lentamente hacia mí, quedamos frente a frente, pude sentir su respiración.

—Entonces, ¿eres libre? —me preguntó con un leve susurro.
—Estoy en eso…
—¿Qué te hace falta? —preguntó acercándose un poco más.
—Solo me faltaban tú y tú. —El grandulón de Melek luego de una maniobra y un gran salto, aterrizó desde el techo en el interior del vagón en el que estábamos.

Empujé con fuerza a Frank y me alejé velozmente para ocultar el diario de mi padre en la mochila.

—¿Qué te pasó, muchacho? —preguntó Melek señalando mi abdomen vendado.
—Ya sabes, los enredos de la vida… Frank me ayudó con la curación —respondí.

Melek le dio unas palmaditas a Frank en la espalda.

Los demás chicos ingresaron ágilmente a nuestro vagón.

—Muy bien, aquí vamos, ya estamos todos juntos, lo estamos logrando —dijo Melek, invitando a todos a sentarse—. Solo nos queda relajarnos durante unas cuantas horas mientras llegamos a Macdó.

Quise ver a Frank a los ojos, pero su mirada se había perdido en el horizonte.

—¿Qué tan cierto es lo que te dicen los maestros de la luz en los rituales, Melek? —Frank se atrevió a romper el silencio.

—Ese es el dilema de los humanos, muchacho. Una vez les dices la verdad, entran en conmoción y prefieren seguir ciegos ante las mentiras, en vez de aceptar la realidad. Si reveláramos todos los secretos y verdades que se le ocultan a la humanidad, la sociedad se autodestruirá en once días.

—¿Por qué once días? —preguntó Pamela, recostada en el pecho de Tom.

—Son los días necesarios para que todas las instituciones colapsen, y se destruyan unas a otras. El día uno las iglesias saldrían a defender su importancia y credibilidad. El día dos los gobiernos atacarían sin piedad a las protestas humanas que desean saber la verdad. El día tres los opositores atacarían a los que están en con el sistema. El día cuatro iniciaría una guerra entre todas las partes, creando un inmenso caos. El día cinco y seis muchos despertarían y descubrirían su verdadero poder, haciendo que el día siete los que no lo descubrieron asesinen a los demás por temor, envidia y falta de entendimiento... Así seguiría hasta que en el día once, ya no existe nada. Por eso es tan importante que los Sulek cumplamos nuestra misión desde las sombras.

—Eso no tiene sentido —repuse—, somos los protectores de la luz, deberíamos trabajar desde ahí.

—Estoy de acuerdo contigo, pero la humanidad no está preparada para conocernos.

—¿Y si los maestros me pidieron alejarme de alguien? —interrumpió Frank—. ¿Debería hacerlo?

El vagón quedó en silencio.

—No lo sé —respondió Melek luego de un rato—. Solo tu corazón lo sabe.

—¿Quiénes son exactamente ellos? ¿Los maestros? ¿Es Dios? —preguntó Frank con preocupación.

—No. —Una risa se le escapó a Melek—. En realidad Dios es una energía, más que un ser, es ese mini átomo que hace que todo exista, Dios es como un diamante, tiene muchas caras y puedes...

—Llegar a él a través de cualquiera de sus caras —completé la frase de Melek—. «Por eso todas las religiones funcionan, son vehículos para llegar a él», decía mi padre.

—Exacto —confirmó Melek—. Es solo que al final cada una de ellas termina teniendo un comportamiento manipulador en la humanidad. Eso aleja a todos de la verdad.

—¿Cuál es la verdad? —preguntó Frank.

—Que no necesitas de nada, ni de nadie para conectar con «él», con «eso». La magia la haces tú. Solo fijándote en los pequeños detalles del universo, te darás cuenta de su presencia. Cada mágico acontecimiento en el pequeño andar de una hormiga, hasta la asombrosa corporalidad de un elefante, el nacimiento de una pequeña flor o el zumbido de una abeja que convierte esa flor en dulce miel. Todo es mágico, todo está conectado, y no necesitas nada para conectar, solo conectar. —El grandulón, agrandado con su elocuencia, dejó escapar una sonrisa y continuó—. Por otra parte, los maestros son almas ascendidas que ya lograron obtener todos los aprendizajes que venían a recibir en cada una de sus vidas terrenales. Ellos nos guían y nos ayudan a cumplir nuestro propósito.

—Cuánta información, ¿eh? —exclamó Tom—. Creo que fue suficiente, no enloquezcamos a nuestros amigos, los humanos, en un solo viaje.

—Tranquilo. —Tina le hizo un masaje en los hombros a Frank—. Todo siempre se despeja y en menos de nada vas a entenderlo y nosotros te ayudaremos. Protectores de la magia, ¿eh?

Frank me vio a los ojos durante unos segundos y luego volvió su mirada hacia el horizonte.

«Aceptar la verdad en realidad es fácil; lo difícil es adaptarse al cambio que requiere esa verdad. Las costumbres siempre te invitarán a quedarte donde estás, pero es tu corazón el único que podrá salvarte de la involución. Siempre debes escucharlo, debes atreverte a dar el primer paso al cambio, porque fluir es la única forma de evolucionar. Y yo quiero que tú evoluciones».

Era todo lo que quería decirle a Frank, pero el miedo me impidió abrir la boca.

El tren continuó su camino, el sol igual, el atardecer nos abrazó mientras nos acercábamos a nuestro destino. La sensación que producía cada kilómetro recorrido comenzó a ser extraña; el ambiente energético se tornaba cada vez más oscuro.

—Melek, Tina, Tom, ¿sienten eso? —los desperté de un grito.
—¿Ah? ¿Qué? ¿Qué pasó? —exclamó Melek.
—Sí, lo siento —apuntó Tom, poniéndose en pie.
—¿Qué cosa? —preguntó Pamela asustada.
—Oscuridad, maldad —contesté.
—Sí —confirmó Tina.
—No sentí esto cuando vine por primera vez a Macdó —murmuró Melek, intentando concentrarse en la sensación—. Debemos preparanos, Protectores. Estamos ingresando a una zona muy oscura; algo inusual está ocurriendo en Macdó.

Nos vimos unos a otros, menos Frank, que seguía perdido en el horizonte.

—Prepárense para saltar. Nuestra parada llegará pronto. Refuercen sus corazones porque la intuición es la única que podrá sacarnos de esta —agregó Melek mientras el pueblo de Macdó comenzaba a aparecer frente a nosotros.
—Llegamos —susurré—, bienvenidos a casa.

Los ojos de Pamela se inundaron en lágrimas.

Un fuerte trueno iluminó el cielo gris con el que nos recibía el olvidado pueblo y marcó el inicio de nuestra peor pesadilla. Melek ordenó que nos tomáramos de las manos, que nos observáramos unos a otros a los ojos. Debíamos estar conectados, debíamos trabajar juntos, debíamos recordar nuestro propósito. Ese fue nuestro último ritual antes de ir a la batalla.

—¡Salten! —gritó Melek, y uno a uno comenzamos a descender del vagón.

CAPÍTULO 20
Entrada al infierno

Atravesamos sigilosamente los pastizales amarillos de las afueras de Macdó. A simple vista se podía deducir que hacía mucho no llovía en el pueblo, aunque las tenebrosas nubes grises y los truenos en el cielo sugirieran lo contrario. Los últimos rayos del sol se disolvieron en la penumbra. Mientras nuestros ojos se acostumbraban a la oscuridad, la luna aparecía al otro extremo del cielo para guiar nuestro camino.

Anduvimos a ritmo lento, precavidos, no solo por evitar ser vistos, sino porque entre más nos acercábamos, la sensación de estar entrando a otro universo era mayor. Parecía que la gravedad hubiera aumentado, el aire había adquirido la densidad del agua y nos impedía movernos con normalidad.

—Al cruzar esos árboles de allá, veremos la vía antigua que lleva al pueblo, nos guiará a los viejos hoteles —advertí, mientras batía una de mis manos en el aire para espantar un mosquito que estaba chocando contra mi cabeza.

—No podemos tomarla —exclamó Tom con preocupación—, es muy peligroso. Si un carro de policía o alguien que los reconozca pasa por ahí, estamos perdidos.

—No. Nadie usa la vía antigua, es segura. Podemos ir por ahí —agregó Pamela, acelerando el paso mientras batía sus manos en el aire para alejar los insectos que volaban sobre ella.

—¡Auh! —se quejó Frank—. Un mosquito se me metió en el ojo.

—No son mosquitos, son pequeñas polillas blancas —dije luego de atrapar a otra que me había golpeado la cara.

—También son mosquitos —añadió Tom luego de atrapar uno entre sus manos.

Cientos de insectos empezaron a volar sobre nosotros, la unión de sus zumbidos resonaba como la turbina de una avioneta en el amplio campo. Un escalofrío me recorrió el cuerpo y los pelos se me pusieron de punta al ver la cantidad de insectos que volaban desenfrenados sobre nosotros.

—¿Qué está pasando? Elíam, ¿esto es normal? —preguntó Frank, aterrorizado.
—No lo sé, no sé qué ocurre, esto nunca… —Un mosquito entró por mi garganta, haciéndome toser con fuerza.

Oleadas de insectos comenzaron a chocar nuestros cuerpos, como si estuvieran intentando atravesarnos; de nuevo el caos haciendo de las suyas. Tina comenzó a correr sin sentido, ahogada en gritos, al igual que Pamela.

—Chicas, no podemos separarnos, regresen —ordenó Melek, cubriendo su boca.
—Debemos salir del pastizal —sugirió Frank.
—Rápido, corran hacia la carretera —grité, intentando sobrepasar el zumbido de los insectos.

Agarramos lo que teníamos a la mano, mochilas y abrigos, para protegernos de los golpes de los pequeños monstruos que continuaban azotándonos. Entre manoteos y gritos corrimos hacia la carretera. La cantidad de insectos que nos perseguía seguía aumentando con cada paso. El aire sobre nosotros se convirtió en lo que parecía una gran tormenta de arena.

—Melek, ¿existe algún hechizo para contrarrestar esto? —le grité con desespero—. Debemos hacer algo ya.
—¿Cómo no lo pensé antes? —El grandulón se detuvo soportando las punzadas de los insectos, abrió

su mochila y sacó su mezcla de tierra y alcanfor—. Todos, ahora, efectúen el hechizo «Obsuk». Bloqueará las señales emitidas por el cuerpo hacia el exterior.

—Pero ese hechizo se hace con barro —le grité. Era la misma poción que habíamos usado junto a Frank en la clase del maestro Hazal, cuando presenciamos desnudos el asesinato del niño Kimeriforme.

—Sí, conviertan la tierra en barro —gritó Melek.

—¿Cómo? —pregunté.

El grandulón escupió con fuerza en su mano.

—¡Ahg! OK… Qué asqueroso que eres —gritó Tina.

—¡Háganlo en parejas! ¡Rápido! —volvió a ordenar Melek.

Agarré a Frank de los hombros y lo acerqué hacia mí. Saqué el alcanfor de mi mochila, tomé tierra del suelo y comencé a escupir en mis manos. Frank estaba aterrorizado.

—¡Ayúdame! —le grité.

Él sacudió su cabeza, salió de un trance y comenzó a escupir en mis manos mientras yo mencionaba las palabras en el idioma universal para concretar la poción.

—Espárzanla por todo el cuerpo, ¡ahora! —gritó Melek.

—¡Lo siento! —le susurré a Frank, mientras le esparcía la mezcla de barro salivoso en la cara.

Tom y Pamela se aplicaron el uno al otro la mezcla de barro, al igual que Melek a Tina, a quien consideré que le fue peor que a todos. No es lo mismo la saliva de Melek que la de Frank, y ella sí que deseaba esa última.

Poco a poco la horda de insectos comenzó a disiparse.

—Creo que está funcionando —gritó Tom, abrazando a Pamela entre sus músculos.

Parecía que el hechizo había desorientado a los mosquitos y, a pesar de que la nube de insectos seguía sobre nosotros, ninguno logró volver a tocarnos.

—¿Qué demonios está pasando? ¿Los Kimeriformes ahora también poseen a los insectos? —exclamó Pamela.

—No —contestó Melek en seco—. Los insectos siguen la luz, es su naturaleza y parece que a este pueblo se la han quitado toda. Seguramente si accedemos en este momento al mundo astral, todo el lugar estaría oscuro, sin energía, y eso solo significa una cosa.

—¿Qué? —pregunté aterrorizado.

—La zona se convirtió en un cigoto. La orden de los Kimeriformes se ha asentado aquí y debe haber una cantidad descomunal de ellos —contestó Melek, observando a su alrededor.

—¿Entramos al mundo astral para investigar? —preguntó Tom.

—¡NO! —ordenó Melek—. Es demasiado arriesgado entrar al mundo astral en este momento. Podrían estar en cualquier parte. Llamaríamos su atención de inmediato, y, a juzgar por los mosquitos, somos la única luz que le queda a este lugar, por eso nos siguen. Debemos continuar con el plan. A medianoche entraremos en el mundo astral cerca de la casa de Elíam, tomaremos los hechizos de la biblioteca y huiremos de aquí lo más rápido posible.

La nube de insectos ya se había disipado por completo, la poción había bloqueado exitosamente las ondas energéticas de nuestro cuerpo y la luz de nuestra alma se había vuelto invisible para ellos. Melek ordenó que siguiéramos hacia la carretera.

Una vez logramos llegar a la vieja vía empedrada, continuamos nuestro recorrido hacia los antiguos hoteles de Macdó.

Durante la caminata me aparté un poco del grupo para hablar con Melek a solas.

—Oye… necesito… preguntarte algo… importante…
—No, chico. Solo trabajo, no estudio y mi horario laboral es hasta la noche. No tengo tiempo para citas.
—¡Qué idiota eres! —dije entre una carcajada nerviosa—. No te conocía ese humor tan peculiar de las últimas horas… Me agrada más que tu versión de asesino serial.
—Hace mucho no me emocionaba tanto por una misión… y la verdad es que… encontrar estas creaciones de tu padre y saber más de él, me emociona.

Mi estómago se retorció. Mis ojos se inundaron en nostalgia.

—Así que… debo agradecerte por incendiar de nuevo el propósito de mi vida —dijo Melek, también con los ojos aguados.
—¿Quieres que lo incendie aún más? —le dije dudando.
—¿Aquí? No, chico, por favor —El hombre se ahogó en otra carcajada—. Está bien, sorpréndeme.

Me metí la mano entre el pantalón.

—Tengo la verdadera daga sagrada de los Sulek conmigo —exclamé, sacándola de su escondite.

El gran hombre quedó detenido de un tirón, y la sonrisa en su rostro se desvaneció, convirtiéndose en sorpresivo terror.

—¿Qué haces con la daga de Dinah aquí? —masculló con preocupación, intentando no llamar la atención de los demás.

—Esta NO es la misma daga que ella tiene —le aclaré.

—Solo existe una daga —refutó Melek con desespero.

—Te explicaré todo, pero primero necesito que me cuentes cómo la consiguió ella. ¿Cuál es la historia de esta poderosa daga? —le susurré a Melek, quien luego de un largo suspiro inició a contar la historia.

—Hace más de veinte años, en la época oscura, cuando los Sulek sufrían por la falta de nacimientos y el preocupante número de abortos y sangre que trajo desdicha, otro mensaje de los maestros llegó a través de las meditaciones de Miriam, la más anciana de los Sulek. Los maestros anunciaron que la nueva era de la luz llegaría gracias a uno de nosotros. Solo el ser que lograra traer de vuelta a la vida la daga sagrada de los Sulek, sería digno de guiarnos a través de la oscuridad y comandar la nueva generación de protectores.

»La poderosa arma fue creada miles de años atrás, por seres extraterrenales. Bajaron al volcán más profundo de la Tierra, cinco mil metros bajo las aguas del Caribe, donde la presión es tan intensa y el calor tan extremo, que podría sentirse como la verdadera entrada al infierno. Allí forjaron con sus poderes entre acero y lava una daga. Una poderosa arma capaz de alterar los elementos, encender el fuego dentro del mar. La tierra árida la abona cortando el viento con su filo, capaz de abrir portales en el universo, capaz de derrotar la maldad.

»Durante siglos la daga fue usada por nuestros líderes más poderosos y nobles, hasta un día en que desapareció y nadie jamás volvió a saber de ella.

»Los Sulek, inspirados en el mensaje de los maestros, emprendieron viajes desesperados por todo el mundo para encontrar la daga, basándose en antiguas historias y registros que daban indicios de su ubicación. Dinah fue una de las que emprendió el viaje. Más de dos años estuvo fuera del templo, todos creyeron que había muerto en la imposible búsqueda, nunca se supo nada más de su existencia.

»Hasta el día en que sorprendió a todos, atravesando la entrada del templo con la daga sagrada de los Sulek en sus manos. La daga le dio el poder físico de tranquilizar a las personas, de estabilizar la energía. Fue desde entonces ella la elegida para guiarnos y comandar la gran misión que tenemos de proteger la luz en el planeta.

—Wow, vaya. Con razón los Sulek están tan mal —dije sorprendido.
—¿De dónde la sacaste, chico? Es una copia exacta —agregó Melek, echando un vistazo a la daga en mis manos.
—Una bruja me la entregó.
—¿Qué? —gritó, tapándose la boca con las manos—. Nunca confíes en una bruja, ellas trabajan con los Kimeriformes, son sus esclavas.
—Hace muchas vidas, mi alma hizo un pacto con una de ellas…
—¿QUE HICISTE QUÉ? —gritó, interrumpiéndome de nuevo.
—¡Oigan, tortolitos! —exclamó Tom a lo lejos—. Llegamos.

Una antigua, enorme y aterradora casa, con artesanales remiendos en el techo y las paredes, posaba frente a nosotros. Algunas luces en el interior titilaban y sobre su fachada, de las letras de la palabra «Hotel», solo brillaban la «H», «E» y «L».

—Definitivamente, aquí no nos va a encontrar nadie, es más, no sé si alguien vuelva a vernos con vida después de entrar —masculló Tina atemorizada, aferrándose al brazo de Frank.

Yo regresé velozmente la daga a mis pantalones, no quería que nadie más la viera.

—Luego continuamos con nuestra charla, muchacho —susurró Melek—. Muy bien, acérquense. Pamela y Elíam, ustedes esperen afuera de la puerta, no queremos que los reconozcan. Los demás entremos y pidamos una habitación. Tú, Frank, ya que eres el más «carismático» y... humano de nosotros, debes pedir la habitación más grande que tengan.

Junto a Pamela nos quedamos ocultos afuera de la entrada. Los demás entraron con precaución y fueron recibidos por una insípida y malhumorada anciana, que parecía no haberse bañado en días. El aire que salía del hotel apestaba a hongos y madera podrida.

—Hola, señora... Buenas tardes, noches, digo... —corrigió Frank con una gran sonrisa que jamás fue correspondida por la señora.
—¿Qué quieren? —preguntó en seco, mirándolos a todos despectivamente de arriba a abajo.
—Eh... estamos así, embarrados porque...
—Estoy acostumbrada a recibir cualquier tipo de gente, no me interesa... ¿Qué quieren?

—Hemos venido de viaje y… nos ha agarrado la noche aquí…
—Al punto, niño…
—Queremos la habitación más grande que tenga.

La mujer buscó entre su sucio escritorio una vieja llave y se la lanzó a Frank.

—Por favor, hagan lo que hagan, no griten o espanten a los demás huéspedes…
—¿Hay más huéspedes?
—Si tienen fetiches, intenten no manchar las toallas o sábanas. Encontrarán un plástico en el armario para poder realizar sus cosas…

—OK... —respondió Frank.
—La salida es a las 9:00 am y el desayuno está incluido.

Me dieron arcadas de solo imaginar lo que podría ser un desayuno en ese lugar, lo que llamó la atención de la malhumorada anciana que giró a ver a la puerta.

—Gracias. —Frank se apresuró a subir junto a los demás para distraer la atención de la recepcionista.

Subieron por unas incómodas y desgastadas escaleras de madera y giraron hacia uno de los pasillos de la gran casa.

—¿Ahora qué hacemos? —susurró Pamela.
—Creo que debemos esperar aquí a que ellos regresen, o alguna señal para ingresar —respondí mientras le echaba otro vistazo a la enorme casa.

Esperamos varios minutos hasta que un sonido llamó nuestra atención hacia uno de los costados de la propiedad. F hacia la parte trasera y vimos a Melek, en una de las ventanas del tercer piso, haciéndonos señas con las manos. El grandulón lanzó varias sábanas atadas unas a otras. No pude evitar pensar en la sorpresa que se iba a llevar la malhumorada recepcionista al ver sus sábanas manchadas de barro al día siguiente.

Las heridas del alambre de púas en mi pecho y piernas me hacían escalar con mucha dificultad. Me contuve de gritar de dolor en varias ocasiones.

Entramos por la ventana del baño de la habitación, otra arcada salió de mí al ingresar y chocarme con el olor a cañería.

—Tranquilo, muchacho, —Melek me dio unas palmadas en la espalda— Entra rápido a la habitación, huele mejor allí.

Atravesé la puerta del desastroso baño y me encontré a los demás chicos sentados, cada uno en una esquina de la habitación.

La pequeña cama fue ocupada de inmediato por Melek, quien dijo que descansaría hasta que llegara la hora de salir a la misión. Cayó dormido como un bebe, agarrando la patita de Akbag, su amuleto.

Pamela fue a la esquina donde estaba Tom y yo fui directo a sentarme junto a Frank.

—¿Cómo siguen esas heridas? —me preguntó al verme sentar con incomodidad.
—Bien, van bien. Lo que necesito es quitarme tus babas de encima —contesté con un sobreactuado asco.
—Sé que por ti las dejabas tres días seguidos —exclamó Frank orgulloso.
—Jamás —le respondí—. Por mí cambiaba de lugar con la sensual de Tina, prefiero la apestosa saliva de Melek a tener la tuya.

Frank contuvo la risa. Ambos giramos a ver a Tina, que se estaba quitando el barro de la cara con una de las toallas.

—Deja de burlarte de la suerte ajena— me susurró.
—¡TÚ eres el que sigue riendo! —dije mientras golpeaba uno de sus fuertes brazos.
—OK, OK, ya. Vamos a limpiarnos— Frank se levantó, entró al baño y luego de unos segundos apareció de nuevo frente a mí con una pequeña toalla en sus manos.

—Solo queda esta —dijo, sentándose de nuevo frente a mí.

—¿Y ahora? ¿Quién se la queda? ¿Piedra, papel o tijera?

—No seas idiota —respondió riéndose—, debemos resolver esto como adultos.

—¿Cómo?

—Verdad o reto... —dijo con un misterioso susurro.

—¿De qué hablas? Ese ni siquiera es un juego para decidir un ganador.

—¡Claro que sí! Es que no hablo del clásico verdad o reto, sino de este: yo te digo una afirmación curiosa sobre mí, tú debes decir si es verdad o mentira. Si fallas debes cumplir un reto... Muajajaja.

—¡Estás loco! —le dije con mi estúpida risita, de la que ya estaba harto—. Y ¿cómo se define al gran ganador de la toalla?

—Tenemos tres oportunidades. El que más acierte, gana.

—OK.

—OK.

—Empiezas —le dije.

—Está bien, una fácil. Cuando conocí a Melek esa noche en la sala de la morgue, tuve tanto miedo que se me salió una flatulencia.

—¿QUÉ? —Solté una carcajada tan fuerte que llamó la atención de los demás.

—Shhh, shhh, es entre nosotros. Debes controlarte —susurró Frank burlándose.

—OK, lo siento —susurré—. Esa afirmación se me hace que es completamente falsa.

—Error. —Hizo un sonido de pitido de camión.

—¿QUEEEEEE? —dije con un fuerte y alargado susurro—. Es decir que lo que apestaba no eran los muertos.

—Ups. Lo lamento. —Volvió a reír, pero esta vez sonrojado de vergüenza—. Fue inevitable, él apareció de la nada y ese aspecto macabro asusta a cualquiera… De cualquier forma, perdiste, me debes un reto…
—¿Cuál será mi reto? —Lo miré desafiante.
—Tengo uno preparado, pero me lo voy a reservar, no quiero que lo hagas aquí en frente de todos… Vas tú.
—OK… —Volví a reír mientras me tomaba unos segundos para pensar mi afirmación—. Cuando era pequeño, nadie quería estar cerca de mí porque hablaba con los árboles…
—Eso… definitivamente… es verdad…
—¿Queeeeeeeé? ¿Es en serio? ¿Así de friki me veo como para que lo adivines tan fácil? —le reclamé sorprendido.
—Sí. Puedo imaginarte cuando eras niño y definitivamente harías algo así de tierno…

Quedé inmóvil y sonrojado por su comentario. Le eché un vistazo al resto de la habitación, quería que mi emoción pasara desapercibida.

—Ya quita esa cara —me reclamó.
—¿Qué cara? Yo estoy normal…
—OK, voy ganando y me salvé de mi reto. Voy yo, adivina esta. Cuando era pequeño, mis padres me abandonaron, crecí en un orfanato hasta los ocho años, edad en la que fui adoptado por una señora.
—Es mentira —dije de inmediato, viéndolo con los ojos entrecerrados—, no tienes cara de adoptado.
—¿Cómo es la cara de un adoptado? —preguntó riendo.
—No lo sé, pero definitivamente no lo eres.
—Errooor. —Frank repitió el sonido de pitido de camión.

—Wow, en verdad eres adoptado... ¿Por qué nunca me habías hablado de esto? De tu familia... es más, nunca hablas de tu pasado.
—Intento enfocarme en mi presente. Pero es verdad, no me gusta, es oscuro... triste. Creo que por eso me identifiqué tanto contigo...
—¿Gracias...?

Reímos de nuevo.

—No solo fui huérfano al nacer, sino que cuando cumplí doce años, mi madre adoptiva también murió... huérfano por partida doble...
—Wow, lo siento, no sabía —dije tomando su mano inconscientemente.
—Así que ahora somos dos huerfanitos recorriendo el mundo... —Él también agarró la mía con fuerza y la levantó en el aire.
—Ahora entiendo muchas cosas... —le dije.
—¿Por qué? —preguntó, entrecerrando sus ojos.
—No es normal que alguien deje todo atrás para seguirle el paso a un huérfano mago loco en la imposible misión de salvar el mundo...
—Bueno, a lo mejor nacimos para eso...
—¿Para salvar el mundo?
—No, para acompañarnos en lo imposible...

Mis ojos se humedecieron, al igual que los suyos.

—Chicos, falta una hora —dijo Tina, interrumpiendo nuestro juego. Se acercó a nosotros con su característico movimiento sensual de caderas y se sentó junto a Frank.

La tensión de inmediato se sintió en el ambiente. Tom y Pamela también se acercaron a nosotros.

—Lo que está ocurriendo en este lugar en verdad es muy malo, jamás había sentido algo parecido. Debemos trabajar juntos para salir vivos de esta —agregó Tom.

—¿Por qué crees que está pasando esto? —preguntó Frank.

—Podríamos averiguar más entrando al mundo astral, pero considero que Melek tiene razón, debemos hacerlo juntos en una estrategia engranada. Lo que haya del otro lado, eso que absorbe tanta luz y energía, podría ser algo a lo que jamás nos hayamos enfrentado —contestó Tina.

Nos miramos unos a otros, con desesperanza y un temor latente que nos brillaba en los ojos.

—Pero, para eso estamos nosotros, ¿no? —dijo Frank aplaudiendo—. Los Protectores de la magia.

—Sí —apoyé su iniciativa—, vamos a llegar al fondo de todo esto.

—Por algo el universo nos trajo hasta aquí —agregó Tom con una sonrisa, viendo a Pamela.

—¡PROTECTORES DE LA MAGIA! —gritó Tina, haciendo que todos aplaudieran, menos Pamela, quien seguía con su mirada llena de temor.

—¿Qué pasó? ¿Qué pasó? —Melek de un salto salió de la cama en posición de ataque haciéndonos reír a todos.

—Ya casi es hora, grandulón, debíamos despertarte —le dije.

—Nunca, jamás, vuelvan a hacerlo así —refunfuñó, sentándose de nuevo en la cama—. Prepárense, muchachos, saldremos en breve.

Pude sentir de nuevo el corazón de todos acelerándose. Pero el de Pamela retumbó con mayor intensidad.

—Pam, todo va a estar bien, te lo prometo —le susurré.

—Lo sé, Elíam. —Pamela se levantó—. Debo ir al baño.

—¡Suerte con eso! —le gritó Melek, haciéndonos reír a todos, menos a Pamela, que cerró la puerta e hizo retumbar el fuerte sonido de la cerradura oxidada en toda la habitación.

Comenzamos a alistar nuestras mochilas. Melek me lanzó una mirada cómplice para que fuera hacia él.

—Muchacho, no se te ocurra contarle a nadie lo de la daga, ahora todo tiene mucho sentido para mí. Siempre dudé de Dinah, ella no ha sido una buena guía para los Sulek, nos ha llenado de más y más oscuridad durante los últimos veinte años. La vamos a desenmascarar, pero lo haremos con inteligencia.

—¿Sí me crees? —pregunté asombrado.

—Son dos dagas prácticamente idénticas, con una sola diferencia.

—¿Cuál? —pregunté.

—Con un solo vistazo pude sentir todo el poder que posee la tuya, una energía que la de daga de Dinah no tiene.

—Tenía miedo de que no me creyeras. Gracias por hacerlo.

—Sí, solo me queda una duda. ¿Cuál fue el pacto con la bruja?

—Ella ocultaba la daga sagrada y yo la liberaba de su prisión. Guardé algo que le pertenecía a ella en el mundo astral y ella guardó la daga.

—¿Qué? ¿Pudiste esconder algo en el mundo astral? ¿Algo físico? ¿Como tu padre?

—Sí, —repuse— no sé cómo hacerlo, pero ya lo descubriré.

—¿Y qué objeto le guardaste a ella?
—Su ojo.
—¿QUÉ? —gritó inconsciente, llamando la atención de todos—. Perdón, ¿qué? —Volvió a susurrar.
—Sí, aún no conozco por completo mis otras vidas, pero... fueron... extrañas... e importantes.
—Cinco minutos para salir —advirtió Tom.
—OK, luego continuamos —murmuró Melek a mi oído—. Salgamos de aquí.

Tina y Frank salieron de la habitación, seguidos por Melek. Tom le golpeaba la puerta a Pamela para que saliera del baño.

—Pam, ya es hora.

Pamela no respondía.

—Pamela, ¿estás bien? —preguntó Tom a través de la puerta, golpeándola de nuevo.
—¿Qué pasa, Tom? —regresé a él.
—Pamela no responde.
—Pam, ¿necesitas ayuda?

Ni un solo ruido fue emitido al otro lado de la puerta. Tom y yo nos miramos por un segundo y golpeamos más fuerte, imaginando lo peor.

—Pudo haberse quedado dormida —dijo Tom—. Pamela, abre la puerta.
—¿Por qué tanto escándalo? —Entró Melek de nuevo a la habitación—. La idea es no llamar la atención.
—Pamela no responde —contesté.
—Vaya, así iniciamos la noche. Apártense —ordenó Melek mientras atravesaba la habitación y golpeaba la puerta con toda su fuerza, partiéndola a la

mitad y generando un escandaloso estruendo que hizo vibrar toda la casa.

Uno a uno ingresamos al baño y lo único que vimos fue la ventana abierta, la soga hecha de sábanas saliendo por ella, y una carta sobre el inodoro. Tom agarró la carta y la leyó en voz alta.

—Protectores de la magia, con el mayor dolor en mi alma, hoy debo abandonarlos. Toda mi estadía con los Sulek ha sido un sufrimiento tras otro. Estando tan cerca de mi casa y mi familia, no puedo evitar ir tras ellos y llenar tan pronto como sea posible este vacío que he soportado todo este tiempo, y que sé que ellos, mis padres, también sienten. Espero volver a verlos pronto. Ustedes siempre dicen que hay que escuchar el corazón, y el mío me pide ir tras mi familia. Posdata. Tom, te amo, discúlpame.

—No lo puedo creer, torpe y testaruda niña —bramó Melek.

—No es así —dije, intentando mantener la calma—. Debemos entenderla. Ella ha sufrido mucho por nosotros. Creo que el plan sigue funcionando sin ella. Tenemos a Frank que cuidará de nuestros cuerpos.

—No es tan sencillo, muchacho —repuso Melek—. Con lo que está pasando en el pueblo, incluso ella corre peligro y además podría alertar a la Orden de los Kimeriformes.

—No tenemos otra opción más que confiar. El plan debe continuar —dije, abriéndome paso entre Melek y Tom.

—Genial, ahora él da las órdenes —refunfuñó Melek, siguiéndome el paso.

Frank y Tina nos esperaban ansiosos en el pasillo. Melek avanzó con torpeza, tropezó con todos para tomar la delantera y guiarnos a través del hotel.

—¿Qué pasó? —preguntó Frank.
—Pamela siguió su corazón. Abandonó la misión.
—¿Y Tom?
—Ya viene... espera... —Algo dentro de mí me alertó, cerré los ojos para sentir la energía, pero como mi corazón me lo estaba indicando, la energía de Tom había desaparecido del hotel— ¡NO LO PUEDO CREER!
—¿Qué? —preguntó Frank angustiado.

Regresé corriendo a la habitación siendo ya demasiado tarde. Entramos de nuevo al baño y no encontramos más que las esquirlas de una puerta rota y la carta de Pamela tirada en el suelo. Tom también había saltado por la ventana, abandonando la misión.

CAPÍTULO 21
Pícolo

El momento más oscuro de la noche es justo antes del amanecer, pero ese no era nuestro caso. El dicho no aplicaba para tal noche, que recién comenzaba y ya se había convertido en la más oscura de nuestras vidas.

—Estúpidos humanos. —Melek refunfuñaba, mientras daba vueltas en círculos dentro de la habitación—. Qué necesidad de arruinar los planes. «No podemos separarnos», les dije. DEBEMOS MANTENERNOS JUNTOS. ¿Acaso es tan difícil de entender?

—Tom es un idiota —agregué, cegado por la rabia—. ¿Cómo es capaz de hacernos esto?

—Yo hubiera hecho lo mismo —dijo Frank, desarmándome por completo, regresándome un poco de cordura.

—Yo igual —agregó Tina, sonriéndole.

—«Yo igual»… «Yo igual»… —Melek enfurecido, repitió con sarcasmo las palabras de los chicos— Dichoso grupillo el que hemos armado, «Protectores de la magia»… «Protectores de la estupidez humana» querrán decir. ¿Y ahora qué se supone que hagamos? ¿Seguirlos?

La idea de Melek produjo en mi corazón una gran pulsación.

—Sí —afirmé decidido—, eso es, debemos ir por ellos. Una vez Pamela logre ver a sus padres y llene ese vacío que tanto la atormenta, retomaremos la misión, ojalá con ambos. No podemos ser inhumanos.

Frank me miró con orgullo y demostró su apoyo con una leve inclinación de cabeza.

—Eso es justo lo que no somos, Elíam. Humanos —exclamó ansioso el grandulón, agarrando la pata disecada en su cuello—. No hay tiempo para sus dramas. Vamos a ir ahora mismo hacia la casa de tu padre y acabar con esto de una vez por todas.

—Melek, no te dejes cegar por la ira. No sabemos aun lo que enfrentamos en el mundo astral. Tú mismo lo dijiste, somos los Protectores de la magia y necesitamos estar unidos para vencer... Estar unidos... en todo...

«¿Cómo no lo pensé antes?», me dije a mí mismo.

—No, me rehúso —exclamó Melek encaprichado—. Iremos ahora mismo.

—El éxito de una sociedad radica en asegurarse que todos los miembros de ella estén bien. Es la única forma de progresar juntos, en equilibrio. Pamela y Tom hacen parte de nosotros; iniciamos esto juntos y así lo terminaremos.

—Estoy de acuerdo con Elíam —dijo Frank, acercándose a mi lado.

—Yo igual —Tina también se sumó a nosotros.

—¿Y tú? —Señalé a Melek—. Somos tres contra uno. ¿Qué vas a hacer?

El grandulón dio un fuerte suspiro.

—Vamos por esos locos enamorados —dijo después de un rato con una sarcástica sonrisa mientras salía de la habitación.

Atravesamos sigilosamente los pasillos. Nos chocamos con toda una variedad de gemidos y olores que salían de las demás habitaciones del desagradable hotel. Bajamos por las escaleras, lentamente, intentando evitar hacer crujir la vieja madera; no podíamos llamar la atención de nadie. Atravesamos la recepción que, por suerte, estaba vacía, y salimos de la vieja casa para tomar la vía empedrada hacia el pueblo.

—¿Dónde vive Pamela? —preguntó Melek.
—Por fortuna no muy lejos de aquí —contesté intentando recordar—. A buen paso llegaremos en veinte minutos.
—Que sean diez. Aceleren el ritmo, no podemos perder un segundo más —dijo Melek, adelantándose junto a la sensual Tina, quien siguió sus órdenes de inmediato.

Frank y yo conspiramos con una mirada para quedarnos un poco atrás.

—Siempre cortan nuestras conversaciones en el momento más importante, lo lamento —le dije.
—No pasa nada. Son como los comerciales de un show de TV, siempre te interrumpen las mejores partes para capturarte por más tiempo y eso me gusta —contestó con su prepotente astucia.
—Es decir que soy solo un show de televisión para ti... —afirmé dramáticamente, haciéndome la víctima.
—¿Lo ves? Cómo perderse de esto, si eres el mejor haciendo drama... —Sonrió y luego mordió sus labios, recordando— Me encantó que hayas defendido a Tom y Pamela. Eso habla muy bien de ti, vas a ser un gran líder para los Sulek.
—No merezco el crédito, tú me hiciste recapacitar. Yo también... hubiera hecho lo mismo que Tom... por ti, estúpido humano —confesé intentando evitar su mirada.

Frank no paraba de verme y sonreír con su particular intensidad. Estúpido y dramático Frank.

Nuestra escena se vio interrumpida por una serie de quejidos eróticos delante de nosotros. Era Tina, los insectos se habían agrupado de nuevo sobre ella y la atacaban de todos los ángulos.

—¿Por qué te quitaste la poción «Obsuk»? —le reclamó Melek a lo lejos.
—Ah… ayúdame —gritó Tina.

El grandulón se detuvo y preparó velozmente un poco más de poción para volver a aplicarla en el rostro de Tina.

—Qué bueno que nadie ganó el juego… —dije con una risa nerviosa, viendo a Tina quejándose.
—Sí, qué bueno —contestó Frank—. Pero eso no te va a salvar de pagarme los dos retos que me debes.
—Yo… —me acerqué para susurrarle al oído— estoy listo.

Un trueno en el cielo nos interrumpió, haciendo vibrar todo a nuestro alrededor, regresándonos a la terrorífica realidad. Debíamos dejar los juegos para otro momento y concentrarnos en la peligrosa misión que teníamos por delante.

La mayoría de las veces no eran necesarias las palabras con Frank, solo con una cómplice mirada acordamos continuar nuestro camino en silencio. Varios rayos iluminaron el cielo, atravesaron las abundantes nubes grises para reflejarse en las primeras casas del pueblo frente a nosotros.

Caminamos con mayor precaución entre las sombras de las calles; nadie debía vernos. Sin embargo, eso parecía un trabajo fácil. Daba la sensación de que absolutamente nadie habitaba el lugar. No se escuchaba un solo ruido, más que el rugir del viento a través de las ranuras de las casas y el crujir de algunas puertas. Muchas veces recorrí estas calles, pero nunca se habían sentido así, tan solas, vacías, como una escena apocalíptica donde un virus acabó con la vida en la Tierra; así se sentía Macdó esa noche.

—¿Qué es eso? —susurró Frank deteniéndose—. ¿Escuchan?
—Sí —respondí, intentando identificar lo que era.
—Parece... un... animal... —susurró Tina.
—Continuemos con precaución —ordené— ya estamos cerca.

Con cada paso que dábamos el susurro se transformaba en sufridos lamentos, un quejido de dolor.

—Shhh... es por aquí... —señalé la siguiente esquina, justo de donde venía el doloroso llanto.

Nos aproximamos con precaución al borde de la calle, evitando el mínimo roce de nuestros zapatos contra el suelo.

—Tina —murmuró Melek—, prepara tu alcanfor, en caso de que debamos acceder con urgencia al mundo astral.

Tina de inmediato agarró la mezcla de su mochila, la lanzó a su alrededor y se quedó esperando recostada en el suelo la señal de Melek.

El quejumbroso llanto seguía retumbando en la esquina. Me acerqué, milímetro a milímetro, hacia el borde de la calle. Tuve vista del otro lado de la esquina y me encontré con una triste escena.

—¿Pamela...? Son Pamela y Tom —advertí a los demás con un susurro.

Crucé la calle y me acerqué a los chicos que se fundían en un abrazo. Tom consolaba a Pamela, que lloraba derrotada en el suelo.

—¿Qué pasó, Pam? —Me acerqué a abrazarla.

Intentó hablar, pero el dolor en su corazón no se lo permitió.

—Sus padres… —dijo Tom— no están en casa.
—Pueden haber salido, deben haberse quedado fuera —aseguró Frank.
—No, todo está hecho un caos dentro —dijo Pamela en llanto—, la mesa está rota, los portarretratos destruidos, todo lleno de polvo, hace mucho no vienen y abandonaron a… Pícolo. —Eso último la hizo ahogarse aún más en dolor.
—¿Quién es Pícolo? —preguntó Melek.
—Su perro… —respondí por ella.
—Está muerto dentro —agregó Tom.

Un frío silencioso se apoderó de la calle, de nosotros. El llanto de Pamela era desgarrador. Estuvimos inmóviles por varios minutos, intentando acompañar el dolor de ella.

—Mi perrito… es mi culpa… es mi culpa que esté muerto, que mis padres estén perdidos, que hayan dejado todo por buscarme —dijo Pamela entre sufrimiento—. No debí haberme ido…
—No, Pamela, no es así —Melek la interrumpió arrodillándose junto a ella—. No puedes culparte por las decisiones de alguien. Cada quien debe elegir cómo interpreta y acepta las decisiones de los demás. Sé que suena rudo y es difícil de entender, pero es la realidad. Todos hemos perdido alguna vez a… a… esa persona que amamos… hacernos responsables de la pérdida

es… es lo más injusto. Sé que es difícil, sé que duele, pero solo te queda abrazar los hermosos recuerdos que tienes de… ese ser al que tanto amaste —su voz se entrecortó.

Frank me lanzó una mirada de reojo, sus ojos estaban encharcados, al igual que los míos.

—La única opción que tenemos es seguir adelante, continuar, no hay de otra —agregó Tom, limpiando las lágrimas de las mejillas de Pamela.
—¿Me ayudarían a… enterrarlo? —preguntó Pamela.
—Vamos. —Melek se levantó del suelo y junto a Tom ayudaron a Pamela a caminar de regreso a su casa.

Recuerdo haber pasado muchas tardes, luego de la escuela, en la mágica y peculiar casa de Pam. Sus padres eran dos apasionados por coleccionar objetos misteriosos y característicos de los lugares a los que viajaban cada verano. Razón por la cual disfrutaba ir allí y sentir que recorría el mundo a través de las maravillas que poseían, ya que mi padre no me permitía abandonar el pueblo. El divertido papá de Pamela nos hacía reír con sus pésimos chistes y bromas, pero la que se había ganado mi corazón era su madre, que siempre que iba nos preparaba las mejores meriendas. Luego íbamos a jugar durante horas en el patio trasero con Pícolo, el astuto y amoroso perro, al que Pam amaba con toda su alma.

Atravesamos la puerta, caminamos entre el desastre que había, esquivando objetos rotos en el suelo, papeles, fotos y muebles. Toda la magia que antes había existido en aquella casa se había esfumado, había retazos energéticos de odio y desespero en cada centímetro del polvoriento lugar. Las paredes estaban rayadas y en el centro de la sala, aferrado a unas pantuflas de

Pamela, estaba el cuerpo sin vida del fiel Pícolo, que había muerto con la esperanza de que sus amos regresaran a casa.

Pamela cayó de rodillas frente al cuerpo del perro y le dio un abrazo.

—Gracias —dijo acariciándole la cabeza—. ¿Me ayudan a llevarlo al jardín trasero? Su lugar favorito.

Todos asentimos y cargamos el cuerpo de Pícolo.

Frank y Tom agarraron unas palas de un pequeño cuarto de herramientas al fondo del jardín. Cavaron un hoyo lo suficientemente profundo como para que entrara el cuerpo y lo depositaron allí.

—Te agradecemos, universo, por la vida de este maestro. —Melek inició un discurso mientras cubrían con tierra el cuerpo de Pícolo—. Vino a la Tierra a acompañarnos y enseñarnos el amor incondicional, el perdón, la nobleza, la fidelidad. En silencio, sin necesidad de una sola palabra. Pícolo, honramos y agradecemos tu paso por este mundo.

Las palabras tranquilizaron a Pamela y, con una sonrisa, lanzó un último puñado de tierra.

—Gracias.

Todos nos acercamos a abrazarla.

—Muy bien, Protectores de la magia... —dijo Pamela— es hora de continuar. Tenemos una misión que cumplir.

—Gracias —le dijo Melek con nobleza—. Vamos a la casa de Vincent. —Sus ojos se encendieron con un brillo particular.

Recorrimos en tensión las calles de Macdó, usamos atajos para evitar pasar por la comisaría y otras entidades que podrían arruinar nuestra misión.

Al acercarnos a los terrenos de mi casa, consideramos que la mejor idea era ingresar por la parte trasera, atravesando el bosque, y así no llamar la atención en la fachada.

—Este va a ser el plan —dije una vez llegamos al muro trasero de mi casa. Quité las ramas y hojas que cubrían la salida secreta de mi padre—. Este es el ingreso a una bóveda secreta de mi casa, es el mejor lugar para ocultar nuestros cuerpos mientras ingresamos a la biblioteca energética…
—¿Qué hay ahí? —preguntó Melek con curiosidad.
—Objetos antiguos, reliquias que mi padre por alguna razón nunca me enseñó…
—No puede ser… —exclamó Melek— Abre, muchacho, abre la compuerta.
—OK, OK. ¡Voy!

Activé la pantalla de ingreso, revisé mi tatuaje para recordar el código con exactitud y lo digité en la pantalla, abriendo la puerta de inmediato.

Melek ingresó, ansioso por ver el contenido de la recámara.

—Vaya… Vincent… Lo lograste —dijo Melek sorprendido, observando alrededor.
—¿Qué? —pregunté confundido.
—¿No sabes lo que es esto, muchacho?

—No.

—Estos son los amuletos de tu padre en cada una de sus vidas. Vincent se había obsesionado con conseguirlos todos, así como yo he recuperado el mío en cada vida. —Melek lucía emocionado y complacido, observando con nostalgia cada objeto—. Solo que los de él siempre fueron diferentes, pero los recuperó.

Su emoción era tal, que pude observar su energía iluminando la recámara, una energía que compartí de inmediato, con nostalgia y satisfacción por poder saber más sobre mi padre.

—Mira, esto —Abrió uno de los baúles y sacó un dije de oro en forma triangular con un ojo en el centro—. Es el ojo de Horus, un amuleto de protección egipcio, simboliza la indestructibilidad del cuerpo y la capacidad de renacer. Y este otro es un bastón con cabeza de dragón medieval.

Entendía su sensación. Estar ahí era como encontrarse con pequeñas partes de mi padre; ese era mi gran tesoro ahora, lo único que me quedaba de él.

Todos nos quedamos sorprendidos viendo al grandulón de Melek agarrando y revisando objetos como un niño feliz y emocionado.

—Oh, lo siento, lo siento —dijo luego de darse cuenta de que lo mirábamos con sorpresa—. Me dejé llevar por la emoción de… un viejo amigo. Continuemos con la misión.

—Gracias por contarme esto —le dije—, me hace sentirlo más cerca y te prometo que cuidaré cada uno de estos objetos con mi vida, para que su memoria y energía sigan con nosotros.

Luego de un nostálgico silencio, continuamos.

—Aquí debemos hacer el ritual para ingresar al mundo astral. Pamela, tú te quedarás adentro y tú, Frank, irás afuera asegurándote que la puerta se mantenga cerrada —dije con premura.
—¿Por qué yo afuera? —preguntó Frank con terror—. ¿No debíamos quedarnos todos juntos?
—Es por seguridad. En caso de que alguien venga, debes retrasarlo. Y Pamela nos alertará adentro.
—OK… —exclamó Frank rindiéndose.
—Muy bien, iniciemos… por fin conoceremos tus secretos, papá.

Movimos algunos objetos para ampliar el espacio en el centro de la recámara oculta. Melek, Tom y Tina se acostaron de inmediato en el polvoriento suelo.

Tuve que hacer un poco de esfuerzo para seguirlos, las heridas en mi abdomen y pecho me impedían moverme con facilidad. Una vez logré acostarme, procedimos a comenzar el ritual.

Pamela se acercó y abrazó a Tom.

Frank me vio a los lejos y me dijo entre sus labios mudos: «Suerte, aquí te espero», después subió y cerró con fuerza la compuerta que resonó en cada rincón de la recámara.

Una atmósfera de emoción nos cubrió a todos, estábamos a punto de conocer y acceder a nuevos hechizos, poderes, conocimientos y secretos del universo, de mi padre; estábamos a punto de cumplir nuestra misión.

Melek y yo cantamos juntos la canción de la diosa del sueño «Nidra» y, en menos de lo que creímos, entramos al mundo astral.

Melek y yo nos alzamos flotando en el aire, atravesamos las paredes y salimos al bosque, quedando impresionados con el deprimente panorama. Todo estaba oscuro, esta vez los árboles no brillaban, la energía no corría. Le había sido robada la luz a Macdó.

—Esto es muy grave, muchacho. Nunca había visto algo parecido. —El pecho de Melek despidió ondas azules y negras.
—No te preocupes, vamos a arreglarlo.

Tom y Tina subieron las escaleras de la recámara y atravesaron los muros. Ellos, a diferencia nuestra, no poseían la habilidad de volar en el mundo astral; debían trabajar desde abajo, protegiendo la zona.

—Qué oscuro está todo —dijo Tom, del que también salió una onda negra y azul.
—Usemos el hechizo «Ashif» para poder observar desde arriba del bosque —propuso Tina.
—No —les dijo Melek—, ese hechizo usa la energía de las plantas para elevarlos, no creo que a esta vegetación le quede energía suficiente para lograrlo. Vigilen desde abajo. Elíam, ¿dónde está la biblioteca energética?

Giré hacia la casa y señalé arriba de ella. Melek giró a mi lado y quedó sorprendido por su inmensidad. Varios espirales de luz se alzaban hasta lo alto del cielo que continuaba nublado y atestado de relámpagos.

—Vamos, Elíam, llegó la hora. —Melek voló hacia la gigantesca biblioteca, yo lo seguí.

Nos acercamos con velocidad y justo cuando estábamos a punto de ingresar, una gran onda nos detuvo. Ante nosotros apareció un círculo dorado de energía con símbolos y figuras.

—¿Qué es esto? —pregunté confundido.
—No puedo creerlo —refunfuñó Melek entre risas—, algo típico de Vincent. Hechizó la biblioteca y construyó un código para ingresar. ¿POR QUÉ NOS HACES ESTO? —gritó hacia el cielo.

Un fuerte trueno salió de las nubes, como si hubiera respondido a los quejidos de Melek y cayó en la mitad del bosque, creando un incendio que resplandeció entre la oscuridad.

—¡Wow! ¿Qué fue eso? —preguntó Tom.
—No lo sé —contestó Melek.

Rugidos asquerosos comenzaron a resonar en el centro del bosque, gritos y quejidos de ayuda provenían del lugar que se había prendido en fuego. Golpes, palmadas y alaridos aumentaron progresivamente, mientras nuestros corazones se llenaron de temor.

—La Orden de los Kimeriformes —masculló Melek con asco.

Otro rayo volvió a recorrer el cielo, cayó en el mismo lugar, haciendo más grande la hoguera.

—¡QUE INICIE LA GRAN REUNIÓN DE LOS CUERPOS! —una tenebrosa, oscura y repugnante voz gritó, resonando con potencia en todo el mundo astral.

CAPÍTULO 22
La gran reunión de los cuerpos

Imagina que estás a punto de encontrarte frente a frente con la criatura más oscura y maligna del universo, un ser perverso con deseos de sangre y la obsesiva misión de llevar la Tierra a la penumbra total.

¿Qué harías?

Seguramente el instinto de supervivencia y temor te harían huir. No solo a ti, sino al noventa y nueve con nueve por ciento de las personas. Pero eso no fue lo que ocurrió esa noche. Por un instante mi corazón me hizo partícipe de ese cero con uno por ciento que deseaba ir a enfrentar a ese ser maligno, verlo a la cara y derrotarlo para evitar que cumpliera su oscuro propósito.

—¿Elíam, qué haces? Regresa aquí, debemos concentrarnos en esto —gritó Melek mientras seguía manipulando los símbolos y figuras del aro de luz, interrumpiendo mi intento por dirigirme al oscuro bosque—. Algo me dice que debo ir…
—No —ordenó—, debemos resolver el acertijo de la cerradura energética para ingresar a la biblioteca de tu padre.
—Hazlo tú. Yo debo ir a investigar qué es lo que ocurre allá —señalé el centro del bosque, donde continuaban saliendo gritos y rugidos de la inmensa hoguera.
—Concéntrate en la misión —replicó Melek con rabia—, no lo arruines. Solo tú puedes resolver los acertijos de tu padre.
—Claro que no. —Salieron palabras de mi boca que no me pertenecían, venían de otra dimensión—. Te he visto, te he sentido y he podido descifrar tu corazón. Tú puedes resolver perfectamente el acertijo.

—¿De qué hablas, muchacho? —respondió Melek a la defensiva, pero sin poder ocultar el halo rojo que salía de su pecho.

—Tu mente conoció perfectamente a mi padre y también tu corazón. No necesitas más para abrir esa biblioteca, yo debo ir al bosque.

—¡NO, ELÍAM, DETENTE!

El grandulón de Melek me siguió el vuelo. Un instante después se detuvo y regresó su mirada con determinación a la gran biblioteca.

—Tom, Tina. Vayan con Elíam, protéjanlo, pero con sus cuerpos físicos —dijo Melek, acercándose de nuevo al enigma.

—No —respondió Tom—, él necesitaría apoyo en el mundo astral.

—No hay energía suficiente en este plano para luchar contra esa cantidad de bestias. El centro del bosque está lejos. Si un Kimeriforme identifica sus cuerpos, les ganará en velocidad y cortará su hilo de plata. Elíam tiene la capacidad de regresar con velocidad, ustedes no. Despierten ahora y vayan físicamente, cuando estén cerca, oculten sus cuerpos, realicen el ritual y protejan a Elíam. Yo me quedaré resolviendo el acertijo de Vincent.

—Entendido.

Tom y Tina corrieron de regreso a la recámara oculta, ingresaron a sus cuerpos y despertaron con velocidad, asustando a Pamela.

—¿Qué pasa? —preguntó Pamela dando un salto.

—Debemos salir de aquí. Elíam va camino a una horda de Kimeriformes—respondió Tom.

—Cuida los cuerpos de Elíam y Melek —le ordenó Tina a Pamela—. Iremos al centro del bosque, allí ingresaremos de nuevo al mundo astral.

—No. No creas que te voy a dejar ir solo al bosque —exclamó Pamela, deteniendo a Tom del brazo—. ¿Quién cuidará sus cuerpos allá afuera?

—Tiene razón —respondió Tom viendo a Tina.

—¿Quién cuidará los cuerpos de Elíam y Melek? —preguntó Tina.

—Frank lo hará —contestó Pamela con seguridad.

Los tres miembros de los Protectores de la magia salieron con velocidad de la recámara oculta.

—¿Qué ocurre? —preguntó Frank sorprendido.

—Debemos ir al bosque —contestó Tom—. Elíam va camino a una horda de Kimeriformes, tú debes quedar...

—¿Elíam qué? —dijo Frank, interrumpiendo a Tom y sin pensarlo dos veces inició una carrera desenfrenada al interior del bosque.

—No, Frank, espera. Debes quedarte... FRANK.

Los demás chicos corrieron tras él, dejando la puerta de la recámara abierta y desprotegida.

Por más que intentaron alcanzar a Frank, les fue imposible; avanzó con una velocidad que nunca había alcanzado en su vida. Lo que él no sabía era que no podría defenderme desde el mundo físico y que la mejor forma de hacerlo era haberse quedado junto a mi cuerpo.

Una vez me di cuenta de que él atravesaba el bosque en mi búsqueda, el corazón se me quebró y cambié mi rumbo para descender hacia él. Me acerqué, lo tomé por los hombros y él de inmediato se detuvo.

—¡Elíam!
—Frank.
—No vayas, es peligroso. Regresa, por favor —me rogó, girando su cabeza para todos lados, intentando encontrarme.
—Es mi deber —le susurré al oído—, debo ir a detenerlos.

Los demás chicos lograron alcanzar a Frank. Los gritos y quejidos en el centro del bosque se escuchaban con mayor intensidad.

—Nuestra misión es la biblioteca de tu padre, no los Kimeriformes.
—¿A quién le hablas? —preguntó Tina desorientada, intentando recuperar el aliento.
—Elíam está aquí.
—¿Qué? —preguntó Tom sorprendido—. ¿Se comunican a través del mundo astral?
—Sí —respondió Frank en seco—. Elíam, regresemos, por favor.

Otro gran trueno cayó de nuevo en el centro del bosque. Todos se quedaron mudos al sentir la explosión tan cerca. Estábamos a escasos metros del cigoto de la orden de los Kimeriformes.

—Acerquémonos, juntos, voy a estar todo el tiempo a tus espaldas —volví a susurrarle a Frank al oído.
—Elíam dice que nos acerquemos —repitió Frank a los demás.

Nos movimos lentamente hacia el gran estruendo de gritos en el mundo físico y rugidos en el mundo astral. Intentamos hacer el menor ruido posible para no llamar la atención.

Entre más nos acercábamos, más caliente se sentía la atmósfera. Nos detuvimos justo al lograr ver el enorme grupo reunido alrededor del fuego. El panorama era aterrador, tanto en el mundo astral como en el físico.

Cientos de Kimeriformes, de todos los niveles, desde un ojo hasta ocho, bramaban y rugían asquerosamente en el mundo astral. En el mundo físico, muchos de los habitantes del pueblo se retorcían, poseídos por Kimeriformes, la mayoría se movían con dificultad, lo que significaba que eran poco evolucionados y debían tener uno, dos o tres ojos. Había una pila de cuerpos ensangrentados sin vida y frente a la montaña del sacrificio, en el mundo astral, estaba el ser más maligno sobre la faz de la Tierra, el único Kimeriforme de nueve ojos, el mismo que había intentado robar mi cuerpo meses atrás en ese bosque.

—Ha llegado el momento —bramó la asquerosa bestia—. La oscuridad se eleva en la conciencia de la humanidad, del planeta entero. Como lo dicen las profecías oscuras, nuestra promesa finalmente se cumplirá, nuestro propósito está llegando a su fin. La gran reunión de los cuerpos, el poderoso ritual maligno, concluye esta noche.

Un anciano desnutrido, en el mundo físico, cubría su cara con una máscara demoníaca tallada en madera, era el encargado de traducir con su voz repugnante todo lo que el líder oscuro decía en el mundo astral. Los cientos de Kimeriformes celebraron con chillidos y espantosos lamentos.

—Esta noche no estamos solos —gritó con odio el maligno líder Kimeriforme—. Las diez brujas de la Tierra nos acompañan en el ritual de la gran reunión de los cuerpos.

Del fuego salieron, una a una, diez sombras oscuras cubiertas en lo que parecían capas negras, sucias y desgastadas, hechas de materia oscura parecida a la neblina de la noche. Gritos de dolor y sufrimiento salían de ellas, volaron sobre los Kimeriformes. Mientras ellos celebraban, se elevaron en el cielo y con un trueno regresaron a posarse tras la espalda del Kimeriforme de nueve ojos.

Dieron inicio al ritual donde cada una de las brujas decía una frase para completar la oración del inframundo.

—En lo más oscuro de la noche...

—Donde el infierno traspasa a la tierra...

—El clamor de las almas inocentes...

—Crea el himno perfecto...

—Para aumentar la fuerza del inframundo...

—Donde nuestro líder oscuro...

—Atraviesa las barreras de la luz...

—Y en el sacrificio de la inocencia...

—Evoluciona con la sangre...

—Y el dolor... Su décimo ojo para acceder al sexto cuerpo...

A esa última voz y energía la conocía. La última bruja se percató de mi presencia, me miró fijamente y me permitió reconocerla. Era la misma hechicera que había ocultado la daga sagrada de los Sulek, la misma bruja a la que le entregué el ojo

que le pertenecía y estaba a punto de dárselo a la orden de los Kimeriformes.

—Traigan los últimos cuerpos —ordenó el líder con repugnante voz.

Una hilera de humanos encadenados ingresó entre llantos, gritos y terror al lugar del oscuro ritual. El grupo iba siendo guiado con agresividad por dos humanos que caminaban con dificultad; estaban poseídos. Dos personas cuyos rostros se me hicieron familiares y entre más se acercaban a nosotros, mayor era el deseo de mi alma por que aquella escena fuera una mentira, que lo que veían mis ojos fuera irreal.

—¿Papás? —murmuró Pamela.
—Frank, calla a Pamela —le rogué susurrándole al oído.
—Papás —repitió Pamela sorprendida—. ¡PAPÁS! ¡PAPÁS!

Frank, con un veloz movimiento, tumbó a Pamela en el suelo.

—Cállate —le ordenó, cubriéndole la boca con las manos.

Las lágrimas comenzaron a salir por los ojos de Pamela, pero fue más impresionante y doloroso ver desde el mundo astral su cuerpo llenándose de ondas azules. Oscuras ondas azules que dolían y anunciaban la frustrante verdad que estábamos a punto de enfrentar. Los cuerpos de los padres de Pamela habían sido robados por la orden, ahora eran Kimeriformes.

Los gritos de las víctimas inocentes iniciaron su clamor por conservar su vida. Sin prestar atención a sus ruegos, uno a uno estaban siendo sacrificados. Sus corazones fueron retirados sin piedad y su cuerpo lanzado a la pila de cadáveres. El llanto de Pamela fue cubierto con los quejidos de esas inocentes víctimas, a quienes debimos agradecer por ayudarnos a no ser descubiertos.

Frank y Tom seguían sobre Pamela, intentando que no cometiera una locura.

Tina se acostó en el suelo del bosque y luego de proteger su cuerpo con tierra y alcanfor, ingresó al mundo astral. Su corazón desprendió ondas negras al ver la cantidad de monstruos que presidían el ritual de sacrificio.

—¿Qué hacemos? —preguntó temerosa.
—Debemos impedir que concluya el ritual —contesté.
—¿Cómo?
—Vayamos hacia atrás a liberar a los últimos humanos de la fila, tal vez si evitamos que cumplan con la cuota del sacrificio, eso los retrase.
—Pero… ¿cómo? ¿En el mundo físico? —preguntó confundida.
—No, tenemos que hacerlo en el astral. He podido alterar elementos físicos antes, creo que puedo lograrlo ahora. Los Kimeriformes están demasiado extasiados para darse cuenta de nuestra presencia con facilidad.
—No sé cómo hacerlo —exclamó Tina, aterrorizada—, pero yo te sigo. Prepararé un hechizo «Fogte» en caso de que nos descubran. Este lugar podrá estar sin energía, pero la lava de la tierra es difícil de apagar.
—Muy bien, hagámoslo.

Me preparé para volar hacia la parte trasera del ritual, donde estaban las víctimas del sacrificio. Tina me detuvo.

—Elíam, espera… ¿Estás seguro de esto?
—No. Sin embargo, no tenemos otra opción…

—Es muy extraño que los Kimeriformes no hayan olido nuestros hilos de plata… O que hayan percibido nuestros cuerpos junto a ellos.

—Creo que es por la poción «Obsuk», que está ayudando a bloquear nuestra energía. —Por primera vez me alegraba y agradecía el ataque de los insectos.

—Pero el hechizo va a terminar pronto, recuerda que tiene una duración determinada…

—Es verdad —recordé temeroso—, debemos apresurarnos.

Pamela comenzó a contorsionarse con mayor intensidad, tal fue el dolor y rabia que la inundó, que llegó a tener más fuerza que el mismo Tom y Frank. Los empujó por los aires, se liberó y corrió directo al centro del sacrificio.

—No, Pamela —gritó Frank.

En un impulso desesperado por salvar la vida de todos, cometí un error. Un error necesario, que en otra ocasión sería castigado por los Sulek, pero que en esta se convirtió en nuestra única forma de salir con vida de allí.

Aún no descubro cómo lo logré, pero el instinto me llevó a empujar el alma de Tina con fuerza directo hacia el cuerpo de Pamela y luego de pronunciar «Fosul Na Duk», en una explosión, sus almas se fusionaron en el cuerpo de Pamela, haciéndola caer inconsciente al suelo.

Sin entender nada, Frank y Tom arrastraron el cuerpo de Pamela de nuevo hacia ellos.

Sentí que mi corazón latía con fuerza en el mundo físico, tenía miedo, pero debía terminar lo que había iniciado. Me acerqué de nuevo a Frank.

—¿Confías en mí? —le susurré al oído.
—Sí... —respondió.
—¿Es Elíam? —preguntó Tom. Frank asintió.
—Necesito que lleves los cuerpos de Pamela y de Tina de regreso a la recámara secreta de mi padre.
—Pero...
—Confía, Frank. Confía...

Luego de un instante, Frank levantó el cuerpo de Pamela y ordenó a Tom levantar el cuerpo de Tina. Las cargaron en sus hombros y pusieron en marcha el ajetreado recorrido de regreso a la habitación secreta.

Yo, de inmediato, me moví sigilosamente hacia la parte trasera del ritual. Debía intentar sentir la menor cantidad de emociones posibles. Eso evitaría que saliera energía de mí y alertara a los Kimeriformes, ya que algunos comenzaron a mover sus narices, percibiendo retazos de mi energía.

Finalmente llegué al último extremo de la larga fila de humanos a sacrificar. La mayoría entre lágrimas y súplicas pronunciaban plegarias y oraciones a Dios pidiendo que los salvaran. Ondas de luz salían de algunos de ellos, y recorrían el aire elevándose hacia el cielo.

Usé toda mi concentración, focalicé mi energía, y con mucho esfuerzo logré soltar las cadenas del último humano en la fila. El hombre, sorprendido al ver sus manos liberadas, levantó su cabeza y lanzó con pena una última mirada a la mujer que tenía enfrente, luego corrió, alejándose con todas sus fuerzas.

Más Kimeriformes movieron su nariz. Estaba claro, ya habían empezado a notar mi presencia. Muchos rugieron y movieron sus cabezas con desespero, intentando descubrir lo que llegaba a sus narices.

Logré liberar las cadenas de la siguiente mujer, que luego de agradecerle a Dios, corrió también, alejándose de la larga fila de sacrificios.

—¡Está escapando! —gritó uno de los humanos poseídos que estaba protegiendo a los sacrificios—. Atrápenla.

Varios poseídos, entre ellos el papá de Pamela, iniciaron una carrera voraz contra la mujer que corría entre lágrimas y gritos desesperantes.

Uno de ellos, el más veloz, que parecía una fiera de cuatro patas, se lanzó sobre ella, tumbándola al suelo, y cortó su cuello con un cuchillo que traía en la mano.

—¡Noooooo! —grité con fuerza, ondas negras salieron de mi alma.

Todos los asistentes al ritual de la gran reunión de los cuerpos se quedaron en silencio y con un gesto macabro voltearon a verme. Todos los oscuros ojos se posaron en mí.

—Elíam… —masculló el líder de los nueve ojos— ¡KIMERIFORMES, ATRÁPENLO! —rugió, haciendo que los demás respondieran a su satánica señal.

Todos corrieron de inmediato hacia mí. Debía distraerlos la mayor cantidad de tiempo posible para darles tiempo a los chicos de llegar con los cuerpos a un lugar seguro. Me elevé en lo alto del cielo, y de inmediato los Kimeriformes iniciaron lo que parecía una montaña, montándose con despero unos sobre otros.

Varios olieron mi hilo de plata y emprendieron la búsqueda de la ubicación de mi cuerpo físico. Desde arriba pude ver a los chicos acercándose cada vez más a la recámara secreta. Los Kimeriformes pudieron oler también la presencia de Frank, Tom y Pamela, pero lo que más llamó su atención, fue el cuerpo vacío y sin alma de Tina. Empezaron una carrera violenta hacia los chicos.

Hice lo mismo, volé de inmediato hacia ellos para intentar protegerlos. Los Kimeriformes estaban a punto de alcanzarlos.

Con mucho esfuerzo, Tom y Frank lanzaron los cuerpos inconscientes de Tina y Pamela a través de la compuerta. Tom saltó y de inmediato se recostó en el suelo, salió de su cuerpo al mundo astral, y comenzó a atacar a los Kimeriformes que se acercaban para inmovilizarlos, pero eran demasiados. Uno de ellos ya había alcanzado mi cuerpo y usaba sus garras con desespero para romper el hechizo de protección y robárselo. Otro hacía lo mismo con el cuerpo de Tina y el de Melek, quien todavía no regresaba.

Finalmente había llegado, estaba a punto de ingresar a la recámara y saltar en mi cuerpo, cuando el hechizo de protección se rompió.

Todo comenzó a doler. El Kimeriforme movía con intensidad sus garras cortando velozmente mi hilo de plata, las esquirlas salieron, dolían. Mi alma se movía despacio, pesada, era difícil andar, como si el tiempo corriera en cámara lenta y a pesar de estar a centímetros de mi cuerpo, no se me permitía ingresar.

Usé la última energía que me quedaba para saltar en él, pero un segundo antes de lograrlo, una luz dorada cegadora me atravesó y todo quedó en total oscuridad.

CAPÍTULO 23
Quitándonos las máscaras

No sé si alguna vez logre acostumbrarme a la oscuridad total, a la soledad infinita. Siempre traté de ser fuerte, de no temerle.

A la edad de cinco años tuve mi primer episodio de pánico ante ella. Desperté en la mitad de la noche y me encontré solo e indefenso en mi habitación, no había una sola luz que quisiera pintar las siluetas de los mobiliarios, juguetes y demás rincones del cuarto, ni siquiera la luna había ido a acompañarme para colar su luz por mi ventana; pero lo que sí se presentó esa noche fue la voz de la oscuridad que lo cubrió todo.

—Elíam… —susurró la voz.
—¿Papá? —murmuré con temor.
—Elíam, aquí…

Intenté descubrir de dónde provenía, pero, por más que froté mis ojos, fue imposible ver a su portador. Me cubrí de pies a cabeza con las cobijas, el corazón me palpitaba con ansiedad y miedo. Me obligué a permanecer inmóvil.

Escuché sus pasos acercándose, para luego sentarse en el borde inferior de la cama, haciendo que un escalofrío me recorriera la piel.

—Llegará el día en que, a pesar de la penumbra, logremos vernos frente a frente. Tú intentarás destruirme, y yo, por el contrario, siempre estaré esperándote para que te unas a mí. Esperaré paciente. Esperaré…

La oscuridad metió su mano bajo las sábanas y acarició mi pie. Su tez era fría, luego subió su mano lentamente por mi pierna, y yo seguía inmóvil.

—¡Entrégate! ¡Entrégate! ¡Entrégate! ¡Entrégate! ¡Entrégate! ¡Entrégate! ¡Entrégate! ¡Entrégate! ¡Entrégate! ¡Entrégate! ¡Entrégate! —masculló once veces la abrumante sombra mientras seguía recorriendo mi cuerpo con su frío.

—¡PAPÁ! ¡AYUDA! —grité con desespero—. ¡AYUDAME!

Se escucharon pasos veloces que recorrieron la casa hasta llegar a mi habitación, la luz se encendió, y mi padre se lanzó a abrazarme.

—Ya pasó, hijo, aquí estoy. Ya pasó…
—La oscuridad… quiere… llevarme —le dije entre llanto.
—Fue solo un sueño, ya estás seguro —Mi padre acarició mi cabeza sobre su pecho.
—Fue real, estaba aquí, quería llevarme…
—Elíam, escúchame. Ningún lugar donde te encuentres será lo suficientemente oscuro para apagar la luz de tu corazón. Tú eres luz y el único capaz de apagarla es… —Se detuvo y pensó por unos segundos— eres tú mismo… Cualquier lugar va a poseer la cantidad de oscuridad que tú permitas que exista, porque estás hecho con el polvo brillante de las estrellas; la energía del sol corre por tus venas. No debes temerle a la oscuridad, ella jamás podrá llevarte a menos que tú se lo permitas.
—Ella te tiene miedo. Desapareció cuando llegaste. No quiero que te vayas nunca —dije abrazándolo con fuerza, como si mi vida dependiera de ello.
—Jamás me iré, siempre estaré en cada célula de tu cuerpo, siempre me encontrarás en la esencia de tu alma. No importa qué tan lejos estemos o cuantas galaxias de distancia use el universo para separarnos, si tu corazón late, estaré latiendo en él. —Mi padre limpió las lágrimas que caían por mis mejillas.

—No, yo no te quiero a mil planetas de distancia, te quiero en este, a mi lado, para siempre —le dije tomando su mano.

—Eso es imposible... —murmuró luego de un largo silencio— un día tendré que partir y, aunque me duela en el alma tener que hacerlo y dejarte solo, deberé ir hacia mi destino porque eso nos permitirá cumplir nuestro propósito...

—¿Y si hacemos que nuestro destino sea estar juntos?

—¿Sabes qué? —Me lanzó una nostálgica mirada—. Dejemos de preocuparnos por el futuro y dediquémonos a disfrutar el ahora. En este instante, estamos juntos.

Mi padre comenzó a efectuar un ataque estratégico de cosquillas que me hizo revolcar entre risas, todo con el propósito de que olvidara por un momento que algún día se iría de mi lado.

Se acostó a mi lado por el resto de la noche. Me sentía afortunado de que él estuviera allí, el hombre más valiente de la Tierra me cuidaba. Repetí una y otra vez sus palabras en mi cabeza: «la oscuridad no puede apagar mi luz», «estoy hecho del polvo de las estrellas».

Él inició a cantar una canción.

—Yaa Devi Sarva-Bhutessu Nidra-Ruupenna Samsthitaa, Namas-Tasyai Namas-Tasyai Namas-Tasyai Namo Namah...

Poco a poco el canto a la diosa Nidra hizo que mis ojos volvieran a cerrarse esa noche, mezclándose de nuevo con la oscuridad de mi mente.

—Creo que está despertando —murmuró Frank—. Dice algo de un polvo de estrellas.

La luz entró de nuevo por mis pupilas dilatadas e hizo doler la parte trasera de mis ojos.

—¿Frank? —Intenté hablar y moverme, pero todo mi cuerpo crujía y dolía.
—Aquí estoy. —Tomó mi mano con firmeza y la aferró a su pecho—. Aquí estoy, Elíam. Tranquilo.
—¿Qué ocurrió? El Kimeriforme, debemos detenerlo —dije, intentando levantarme sin éxito.
—Debes descansar... —exclamó Frank, obligándome a recostarme de nuevo.

Mis ojos aún no lograban enfocar e identificar el lugar en donde estábamos. Pero el suelo vibraba y se movía de un lado a otro. Un intenso dolor se apoderó de mi corazón, mi estómago se llenó con el vacío de la desesperanza y comencé a llorar como un niño, justo de la misma manera en que lloré esa noche junto a mi padre cuando tuve mi primer encuentro con la oscuridad.

—Ya... Ya... Todo está bien. —Frank se acostó a mi lado y me abrazó con fuerza—. Llora todo lo que necesites, ya estamos a salvo.

Duré varios minutos, sacando el profundo dolor que sentía, diluido como veneno en las lágrimas de mis ojos. Frank me acariciaba el pelo y me repetía que todo estaba bien. Mis pupilas se acostumbraron de nuevo a la luz y pude volver a ver.

Estábamos en el vagón de un tren. La cálida luz del amanecer ya pintaba de nuevo la Tierra. Observé a través de la amplia puerta del vagón y quedé perdido en el desolado paisaje. Macdó a lo lejos con una gran nube de humo saliendo de él.

Ningún pájaro cantó esa mañana, ni siquiera el viento se atrevió a resonar. El sonido de las ruedas del tren chocando contra las vías se transformó en la nostálgica melodía que nos acompañó en la derrota de regreso a casa.

Durante varios minutos evité enfrentarme a la realidad, temía saber el resultado de nuestra batalla de la noche anterior, pero era inevitable hacerlo. Me llené de valor y giré mi cabeza para ver el desesperanzador interior del vagón.

Melek estaba recostado contra una de las paredes del fondo, su abdomen estaba herido y respiraba con agitada dificultad. A su lado el cuerpo de Tina yacía inconsciente sobre una pila de plantas, flores y tierra; un ritual de protección la rodeaba para cuidar su cuerpo vacío, imagen que me partió el corazón en dos. En el otro extremo estaba Tom, su pierna sangraba. Abrazado sobre su pecho llevaba al cuerpo inconsciente de Pamela, que aún no lograba recobrar la conciencia y que además llevaba en su interior no una, sino dos almas.

Mi llanto aumentó, el dolor y la culpa hacían temblar mi cuerpo y no me permitían regresar a la normalidad.

—Todo va a estar bien… —susurró de nuevo Frank en mi oído.
—¿Qué ocurrió? —pregunté aún con temor de saber la verdad.
—Los Kimeriformes estaban a punto de apropiarse de sus cuerpos, no solo en el mundo astral, sino también en el mundo físico. Llegaron a nosotros con armas y nos atacaron, hirieron el cuerpo de Melek y Tom con sus cuchillos. Junto a Pamela tomamos algunos de los amuletos de tu padre para defendernos… —Sentí su corazón en mi espalda acelerándose— y… asesinamos a todos los que estaban allí.

—¿Los amuletos de mi padre... quedaron a salvo? —pregunté con preocupación, debía protegerlos y cuidarlos para siempre.

—Sí, algo manchados de sangre, pero sí... —contestó Frank.

—Lamento haberte puesto en esa situación, todo es mi culpa —le dije con el arrepentimiento punzando mi pecho—. Solo traigo problemas.

—No te culpes, muchacho —exclamó Melek con esfuerzo desde la otra esquina del vagón—. Lo que hiciste fue muy valiente. Lograste interrumpir el ritual oscuro. Nosotros vamos a recuperarnos, pero al menos les hicimos la vida difícil a esos monstruos.

—Un Kimeriforme logró entrar a mi cuerpo... —confesé atormentado—. Cuando intenté volver a ingresar, no lo conseguí y lo último que recuerdo fue ver mi cordón de plata roto.

—Yo también lo vi —agregó Melek—. No solo el tuyo, el cuerpo de Tom y el mío también iban a ser invadidos, pero un segundo antes de que se efectuara la expropiación, ocurrió una explosión en la biblioteca energética de tu padre. El inmenso estallido destruyó a los Kimeriformes más cercanos y ahuyentó a los que sobrevivieron. Cuando los primeros rayos de sol comenzaron a salir, abandonamos la recámara secreta. Junto a Frank y Tom salimos cargando sus cuerpos.

—Te ves bien flaquito, pero luego de un rato comienzas a pesar —me dijo Frank al oído.

—No puede ser, tuviste que cargarme hasta aquí... lo siento... —dije avergonzado.

—Fue un placer —respondió con una leve risita.

—Melek, pregunta importante... —dije atemorizado— ¿lograste acceder a la biblioteca de mi padre? ¿Conseguiste alguno de sus libros?

Melek inclinó su cabeza con decepción y negó.

—¡No puedo creerlo, todo este esfuerzo para nada! —exploté en rabia—. Entonces, ¿por qué no seguimos allá intentando acceder? ¿Por qué estamos huyendo?

—Elíam, para eso necesitamos refuerzos, no podemos enfrentarnos a un cigoto de la Orden de los Kimeriformes nosotros solos. Además, míranos, mira a las chicas, están mal... y... —Melek frenó un intento por decir algo más.

—¿Qué? —pregunté luego de unos segundos.

Melek realizó un doloroso esfuerzo para levantarse y caminó veloz hacia mí.

—¿Sabes qué le pasó a Tina? —preguntó susurrando con angustia—. Siento su cuerpo vacío.

El momento de la verdad había llegado. Tomé fuerzas para enfrentar de nuevo la realidad y las consecuencias de mis actos.

—Primero, quiero que mantengan la calma. Segundo, la misión se estaba saliendo de control, Pamela iba a delatarnos. Tina estaba a mi lado en el mundo astral, de algún modo un hechizo que no conocía salió de mi boca y empujé el alma de Tina hacia Pam y... y...

—¿Y qué? —preguntó Melek ansioso.

—«Fosul Na Duk» —contesté.

El gesto de Melek se transformó en pánico y terror absoluto.

—¿Dónde aprendiste ese hechizo? —preguntó con otro enfadado murmullo—. ¿Te lo enseñó esa bruja?

—No —le contesté con firmeza, defendiéndome de su acusación—. No sabría decirte cómo lo aprendí, solo vino a mi mente en ese instante de desesperación.

—Baja la voz —me ordenó Melek—. Nadie debe enterarse de esto. Ese hechizo hace parte del libro oscuro, está prohibido en el templo, es magia negra. Todo aquel que la practique se convierte de inmediato en…
—¿En qué? —insistí.
—Se convierte en… un enemigo de los Sulek.
—¿Elíam…? —preguntó Frank con terror—. ¿De dónde lo sacaste?
—No lo sé, les repito que no lo sé —aseguré con vergüenza.
—Pero no tiene sentido que lo hayas usado —agregó Melek con incrédulo temor—, se necesita una energía muy poderosa… energía que solo se adquiere sacrificando otro ser… ¿Cómo lo lograste?
—No puede ser… —contesté cayendo en cuenta del error que había cometido—. En ese momento de la noche sentí algo muy extraño… la última bruja, la misma que hizo el pacto conmigo hace muchas vidas… no paraba de verme y creo que… creo que usé parte de la energía que salía de los cuerpos del sacrificio… Todo fue confuso, hubo una explosión y…
—Hiciste parte del ritual oscuro… ahora eres uno de ellos —aseguró Melek, interrumpiéndome.

Frank atemorizado se alejó unos centímetros de mí, en el otro extremo Tom nos observaba con curiosidad.

—¿Qué ocurre? —gritó Tom molesto—. Les recuerdo que yo también hago parte de los Protectores de la magia, no anden con secretos.
—¿Qué dices? —replicó Melek con una sobreactuada risa— No pasa nada. Solo hablamos de lo que sigue al llegar al templo. Nada más.
—Bueno… entonces díganme, yo también debo saber qué sigue en el plan e incluso debo llegar a estar de acuerdo con él —respondió Tom con rudeza.

—No ocurre nada... —repitió Melek.

—Díselo a tu cara de preocupación... y a la energía apestosa que percibo de ese lado del vagón. —Tom recostó con delicadeza el cuerpo de Pamela en el suelo y caminó hacia nosotros—. ¿Tú tampoco me lo vas a contar, Elíam?

La atmósfera se llenó de tensión. Tom, a pesar de la herida en su pierna, efectuó una pose de ataque y se plantó robusto como un tronco. Le lancé una mirada de ruego a Melek; necesitaba saber si podíamos confiar en él, contarle todo, pero Melek negó con la cabeza. Era extremadamente arriesgado que más personas se enteraran de lo ocurrido, el hechizo oscuro que había efectuado era de tal gravedad que ni siquiera la energía Sulek podría deshacerlo.

—Me cuentan la verdad de lo que está ocurriendo con Pamela o los obligo a hacerlo, ¿qué prefieren? —exclamó Tom amenazante, las venas de sus ojos y brazos brotaron.

—Relájate. Esto no es una conspiración en tu contra. Ya baja esos puños, que me vas a hacer enojar y no me quieres ver así, te lo aseguro... —respondió Melek, bajándole uno de los puños a Tom con sus manos.

Con agilidad, Tom, dio un veloz giro y lanzó un fuerte puño a Melek, explotando los vasos sanguíneos de uno de sus ojos. Su pómulo se inflamó de inmediato y se pintó de morado.

—¡Tom, no! —grité, intentando ponerme en pie—. Debes respetar. Es algo que no te incumbe.

—Entonces sí había algo. —Tom dio otro giro y lanzó una patada en el aire directo a mi cara. Frank se interpuso con velocidad y recibió el golpe en su hombro.

—¡Auh! ¡Debemos calmarnos! —propuso Frank, quejándose mientras Tom sacaba otra patada y lo golpeaba directo en la cara, tumbándolo contra una de las esquinas del vagón.

Melek tomó impulso y usó todo su cuerpo para empujar a Tom, cayéndole encima a tan solo unos centímetros del cuerpo inconsciente de Pamela. Los huesos de Tom crujieron y el peso de Melek lo dejó sin aliento. Melek dio un quejido de dolor producido por el fuerte roce de la herida en su abdomen contra el musculoso cuerpo de Tom.

—Rápido, Elíam, toma esa soga —ordenó Melek mientras luchaba por contener el cuerpo de Tom en el vibrante suelo del vagón.

Frank se me adelantó, tomó la soga y corrió hacia Tom. A pesar de su resistencia, logró atarle una de las manos. Tom jaló con destreza la soga, atrayendo a Frank hacia él y le dio un cabezazo, abriéndole una de sus cejas. La escandalosa sangre comenzó a correr por el rostro de Frank. Acto seguido, Tom, agarró desquiciado la herida del abdomen de Melek y hundió sus dedos en ella, haciendo que el grandulón chillara de dolor y se apartara de inmediato. Entonces usó la soga atada a su muñeca para enredarla en el cuello de Frank y tomarlo como rehén.

—Ahora sí me van a decir qué ocurre con Pamela. ¿Creen que no los escuché?
—¡Suelta de inmediato a Frank! —le ordené.

Tom apretó la soga, haciendo que para Frank fuera difícil respirar.

—¡Que lo sueltes! —grité de nuevo.

—No me quieres contar. Muy bien… —Tom apretó aún más la soga entre sus manos, dejando a Frank sin respiración por completo.
—QUE SUELTES A FRANK…

La cólera se apoderó de mi cuerpo. La sangre corrió con fuerza, activando de inmediato mis piernas; corrí hacia Tom como nunca antes lo había hecho. Con la potencia de un huracán impacté en su pecho, haciendo que nuestras almas salieran del cuerpo. Lo tomé de los hombros y nos elevamos en el campo astral. Mi corazón emitió potentes ondas naranjas y rojizas. Tom intentaba soltarse, pero era tal el poder de mi ira que no lo consiguió.

La potente onda del golpe en el mundo físico hizo que nuestros cuerpos estuvieran a punto de caer a las vías del tren. De no haber sido por la hábil reacción de Melek para sostenernos, de seguro habríamos sido mutilados.

Luego de que Frank recuperara el aliento, avanzó e inició a amarrar el cuerpo de Tom con la soga. Debía asegurarse de ajustar muy bien los nudos para mantenerlo inmóvil.

Un asqueroso rugido nos tomó por sorpresa e inundó el mundo astral. Detuvimos de inmediato el intenso forcejeo y luego de vernos a los ojos con preocupación, tratamos de identificar el origen de los feroces rugidos.

Giramos a ver hacia la parte trasera del tren, varios Kimeriformes galopaban con furia hacia nosotros. Nuestras miradas se quedaron perdidas en ellos, sin saber qué hacer.

Otro de los fuertes rugidos me desconcertó y me hizo soltar a Tom, que cayó a un costado de la carrilera. Los Kimeriformes lo notaron y galoparon hacia él con más velocidad. Tom se levantó de inmediato y corrió para evitar ser atrapado.

Uno de los Kimeriformes ya estaba a punto de alcanzarlo, reaccioné y desde el aire lancé un hechizo «Tronto» para inmovilizarlo durante unos segundos. Descendí veloz, intenté levantar a Tom en el aire de nuevo, pero me fue imposible. Mis manos traspasaban su cuerpo astral, no lo podía agarrar. Necesitaba de más energía y concentración para lograrlo.

—¡Ayúdame, Elíam! —gritó Tom aun corriendo junto al tren.
—No consigo alzarte en el aire… ¡TRONTO! —Realicé el movimiento del hechizo con mis manos y lo lancé para inmovilizar a otro de los Kimeriformes que estaba por alcanzarnos— Iré por Melek, no te detengas.

Volé a toda velocidad hacia el vagón, ingresé y me acerqué a Frank, que estaba terminando de atar el cuerpo de Tom.

—¡Elíam! —Al parecer Frank había desarrollado la habilidad de sentir cuando estaba cerca de él en el mundo astral.
—Sí —le respondí al oído—. Necesito que lances el cuerpo de Tom por la puerta.
—¿Qué? —preguntó, sorprendido por mi petición.
—¿Qué ocurre? —preguntó Melek alerta.
—No le digas nada a Melek —le rogué—, él se va a oponer, pero es la única forma de que Tom pueda alcanzar su cuerpo antes de que los Kimeriformes lo alcancen a él.
—¿Por qué traes esa cara, Frank? ¿Qué ocurre? —volvió a preguntar Melek.
—Nada, pronto entenderás esto, no vayas a asustarte —Frank agarró el cuerpo atado de Tom y lo lanzó por la puerta del vagón.
—¡Nooooooooo! —gritó Melek.

El cuerpo de Tom dio botes junto a la carrilera, se detuvo justo a unos centímetros de las ruedas del tren que resonaban con rudeza, amenazando con destrozarle el cráneo. Volé de nuevo hacia el alma de Tom, tuve que lanzar otro hechizo «Tronto» para quitarle un Kimeriforme de encima.

—Ahí está tu cuerpo, salta en él, protégelo y toma el siguiente tren que pase. Te esperamos a las afueras del templo.
—OK —gritó Tom—. En el templo nos vemos.

Dio sus últimas zancadas y saltó en su cuerpo un segundo antes de que otro de los monstruos lo alcanzara con sus garras.

Volé de regreso al vagón y salté sobre mi cuerpo. Al despertar me encontré con Melek y Frank a punto de iniciar otra pelea.

—¡Eso es traición! —le gritaba Melek a Frank.
—Yo solo seguía órdenes, te lo juro —respondió Frank, atemorizado y confundido.
—¿Qué demonios te pasa, Elíam? —dijo Melek amenazante al verme despertar—. ¿Por qué te deshiciste del cuerpo de Tom?
—Venía una horda de Kimeriformes tras nosotros. No pude alzarlo y volar con él en el mundo astral. Lanzar su cuerpo era la manera más rápida de que él pudiera entrar y salvarse. Él va a estar bien. Tomará el siguiente tren hacia Macdó y...
—Pues ¿qué crees? ÉL NO VA A ESTAR BIEN —gritó con coraje, interrumpiéndome—, su cuerpo está atado de pies a cabeza.
—Ahh... —exclamé, arrepentido— no pensé en eso.
—Voy a saltar para rescatarlo y tomaremos el siguiente tren a Macdó, ustedes continúen, protejan a las

chicas y por nada del mundo se les ocurra hablar sobre el hechizo oscuro —Melek agarró una de las mochilas y se preparó para saltar por la puerta de vagón.

De la nada, cuando Melek se paró en el borde para saltar, mi corazón se llenó de fuego y mi intuición me empujó a detenerlo un segundo antes de que lo hiciera.

—¡Espera! —le grité—. Debes continuar con nosotros.
—¿De qué hablas, Elíam? Dejar a Tom atado solo no es una opción —respondió el grandulón—. No va a sobrevivir.
—Algo me dice que él va a estar bien y que nosotros debemos seguir... es mi... mi corazón.

Melek se detuvo y me vio directo a los ojos por varios segundos.

—También lo sentí en el mío antes de saltar... ¿Qué hacemos? —preguntó confundido.
—Obedecer... —respondí— Confiemos en él y nosotros concentrémonos en lo que viene...
—¿Qué viene? —preguntó Frank.
—Desenmascarar a Dinah —contestó Melek.
—¿Cómo lo haremos? —pregunté.
—Debemos lograr acceder a su recámara. Siempre he tenido la sensación de que ella oculta algo ahí, debemos descubrir todos sus secretos y usarlos para convencer a los Sulek de que ella es una impostora.
—¿Impostora? —preguntó Frank confundido.
—Creemos que Dinah se autoproclamó la líder de los Sulek usando mentiras y engañándolos a todos para obtener su posición.
—Hay cosas que no te hemos contado... —le dije a Frank con vergüenza— yo encontré...

—¡No! —Melek me detuvo de inmediato—. Es mejor que no todos sepamos lo mismo, de cualquier forma Dinah tiene poderes y los maestros que la rodean también. Nos conviene que cada uno de nosotros tenga información oculta y no logren identificar nuestro plan… sobre todo en la débil mente humana —agregó señalando a Frank.

—Podré ser humano, pero mi mente no es débil —contestó Frank.

—¿Ah sí? Entonces intenta ocultar mejor tus pensamientos, porque a metros pude leer todos esos secretos que te traes con este otro… —el grandulón me señaló con su pesada mano.

Frank y yo quedamos pálidos e inmóviles ante Melek, que se dispuso de inmediato a revisar los cuerpos de Tina y Pamela.

Nuestro viaje continuó durante horas en completo silencio. El hambre y la sed comenzaron a hacer su aparición en nuestros cuerpos. La necesidad de llegar era cada vez mayor, pero con cada kilómetro recorrido acercándonos a nuestro destino, aumentaba el temor a enfrentarlo y la incertidumbre nos inundaba.

—¿Es verdad que se puede leer todo lo que dice mi mente? —preguntó Frank sentándose a mi lado.

—Sí —mentí—, ya para de pensar en eso…

—¿En qué? No estoy pensando nada en específico —dijo avergonzado.

—Es broma —repliqué entre risas.

—Qué loco sería el mundo si todos pudiéramos leer los pensamientos de los demás. Nos quitaríamos las máscaras y seríamos reales. Sería un mundo más honesto, no existirían los engaños, los secretos…

—Sería aburrido, creo yo.

—¿Por qué? —preguntó Frank.

—Es gratificante ganarte la confianza de alguien para que te revele sus más oscuros secretos y hay secretos que son necesarios para ejecutar los planes…
—¿Cuáles son los tuyos? —preguntó Frank.
—No lo sé, debes ganarte mi confianza… —le dije presumiendo.
—Prométeme algo —me dijo cabizbajo.
—¿Qué?
—Pase lo que pase allá abajo, no detendrás tu misión y propósito por mí…
—¿Por qué me dices eso? —pregunté con un vacío en el estómago.
—Por nada, solo hay riesgos que se corren al tomar decisiones y yo estoy tomando la mía…
—¿Cuál fue tu decisión?
—Quedarme a tu lado.
—¿Todo esto tiene que ver con lo que te dijeron los maestros? —pregunté viéndolo directo a los ojos.

Frank asintió con su cabeza.

—Pero vale la pena correr el riesgo —contestó.
—Definitivamente… en este momento quisiera poder leer tu mente y averiguarlo.
—Yo quisiera averiguar una sola cosa… —susurró, viéndome directo a los ojos.
—¿Qué? —pregunté.

Frank se acercó lentamente a mi oído para susurrarme algo.

—Muchachos, es hora de bajar —anunció Melek, interrumpiéndonos—, aquí está nuestra parada. Yo llevaré el cuerpo de Tina, y entre ustedes lleven a Pamela. Entraremos al templo a escondidas y prepárense, porque cualquier cosa puede ocurrir.

Saltamos del tren con mucha dificultad. Melek tuvo éxito al bajar con Tina, pero Pamela se nos resbaló al saltar. Dio varios botes en el suelo, que por fortuna le provocaron solo un par de rasguños.

Usamos la poca energía que nos quedaba para atravesar el bosque e ingresar por la entrada secreta del templo. Estábamos desgastados, ensangrentados, sudados, la suciedad cubría cada centímetro de nuestro cuerpo y a pesar de eso decidimos continuar.

Nos arrastramos entre la tierra y logramos llegar a uno de los muros del templo. Melek presionó un mecanismo para que la pared se abriera y al hacerlo, nos encontramos de frente con una docena de guardias Sulek junto a Dinah.

—Bienvenidos —exclamó Dinah con su peculiar tono calmante.
—Dinah, necesitamos ayuda —suplicó Melek, lanzándose de rodillas al suelo— estamos heridos y tuvimos un…
—¡A callar! —ordenó Dinah, interrumpiéndolo—. Una sola misión, una sola pregunta… ¿Lograron acceder a la biblioteca de Vincent?

Melek me lanzó una mirada, yo mandé mi mano hacia mis pantalones para sacar la daga, pero Melek abrió sus ojos y negó con su cabeza, indicándome que no era el momento.

—No, Dinah —exclamó Melek avergonzado—, no lo logramos. Macdó está repleto de Kimeriformes y lo que debemos hacer es conseguir…
—Fallaron —dijo Dinah, interrumpiéndolo de nuevo—, solo podían regresar después de haber obtenido los libros de Vincent, así que ya saben cuál es su castigo.

Dinah dio un giro veloz con desprecio.

—Llévenlos al calabozo. Mañana serán finalmente juzgados y ejecutados.

CAPÍTULO 24
Sangre, ejecución y gloria

Imagina que estás frente al abismo más profundo que jamás conociste y lo observas temeroso. Al acercarte al borde del precipicio, los pelos se te ponen de punta, haces tu mayor esfuerzo para ver el fondo, pero aquel abismo es tan profundo que resulta imposible saber qué habita en su suelo y cuál es su final. De repente, la voz de la persona que más amas resuena desde el fondo del abismo.

¿Qué harías?

¿Saltarías hacia lo desconocido por amor?

¿O darías un paso atrás para permitir que esa persona que amas viva lo que debe vivir y logre superar su propio abismo?

Cualquiera de las dos es válida, no existe una decisión correcta o incorrecta, ambas son posibles. La elección realmente dependerá de lo que dicte tu corazón, de cuál es el impulso que llega a ti.

Pero, sin importar la decisión que tomes, deberías considerar la razón por la cual se te puso ahí en ese preciso momento, ese instante donde tuviste la posibilidad de escuchar esa voz de clamor.

¿Por qué razón estoy frente a este abismo?

Dicen que el universo no nos pone nada en el camino que no estemos listos para enfrentar. Durante nuestra vida se nos preparó para este instante que estamos viviendo, todo lo bueno y lo malo ocurrió para que actuemos ahora.

Nuestro caso era aterrador porque, frente a nuestro abismo, miles de voces que no conocíamos clamaban por ayuda. A pesar de no ver el fondo con claridad y que en él nos esperaba una farsante con su daga empuñada, estábamos a punto de saltar.

Los guardias nos arrastraron con desprecio hacia los subniveles del templo donde se hallaban los oscuros calabozos. Una gran puerta se abrió frente a nosotros y de ella apareció un trozudo hombre, más grande que Melek. Su cabeza estaba cubierta con un gorro de tela. Nos ordenó ingresar y recorrer el pasillo.

—Hola, mi señor Elíam. Veo que ya hace parte de nosotros. —Rosmary, la esposa del comisario, hizo una reverencia ante mí al pasar frente a su celda.
—Calla, asquerosa mujer —contestó Melek enfadado.
—Ya su alma está marcada —celebró la oscura mujer con un canto—, está marcada, ESTÁ MARCADA.

El tozudo hombre que nos guiaba sacó una barra metálica de su pantalón y electrocutó a la anciana, deteniendo su desquiciada danza, tumbándola en el suelo de la celda. La mujer continuó riendo y celebrando a pesar de su dolor.

—¿Alguien más desea una dosis calmante? —preguntó el hombre con su voz gutural.

Al no obtener respuesta, se dio vuelta y continuó guiándonos a lo largo del pasillo. El área de los calabozos estaba repleta de Kimeriformes que jadeaban y reían diabólicos, viéndonos pasar.

Al final del pasillo, el hombre abrió una celda, me obligó a entrar y luego tiró la puerta con fuerza; hizo lo mismo con Melek y Frank, encerrándonos en celdas diferentes.

—Feliz última noche —dijo el hombre regresándose.

Una vez escuché que había abandonado el pasillo y cerrado la puerta tras él, inicié una reunión urgente con lo que quedaba de los protectores de la magia.

—Melek, ¿me escuchas? —pregunté con un murmullo.
—Sí, muchacho. Frank, ¿estás bien?
—Sí —contestó a lo lejos.
—Ahora, ¿cuál es el plan? —pregunté ansioso
—No estoy seguro… —respondió Melek.
—¿Por qué no me dejaste sacar la daga? Era la oportunidad perfecta para enseñársela a todos.
—Claro que no, lo único que hubieras conseguido es que te asesinaran de inmediato por intentar atacar a la líder de los Sulek. Era estúpido hacerlo ahí.
—¿Qué debemos esperar para desenmascararla?
—Tener pruebas y que todos los Sulek puedan verlas al mismo tiempo, para que le sea imposible seguir ocultando su mentira y manipulación.
—¿No es suficiente con sacar la verdadera daga sagrada en frente de todos?
—Creerán que es una copia.
—¿Cómo podemos convencer a los Sulek de que la daga de Dinah es falsa? —pregunté.
—Usándola…
—No tiene sentido, cualquier daga puede asesinar a alguien…

Melek se quedó mudo por unos segundos y poco a poco una incontenible risa comenzó a salir de él.

—Ahora lo entiendo… —dijo Melek sorprendido— ahora todo tiene sentido.
—¿Qué? —pregunté ansioso.
—La naturaleza y el poder de la verdadera daga —contestó riendo de nuevo, sintiéndose estúpido por no haberlo descubierto antes.
—¿Cuál es su naturaleza y poder? —volví a preguntar.

—Hay una razón por la cual Dinah no se ha atrevido a ir a las batallas en el mundo astral durante todos estos años y ha intentado ocultarse en el templo.

—¿De qué hablas? Hace unos días ella misma fue a liberarme en el hospital y luchó contra los Kimeriformes… —respondí confundido.

—Pero jamás ingresó al mundo astral, lo hizo en el mundo físico… ¡NO LO PUEDO CREER!

—¡Ya habla! —le ordené—. Me perturba tu dramatismo.

—La daga tiene un poder especial y es el de cruzar del mundo físico al astral junto a su portador. Muy pocos objetos sagrados logran hacerlo…

—Mi padre lo hizo con su diario y yo lo hice con el ojo de la bruja… —respondí, interrumpiéndolo.

—Lo que significa que pusieron poder sagrado en ellos… —contestó Melek.

—¿El ojo… ahora es… sagrado? —pregunté.

—Sí. En este instante no puedo decirte por qué lo sé, pero confía en mí. La única forma de hacer que Dinah pierda su credibilidad es exponiéndola en el mundo astral.

—¿Cómo lo logramos? —pregunté.

—Hay algo que me preocupa más —repuso Melek—. ¿Cómo vamos a hacer para ocultar tu reciente alianza con la oscuridad?

—Nadie tiene que enterarse.

—Tu alma ya está marcada. ¿No te diste cuenta cómo esa Kimeriforme allá atrás lo identificó? —respondió Melek enfurecido—. Si ingresas al mundo astral, los Sulek percibirán de inmediato la marca de la oscuridad en tu alma, perderás toda la credibilidad y te asesinarán sin pensarlo dos veces.

—Es decir que… debo hacer que Dinah entre al mundo astral sin yo entrar al mundo astral…

—Exactamente —confirmó Melek, desesperanzado.

—Todo esto es muy confuso —dije, intentando elaborar un plan—. ¿Existe alguna forma de romper los hechizos de protección de estos muros y atravesarlos en el mundo astral? Podríamos salir e intentar buscar ayuda.

—No —contestó Melek en seco—. Dame unos segundos, meditaré y pensaré en una posible solución.

Los segundos pasaron, se convirtieron en minutos y los minutos en horas. La desesperación se apoderaba cada vez más de mi ser, no solo por estar encerrado a punto de ser asesinado, sino por desperdiciar los últimos momentos de mi vida a dos celdas de distancia de Frank.

Mi mente se debatía entre estrategias de guerra para atacar a Dinah, ideas de odio contra los Sulek por estar tan ciegos ante la mentira de su líder, y coraje por arrastrar a Frank a todo esto.

Me sentía inútil de no tener el poder de atravesar esos muros e ir a abrazarlo, decirle que todo iba a estar bien, jurarle que haría hasta lo imposible por sacarlo de allí con vida, y si al final todo fallaba, tener la posibilidad de abrazarlo hasta que llegara el momento final.

En ese instante otra oscura idea nació en mí.

¿En verdad valía la pena entregar mi vida por la estupidez de los Sulek? Ellos no la merecían, era más fácil traicionarlos a todos, huir de allí y escalar el abismo para volver a ver la luz junto a la única persona que había entregado su vida por mí… «por mí»…

La frase resonó en mi cabeza, haciéndome recordar las vidas que se apagaron intentando salvarme en el hospital, todos esos seres que creyeron en mí; las dos almas inocentes que ahora estaban atrapadas en un mismo cuerpo por mi culpa, y las demás que estarían a punto de perderse si permitíamos que los Kimeriformes continuaran con su plan.

—Espera… Melek. Desde que llegamos estuve tan enfocado en escapar que me he olvidado por completo de las chicas —Exclamé, entrando en pánico—. ¿Tina y Pamela, qué hicieron con sus cuerpos?
—Deben estar en el ala de heridos. Cosa que me da temor, porque pronto descubrirán el hechizo oscuro y tendremos menos oportunidad de convencerlos a todos —contestó Melek desesperanzado.

Un sonido en el otro extremo del pasillo nos sorprendió, parecía ser la puerta de los calabozos abriéndose.

—¡Haz silencio! —susurró Melek y con velocidad se alejó de la entrada de su celda. Yo hice lo mismo.

El sonido de unos pasos veloces comenzó a escucharse. Se acercaba hacia nosotros con un extraño ritmo inconstante, una respiración quejumbrosa y dolorosa resonaba cada vez más y más fuerte. Una sombra se proyectó en el suelo frente a las puertas, creció, se hizo cada vez más grande, hasta que su portador apareció frente a nosotros.

—¡TOM! —murmuré entre sorpresa y alivio.
—No se preocupen, voy a sacarlos de aquí.

El musculoso Tom comenzó a efectuar un intento por abrir la cerradura de mi celda con un minúsculo alambre.

—¡Lograste escapar! —celebró Melek.
—Por fortuna haces pésimos nudos, Frank.

—Amigo, qué alegría que estás bien —exclamó Frank a lo lejos.

—¿Dónde está Pamela? ¿Sigue inconsciente? —preguntó Tom con preocupación.

—Creemos que llevaron a Pamela y Tina al área de heridos —contesté avergonzado—. Y sí, siguen inconscientes.

—¿Cómo lograste entrar? ¿Alguien te vio? —preguntó Melek.

—Cuando logré desatarme, tuve que esperar varias horas para tomar el siguiente tren. Por fortuna, ningún Kimeriforme con un cuerpo robado llegó donde estaba en el mundo físico. Luego de varias horas, descendí frente al bosque de la gran ciudad y allí, no lo sé, solo seguí mi corazón por uno de los túneles y la intuición me trajo hasta ustedes —dijo Tom con cara de concentración, tratando de abrir la cerradura—. ¡Mierda! No está funcionando.

—¡Espera! —dije con preocupación—. ¿Cómo sabemos que no eres un Kimeriforme?

—¿Acaso me ves caminando como un zombi tarado? —replicó Tom malgeniado.

—De hecho, sí —respondí.

—Es por la herida en mi pierna, idiota.

Definitivamente sí era Tom. Fue fácil identificar el mal genio oculto que le habíamos descubierto en las últimas horas.

—Creo que va a ser más rápido si consigues la llave y luego... —propuso Melek siendo interrumpido por un sonido en la cerradura.

Tom celebró en silencio y con precaución abrió la celda, intentando que no rechinara, lo que resultó imposible.

—Shhhh… —exclamó Melek.
—OK, OK. Ahora voy con la tuya, Melek —replicó Tom, acercándose con esfuerzo a la siguiente puerta.
—No —Melek lo detuvo de inmediato—. Es mejor que ganen tiempo y vayan a la recámara de Dinah. Necesitamos cualquier evidencia para ganar la confianza de los Sulek.
—Ella debe estar ahí —repuse.
—No, seguramente está en la gran sala ancestral de la luz, en un comité de emergencia y podrían durar toda la noche allí. Es el momento perfecto —aseguró Melek.
—¿De qué hablan? —preguntó Tom, mirándonos confundido— Lo que debemos hacer es abrir estas celdas, ir por Pamela y huir de aquí.
—Vamos —le dije a Tom, palmeando su hombro—, hagámosle caso a Melek. Ya sabrás por qué.

Antes de abandonar los calabozos, me acerqué a la celda de Frank. Él me recibió con una nostálgica y dolorosa mirada.

—Oye, chiquilín —susurró—. Cuídate allá.

Tomé su mano entre los barrotes y pude sentir todo el temor que lo invadía.

—No debes tener miedo, voy a volver por ti.
—Más te vale —dijo con una risa nerviosa—, ya me debes varias.
—Te lo juro —le susurré, viendo en lo profundo de sus ojos.

Frank soltó mi mano, di media vuelta y junto a Tom abandonamos los calabozos sigilosamente.

Mientras caminábamos, adelanté a Tom de cada uno de los detalles y secretos que les había ocultado a todos: desde el diario de mi padre, la daga escondida en mi pantalón y el hechizo oscuro que ahora me marcaba mi alma.

—No lo puedo creer —dijo Tom entre lágrimas—, no puede ser.
—Lamento haberlo ocultado, pero tenías razón, eres uno de nosotros y entre todos debemos solucionar este enredo.
—No, todo es mucho más grave —aseguró Tom—. Yo también debo confesarte algo.
—¿Qué cosa?
—El cuerpo de Pamela no está habitado solo por dos almas… —dijo Tom con la voz entrecortada.
—¿A qué te refieres? —pregunté con un mal presentimiento.
—Hay tres dentro de ella…
—Pero… ¿cómo?
—Pamela está embarazada.

Y fue allí, cuando el abismo en el que estábamos, rompió las leyes de la física. Entre crujidos aumentó su tamaño y con él la imposibilidad de escalarlo para salir de la penumbra.

—¿Qué? —grité en pánico deteniendo mi sigiloso caminar—. ¿Desde cuándo está embarazada? ¿Por qué Pam no nos dijo nada?
—Ella no lo sabe aún —replicó Tom, dejándose caer en el suelo, agarrando su cabeza con las manos—. Nosotros, los Sulek, podemos sentir la vida llegar y más si es parte de ti ese ser que viene. Hace pocos días sentí esa vida en su abdomen y he tenido mucho miedo de enfrentarlo…

—Tom, respira —dije abrazándolo—. Vamos a solucionarlo, pero si queremos salir con vida de esta, debemos concentrarnos en el presente y completar esta misión.
—No le cuentes a nadie, por favor.
—Te lo prometo.

Le ofrecí mi mano, lo levanté del suelo y continuamos nuestro camino a la recámara de Dinah.

Nos escabullimos entre los pasillos, en varias ocasiones tuvimos que escondernos entre paredes y habitaciones para ocultarnos de Sulek que pasaron cerca. Finalmente, luego de un largo y sigiloso recorrido, habíamos llegado.

Frente a nosotros estaba la gran puerta de la habitación personal de Dinah.

—Es ahora o nunca.
—Vamos —replicó Tom, agarrando valentía.

Abrimos la puerta lentamente, con la precaución de un cirujano intentando acceder al corazón de su paciente. Ingresamos y cerramos por completo la puerta tras nosotros. Un gran suspiro se me escapó al observar cada detalle de la inmensa habitación.

Una gran biblioteca hecha de formas circulares rodeaba las paredes de la habitación; libros antiguos de todo tipo llenaban sus agraciados espacios. Había plantas por todos lados, telas caían del techo, adornando la habitación, y un gran escritorio precedía a la enorme cama de la líder de los Sulek.

—¿Por dónde empezamos? —pregunté.
—Tú revisas el escritorio y yo las gavetas que hay atrás, en el fondo.

—No las había notado —exclamé aún sorprendido por la magnificencia de la habitación—. Adelante, vamos.

Como si se tratara de una carrera de agilidad, en contra del tiempo, comenzamos nuestra minuciosa requisa a las pertenencias de Dinah.

Todo tipo de documentos y libretas repletas de pensamientos aparecieron entre los cajones, pero absolutamente nada de su contenido parecía sospechoso. Tom encontró objetos antiguos y joyas, pero nada de eso la podía incriminar. Las horas pasaron y, junto a ellas, la probabilidad de encontrar señales que inculparan a Dinah. Todo parecía acorde a las pertenencias de una líder.

Se nos estaba agotando el tiempo, el sol no demoraría en salir y si continuábamos allí, solo nos arriesgaríamos a perder la oportunidad de escapar, porque al parecer el plan de Tom sería lo único que nos iba a salvar.

—¡Vamos! —le dije—. Liberamos a Frank y Melek, buscamos los cuerpos de las chicas y nos largamos de aquí.

Tom se alejó de la biblioteca, fuimos hacia la puerta, y al abrirla mi corazón resonó de nuevo.

—¡Espera! —le ordené.

Di la vuelta y comencé a recorrer lentamente la habitación para identificar con claridad hacia dónde debía ir.

—Ven aquí, Elíam. Regresa.

Hice caso omiso a los pedidos de Tom y continué escuchando mi corazón. Llegué a la parte trasera de la habitación y una pequeña ranura sobre el piso de madera llamó mi atención.

—¿Qué haces? —murmuró Tom.

Me agaché y seguí la pequeña hendidura con mi mano, hasta que me encontré con un hoyo. Sobre esa parte del suelo de madera había un pequeño tapete y sobre él una mesita con una lámpara. Moví los objetos con suavidad y me encontré con un retazo del piso de madera superpuesto.

—Ven, ayúdame a levantarlo —le pedí a Tom.

Alzamos la placa de madera y una pequeña bodega con documentos, papeles y bolsas en su interior aparecieron frente a nosotros.

—¿Qué es esto? —pregunté sorprendido.

Tom se acercó, abrió una de las bolsas y encontró un polvo blanco.

—Parece alcanfor pulverizado —aseguró Tom.

Agarré uno de los documentos que acompañaban las bolsas y lo leí. Quedé sorprendido con su contenido.

—¡No puede ser!
—¿Qué? —preguntó Tom.
—No hay tiempo, vayamos por Frank y Melek.

Agarré los documentos y abandonamos la habitación, esta vez no nos importó cruzarnos con nadie, debíamos llegar lo más rápido posible a los calabozos.

Tom trataba de seguirme el paso con esfuerzo, se quejaba del dolor en su pierna. En mi caso, lo que había descubierto expulsó tanta adrenalina en mí que no sentía el más mínimo dolor.

Llegamos a los calabozos, atravesamos el pasillo con prisa y al acercarnos a las celdas finales no encontramos rastro de Melek, ni de Frank.

—¡No puede ser! Ya se los llevaron —aseguré con desespero.

—Ya deben estar siendo juzgados en la plaza central.

—¡Vamos!

—No, hay que ir por las chicas y escapar... Elíam... Elíam, DETENTE.

Corrí veloz, atravesé los pasillos. Muchos se sorprendieron de mi presencia y mi desagradable aspecto. Llegué a las escaleras centrales, descendí y me encontré con un gran círculo de Sulek alrededor de la espaciosa plaza central. Frank y Melek estaban arrodillados frente a los pies de Dinah.

—Me van a decir ahora mismo dónde está Elíam Cob —gritó la mujer, haciendo resonar el eco de su voz entre las rocas del templo.

—¡Dinah! —grité, atravesando la multitud.

—No, Elíam. ¡Vete! —exclamó Frank.

—Elíam Cob, arrodíllate ante mí —ordenó la mujer con furia; esta vez su paciencia se había agotado y le fue imposible mantener su pacífico tono de voz.

—Eres una impostora —le grité.

—¿De qué hablas? —preguntó entre dientes—. ¡Arrodíllate ante mí!

Nos paramos frente a frente, la miré directo a los ojos y mandé mi mano hacia mi pantalón.

—¡No, Elíam! —gritó Melek.

Respiré por varios segundos sin parar de verla a los ojos, la rabia me invadía, pero ya no tenía más opciones, retiré mi mano del pantalón y me arrodillé ante ella.

—Voy a permitir que cumplas con tu deseo de cortarme la cabeza y saciar tu necesidad de sangre para pagar el precio de las vidas perdidas... Pero tú cúmpleme un último deseo a mí...

Dinah agarró la daga entre sus manos y me rodeó en un lento caminar para luego de unos segundos contestar a mi petición.

—¿Qué tipo de deseo? —preguntó amenazante.
—Deseo elegir la forma en la que acabarás con mi vida —contesté.
—Está bien que aceptes tu error y por eso te concederé ese deseo... ¿De qué forma deseas morir?
—Quiero que uses la daga sagrada de los Sulek para destruir mi alma en el mundo astral y que todos ingresen para comprobar que mi vida fue quitada...

Muchos de los Sulek celebraron mi idea y comenzaron a emanar gritos de aprobación. Los tambores resonaron en la profundidad del templo y, uno a uno, los Sulek se acostaron en el suelo para acceder al mundo astral.

—Todos lo han aprobado —gritó el maestro Diógenes, acercándose al centro de la gran plaza—. ¡Ingresen ahora mismo al mundo astral!
—¡Elíam, no! —gritó Melek con desespero. Intentó ponerse en pie, pero fue detenido por dos guardias que lo lanzaron de nuevo al suelo.

Frank no pudo contener las lágrimas y comenzaron a caer por su rostro mientras me observaba inmóvil, desalmado. «Confía en mí, te veo aquí», le dije en silencio con mis labios. Él volvió a negar con la cabeza, pero hice caso omiso, me acosté en el suelo y dejé mi cuerpo para ingresar.

Todo tipo de almas de los Sulek revoloteaban en el campo astral. Distintas ondas de colores salían de cada corazón: temor, odio, tristeza, excitación.

Poco a poco, todos fueron callando y me observaban. Poco a poco, lo fueron notando y un silencio se apoderó del mundo astral.

De mi corazón salía oscuridad. En ese instante todos descubrieron que mi alma estaba marcada por las tinieblas.

—¿Se dan cuenta? Tenía razón —gritó Dinah—. Ahora es un ser oscuro.

Los Sulek de inmediato armaron filas, se pusieron en posición de ataque y veloces iniciaron la preparación de poderes y hechizos para neutralizarme.

Comenzaron a lanzar sus hechizos hacia mí, logré esquivarlos y, mientras lo hacía, continué hablando.

—¡DEBEN ESCUCHARME! ¿No se dan cuenta de que no los estoy atacando? —uno a uno, los Sulek se detuvieron—. Cumple tu promesa, Dinah.
—Vamos a apagar su maldad en el mundo físico —respondió.
—¡No! —le grité—. ¡Hazlo aquí! ¿A qué le temes, Dinah? —Comencé a elevarme por los aires—. Cumple tu promesa, asesíname aquí y ahora con tu daga.
—¡No eres digno de morir así! —aseguró la mujer mientras se alzaba en el aire para alcanzarme.
—Voy a contarles una historia, Sulek. Desde hace varios años ustedes han sido engañados por este perverso ser que dice haber encontrado la daga sagrada de

los Sulek, pero lo único que tiene en sus manos es una copia de ella.

Los Sulek, sorprendidos, detuvieron por completo todo intento de ataque.

—Dinah les ha hecho creer que la daga le cedió poderes para liderarlos, que le da la capacidad de calmarlos a todos. Pero lo único que ha hecho es usar el polvo de una flor del Amazonas que adormece a todo aquel que entre en contacto con ella. Y la razón por la cual Dinah se debilita tanto al hacerlo, es porque también la afecta a ella.
—Eres un vil y mentiroso Kimeriforme. Debí saberlo desde el comienzo —exclamó Dinah, lanzándome un ataque «Tronto» para inmovilizarme.
—Asesíname con tu daga —le grité, esquivando su ataque con éxito.

Los demás maestros del templo con la capacidad de volar se alzaron en el aire.

—¿Por qué aseguras eso, Elíam? —preguntó Ciró amenazante.
—¿No me creen? Revisen los documentos que tengo junto a mi cuerpo físico.

Los maestros descendieron y se acercaron flotando hacia mi cuerpo. Muchos de los Sulek hicieron lo mismo.

—No sean idiotas, se están dejando convencer de un papel que él mismo pudo haberse inventado, otra creación de los Kimeriformes —gritó Dinah, haciendo que todos se alejaran de mi cuerpo físico.

Observé que Melek intentaba acceder con desespero al mundo astral, pero varios guardias se lo impedían.

—ASESÍNAME AQUÍ Y AHORA CON TU DAGA —le ordené con un fuerte y poderoso grito que incluso hizo temblar el mundo físico.
—No eres digno de eso —balbuceó con desprecio, mientras su corazón emitía ondas negras.
—No puedes porque yo… —Lancé mi mano hacia la pierna, de ella se desprendió una luz dorada intensa que poco a poco fue tomando forma— tengo la verdadera daga sagrada de los Sulek.

Todos quedaron sorprendidos en el mundo astral. Muchos se alejaron, temerosos, y regresaron a sus cuerpos. Los maestros del templo quedaron inmóviles en el aire.

Dinah, al ver la daga de luz, atravesó como una bala el campo astral hacia su cuerpo, ingresó de nuevo, se levantó del suelo, agarró con ambas manos su daga, la alzó en el aire y con todas sus fuerzas la dirigió hacia mi pecho.

—¡NOOOOOOOO! —gritaron Frank y Melek al unísono.

Dicen que en momentos así, cada instante de tu vida pasa velozmente frente a tus ojos, como las escenas de una película. Te quedas inmóvil, entregado a lo que deba ocurrir. Las apuestas de la muerte ya están echadas, ella gana y solo queda esperar a que corte con su afilada hoz la delgada línea que te une a la vida.

Pero ese no fue mi caso, porque en el último segundo, antes de que la daga de Dinah me atravesara las costillas, mi amuleto hizo su aparición triunfal en la parte final de la película de mi vida que se proyectaba frente a mis ojos.

El bosque, mis ojos reflejados en los suyos, su sonrisa, su corazón tan puro, una vez más me salvaron la vida, porque la idea de abandonarlo por siempre me sacó del trance para transportarme de inmediato a mi cuerpo.

En una fracción de segundo saqué la daga de mi pantalón, con un veloz movimiento hice que nuestras dagas chocaran, desvié su filo de mi pecho y luego de un fuerte estruendo, la daga de Dinah quedó destrozada en mil pedazos.

La mujer cayó de rodillas, su respiración agitada fue lo único que se escuchó en el templo, lo demás fue un silencio sepulcral. Uno a uno de los Sulek comenzaron a arrodillarse ante mí, los tambores volvieron a resonar potentes, cada uno de los maestros del templo hizo lo mismo y en una reverencia comunal aceptaron que yo, Elíam Cob, era su nuevo líder.

CAPÍTULO 25
Armas de guerra

Me he encontrado en repetidas ocasiones preguntándome a mí mismo si soy real, si es real lo que estoy viviendo, si estoy haciendo lo correcto al dejarme llevar por esta realidad artificial que construyeron para ponernos a prueba.

La verdad es que no estoy seguro.

Entre más conozco mi naturaleza, más irrelevantes se convierten las leyes de este plano físico y más riesgo corro de quebrarlo todo. Suena placentero en mi cabeza: «quebrarlo todo».

A lo mejor, esa es nuestra misión. Sin embargo, con cada decisión que tomo, aparece una nueva responsabilidad que llega ansiosa a exigirme soportarla en mis hombros y proporcional a ello nace en mí un temor incontrolable de fallar. Hacer lo correcto se convierte en una utopía porque todos te juzgan sin saber el costo que has pagado tras tomar cada decisión. Mantener el equilibrio entre mi mente terrenal y los deseos de mi corazón es la labor más exigente que jamás haya tenido.

No basta con que todo un pueblo haga reverencias frente a ti para convertirte en su líder. Primero debes creértelo, es la única forma en que se vuelve una realidad. Pero al creerlo, asumes de inmediato el peso de cada una de esas vidas en tu espalda.

Mi mente me dice que huya, mi corazón me obliga a quedarme a luchar por todos aquellos que necesitan seguir una luz de esperanza a través del oscuro túnel para poder salir victoriosos, a respirar el aire puro de la libertad.

—¿Vamos a permitir que este niñito nos guíe en la ardua misión de derrotar a la oscuridad? —gritó uno de los Sulek, levantándose con fuerza del suelo.

—Es verdad —aseguró otro de los asistentes—, nada nos garantiza que tú seas un líder apropiado.

Muchos otros de los Sulek se unieron a la protesta, se levantaron entre gritos y preguntas generadas por la desconfianza en mis capacidades, mi corta edad y mi pasado.

—Yo no deseaba que esto pasara. Ni siquiera sé por qué está ocurriendo —les dije con un temeroso grito de honestidad—. Toda mi vida fui tratado de imbécil, fui el niño raro, el que no tenía amigos. Lo que menos deseaba era venir a cargar con el peso y la responsabilidad de guiar a un puñado de seres a través de la oscuridad. Soy más débil de lo que creen, lo confieso, mis fortalezas las han traído otros. —Giré mi mirada para ver a Frank, que seguía arrodillado—. Pero de eso se trata: de complementarnos unos a otros, de sacar lo mejor de nosotros mismos para ayudar a crecer a los demás y cumplir nuestro propósito. «La libertad te espera en la sombra del asombro» —repetí la frase con orgullo mientras alzaba mi daga en el aire—. Yo no elegí obtener la daga sagrada de los Sulek. Lo que sí elijo es asumir la responsabilidad que conlleva empuñarla. Elijo guiarlos y dar lo mejor de mí para cumplir con mi propósito, pero no puedo ser su líder y su guía si ustedes no me lo permiten. Que sus corazones escuchen al mío, quien es en realidad el que está hablando, porque mi mente solo me pide huir de aquí.

Un prolongado silencio volvió a inundar el templo. Cabizbajos y temerosos, los Sulek se observaron entre ellos. Melek me lanzó una mirada de aprobación. Frank sonreía con una notable pizca de orgullo.

—¿Qué clase de idiotas son todos ustedes? —gritó Dinah con furia—. ¿Van a seguir las estúpidas ideas a este mal intento de Sulek? ¿El que estuvo toda su vida escondido, el mismo que nos quitó las esperanzas e incumplió su misión durante años? ¡Eres una vergüenza! ¿Cómo te atreves a venir al templo con la marca de la oscuridad en tu alma? Sulek, piensen por primera vez en sus miserables vidas.

—Podré tener mi alma marcada por la oscuridad, pero a pesar de eso, has hecho más daño tú, que consideras tenerla inmaculada. Mi alma fue marcada por cumplir mi propósito y por intentar salvarlos a todos; es el precio que debo pagar.

Dinah, furiosa, se levantó de improviso y se lanzó hacia mí, tomándome por sorpresa. Hizo que la daga cayera al suelo y su filo penetró una de las láminas de roca del piso. Con rabia, puso sus manos en mi cuello y comenzó a ahorcarme. Todos se alejaron temerosos hacia las esquinas de la gran plaza del templo.

—¿Lo ven? ¿Se dan cuenta? No es capaz de defenderse a sí mismo y cree que va a lograr defenderlos a todos.

Frank y Melek corrieron hacia mí para intentar salvarme, pero los Sulek rebeldes que estaban en mi contra se alzaron con rapidez e hicieron un círculo

alrededor para evitar que alguien se acercara a Dinah o a mí. Melek y Frank fueron golpeados, debilitando aún más sus ya flagelados cuerpos.

Dinah, maniática, continuó apretando mi cuello con todas sus fuerzas. El mareo me invadió, la realidad comenzó a oscurecerse, todo a mi alrededor se tornó borroso.

—Eres débil. Debí haber hecho esto en la primera oportunidad que tuve —masculló entre dientes la ya desenmascarada mujer.

En medio de imágenes borrosas pude volver a ver a Frank y Melek en una lucha incesante, lanzando con desespero todo tipo de golpes y patadas a los Sulek rebeldes para intentar acceder al círculo y ayudarme.

Varios de los asistentes fueron tocados por la dolorosa imagen y se levantaron para unirse al intento de ayudarme. En solo unos segundos el templo se convirtió en lo que parecía la feroz pintura del campo de batalla en una guerra civil.

Mis manos se aferraron con resistencia a las muñecas de Dinah, pero no lograban superar la fuerza de su ira. Mi cuerpo estaba débil, sucio y ensangrentado debido a los acontecimientos de las últimas horas, lo que me ponía en desventaja. Miré hacia arriba en un intento desesperado por encontrar una señal, una ayuda cósmica, pero el inmenso techo empedrado solo proyectaba las sombras de los cuerpos golpeándose unos a otros.

—Fuiste una presa fácil —murmuró Dinah en mi oído, acercándome hacia ella. Usó las fuerzas que le quedaban para apretar aún más mi cuello—, gracias por traer la verdadera daga hasta mí.

Mis manos, como si hubieran cobrado vida propia, aprovecharon la cercanía a la mujer y se metieron en los amplios bolsillos de la túnica blanca de Dinah, sintieron dos bolsas de tela y dentro de ellas, polvo. En un último acto de supervivencia, antes de que mi visión se nublara por completo y mi cuerpo perdiera la capacidad de mantenerse en pie, mis manos tomaron dos grandes porciones de ese polvo, salieron de los bolsillos, y lo lanzaron directo a la cara de Dinah.

Una espesa nube blanca nos cubrió. Entre bocanadas de aire y tosidos, la sustancia atravesó nuestras gargantas, efectuando una última vez el acto de magia favorito de Dinah. El polvo hizo su efecto en nosotros y caímos inconscientes al suelo, uno al lado del otro.

Este tipo de sustancia ataca el sistema nervioso central, inhabilitándolo de inmediato. Estar expuesto a una gran dosis genera al instante una reacción en cadena de arritmia cardíaca, taquicardia, fibrilación, insuficiencia respiratoria y colapso vascular para llevarte a una inevitable muerte.

En mi cabeza aparecieron de inmediato los recuerdos que tenía siendo Onur, en una de mis vidas pasadas. Efectivamente, quedarse ahogado, sin respiración, era una de las formas más dolorosas y desesperantes de morir. Esta vez lo estaba experimentando en carne propia. Mi cuerpo convulsionó y, a pesar de estar inmóvil, seguía siendo consciente del dolor que provocaba la sustancia.

Algunos de los Sulek a nuestro alrededor también cayeron al suelo, alcanzados por pequeñas dosis de la nube de polvo. Frank logró atravesar el anillo de rebeldes, se quitó la camiseta, la puso en su nariz y boca para evitar que el polvo entrara a su sistema, corrió veloz hacia mí, y sostuvo mi cuerpo convulsionando en sus brazos.

—No, Elíam. Quédate conmigo, resiste. —Golpeó mis mejillas con desesperación para evitar que me durmiera—. Melek, ayúdame. ¿Qué hacemos?

El grandulón contuvo la respiración, llegó junto a Frank y entre los dos alzaron mi cuerpo para alejarlo de la nube de polvo. A pesar de su intento por no inhalarlo, el efecto del narcótico ya los estaba debilitando, lo que los obligó a hacer un mayor esfuerzo por mantenerse en pie.

—Elíam, por favor, quédate conmigo —repetía Frank una y otra vez entre lágrimas—. Por favor, no te vayas. Quédate conmigo, chiquilín.

De repente mi cuerpo se sintió diferente, los límites y seguros que me ataban a él se habían desactivado, del mismo modo en que lo hace el estricto sistema de seguridad de una montaña rusa al momento de concluir su recorrido.

Mi alma comenzó poco a poco a elevarse en el aire, estaba saliendo del cuerpo, pero esta vez fue diferente. No era el mundo astral al que estaba ingresando, porque a diferencia de las otras ocasiones, en esta ya no existía la presencia de ese delgado hilo que me ataba al cuerpo, y fue allí donde me di cuenta de que estaba muriendo.

Me elevé lentamente dentro de un túnel de luz, alrededor de él todo era oscuridad. Entre más ascendía, la oscuridad se llenaba de puntitos de luz, como si se tratara del universo. Tenía todo un cielo estrellado a mi alrededor, era hermoso, era perfecto, lo único que contrastó tal belleza fue ver hacia abajo y encontrarme con la dolorosa imagen de Frank en llanto abrazando mi cuerpo.

Quería decirle que estaba bien, que estaría bien y que lo recordaría por siempre, pero a pesar de mis fuertes deseos por regresar a susurrarle al oído, no se me permitió descender para hacerlo. Debía continuar mi camino ascendiendo hacia ese universo mágico con el que poco a poco me estaba compenetrando. Sentí que la forma de mi alma ya no era la de mi cuerpo, mis ojos eran mis manos y al mismo tiempo mi cabeza. Me había transformado en una presencia, una energía, la energía del amor eterno del universo, en ese momento era «Prana».

De pronto, todo se detuvo.

La compenetración y el ascenso pararon. Observé hacia abajo, encontrándome la sorpresiva imagen de Melek y sus manos sobre mi cuerpo. Estaba realizando el hechizo «Funsebra», el poderoso hechizo que comparte tu luz vital con otro cuerpo, ese hechizo que tanto me rogó que evitara aquella noche en el bosque cuando derroté a mi primer Kimeriforme.

«No, Melek. No puedes usar ese hechizo», pensé. Él ya había otorgado su energía para salvar antes a otras personas y usaría su última reserva vital conmigo; iba a sacrificarse por mí.

La energía en la que me había convertido comenzó a descender. Melek estaba cada vez más débil, apenas lograba mantener sus manos sobre mí, y con dificultad continuaba pronunciando el mantra del poderoso hechizo. Si hubiera tenido ojos en ese estado en el que me encontraba, de seguro hubieran estado completamente llenos de lágrimas porque ver al grandulón de Melek entregado a salvarme, me conmovió por completo. Yo no quería que lo hiciera, pero era su decisión y no podía hacer nada para evitarlo.

El hechizo comenzó a fallar. Melek no disponía de la energía suficiente para concluirlo, se encontraba ya muy débil, no iba a lograrlo. Lo que hizo que me volviera a detener a varios metros de distancia de mi cuerpo.

Los Sulek se habían juntado alrededor para observar la triste escena, algunos conmovidos, otros solo satisfacían su necesidad de amarillismo.

Mi alma volvió a moverse, retomó su ascenso. A Melek se le había agotado la energía, había caído inmóvil y pálido al suelo. Sus ojos se cerraron y su alma comenzó a iluminar sutilmente el espacio, en el túnel de la muerte.

Abriéndose paso entre la multitud, apareció Tom y se acercó a nuestros cuerpos. Su rostro adoptó un gesto de extremo dolor y tristeza. La confusión lo hizo caminar de un lado a otro, frente a lo que quedaba de los Protectores de la magia. En un acto de desesperación, puso una de sus manos sobre mi cuerpo, la otra sobre el cuerpo de Melek y tomando valor inició el mantra para efectuar el poderoso hechizo «Funsebra», haciendo que mi alma volviera a detener su ascenso.

La energía vital de Tom comenzó a repartirse entre el cuerpo de Melek y el mío, haciendo que nuestros espíritus retomaran un forzoso descenso.

No era una tarea fácil; para las condiciones en las que estaban nuestros cuerpos se requería de más potencia. Tom también comenzó a debilitarse. Su espalda se encorvó por completo, pero a pesar de eso no se rindió y mantuvo con esfuerzo sus manos sobre nosotros.

Entre la multitud, apareció el viejo Ciró. Se sacó los anteojos y limpió una lágrima provocada por la dolorosa escena. Se arrodilló junto a Tom, puso sus manos sobre nuestros cuerpos y se unió al poderoso hechizo.

Poco a poco otros Sulek fueron sumándose, tocaron uno a uno sus espaldas y se creó una cadena inmensa de energía que los atravesaba hasta llegar a nosotros para intentar traernos de nuevo a la vida.

La onda energética provocó un hermoso halo de luces de colores que se alzó en el cielo y llenó todo el Prana a mi alrededor.

El hechizo estaba funcionando, el cuerpo de Melek se había recuperado, haciéndolo regresar tras una gran bocanada de aire que llenó sus pulmones de nuevo. El grandulón respiró, observó con nostalgia su alrededor. Volvió a arrodillarse con esfuerzo a mi lado, puso sus manos sobre mi cuerpo, y continuó pronunciando el mantra del hechizo para intentar traerme de nuevo a la vida.

Los tambores volvieron a sonar, sus ondas llenaban de fuerza y confianza a la cadena Sulek que se había creado. Pero a pesar de sus esfuerzos, algo no estaba bien con mi cuerpo. Mi alma seguía inmóvil, no se movía, solo flotaba en el mismo punto. Había llegado el momento de aceptarlo, despedirme y fluir.

—Adiós, Frank.

Como si hubiera logrado escucharme, Frank cerró sus ojos, puso su mano en mi pecho y se unió a los Sulek para pronunciar las palabras del hechizo.

Un potente rayo me atravesó por completo. La energía en la que me había convertido, poco a poco, fue retomando la forma original de mi cuerpo físico. Como si se tratara del imán más potente del universo, me empujó hacia él, haciendo que ingresara de nuevo.

Los seguros volvieron a activarse y acto seguido una gran bocanada de aire inundó mis pulmones, mis ojos volvieron a abrirse, pero la debilidad en mi cuerpo hizo que se cerraran de inmediato y me llevaran a un sueño profundo.

Volví a despertar en la cómoda cama de las habitaciones de recuperación de heridos.

Me costaba respirar, pero por fortuna el oxígeno lograba atravesar el estrecho laberinto hacia mis pulmones. Mi cuerpo había sido bañado con agua de plantas aromáticas, podía percibir el olor de la caléndula, el jengibre y la manzanilla.

Giré con dificultad mi cabeza hacia la izquierda y vi los cuerpos de Pamela y Tina en las dos camas siguientes a la mía. La culpa me visitó de nuevo. Giré hacia la derecha y con una mezcla de sorpresa y alivio encontré el cuerpo de Frank acostado a mi lado.

—¡Frank! —dije con esfuerzo mientras mis ojos se inundaron de lágrimas—. ¡Frank!
—¡Elíam! —respondió, abriendo sus ojos adormecidos.
—No entiendo por qué los maestros te piden alejarte de mí, si eres lo único que me mantiene con vida.
—¿Acabas de regresar de la muerte y es en lo primero que piensas? —dijo con una nostálgica sonrisa.
—No se sale de mi mente, discúlpame.
—No tienes que disculparte. Soy yo el que debe hacerlo, se suponía que no debía contarte.
—Día y noche pienso en la dolorosa idea de que debas apartarte de mí —le dije, acercándome a él con esfuerzo.
—Es más complicado de lo que crees... —aseguró con tristeza.
—Dímelo, confía en mí —respondí, atreviéndome a acariciar sutilmente una de sus mejillas.

—¿Sabes cuál es la única razón por la que no me he atrevido a besarte? —preguntó, haciendo que mi corazón se acelerara.

No me atreví a contestar la pregunta, porque no tenía la valentía para conocer la respuesta. Frank se acercó lentamente, quedando más cerca de lo que jamás habíamos estado. Veía sus ojos y mi reflejo aparecía en ellos; eran los únicos ojos en los que deseaba reflejarme.

—Sé que si lo hago voy a estar condenado para siempre —aseguró.
—Yo ya lo estoy y ni siquiera te he besado. —Una lágrima recorrió lentamente mi mejilla—. ¿Qué hacer cuando lo que siente tu alma y corazón va más allá de la lógica humana?
—Creas una nueva lógica.
—Estoy dispuesto a hacerlo —dije entre una inevitable sonrisa que fue borrada de inmediato.
—Me dijeron que si continúo a tu lado voy a morir.
—¿Qué? —pregunté confundido—. ¿Eso fue lo que te dijeron?

Frank asintió en silencio, cerrando sus ojos.

—Eso no puede ser... no... no puede ser así —exclamé aterrorizado.
—Hay que aprender a reconocer el momento exacto para saltar del barco antes de provocar un sufrimiento peor.
—Pero...
—Pero nada, Elíam. Ha llegado mi momento de saltar.
—Espera, no lo hagas, vamos a solucionarlo. Encontraremos la forma de salvarte.

—No, es inevitable. Y es que ni siquiera lo hago por mí, por salvarme, porque no le tengo miedo a la muerte.
—¿Entonces?
—No quiero que sientas lo mismo que sentí hace unas horas cuando te habías ido y me dejaste. Eso fue doloroso, tal vez lo más doloroso que he sentido en mi vida.
—Y yo no quiero que te vayas, pero tampoco quiero que mueras por mi culpa. Dejemos todo a un lado y huyamos de aquí.
—No —dijo Frank entre lágrimas—. No quiero que abandones tu misión por mí. Todo esto es mucho más grande que el deseo de dos… adolescentes. Tú eres una verdadera herramienta del bien, Elíam. Tienes el arma más poderosa de los Sulek en tus manos.

Todo volvió a detenerse, cientos de posibilidades pasaron por mi cabeza. Millones de ideas me atravesaron y solo una frase fue capaz de salir de mi boca.

—El arma más poderosa del mundo jamás estará en tus manos, sin importar su calibre, alcance o potencia, nunca llegará a compararse con el poder del corazón. Y debo confesarte algo, lo que me ha traído hasta aquí y lo que me mantiene con vida has sido tú. El deseo de protegerte, de cuidarte, de lograr que estés a salvo. Lograr que estés… cerca de mí.
—Esas son las mismas razones por las cuales he decidido arriesgar mi vida sin importar las advertencias.

Los ojos de Frank brillaron, las puntas de nuestras narices se juntaron, se acariciaron. Cerró sus ojos lentamente. Sentí su respiración, era dulce, cálida. Nuestras frentes se chocaron. Mis dedos recorrieron con suavidad sus mejillas, los de él recorrieron las mías. Una poderosa energía fue emanada de nuestros corazones.

—Me niego a pensar que los maestros te quieran alejar de mi lado —dije en un susurro—. ¿Sientes eso?
—¡Detente! —dijo ella con asco, empujando a Tom.
—¿Qué ocurre? —preguntó Tom confundido.
—Que ella no es Pamela... —le contesté.
—Soy Tina —respondió el cuerpo de Pamela.
—¿Qué? —exclamó Tom con el corazón a punto de salir por su pecho.
—¿Qué está ocurriendo, chicos? —preguntó Tina, viéndonos a todos con terror.
—Mira atrás tuyo... —le dije.

Giró lentamente su cabeza y dio un salto de pánico al ver su propio cuerpo recostado en la otra cama.

—¿Por qué estoy ahí? ¿En dónde estoy? —preguntó palpando el cuerpo en el que se encontraba.
—No quiero que entres en pánico, pero ¿recuerdas la noche en Macdó? Cuando estábamos frente a la hoguera del ritual de la orden de los Kimeriformes, efectué un hechizo oscuro y empujé tu alma al cuerpo de Pamela y... sus almas se entrelazaron.

La mujer quedó entumecida. Su mirada se perdió en un punto de la habitación. No pronunció una sola palabra.

—¿Tina? Escúchame, lo voy a solucionar, te lo prometo —le dije avergonzado, intentando que su atención regresara a nosotros.

Ella parpadeó unas cuantas veces y volvió a vernos con extrañeza.

—¿Tom? —dijo con lágrimas en los ojos—. ¡Oh, Tom! Estás bien.

Se levantó de la camilla y corrió a los brazos de Tom para fundirse en el intento de un beso que el musculoso chico no pudo responder.

—¿Pamela? —preguntó Tom.
—Sí, ¿qué ocurre? —contestó Pamela asustada.
—Pam —exclamé sorprendido.
—Wow... —el alma de Pamela no paraba de observar todo.

Pude percibir en ella la misma energía inocente de un niño que ve el mundo por primera vez. Tom se le acercó de inmediato, encantado con el color dorado de su alma.

—¡Eres hermosa! —le dijo Tom, intentando tocarla sin éxito, atravesándola.
—Conque así se siente... —exclamó Pamela sorprendida.

Ninguno de los dos podía parar de observarse y percibir la energía del otro con pasión y encanto.

—No esperaba que lográramos ingresar casi todos... —dijo Melek con entusiasmo—. Enhorabuena, el hechizo oscuro funciona para algo.

Todo esto me recordaba a Frank y la mágica noche en el festival de música, y sentí nostalgia de que él no pudiera estar con nosotros. Volví mi mirada hacia él.

—Iniciemos de una vez con lo importante —exclamó Melek emocionado—. Primero quiero que sepan que todo lo que van a ver y conocer no puede salir de aquí...

—Espera... —dije, interrumpiéndolo aún con mi mirada en Frank.
—¿Qué?
—Creo que... tengo... cierto tipo de... ¿Cómo decirlo...? Poder...
—¡Ya, habla, muchacho!
—Esperen...

Floté en el mundo astral hasta donde estaba mi cuerpo, me detuve sobre Frank y me acerqué a él.

—¿Elíam? —susurró de inmediato sintiéndome.
—¿Recuerdas lo que te pedí la otra noche? —le pregunté con otro susurro en su oído—. Necesito que sueltes todo tu cuerpo.
—Elíam. ¡No! ¿Qué haces? —exclamó Melek en pánico.

Lo tomé por los hombros y realicé un enérgico movimiento hacia arriba, haciendo que su cuerpo físico se elevara.

—¿Qué pretendes? —preguntó Melek.
—Reunir a todos los miembros de los Protectores de la magia —le contesté.
—Eso que quieres hacer es imposible y peligroso —repuso Melek, con ondas grises saliendo de él.

Volví a concentrar mi energía y Frank se volvió a elevar en el aire.

—Necesito que confíes en mí, entrégate, fluye... —le pedí con otro susurro en su oído.

Poco a poco, una luz dorada y hermosa salió de su cuerpo. Lo estábamos logrando. A su alma se le estaba permitiendo el ingreso al mundo astral. La luz continuó saliendo y formándose.

—¡No lo puedo creer! Muchacho, ¿cómo lo lograste? —preguntó Melek sorprendido.

—Esto es imposible —aseguró Tina.

—No lo sé, solo puedo hacerlo con él —contesté sonriendo apenado—. Tenemos un extraño tipo de conexión.

—¡Ya nos damos cuenta! —replicó Melek—. Es decir, ¿lo habían logrado antes?

—Sí —respondí—, la noche que nos encontraron en el bosque.

—No vuelvan a hacerlo, es extremadamente peligroso para Frank, y para ti también, Pamela.

—¡Hola, chicos! —dijo Frank, luego de que la luz dorada tomara por completo la forma de su cuerpo—. ¡Wow! Creo que jamás me acostumbraré a esta sensación.

Nos acercamos al centro de la habitación, todos tenían una sonrisa imborrable. Nos miramos unos a otros a los ojos, mientras ondas naranjas, azules y rojas salían de nuestros corazones y, con un inevitable tono emotivo, Melek dio inicio oficial a la primera reunión astral de los Protectores de la magia.

—Hoy me atrevo a asegurar que el universo nos ha traído hasta aquí con un propósito. Cada uno de ustedes es infinitamente valioso para la humanidad y es un regalo que existan. Hemos hecho que lo imposible se convierta en realidad, nos hemos regocijado en la sombra del asombro para liberarnos en él, y hoy quiero compartir con ustedes esto…

Melek abrió su abrigo. De él salió una luz dorada. Introdujo su mano y sacó un libro.

—La misión en Macdó no fue fallida —exclamó el grandulón con una sonrisa.

—¿Qué? —pregunté sorprendido, con mi mirada clavada en el libro que cargaba entre sus manos.
—Esa noche, logramos acceder a la biblioteca de Vincent, tu padre…

De mi alma brotó un halo azul. Era la onda más potente que había salido de mí hasta el momento. Me acerqué al libro dorado y lo tomé entre mis manos.

—Papá… —susurré abrazando el libro con toda mi alma, mi cuerpo físico se llenó de lágrimas, al igual que el de los demás— ¿Cómo lo lograste?
—Muchacho, ni siquiera yo sé, hay respuestas que solo entiende el corazón —contestó Melek.
—Gracias por haberte permitido hacerlo —exclamé con nostalgia.
—¿Por qué no nos habías dicho nada? —preguntó Tom.
—Porque era supremamente peligroso que alguien como Dinah obtuviera conocimiento de lo que hay allí. Ábrelo —me ordenó Melek.

Tomé el libro frente a mí. Lo abrí con sutileza, como si se tratara del mayor descubrimiento de la humanidad. De él salieron rayos y luces doradas que se reflejaron en toda la habitación a nuestro alrededor.

Observé cada símbolo, cada palabra, quedando atónito con su contenido. La energía de mi padre recorría cada una de las líneas y formas en él. Eran descubrimientos cuánticos que había logrado descifrar y traducir al lenguaje universal para moldear la materia física.

—Esto es… fascinante.
—Y peligroso en las manos equivocadas —agregó Melek.

—¿Qué debemos hacer con esto? —pregunté.

—Por ahora, mantenerlo oculto. Fue el único libro que logré obtener. Al lograr desactivar el código de símbolos en la entrada de la biblioteca, descubrí que, al parecer, tiene un sofisticado e inteligente sistema energético de seguridad que se activa una vez logras ingresar. Tienes tan solo unos segundos más para desactivarlo antes de provocar una explosión feroz que te expulsa de la biblioteca…

—Esa fue la explosión de luz que alejó a los Kimeriformes… —dije, interrumpiéndolo.

—Exacto… —Asintió Melek— Gracias a las precauciones de tu padre es que seguimos con vida. Por otro lado, considero que es muy valiosa toda la información que hay en la biblioteca, pero siendo honestos, lo que más nos debe interesar en este momento es encontrar el libro donde se encuentra el poderoso hechizo de protección que mantuvo en secreto y aislado del mundo energético durante años al pueblo de Macdó. Poder usar el hechizo en el templo para protegernos mientras logramos recuperar el verdadero poder y fuerza del pueblo Sulek. Para luego, vencer finalmente a la Orden de los Kimeriformes, bajo el liderazgo de Elíam y cumplir nuestro propósito de llenar el planeta de luz.

—¿Estás insinuando que regresemos a Macdó? —preguntó Tom, aterrorizado.

—Justo eso debemos hacer, pero esta vez no iremos solos —contestó Melek, observándonos con detenimiento. Como si una gran idea estuviera surgiendo en su cabeza—, no podemos enfrentar a la gran cantidad de Kimeriformes de Macdó.

—¿Qué sugieres? —preguntó Frank.

—Debemos convencer a los Sulek de acompañarnos y en una estrategia de ataque conjunta lograr ganar el mayor tiempo posible para que podamos acceder y encontrar ese libro en específico.

—Estás loco —exclamé—. ¿Quién va a convencer a los Sulek de acompañarnos?

—Tú —contestó sin titubear.

—¿Qué? La mitad de ellos me odian…

—La otra mitad cedieron su propia energía vital para que tú vivieras y nadie se ha atrevido a tocar tu daga. La daga sagrada de los Sulek, que continúa clavada en el empedrado suelo de la plaza central. Solo tengo un nombre para eso…

—¿Temor? —contesté aterrado.

—Respeto.

—Yo creo que puedes lograrlo, Eli —dijo Frank, tomando mi mano.

—Esperen… ¿Cómo ustedes sí se pueden tocar y nosotros no? —preguntó Tom sorprendido.

—No lo sé —respondí viendo de nuevo a los ojos de Frank—, pero estoy dispuesto a averiguarlo.

—Tengo una duda… —exclamó Tina— ¿qué pasará con mi cuerpo?

—Se quedará en el templo. Las ancianas van a cuidarlo y protegerlo. Tendrás que venir con nosotros en el cuerpo de Pamela, si es que ella acepta venir.

—¿Ustedes creen que voy a dejar solo a este fortachón? —respondió Pamela empoderada— No, me encargaré de que cada uno de ustedes regrese con vida.

Había algo en especial que podía poner en riesgo la misión. No podía volver a afectarnos. La trágica situación de los padres poseídos de Pamela.

—Pam, solo quiero que sepas que lamento mucho lo que le ocurrió a tus padres, pero así duela, lo digo por experiencia, debes aceptarlo, entenderlo y dejar que todo siga su curso.

Un nostálgico silencio se apoderó del mundo astral.

—Lo tengo claro, Elíam. Por algo estamos aquí. Vamos a salir de esta juntos —contestó Pamela, haciéndonos sonreír a todos.

—Muy bien, Protectores. Entre más tiempo pase, más fuerza va a tomar la Orden de los Kimeriformes —dijo Melek elevándose en el aire—, así que este es el momento. Vamos a convencer a unos cuantos Sulek de acompañarnos y partiremos mañana a primera hora hacia la gran batalla final.

CAPÍTULO 26
La sombra del asombro

Si tuviera que considerarme adicto a algo, definitivamente sería a sus labios. ¿Cómo se consigue volver a la vida de antes luego de haberlos probado? Se convierte en un imposible, porque el mundo jamás volverá a sentirse igual.

Jamás probé las drogas, pero sí estuve en el mundo astral y aunque Melek compara ambas sensaciones, puedo decirles que la levedad de salir del cuerpo no se compara a la magia de recorrer sus labios.

Frank se quedó inmóvil. A pesar de tener mis ojos cerrados aún, podía percibir que le resultaba imposible controlar esa mágica sonrisa que se dibujaba en su rostro, al igual que en el mío. Mi cuerpo temblaba, no lograba identificar la razón. A lo mejor, mis células vibraban descontroladas debido al placentero efecto de mi nueva adicción.

—¿Qué voy a hacer ahora? —dijo mordiendo sus labios.
—¿Qué vas a hacer de qué? —pregunté con una inevitable risa nerviosa.
—No voy a poder contenerme de nuevo, nunca, jamás, en ningún lugar. —Frank agarró su cabeza con las manos—. Creo que quiero gritar.
—Pues… grita —volví a reír.
—SIIIIIIIIIIII —se levantó a dar saltos rodeando la habitación—. Sí, sí, sí, sí… ¡Uhuuuuu!
—Ya, haz silencio —repuse con mi clásica risita nerviosa—. Vas a asustarlos a todos.
—No me importa, no me importa. —Aun recorriendo la habitación, alzaba sus hombros, rebelde—. No me importa.
—¿Podría pedirte algo? —pregunté.
—¿Qué? —Frank se detuvo frente a mí.

—¿Podríamos mantener esto en secreto?, que nadie sepa.
—¿Por qué? —preguntó luego de que su sonrisa disminuyera.
—No es un buen momento para generar más confusión a nuestro alrededor...

La cara de Frank se transformó de alegría a pánico absoluto, su mirada se había perdido en el fondo de la habitación.

—¿Estás bien? —pregunté contagiándome de su terror.
—Elíam, mira... —dijo mientras señalaba atrás mío.

Giré velozmente, el cuerpo de Pamela empezó a moverse con incomodidad, como si tuviera que hacer un esfuerzo extra para regresar a la vida, para salir de un sueño profundo.

Frank se corrió a uno de los costados de la cama.

—Pam, ¿estás bien? —dijo acariciando una de sus manos—. Pam, Pamela, ¿me escuchas?

Hice un esfuerzo para levantarme de la cama y acercarme a tomar su otra mano.

—Pam, ¿nos escuchas? —pregunté sutilmente, pero con el alma ansiosa deseando que respondiera.

Pamela balbuceó un intento de palabras todavía con sus ojos cerrados.

—Todo va a estar bien, regresa con nosotros —le repetí varias veces.

—Pam, si estás ahí háblanos —dijo Frank susurrándole al oído.

Sin abrir la boca, gritos guturales salieron de la garganta de Pamela. Frank y yo nos apartamos de un salto.

—¿Quieres que vaya a buscar ayuda? —preguntó Frank.

—Busca a Melek —le ordené—, yo me quedaré con ella.

Frank salió corriendo de la habitación mientras yo regresaba junto a la cama para tomar de nuevo la mano de Pamela. Sus pulmones comenzaron a hiperventilar, su cuerpo convulsionó durante unos segundos para luego quedar inmóvil.

—¿Pam? —susurré acercándome con precaución a su pecho para intentar sentir su corazón.

Sus latidos eran débiles, se escuchaba una única pulsación cada dos segundos. Me reincorporé y llevé mi mano en el aire hacia su frente, la mantuve elevada a unos centímetros de ella para intentar percibir la extraña energía que estaba emanando. Sus ojos se abrieron inesperadamente de par en par, y de un brinco quedó sentada sobre la cama. Observó extrañada cada rincón de la habitación, como si su cerebro no lograra comprender lo que sus ojos veían.

—¿Pam? —le dije con suavidad para evitar alterarla.

Ella volteó a verme de inmediato, se clavó en mis ojos y trató durante varios segundos de pronunciar palabras que no lograba identificar.

—No... no... no soy... no soy Pam —logró decir finalmente.

—¿Quién eres? —pregunté esperando lo peor.
—Hola, Elíam. ¿Qué pasó? —preguntó contrariada.
—¿Quién eres? —repetí de forma clara e insistente.
—Tina… soy Tina. ¿Qué pasó?, ¿Elíam?…

Su voz se difuminó en mis pensamientos, como si mi cerebro hubiera decidido ponerle un filtro para evitar una vez más enfrentar la realidad. Ella seguía hablando frente a mí, pero yo no la escuchaba.

Frank, Tom y Melek interrumpieron en la sala.

—¡Pam, despertaste! —Tom, emocionado, corrió hacia la cama directo a abrazarla.

Me adelanté interrumpiendo su camino antes de que consiguiera llegar a ella.

—Elíam, apártate —dijo empujándome con fuerza.

Saltó sobre la cama, abrazó el cuerpo de Pamela y con lágrimas en los ojos le besó los labios.

—¡Detente! —dijo con asco empujando a Tom.
—¿Qué ocurre? —preguntó Tom confundido.
—Que ella no es Pamela… —le contesté.
—Soy Tina —respondió el cuerpo de Pamela.
—¿Qué? —exclamó Tom con el corazón a punto de salir por su pecho.
—¿Qué está ocurriendo chicos? —preguntó Tina viéndonos a todos con terror.
—Mira atrás tuyo… —le dije.

Giró lentamente su cabeza y dio un salto de pánico al ver su propio cuerpo recostado en la otra cama.

—¿Por qué estoy ahí? ¿En dónde estoy? —preguntó palpando el cuerpo en el que se encontraba.
—No quiero que entres en pánico, pero ¿recuerdas la noche en Macdó? Cuando estábamos frente a la hoguera del ritual de la orden de los Kimeriformes efectué un hechizo oscuro y empujé tu alma al cuerpo de Pamela y… sus almas se entrelazaron.

La mujer quedó entumecida. Su mirada se perdió en un punto de la habitación. No pronunció una sola palabra.

—¿Tina? Escúchame, lo voy a solucionar, te lo prometo —le dije avergonzado intentando que su atención regresara a nosotros.

Ella parpadeó unas cuantas veces y volvió a vernos con extrañeza.

—¿Tom? —dijo con lágrimas en los ojos—. ¡Oh, Tom! Estás bien.

Se levantó de la camilla y corrió a los brazos de Tom para fundirse en el intento de un beso que el musculoso chico no pudo responder.

—¿Pamela? —preguntó Tom.
—Sí, ¿qué ocurre? —contestó Pamela asustada.
—No puede ser —exclamó Melek—, esto sí que va a estar raro.

Pamela retrocedió con extrema preocupación e insistió con una única pregunta.

—¿Qué me está pasando?

Tuve que explicarle de nuevo lo que había ocurrido.

Esa tarde pasamos horas repitiendo una y otra vez la misma información. Al parecer, el cuerpo de Pamela funcionaba como vehículo para que de forma aleatoria las dos almas pudieran exteriorizarse. Resultaba inesperada cada aparición, cuando una de ellas lograba apoderarse del cuerpo, tenía reacciones, comportamientos y preguntas totalmente diferentes. Lo único que tuvieron en común fue una profunda depresión que las mantuvo con el inevitable deseo de no abandonar la cama. Pamela, cada vez que recordaba a sus padres convertidos en Kimeriformes y Tina por haber perdido su cuerpo.

Tom también recibía su propio castigo, en el instante en que aparecía Pamela, ella insistía en tener momentos, actitudes o reacciones íntimas y amorosas hacia él, pero cuando el alma de Tina se exteriorizaba el sonido de una fuerte cachetada inundaba el lugar.

—¿Voy a tener que acostumbrarme a que te la pases besándome cada vez que despierte? —preguntó Tina asqueada.

—Solo párale a lo de las cachetadas, sabes que no lo hago con intención —contestó Tom sobando su mejilla roja.

—Continuemos con el plan para sacarme de aquí… —exclamó Tina ansiosa.

—Ningún Sulek tiene la posibilidad de manipular tal hechizo, debido a su proceder oscuro —contestó Melek.

—Ojalá hubiéramos logrado entrar a la biblioteca de mi padre, seguro habría algo allí para solucionar todo este lío.

Acordarme de mi padre y de la fallida misión provocó en mi alma una profunda sensación de dolor. Frank pasó uno de sus brazos sobre mi espalda y me abrazó con fuerza.

—Este... —Melek interrumpió incómodo—, lamento interrumpirlos... creo que llegó el momento de que se enteren de algo...
—¿Qué pasa? —pregunté avergonzado.

Melek contrariado en sus pensamientos, dejó perder su mirada en el suelo de la habitación.

—No lo puedo hacer aquí. Síganme.

Todos nos pusimos de pie, incluso Tina en el cuerpo de Pamela y seguimos a Melek escabulléndonos a través de los pasillos del templo para llegar al salón de los espejos, el gran domo donde el maestro Ciró daba sus clases de ingreso al mundo astral.

—Todos preparen el ritual de protección, nos vemos en el mundo astral —dijo Melek lanzándose de inmediato al suelo de madera.
—Espera, Melek. ¿Será posible acceder al mundo astral desde el cuerpo de Pamela? —preguntó Tina con curiosidad.
—No lo sé, —contestó Melek apresurado— inténtalo. Los veo allá.

Melek rodeó su cuerpo con alcanfor y abandonó el mundo físico seguido por Tom. Tina recostó con desconfianza el cuerpo de Pamela y comenzó a hacer el ritual.

—Lamento que no puedas ingresar con nosotros —le dije a Frank.

—No te preocupes, estaré aquí esperándote mientras cuido tu cuerpo —dijo sonriendo.

Me acosté en el suelo, enfoqué mi mirada en uno de los espejos del techo del domo y salí de inmediato.

—Listo, Melek. Habla —le dije al ingresar al mundo astral.
—¿Creen que lo logre? —repuso Melek con curiosidad, señalando el cuerpo de Pamela, que hacía un gran esfuerzo para concentrarse y lograr acceder junto a nosotros.
—No lo creo —aseguró Tom.
—Ya, dinos qué ocurre —insistí.
—Unos segundos más —pidió Melek con su mano en alto.

Intenté cargarme de paciencia. Volteé a mirar a Frank, que se había acostado al lado de mi cuerpo a esperar que regresara, lo que hizo inevitable que toda la tensión escapara de mí junto a una onda roja que salió de mi pecho.

—¡Vaya! —exclamó Melek, burlón.

Una extraña luz llamó nuestra atención en el mundo astral. Era el cuerpo de Pamela. De ella comenzaron a salir dos rayos, uno azul y otro dorado.

—¡No puede ser! —dijo Melek con extremo asombro.

Poco a poco esos magníficos rayos se convirtieron en la figura del alma de Tina y Pamela.

—Pam —exclamé sorprendido.

—Wow... —el alma de Pamela no paraba de observar todo.

Pude percibir en ella la misma energía inocente de un niño que ve el mundo por primera vez. Tom se le acercó de inmediato, encantado con el color dorado de su alma.

—¡Eres hermosa! —le dijo Tom intentando tocar a Pamela sin éxito, atravesándola.
—Conque así se siente... —exclamó Pamela sorprendida.

Ninguno de los dos podía parar de observarse y percibir la energía del otro con pasión y encanto.

—No esperé que lográramos ingresar casi todos... —dijo Melek con entusiasmo—. En hora buena, el hechizo oscuro funciona para algo.

Todo esto me recordaba a Frank, la mágica noche en el festival de música y sentí nostalgia de que él no pudiera estar con nosotros. Volví mi mirada hacia él.

—Iniciemos de una vez con lo importante. —exclamó Melek emocionado—. Primero quiero que sepan que todo lo que van a ver y conocer no puede salir de aquí...
—Espera... —dije interrumpiéndolo aún con mi mirada en Frank.
—¿Qué?
—Creo que... tengo... cierto tipo de... ¿Cómo decirlo?... Poder...
—¡Ya, habla, muchacho!
—Esperen...

Floté en el mundo astral hasta donde estaba mi cuerpo, me detuve sobre Frank y me acerqué a él.

—¿Elíam? —susurró de inmediato sintiéndome.
—¿Recuerdas lo que te pedí la otra noche? —le pregunté con otro susurro en su oído—. Necesito que sueltes todo tu cuerpo.
—Elíam. ¡No! ¿Qué haces? —exclamó Melek en pánico.

Lo tomé por los hombros y realicé un enérgico movimiento hacia arriba, haciendo que su cuerpo físico se elevara.

—¿Qué pretendes? —preguntó Melek.
—Reunir a todos los miembros de los protectores de la magia —le contesté.
—Eso que quieres hacer es imposible y peligroso —repuso Melek, con ondas grises saliendo de él.

Volví a concentrar mi energía y Frank se volvió a elevar en el aire.

—Necesito que confíes en mí, entrégate, fluye… —le pedí con otro susurro en su oído.

Poco a poco una luz dorada y hermosa salió de su cuerpo, lo estábamos logrando. A su alma se le estaba permitiendo el ingreso al mundo astral. La luz continuó saliendo y formándose.

—¡No lo puedo creer! Muchacho, ¿cómo lo lograste? —preguntó Melek sorprendido.
—Esto es imposible —aseguró Tina.
—No lo sé, solo puedo hacerlo con él. —contesté sonriendo apenado—. Tenemos un extraño tipo de conexión.

—¡Ya nos damos cuenta! —replicó Melek—. Es decir, ¿lo habían logrado antes?
—Sí —respondí—, la noche que nos encontraron en el bosque.
—No vuelvan a hacerlo, es extremadamente peligroso para Frank, y para ti también, Pamela.
—¡Hola, chicos! —dijo Frank, luego de que la luz dorada tomara por completo la forma de su cuerpo—. ¡Wow! Creo que jamás me acostumbraré a esta sensación.

Nos acercamos al centro de la habitación, todos tenían una sonrisa imborrable. Nos miramos unos a otros a los ojos, mientras ondas naranjas, azules y rojas salían de nuestros corazones y, con un inevitable tono emotivo, Melek dio inicio oficial a la primera reunión astral de los protectores de la magia.

—Hoy me atrevo a asegurar que el universo nos ha traído hasta aquí con un propósito, cada uno de ustedes es infinitamente valioso para la humanidad y es un regalo que existan. Hemos hecho que lo imposible se convierta en realidad, nos hemos regocijado en la sombra del asombro para liberarnos en él y hoy quiero compartir con ustedes esto…

Melek abrió su abrigo. De él salió una luz dorada. Introdujo su mano y sacó un libro.

—La misión en Macdó no fue fallida —exclamó el grandulón con una sonrisa.
—¿Qué? —pregunté sorprendido con mi mirada clavada en el libro que cargaba entre sus manos.
—Esa noche, logramos acceder a la biblioteca de Vincent, tu padre…

De mi alma brotó un halo azul. Era la onda más potente que había salido de mí hasta el momento. Me acerqué al libro dorado y lo tomé entre mis manos.

—Papá... —susurré abrazando el libro con toda mi alma, mi cuerpo físico se llenó de lágrimas, al igual que el de los demás—. ¿Cómo lo lograste?
—Muchacho, ni siquiera yo sé, hay respuestas que solo entiende el corazón —contestó Melek.
—Gracias por haberte permitido hacerlo —exclamé con nostalgia.
—¿Por qué no nos habías dicho nada? —preguntó Tom.
—Porque era supremamente peligroso que alguien como Dinah obtuviera conocimiento de lo que hay allí... ábrelo —me ordenó Melek.

Tomé el libro frente a mí. Lo abrí con sutileza, como si se tratara del mayor descubrimiento de la humanidad. De él salieron rayos y luces doradas que se reflejaron en toda la habitación a nuestro alrededor. Observé cada símbolo, cada palabra, quedando atónito con su contenido. La energía de mi padre recorría cada una de las líneas y formas en él. Eran descubrimientos cuánticos que había logrado descifrar y traducir al lenguaje universal para moldear la materia física.

—Esto es... fascinante.
—Y peligroso en las manos equivocadas —agregó Melek.
—¿Qué debemos hacer con esto? —pregunté.
—Por ahora, mantenerlo oculto. Fue el único libro que logré obtener. Al lograr desactivar el código de símbolos en la entrada de la biblioteca, descubrí que, al parecer, tiene un sofisticado e inteligente sistema energético de seguridad que se activa una vez logras

ingresar. Tienes tan solo unos segundos más para desactivarlo antes de provocar una explosión feroz que te expulsa de la biblioteca...

—Esa fue la explosión de luz que alejó a los Kimeriformes... —dije interrumpiéndolo.

—Exacto... —Asintió Melek—. Gracias a las precauciones de tu padre es que seguimos con vida. Por otro lado, considero que es muy valiosa toda la información que hay en la biblioteca, pero siendo honestos, lo que más nos debe interesar en este momento, es encontrar el libro donde se encuentra el poderoso hechizo de protección que mantuvo en secreto y aislado del mundo energético durante años al pueblo de Macdó. Poder usar el hechizo en el templo para protegernos mientras logramos recuperar el verdadero poder y fuerza del pueblo Sulek. Para luego, vencer finalmente a la orden de los Kimeriformes, bajo el liderazgo de Elíam y cumplir nuestro propósito de llenar el planeta de luz.

—¿Estás insinuando que regresemos a Macdó? —preguntó Tom, aterrorizado.

—Justo eso debemos hacer, pero esta vez no iremos solos —contestó Melek observándonos con detenimiento. Como si una gran idea estuviera surgiendo en su cabeza—, no podemos enfrentar a la gran cantidad de Kimeriformes de Macdó.

—¿Qué sugieres? —preguntó Frank.

—Debemos convencer a los Sulek de acompañarnos y en una estrategia de ataque conjunta lograr ganar el mayor tiempo posible para que podamos acceder y encontrar ese libro en específico.

—Estás loco —exclamé—, ¿quién va a convencer a los Sulek de acompañarnos?

—Tú —contestó sin titubear.

—¿Qué? La mitad de ellos me odian...

—La otra mitad cedieron su propia energía vital para que tú vivieras y nadie se ha atrevido a tocar tu daga. La daga sagrada de los Sulek, que continúa clavada en el empedrado suelo de la plaza central. Solo tengo un nombre para eso…

—¿Temor? —contesté aterrado.

—Respeto.

—Yo creo que puedes lograrlo, Eli —dijo Frank tomando mi mano.

—Esperen… ¿Cómo ustedes sí se pueden tocar y nosotros no? —preguntó Tom sorprendido.

—No lo sé —respondí viendo de nuevo a los ojos de Frank—, pero estoy dispuesto a averiguarlo.

—Tengo una duda… —exclamó Tina— ¿Qué pasará con mi cuerpo?

—Se quedará en el templo, las ancianas van a cuidarlo y protegerlo, tendrás que venir con nosotros en el cuerpo de Pamela, si es que ella acepta venir.

—¿Ustedes creen que voy a dejar solo a este fortachón? —respondió Pamela empoderada— No, me encargaré de que cada uno de ustedes regrese con vida.

Había algo en especial que podía poner en riesgo la misión. No podía volver a afectarnos. La trágica situación de los padres poseídos de Pamela.

—Pam, solo quiero que sepas que lamento mucho lo que le ocurrió a tus padres, pero así duela, lo digo por experiencia, debes aceptarlo, entenderlo y dejar que todo siga su curso.

Un nostálgico silencio se apoderó del mundo astral.

—Lo tengo claro, Elíam. Por algo estamos aquí, vamos a salir de esta juntos —contestó Pamela, haciéndonos sonreír a todos.

—Muy bien, Protectores. Entre más tiempo pase, más fuerza va a tomar la orden de los Kimeriformes —dijo Melek elevándose en el aire—, así que este es el momento. Vamos a convencer a unos cuantos Sulek de acompañarnos y partiremos mañana a primera hora hacia la gran batalla final.

CAPÍTULO 27
La gran batalla final

De pocas cosas me he arrepentido en la vida. Es más, nunca me he atrevido a hacerlo, aceptando la idea de que todo ocurre por algo, todo te enseña. Que cada acontecimiento, por más doloroso que resulte, te permitirá evolucionar, pero requiere de una conciencia avanzada para aceptarlo.

Les seré muy honesto, solo estoy repitiendo las palabras de mi padre. Porque, en este momento que están a punto de presenciar, no poseía la evolución de conciencia suficiente para aceptarlo, pero la vida me estaba obligando a aprender y el precio que pagaría sería inmensamente grande.

Una lección que no le deseo a nadie, pero que todos debemos pasar por ella. Nos cuesta entender y aceptar la pérdida de un familiar, la partida de un amigo, la muerte de tu amor, pero esto solo te introduce en una nueva realidad en la que deberás aplicar esas habilidades aprendidas, esos superpoderes adquiridos durante cada etapa de tu vida.

Siempre le seguí la idea a mi padre: «Nunca nadie debe arrepentirse de nada», pero durante el momento más oscuro de la noche, el que estoy a punto de relatar, se me obligaría a vivir en carne propia el deseo de volver el tiempo atrás y nunca haber abandonado el templo para venir a la batalla.

Una gran explosión iluminó el oscuro cielo sobre el espeso y frío bosque de Macdó.

Mi cuerpo estaba agotado, adolorido. Una mezcla de sudor y sangre de Kimeriforme lo cubría de pies a cabeza. Me detuve entre la intensa batalla para intentar identificar la procedencia de la potente explosión y calmar la dolorosa corazonada que empezaba a golpear mi pecho. Al girar, logré ver la gran bola de fuego, aun expandiéndose en el cielo físico.

Los protectores de la magia

Su origen: el interior de mi casa.

Mi corazón se activó de inmediato, haciéndome correr entre los cientos de Sulek que continuaban luchando, ya agotados, contra cuerpos poseídos por los Kimeriformes a lo largo del bosque.

Mis ojos se humedecieron al atravesar el devastador panorama. Estábamos perdiendo. Pero lo que más me preocupaba era que, en el interior de la casa, se hallaba Frank cuidando el cuerpo de Melek, que ejecutaba al pie de la letra el arriesgado y ambicioso plan que habíamos elaborado.

Corrí con todas mis fuerzas, tuve que esquivar ramas, saltar arbustos y troncos mientras mi daga atravesaba el cuerpo de varios Kimeriformes.

Otra explosión volvió a llenar el cielo de luz, pero esta vez parecía provenir de la recámara secreta de mi padre.

—¡NOOOOOO! —Un grito desgarrador se escapó de mi garganta—. Los amuletos de mi padre.

Sentí la energía de Tom corriendo tras de mí.

—¡Elíam! ¿Qué fue eso?
—No lo sé, pero ahora toda la misión corre peligro.
—Pamela, hace un rato, corrió hacia la casa. Dijo que apoyaría a Frank —exclamó Tom con esfuerzo mientras seguíamos corriendo.
—¿Qué? Eso no era parte del plan. Tina debía apoderarse por completo del cuerpo de Pamela —grité exaltado de rabia.
—Toda la noche han estado peleando entre ellas por manipular el cuerpo… ¡Cuidado!

Un Kimeriforme apareció de la nada frente a nosotros. Era el cuerpo poseído de uno de los policías del pueblo. El oficial, que caminaba usando sus cuatro extremidades como si se tratara de un feroz animal, chocó contra Tom, haciéndolo rodar varios metros por el suelo.

—Yo lo detengo —gritó Tom levantándose—, tú ve por los demás. Sálvalos.

Asentí para luego continuar velozmente mi camino.

El fuerte crujido del tronco de un árbol tras de mí hizo que me detuviera. Al girar, me di cuenta de que había sido provocado por el impacto de la cabeza de Tom contra el grueso tronco de un árbol. El Kimeriforme había tomado a Tom de los hombros y lo había lanzado con fuerza, haciéndolo quedar inconsciente. El monstruo dio un gran salto con una roca entre sus manos, para caer directo sobre la cabeza de Tom.

En ese instante me lancé sobre el Kimeriforme y, como una bola de demolición, golpeé uno de sus costados, redireccionando su caída lejos de Tom. Alcé mi daga en el aire y con un veloz movimiento corté su cuello, haciendo que la cabeza del oficial rodara varios metros por el suelo del bosque.

Me acerqué con premura a Tom y medí sus signos vitales. Por fortuna, continuaba vivo, pero a pesar de mis intentos por despertarlo, no logré hacer que retomara la consciencia. Con desespero volví mi mirada hacia la casa que aún humeaba debido a las explosiones. Intenté calcular la distancia que nos separaba de ella, pero el pronóstico era aterrador. Todavía nos encontrábamos muy lejos, lo que reducía nuestras probabilidades de lograr atravesar lo que quedaba del bosque con vida. No teníamos otra opción.

Hice un intento por cargar el cuerpo de Tom en mis hombros, pero me resultó imposible, era muy pesado para mí. Realicé otro intento, usando la poca fuerza que me quedaba, pero solo logré hacer que nos resbaláramos, cayendo de nuevo al suelo.

—Lo lamento, Tom.

Agarré velozmente la mayor cantidad de ramas y hojas a mi alrededor para ocultar su cuerpo en el suelo del bosque.

—Confío en que puedas lograrlo —le di un último adiós antes de continuar mi carrera hacia la casa.

El tiempo que habíamos intentado ganar distrayendo a los Kimeriformes en el bosque para que Melek pudiera obtener el libro de los hechizos de mi padre se había agotado. Varios seres oscuros notaron mi desesperada carrera hacia la casa y emprendieron su propia persecución en mi contra.

Al llegar al muro trasero, vi la compuerta de la recámara secreta de mi padre abierta de par en par. Pequeñas cantidades de humo salían de la recámara.

Ingresé, sintiéndome afortunado al darme cuenta de que el fuego no había llegado aún a la recámara y todos los amuletos de mi padre continuaban a salvo. Atravesé la compuerta y, mientras bajaba por las escaleras, una luz al otro extremo de la recámara llamó mi atención. La puerta que permitía el ingreso a la parte interior de mi casa estaba abierta; alguien la había hecho explotar.

—¡Frank, Frank! —grité mientras atravesaba con premura el laberinto de objetos—. ¡Frank! ¿Dónde estás?

Subí las escaleras hacia el interior de mi casa y una sombra apareció entre el humo para intentar golpearme.

—¡Espera! ¡Soy yo! —le grité.

Frank, que venía con un cuchillo entre sus manos directo a atacarme, se detuvo. Tan pronto reconoció mi voz, dejó caer el cuchillo al suelo y nos fundimos en un profundo abrazo.

—¡Estás bien! No lo puedo creer —le dije con el corazón a mil—. ¿Qué fue esa explosión? ¿Dónde están Melek y Pamela?

—Él sigue en el mundo astral. Su cuerpo está oculto en la habitación superior, la que está detrás del inmenso cuadro de Da Vinci. Está siendo cuidado por Pamela. Pero han venido humanos poseídos a invadir la casa. Hicieron explotar la puerta de la recámara secreta. El cuerpo de uno de ellos estalló con la primera explosión. Al segundo lo asesiné con este cuchillo.

—No puede ser —dije cayendo en cuenta de inmediato—, quieren los amuletos de mi padre. Debemos impedirlo.

—¿Cómo está todo allá afuera? —preguntó Frank, atemorizado.

—Es desastroso, desde la última vez que vinimos han logrado reclutar más cuerpos. Pero debemos apresurarnos, ingresaré al mundo astral y ayudaré a Melek a encontrar el libro para largarnos de aquí.

—No, por favor. Es muy riesgoso, el cuerpo de Melek ha convulsionado varias veces, los espíritus de los Kimeriformes deben estar acechándolo por todos lados. No deben estar siendo suficientes las almas Sulek que también luchan en el mundo astral. No quiero que te pase nada —dijo Frank entre gritos y manoteos, intentando detenerme.

—Escúchame…

—No, que no.

—Por favor, escúchame —le rogué—. Es mi misión y hasta este momento me siento infinitamente agradecido contigo por darme los momentos más mágicos y hermosos que jamás viví.

—No, Elíam, por favor, no lo hagas, no te despidas.

—Es mi propósito, debo hacerlo. Debo proteger la luz en el mundo astral, debo proteger los amuletos de mi padre, debo conseguirle más tiempo a Melek.

—Tengo miedo. Jamás me imaginé que esto sería así —dijo entre lágrimas rogando de rodillas—. No me dejes solo, por favor.

Lo miré con el corazón destrozado, me arrodillé junto a él y tomé sus manos.

—Jamás estarás solo. Porque mi energía te pertenece y la energía nunca desaparece, solo se transforma. Cada vez que veas las estrellas, podrás ver el brillo de mis ojos en ellas, porque somos luz, fuimos hechos con su polvo y hacia ellas regresaremos. Eres lo más lindo que me pasó y como te lo dije antes de abandonar el templo, no importa cuánto tarde, esperaré paciente nuestro reencuentro.

—No, Elíam. No. Regresa —dijo mientras me levantaba para descender en la recámara secreta donde yacían los amuletos de mi padre.

—Cierra todos los accesos a la casa. Los Kimeriformes ya vienen; no permitas que nadie ingrese —le pedí entre gritos para lograr que me escuchara a través del subnivel de la recámara.

Atravesé de nuevo el laberinto de objetos antiguos y cerré la compuerta secreta que daba al bosque. Me lancé al suelo, saqué la mezcla de alcanfor y tierra de mis bolsillos, la lancé a mi alrededor observando por última vez los amuletos de mi padre, mientras les pedía con fe que me ayudaran y protegieran, así como algún día lo habían hecho con él.

Me recosté, cerré los ojos y canté la canción de Nidra para llegar al punto entre la vida y la muerte. La energía comenzó a salir de mi cuerpo, se formó en el mundo astral y con potencia atravesé el techo de la recámara, elevándome en lo alto del cielo con la daga sagrada en mis manos.

Alcé la vista y pude observar, como si se tratara de juegos pirotécnicos, el alma de los Sulek que habían escondido sus cuerpos a las afueras del pueblo, lanzando todo tipo de hechizos y peleando contra hordas inmensas de monstruos de la Orden de los Kimeriformes.

Mi corazón explotó con rayos intensos de todos los colores. La imagen me provocó una mezcla agridulce de orgullo y dolor.

Giré mi cabeza y vi la gran biblioteca de luz. Melek estaba en ella.

—Melek —le grité volando veloz hacia él—. ¡MELEK!

El alma del grandulón estaba tan concentrada entre cada uno de los libros que no se había percatado de mi presencia. Tampoco había notado que dos Kimeriformes luchaban feroces contra el círculo del hechizo que protegía su cuerpo y estaban a punto de lograr atravesarlo para robárselo.

—Melek, escúchame. Debemos regresar. Hay que planear mejor la misión.

—¡Ya no hay tiempo! —resonó una voz en mi cabeza.
—¿Melek? —pregunté.
—Se agotó el tiempo, es hora de darlo todo y llegar hasta las últimas consecuencias.
—¿Quién eres? —pregunté.

Melek levantó su mirada hacia mí y alzó su mano.

—Ya no importa lo que pase, debemos continuar, Elíam. Resistir. Es ahora o nunca.
—Debes regresar, tu cuerpo está a punto de ser invadido.
—Hasta el final —repitió Melek, regresando su mirada al libro que tenía entre sus manos.

Un asqueroso rugido inundó el mundo astral. No era necesario que me lo preguntara, ya sabía a quién le pertenecía tal bramido.

El líder de los Kimeriformes venía hacia mí, corría más veloz que nunca a través del bosque. Dio un par de grandes saltos y se elevó en el inmenso cielo para quedar flotando frente a mí.

Conté, uno a uno, cada ojo oscuro que me observaba sediento de maldad. El resultado dio diez y fue allí que deseé jamás haber puesto a todos en riesgo. Deseé nunca haber regresado en esta misión a Macdó.

Aparentemente, el líder de los Kimeriformes había conseguido finalizar el ritual oscuro.

Nunca antes el arrepentimiento me había inundado con tal extrema intensidad. Mientras el Kimeriforme de los diez ojos flotaba en el aire frente a mí, fue inevitable recordar las sonrisas extasiadas de cada uno de los miembros de los Protectores de la magia aquella tarde cuando regresamos a nuestros cuerpos en el salón mágico de los espejos, luego de nuestra primera reunión astral. Nos sonreímos unos a otros, dándonos cuenta de que podíamos lograr lo imposible, lo impensable. Salimos empoderados a recorrer los pasillos del templo juntos, como si se tratara de la mejor banda de rock del mundo. Nos sentíamos parte del mejor y más astuto grupo creado en la historia.

Para ese momento, todos los miembros de los Sulek continuaban esperando en la plaza central del templo. Rodeaban curiosos la daga sagrada que aún estaba clavada en el suelo de piedra. Al vernos llegar, abrieron paso y permitieron nuestro ingreso al centro de la sala.

—Nuestro momento ha llegado, las profecías finalmente se están cumpliendo, todo está tomando su lugar, forma y rumbo. Cada una de las palabras de los maestros de la luz se está haciendo realidad. Han sido tiempos difíciles, lo sé, hemos perdido a muchos hermanos, pero les juro que cada una de esas vidas valdrá la pena cuando logremos llenar el planeta de luz absoluta. Ayer llegamos de Macdó, donde encontramos, según Melek, el panorama de mayor oscuridad que nunca antes existió. Presenciamos un ritual oscuro en el que los Kimeriformes buscaron obtener su décima evolución. —Un gran murmullo de terror recorrió la plaza—. Calma, calma. Nosotros logramos detener el ritual, pero lo que no conseguimos fue acceder por completo a la biblioteca de mi padre. Recibimos ataques de una cantidad exorbitante de Kimeriformes, lo que nos obligó a huir. Pero sé que si nos unimos, lograremos completar la misión. Necesitamos de su ayuda para conseguir el poderoso hechizo de protección que descubrió mi padre, para fortalecer nuestro templo y fortalecernos a nosotros.

Caminé hacia la daga sagrada, la tomé con una de mis manos y luego de un esfuerzo la saqué de la piedra para alzarla en el aire.

—Yo, siendo su líder, jamás obligaré a alguien a ir a la batalla. Ustedes deberán hacerlo por convicción, sin miedo. Así que hoy los invito, a cada uno de ustedes, a que se unan a nosotros para completar la misión.

Debo confesar que esperaba gritos, aplausos eufóricos, y actos de valentía para unirse a nosotros, pero, por el contrario, recibí un silencio comunal que solo demostraba el profundo temor que se apoderaba de los Sulek.

—Si hay algo que he podido descubrir en los últimos meses es que juntos somos más poderosos. —Me giré hacia los chicos y fui directo a tomar las manos de Frank y Pamela—. No importa cuántos se nos unan, de igual manera iremos a cumplir nuestro propósito.

Melek y Tom se unieron a tomar las manos de Frank y Pamela. Una poderosa energía comenzó a correr a través nuestro y a contagiar los corazones de más Sulek que, uno a uno, fueron dando un paso al frente, demostrando que estaban de nuestro lado. Fue una escena hermosa, ver hombres, mujeres, ancianos y niños adhiriéndose a nuestra causa, dejando atrás el miedo, atravesándolo para entregarse a la misión de hacer lo correcto.

A continuación dije la frase de la que más me arrepiento.

—Les juro que no voy a fallarles, todos volveremos a casa sanos, felices y con vida. El plan que están a punto de escuchar no tiene pérdida.

En ese momento, Melek dio un paso adelante y explicó en detalle cada una de las partes del plan.

Primero abandonaríamos el templo en grupos, para dirigirnos en secreto a través del bosque hacia las vías férreas. Cada grupo usaría los trenes de carga para llegar hasta el pueblo entrada la noche. Una vez allá, reunidos, cada uno prepararía con barro la poción «Obsuk» para evitar la emisión de ondas de luz y así pasar desapercibidos. Los Sulek más hábiles en batalla física, ingresarían primero. Su misión sería atacar y destruir los cuerpos de los aldeanos poseídos. Deberían atravesar el pueblo y, una vez llegaran al bosque, atacarían por sorpresa el cigoto Kimeriforme, donde se agruparían los cuerpos poseídos de los habitantes de Macdó. El ataque sorpresa nos daría ventaja y sería imposible para ellos responder a tiempo.

Inmediatamente comenzara la embestida en el mundo físico, lanzaríamos una bengala en el cielo, para indicarles a los Sulek con mayores habilidades en el mundo astral, que ingresaran a él luego de haber escondido sus cuerpos a las afueras de Macdó. Correrían y volarían, dependiendo de sus capacidades, hasta el bosque, donde comenzaría la eliminación del alma de los monstruos. Todo esto nos daría el tiempo y la distracción suficiente para que Melek ingresara a la biblioteca de luz y obtuviera el libro. Frank cuidaría el cuerpo físico de Melek, mientras Tom, Tina en el cuerpo de Pamela y yo lideraríamos la batalla.

El plan sorpresa era perfecto, no veíamos posibles fallas. Todos en el templo celebramos, nos abrazamos con una hermosa energía de esperanza y valentía llenándolo todo.

Ordené que cada uno se dirigiera hacia sus habitaciones a descansar y prepararnos para partir a primera hora del día.

—¿No deberías dormir en la gran habitación del líder de los Sulek? —preguntó Frank mientras preparaba su cama para dormir.
—¿Y perderme de tus ronquidos?

—¡Claro que no! Yo no ronco —contestó indignado.
—Es broma —confesé entre risas—. La verdad es que no soy ese tipo de líder.
—¿Qué tipo de líder eres?
—El líder que se junta con la gentuza maloliente de sus súbditos y hasta duerme con ellos...
—Oh, veo, veo —contestó Frank con una pícara sonrisa—. Qué curiosa forma de pedirme que duerma con usted, gran jefe de los Sulek.
—Tengo mis modos —le respondí con otra sonrisa—. Además, no puedo arriesgarme a perder esta oportunidad, no sabemos qué va a ocurrir mañana.
—Tengo algo para ti —dijo Frank mientras buscaba en su mochila junto a la cama.

La habitación se tornó fría de repente. Frank giró hacia mí con sus ojos aguados y un leve temblor en sus manos.

—¿Qué pasa? —le pregunté.
—Quiero darte esto. —Abrió su mano mientras se acercaba a mí para entregarme un cuadrito de papel doblado.
—¿Qué es? —exclamé con la curiosidad matándome por dentro, mientras mis manos intentaban abrir la pequeña hoja de papel doblada.
—¡NO! —gritó, obligándome a detenerme—. Es algo que escribí para ti, pero no lo debes abrir ahora.
—¿Cuándo debo abrirlo?
—Solo podrás leerlo al finalizar la misión de Macdó con vida.
—Estás loco —exclamé, intentando hallarle un sentido—. ¿Y si no lo logro?
—Eso significará que jamás debió ser leída.
—No seas cabrón, no me hagas esto. Por favor. Sabes lo que me cuesta controlar mi curiosidad.

Hizo una pausa mientras su mente escogía correctamente las palabras para destrozarme.

—Así me aseguraré de que regreses a mí y no volveré solo de la guerra.
—Frank, escucha. Sin importar lo que pase en Macdó o cuál sea el resultado de la misión, debes saber que mi mayor deseo es y será volver a tenerte entre mis brazos. Así mi alma cambie de forma, de planeta o de estado, seré paciente y esperaré el día en que vuelva a reflejarme en tus ojos.
—¡No hagas esto! Me niego a pensar que se nos ha agotado el tiempo juntos —dijo Frank, sentándose resignado en el borde de la cama.
—Por eso es que debemos aprovechar este instante, el presente, que es lo único que realmente tenemos. Por esa razón deberías dejarme leer lo que escribiste... y por esa misma razón es que yo voy a darte algo que hace mucho querías...
—Deja de copiarte de mí, yo fui el de la idea de dar un regalo —era increíble su habilidad de introducir chistes en cualquier situación dramática haciéndome reír.
—Claro que no me copié. Es más, para comprobarlo, mi idea era que encontraras el regalo cuando te acostaras a dormir. Ya está bajo tu almohada.

Frank dio un gran salto y aterrizó junto a su almohada, la alzó y se quedó frío al comprobar que efectivamente había algo debajo de ella.

—Wow... es real, habías dejado algo aquí. —Me vio con esa cara encantadora de sorpresa de la que me consideraba adicto.
—Te lo dije, no me copié...

—Wow —exclamó encantado, alzando mi libreta de dibujos entre sus manos—. Por fin voy a poder conocer todos tus secretos.
—Sí —le dije sin poder evitar sonreír.

Frank abrió la libreta con sutileza, como si se tratara del objeto más preciado del mundo. Comenzó a recorrer sus páginas, asombrado por los garabatos, pinturas y dibujos de algunos de los lugares más importantes que habíamos recorrido en los últimos meses. El bosque mágico en Macdó, la entrada del templo, la cueva, el salón de los espejos, el parque de diversiones.

Pueden sentirse con más suerte que Frank, ustedes ya los habían visto antes. Pero había uno en especial que no me había atrevido a mostrar.

—Eres… muy bueno. ¡Vaya! Estoy alucinando, aunque cada uno tiene un estilo diferente.
—Bueno, sí. No soy un experto —le dije avergonzado.
—No, no. En verdad están increíbles.
—Quiero que veas uno en especial, está hacia el final —le dije con el corazón a punto de salir por mi pecho.

Frank se apresuró a ir al final de la libreta y, aunque no sabía la página en la que debía detenerse, logró encontrarla.

—¡No puede ser! —dijo emocionado—. Tenía razón. ¡Me habías dibujado! Por eso no querías que la viera.
—Sí, lo acepto, fue inevitable hacerlo.
—Pero… la nariz te quedó un poco rara… y la mandíbula… así no me veo…
—Es que así es como te veo yo… Ya, deja de juzgar el arte.

Sebastián Silva

—Wow... Gracias —sonrió y dejó la libreta a un lado para apretarme con otro fuerte abrazo.

—Quería regalarte los mejores instantes que he vivido contigo, entraron a través de mis ojos y se reinterpretaron con mis manos. Y definitivamente, el del final es mi dibujo favorito. La realidad que más he disfrutado de explorar —le dije apretándole las costillas aún más fuerte.

—Deja de tratar mi sensual cara como una simple realidad —me lanzó de un empujón a la cama y saltó para abrazarme por la espalda—. Tienes razón, este es nuestro único momento real, nada más importa ahora. El hecho de que tú y yo existamos al mismo tiempo en este preciso momento es mágico. ¿Y sabes qué? Cambié de opinión. Justo antes de iniciar la batalla, debes leer el papel que te di.

Nos quedamos en silencio por el resto de la noche. Solo habló nuestra respiración y el roce de sus dedos contra mi cabello.

Pude sentir el palpitar de su corazón en mi espalda hasta que la razón se mezcló con los sueños y en un profundo abrazo nos regalamos nuestra primera y tal vez última noche juntos.

A la mañana siguiente, el plan inició su ejecución de la forma exacta en la que había sido concebido. Cada uno de los grupos se escabulló entre el antiguo y espeso bosque de la gran ciudad para abordar los trenes hacia Macdó.

Los primeros en llegar fuimos los Protectores de la magia, junto a los Sulek con los que emprenderíamos la embestida en el mundo físico.

El único inconveniente que estábamos experimentando era la molesta batalla interminable entre las almas de Tina y Pamela por manipular el cuerpo de la segunda. Aunque su única intención era asegurarse que todo estuviera bien, a Pamela le estaba costando ceder el control de su cuerpo a Tina.

—¿Cómo sé que ella va a cuidar de ti o incluso de mí? —preguntó Pamela angustiada.
—Es el momento justo en el que debemos confiar en los demás. Tina sabrá tomar las decisiones correctas para protegernos. —Tom, paciente, trataba de tranquilizar el alma de Pam.

Ahora imagínense lo que había sido esa última noche entre estos tres. Definitivamente, no deseaba estar en su situación.

El tren ya había llegado a la altura de nuestra parada. Saltamos de los vagones y nos escabullimos entre el pasto alto, amarillento y reseco de las afueras de Macdó.

La sensación de negatividad y oscuridad era aún mayor que la última vez. La poción de barro había surtido efecto, ningún insecto trató de atacarnos en esa ocasión. Es más, llegué a pensar que incluso los insectos habían perdido la vida debido a la maldad acumulada en el desolado pueblo.

El camino fue más largo esta vez. Habíamos decidido rodear la ciudad por completo para evitar ser vistos por las calles. De esta forma, el ataque sería aún más sorpresivo y la probabilidad de éxito mayor.

Todo iba saliendo al pie de la letra. Alineados a la caída del sol, nos acercábamos en sincronía al primer punto de ataque y fue allí donde un elemento que no teníamos previsto, que jamás se nos hubiera pasado por la cabeza, ocurrió.

De los árboles a nuestro alrededor saltaron cientos y cientos de cuerpos Kimeriformes poseídos, atacándonos por sorpresa.

Algunos habían perdido cualquier señal de humanidad, se comportaban como fieras feroces que corrían, mordían y asesinaban sin piedad.

Estaban preparados para nuestra llegada. Sabían que vendríamos por ellos.

Muchos corrieron, intentando salvarse. Tal fue la confusión, que la bengala encargada de avisarle a grupo de Sulek que esperaban a las afueras, para ingresar a atacar en el mundo astral, nunca explotó en el cielo.

Melek y Frank lograron escabullirse hasta mi antigua casa para iniciar su parte del plan.

Estaba confundido, todo a mi alrededor se transformó en sombras borrosas que corrían y gritos ensordecedores. Tenía miedo, necesitaba retomar la calma, anclarme de nuevo a la realidad para poder tomar el liderazgo, pero el temor se aferraba a mi cuerpo y no me permitía ejecutar un solo movimiento. Fue aquí cuando más extrañé a mi padre, su cuidado, sus ideas locas, su increíble talento para decirme lo que necesitaba en el momento justo y ayudarme a rellenar las sombras con mi propia luz.

Por mi cabeza pasó la dolorosa idea de no cumplir con las promesas que había hecho a los Sulek, a Frank, y a mí mismo.

—Un momento —pensé—. ¡Frank!

Mandé la mano al bolsillo de mi pantalón, saqué el papel y lo desdoblé a toda velocidad.

El papel tenía una única palabra escrita. En idioma universal decía «Prana». Cualquiera la hubiese interpretado como «universo», pero yo sabía exactamente lo que había querido decir él;

su verdadero significado. Alguien en este universo me amaba y estaba dispuesto a darlo todo para que regresara a sus brazos.

Estúpido Frank. Definitivamente era mi mejor amuleto.

Abrí los ojos con fuerza y los obligué a enfocar de nuevo, expandí mi cuerpo y dejé que la daga me guiara para iniciar a liderar la batalla.

Por suerte, el grupo de Sulek a las afueras de Macdó, a pesar de no recibir la orden, decidieron seguir su instinto y accedieron al mundo astral para ayudarnos en la pelea energética contra la orden de los Kimeriformes.

La sangre de muchos Sulek estaba siendo derramada en el frío bosque de Macdó. El miedo y la maldad lo impregnaron todo, pero nada se compara con el terror que sentí al tener cara a cara, flotando frente a mí, al líder de los Kimeriformes en su máxima evolución.

—Elíam —rugió con su asquerosa voz—. Esta es tu última oportunidad para unirte a nosotros.
—¿Por qué habría de hacerlo, sucio y asqueroso, Kimeriforme?
—Mira a tu alrededor, todas esas vidas y todo ese poder perdido, desechado en vano. Podrían estar de nuestro lado y triunfar con nosotros.

Los cuerpos poseídos ya habían conseguido llegar, en el mundo físico, a la parte trasera de la casa para intentar ingresar. Golpeaban las puertas y trataban de escalar los muros.

Pude ver a Frank, con dos cuchillos en su mano, parado frente a la puerta de la recámara secreta, preparado para luchar contra cualquiera que intentara acceder. Pamela protegía el cuerpo de

Melek, pero buscaba algo. Estaba intentando encontrar cualquier tipo de objeto para defenderse. De entre unas cajas, sacó algo que ni siquiera yo sabía que existía en mi casa: dos pistolas completamente cargadas. En un primer instante, las observó con temor, pero luego asumió que eran su mejor opción para sobrevivir.

En el mundo astral, los Kimeriformes, continuaban intentando romper el hechizo de protección de Melek y otros ya habían alcanzado el mío; con sus garras luchaban para acceder a él.

—Mira a tu alrededor, solo te queda una única opción: rendirte ante mí —blasfemó el líder de los diez ojos.

Los primeros cuerpos poseídos en el mundo físico hicieron su ingreso a la casa.

Frank escuchó temeroso cómo se acercaban corriendo hacia él. Observaba desesperado hacia todas direcciones para evitar que lo atacaran por sorpresa. Un primer Kimeriforme apareció por la sala y le saltó de frente. Frank lo recibió con los dos cuchillos empuñados, rasgó su abdomen, dejando el piso repleto de vísceras y su propio cuerpo ensangrentado.

De la puerta principal aparecieron dos más, se acercaron lentamente hacia él, querían atemorizarlo, sus caras de sevicia penetraron los nervios de Frank. El primero se lanzó a sus pies, mordiéndolo. Frank, luego de un grito desgarrador, clavó con toda su fuerza los cuchillos en la espalda del Kimeriforme, atravesando su corazón de inmediato. Tal fue la potencia, que los cuchillos quedaron clavados en los huesos de las costillas y le estaba tomando trabajo extra para lograr sacarlos. El otro Kimeriforme aprovechó el retraso de Frank para lanzarse sobre él y ahorcarlo por la espalda. Lo estaban ahogando.

Quise descender de inmediato para ayudarlo, pero un rayo me atravesó el cuerpo y me lanzó lejos en el aire. El Kimeriforme había logrado ejecutar un maleficio oscuro y me había golpeado con él. Regresé con fuerza y lancé un hechizo «Tronto». Le fue imposible evadirlo, pero a diferencia de las veces anteriores, luego de pocos segundos pudo salir de su efecto inmovilizador.

Iniciamos una batalla flotante sobre lo alto del bosque. Entre luces y fuegos, el cielo se iluminó. El Kimeriforme había desarrollado habilidades asombrosas, estaba logrando evadir cada uno de mis ataques. Definitivamente, no iba a poder solo, necesitaba apoyo.

Volví mi atención hacia Frank, que continuaba en un intenso forcejeo con el Kimeriforme para quitárselo de encima. Estaba a punto de quedarse sin respiración.

Descendí veloz y al llegar junto a él concentré toda mi energía, alcé su cuerpo y el del Kimeriforme en el aire por unos segundos, lanzándolos contra uno de los muros del comedor. Frank logró quitárselo de encima, agarró una de las espadas antiguas decorativas sobre uno de los estantes y, a pesar de tener un filo desgastado, usó todas sus fuerzas para atravesar el cuerpo del Kimeriforme.

Vi a otro poseído ingresando a la casa, alcé mi daga y me dirigí a intentar atravesarla hacia el mundo físico en el pecho del Kimeriforme.

Pero a centímetros de lograrlo, el monstruo de los diez ojos me lanzó otro hechizo oscuro de improvisto, lanzándome lejos hacia el bosque. En esta ocasión el conjuro oscuro había logrado debilitarme con mayor intensidad. Me recuperé, volví a elevarme para contraatacar, pero, mientras volaba de regreso, vi otro de los Kimeriformes sobre Frank. Me acerqué de nuevo, pero justo antes de lograr ayudarlo para liberarse, el Kimeriforme de los diez ojos agarró mi alma y me alzó veloz hacia lo alto del cielo.

—¡Noooooo! —grité desesperado.

Mientras me alejaba, veía a Frank ahogándose sin poder hacer nada. Sus ojos estaban a punto de cerrarse y fue allí cuando el fuerte sonido de un disparo atravesó del mundo físico al astral. Pamela corría bajando las escaleras y con sorpresiva puntería asesinó el cuerpo poseído, quitándoselo a Frank de encima.

—¿Estás bien?
—Sí —respondió Frank recuperando el aliento—. Gracias, Pam.
—Soy Tina —contestó—. Vamos a asesinar a estos hijos de puta.

Varios Kimeriformes ingresaron a la casa, pero entre tiros y ágiles movimientos en sincronía, lograron dar la batalla para enfrentarlos, asesinarlos uno a uno y proteger nuestros cuerpos ocultos en la casa.

El líder de los Kimeriformes continuó elevándome en el aire. Lancé un movimiento usando la daga, en un intento por liberarme, y con suerte logré punzar uno de sus costados. El monstruo se quejó y se alejó de inmediato, contraatacando con un fuerte rayo que logré esquivar, pero alcanzó a chocar a Melek y parte de la biblioteca de luz, que tenía ya la protección energética desactivada. Comenzó a derrumbarse.

Una mayor cantidad de cuerpos poseídos había llegado a la casa; la situación era cada vez peor.

El grupo de monstruos estaba siendo liderado por los cuerpos de los papás de Pamela. Se abrieron paso entre los muros y accedieron directo a la casa. Frank y Tina quedaron inmóviles al reconocerlos, mientras los dos padres de Pamela, como animales feroces, se acercaban desquiciados a atacarlos.

Tina, en el cuerpo de Pamela, cayó de rodillas al suelo. Parecía que se había entregado a la muerte, se había rendido. El pasado de Pamela registrado en ese cuerpo la había vencido. Se quedó inmóvil observando cómo se acercaban sedientos para asesinarlos. El cuerpo de Pamela, en el último segundo, alzó su brazo con el arma en su mano y jaló del gatillo las veces necesarias para hacer explotar sus cabezas y asesinarlos. Una vez que los padres cayeron, el arma también lo hizo.

—¡No, Tina! —gritó Frank, lamentándose contra uno de los muros—. ¿Qué hiciste?
—Soy Pamela —dijo con un susurro abatido entre lágrimas.

El líder de los Kimeriformes lanzó otro de sus poderosos hechizos, haciendo que un pedazo de mi alma se oscureciera como un carbón ardiente, quemándome.

Rayos, atravesando el cielo, golpearon al feroz monstruo, sorprendiéndome. Eran varios Sulek que, liderados por el alma de Tom, lanzaban sus hechizos para protegerme.

Mi hilo de plata comenzó a doler. Eso solo significaba una cosa: estaban a punto de robarme el cuerpo.

Otra gran explosión detonó en la puerta exterior de la recámara secreta, su interior comenzó a incendiarse y en él estaba mi cuerpo. Frank, al escuchar el ataque, accedió de inmediato a la recámara. Esquivó el fuego que comenzaba a crecer entre los amuletos de mi padre y corrió a intentar levantar mi cuerpo para sacarme de allí. Se detuvo al recordar que, si me movía de lugar, arruinaría por completo el hechizo de protección. Así que me regresó de nuevo a la posición en la que estaba y se quedó a mi lado mientras todo a nuestro alrededor se fundía en llamas.

—Elíam, despierta. ¡Vamos! ¡Regresa! —exclamó Frank, aterrorizado, moviendo mi cuerpo de un lado a otro para hacerme regresar.

Varios cuerpos poseídos comenzaron a ingresar a la recámara.

Frank, desesperado, en un acto reflejo, tomó la daga de mi mano física, haciendo que desapareciera la que tenía en el mundo astral. Comenzó a atravesar a cada uno de los monstruos que ingresaba a la recámara para defender mi cuerpo. Lo que él no sabía era que me había dejado mi alma desprotegida.

Me llené de rabia e impotencia; los amuletos de mi padre se estaban quemando junto a mi cuerpo y a uno de los seres que más amaba en el universo. Fue allí cuando una loca idea apareció frente a mí.

Aproveché la distracción que estaba teniendo, gracias a los ataques del grupo liderado por Tom, para efectuar un hechizo «Fogte». Pero esta vez la energía de la lava no sería suficiente. Este monstruo necesitaba de mayor potencia, así que usaría la energía del sol. Transformé el hechizo y me dispuse a preparar el ataque. Me conecté con el universo, enfoqué la posición del sol en la carta astral e invoqué su energía.

Un fuerte temblor sacudió la tierra, el hechizo se había efectuado y se estaba preparando. Debido a la distancia que hay entre el sol y la Tierra, obtener su energía iba a tardar más de lo esperado.

El monstruo de los diez ojos sintió el temblor y quedó descolocado al ver las ambiciosas intenciones que tenía. El hechizo era posible, solo necesitaba lograr distraerlo ocho minutos hasta que la energía del sol llegara a la Tierra, atravesara mi cuerpo y se proyectara hacia él.

Los Sulek junto a Tom continuaban atacando al monstruo. Melek seguía en la imposible búsqueda del libro mientras la biblioteca se destruía con él adentro. Frank y Pamela luchaban desenfrenados para defender mi cuerpo, que estaba a punto de ser invadido y atravesado por Kimeriformes al lograr vencer mi hechizo de protección.

Al ver que lo estaba consiguiendo, el asqueroso monstruo desestimó los ataques de los Sulek, rugió furioso, provocando una onda que golpeó el bosque.

Salieron diez sombras que llegaron a él para cubrirlo, eran las diez brujas. Lo rodearon y protegieron su aura de los ataques de los Sulek. El monstruo comenzó, luego de otro rugido, la preparación de un hechizo, un poderoso hechizo oscuro en el que usaría la energía de Gornk, el agujero negro más cercano a la Tierra. Los ataques del grupo de Tom lo golpeaban, pero no lograban debilitarlo lo suficiente como para obligarlo a detener la preparación del devastador hechizo.

Cuando el tiempo estaba cumpliéndose y los poderes estaban llegando a nosotros, un fuerte temblor sacudió todo.

Cada ser sobre el bosque, Sulek, Kimeriformes y humanos, se detuvieron a ver la poderosa energía que llegaba a la Tierra. El cielo era mitad luz y mitad oscuridad, la energía de la luz ingresó veloz, atravesando mi pecho. La energía de oscuridad traspasó el pecho del Kimeriforme.

contra otro. El impacto generó una explosión tan intensa que cada centímetro del universo se llenó de ella, atravesándolo todo. El espacio se pintó de blanco, dejándonos dentro de una luz infinita. No había distancias, no había límites, no tenía fin.

Por un momento, no supe dónde estaba. Lo presentía, pero me negaba a creer que la gran imposibilidad se había vuelto real.

Sin buscarlo o siquiera planearlo, junto al Kimeriforme habíamos atravesado hasta el séptimo cuerpo.

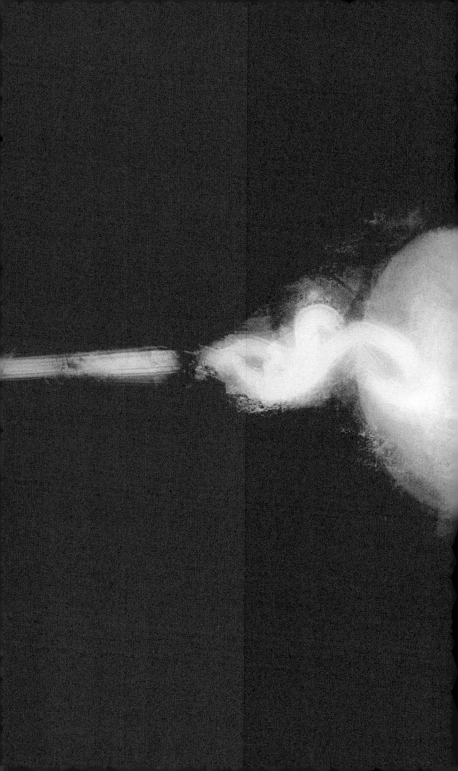

CAPÍTULO 28
Muerte de un héroe

El ideal de un héroe no es más que eso: un ideal. No existen en realidad. Son seres como nosotros, comunes y corrientes. La diferencia radica en la idealización que creaste en tu cabeza, engrandeciendo a los seres que han provocado algo positivo en tu vida. Sin embargo, todo se trata de una percepción, una realidad concebida por ti mismo. Es probable que tan pronto descubras un mínimo error en ese héroe, deje de serlo.

¿Cómo se logra ser un héroe para siempre?

Muriendo en el instante más altruista de tu peor batalla.

La poderosa mezcla del hechizo de luz, chocando contra el peor y más oscuro maleficio, ocasionó un potente movimiento molecular, generando un error en el gran lienzo del universo. Un pequeño agujero se había creado.

Un portal inexistente que nos adelantó años luz en conciencia, escupiéndonos en el tan anhelado séptimo cuerpo. Ese lugar al que los Sulek habían querido acceder durante toda su historia. La compuerta a la realización mayor, donde todos los secretos del universo se exponen sin trucos, sin esfuerzos, sin filtros. Ese espacio donde existe el verdadero yo.

Mi alma giraba, intentando identificar o reconocer algo dentro del halo infinito de luz. Una abundante bruma eterna.

Miles de dudas aparecieron, con miles de respuestas. A pesar de ser un espacio donde la verdad es absoluta, mi conciencia no lograba comprender las ideas que atravesaban mi mente.

Sentí un movimiento tras de mí. Giré. Era el alma del asqueroso Kimeriforme de los diez ojos. Me puse en posición de batalla al verlo atravesar la bruma frente a mí.

Intenté preparar un hechizo de ataque, en vano. Mis poderes no funcionaban en ese lugar. No sentía la energía llegando a mí para eliminar la oscuridad. Entré en pánico.

¿Estaba muerto? ¿Se me había castigado por romper las reglas? ¿Qué ocurría?

El Kimeriforme continuó avanzando.

Yo, retrocedí asustado, no quería enfrentarme a él sin mis poderes. Estaba cada vez más cerca, pero progresivamente su forma comenzó a transformarse. Su asquerosa tez y escalofriante apariencia arácnida se estaba transfigurando. Dejé de retroceder. Sus garras paulatinamente formaron unos pies, su pecho esquelético y nauseabundo formó el tronco de un ser humanoide, su cuello inexistente apareció y, por último, su escamosa cara llena de ojos formó la de…

—¿Papá?

Una onda azul salió de mi pecho, oscureciendo toda la luz a nuestro alrededor. La decepción y el dolor me inundaron.

—Elíam… Hijo…
—No. ¿Tú? —dije entre gritos desesperados—. No puedes ser tú, no puedes ser tú… ¿Por qué?

Relámpagos y truenos explotaron en todas direcciones.

—Hijo, ha llegado el momento que tanto hemos esperado.
—Yo no esperaba esto. No te atrevas a hablar por mí. Tú me abandonaste, me dejaste solo entre las sombras —la energía azul tuvo tal poder que se transformó en lágrimas que salieron de mis ojos—. No te permito

que me hables. No tienes idea de lo que he sufrido por tu muerte. Eres un egoísta de mierda. ¿Decidiste abandonarme para convertirte en qué? ¿El ser más oscuro del universo?

—Todavía no lo entiendes —afirmó mi padre, acercándose a mí. De su pecho brotó un azul más oscuro y se mezcló alrededor con la energía de mi corazón.

—No lo hagas. No te atrevas a tocarme. Siento tanto… dolor… decepción.

—Hay situaciones que exceden nuestra propia conciencia, pero son situaciones necesarias para nuestra evolución conjunta.

—¿Llamas a esto evolución? Asesinar, violar, sacrificar sueños, personas… abandonarme. Suicidarte en un asqueroso ritual para ir a llenar el mundo de oscuridad. Hacer sufrir a los que te admiramos, a los que creímos en ti. Nada de eso es evolución. Todos tus compañeros, amigos, hermanos están siendo asesinados allá en ese bosque. El amor de mi vida está siendo asesinado. Tu propio hijo…

La energía se quebró. Caí de rodillas. Él se arrodilló junto a mí y pasó su mano por mi cabeza para acariciarme con su energía.

—¿Por qué, papá? ¿Por qué haces todo esto? ¿Por qué le haces tanto daño al mundo? —dije entre sollozos quejidos.

—Porque tú me lo pediste.

Otro rayo rellenó el espacio, dejando silencio helado.

—¿Qué? —pregunté confundido.
—Desde el primer día en que te concebimos, supimos que eras especial.
—¿Quiénes?

—Tu madre, yo… los Sulek… todos. Cuando tu madre tenía tres meses de gestación, tu alma accedió a su útero. Yo viví contigo ese preciso instante. Ella estaba dormida en la cama, yo meditaba junto a ella, agradecía por ti, por nosotros, por la humanidad. Y fue allí cuando tu hilo de plata se activó y llegaste a tu cuerpo, pero de alguna forma me permitiste ser parte de ese túnel energético que se había abierto en el universo. Tu yo superior se conectó conmigo y me habló.

—¿Qué?

—Me pediste que hiciera cada una de las cosas que hice —dijo acariciándome de nuevo—. Es nuestro destino. Yo solo soy la herramienta para que cumplas con tu propósito.

—Eso no tiene sentido, papá —dije abrazándolo—. Jamás te pediría que sacrificaras tu vida para convertirte en un ser de maldad.

—Sí, lo hiciste. Ahora no lo comprendes, yo tampoco lo comprendía en su momento. Pero al obedecer, por amor, me di cuenta de que estaba haciendo lo correcto.

—¿Qué te dije, exactamente?

—Me dijiste que después de tu nacimiento tu madre moriría. Traerte sería su gran propósito de vida; al cumplirlo, ella ya estaría libre para irse. Era necesario que vivieras esta vida sin ella. Una vez nacieras, debía huir del templo, escapar y esconderte en el lugar más recóndito posible. Nadie debía encontrarte. Nadie podría saber de ti o tus poderes, incluso tú mismo. Me pediste que dejara cada una de las señales que dejé en caso de que tu corazón olvidara su verdadero propósito y así lo hice.

—¿Por qué te pediría eso?

—Nuestro yo superior y nuestra alma, aceptan su misión antes de ir a la tierra. Una vez que nacemos, lo olvidamos todo. Debemos superar las pruebas impuestas por la sociedad para poder ser auténticos, volver a recordar lo que verdaderamente somos y a lo que vinimos. Nuestra esencia...

—Eso no tiene sentido —lo interrumpí con dolor.

—Escúchame. Sí que lo tiene. Me pediste que en tu cumpleaños número veintiuno, subiera al tejado de nuestra casa, cortara mis venas, y luego de hacer el ritual más oscuro de la tierra, me lanzara. Mis piernas se debían romper para asegurarme de completar la transformación, sin tener ninguna posibilidad de huir arrepentido. Allí lo entendí, nadie más que yo tiene el poder de convertirse en tu peor enemigo, para transformarte en el ser poderoso que estás a punto de convertirte. Todos los sucesos de nuestras vidas nos han traído hasta aquí. Logramos atravesar el séptimo cuerpo.

—Ya no es necesario que sigamos en esta pelea sin sentido, ya podemos estar juntos de nuevo, no es necesario que hagas tanto mal.

—El mal y el bien son lo mismo. Es ese el mayor reto de nacer como un humano. Aprender a entender que el mal es solo una herramienta de la luz.

—¿Qué? —pregunté confundido.

—Si no existiéramos los seres más malignos, las almas jamás podrían evolucionar. No ocurriría nada. No existiría nada. Todos somos héroes y villanos en diferentes instantes de nuestras vidas. Al seguir nuestro corazón y ser fieles al deseo de nuestra alma, cumpliremos nuestro propósito. Te amo lo suficiente como para convertirme en el ser más maligno del planeta y ayudarte a completar tu misión. Los monstruos más oscuros de la historia han conseguido que avance la conciencia colectiva del planeta.

—Entonces mi misión es acabar contigo —dije destrozado.

—Y la mía contigo —replicó con una sonrisa—. Te amo, hijo. Me están diciendo que debo regresar.

Mi padre me abrazó con fuerza y se levantó para alejarse entre la bruma.

—No, papá, espera —dije intentando alcanzarlo—. ¿Quién? ¿Quién te dice eso?
—Adiós —el susurro de mi padre resonó por todas partes antes de que desapareciera.
—Te amo, papá...

Caí al piso, solo, adolorido por la cruda verdad. Culpable de ser el macabro artífice de este plan. Debía entender que todo venía de mucho más arriba, confiar y ser paciente para discernir mi propia maldad.

Se escucharon unos murmullos a lo lejos. Me acerqué hacia ellos para intentar identificar lo que decían.

Poco a poco, fui reconociendo la procedencia de las palabras. Era una conversación, pero no pertenecía a este tiempo. Venía del pasado. Una conversación que tuvimos Melek y yo la noche en el bosque, donde por primera vez me enseñó el límite entre la vida y la muerte. La noche en que volando sobre la estratosfera de la tierra, viendo las siete lunas energéticas, le pregunté:

—Wow. Oye, y tú con todo el conocimiento que tienes, ¿por qué no has logrado atravesar al sexto y séptimo cuerpo?
—Eso es todo un misterio, chico. Aparentemente, solo puedes atravesarlo cuando mueres. Pero nunca nadie puede recordar esa parte del camino, es como si el universo quisiera esconder ese secreto con todo su

poder, pero por alguna razón siento que tu alma nos llevará a poder atravesarlo, a obtener este conocimiento.
—¿De dónde salen las almas?
—¿A qué te refieres?
—Si se supone que los humanos reencarnamos, y hemos estado aquí los mismos entre una vida y la otra, ¿de dónde sale tanta gente? Hace unas décadas éramos unos cuantos y ahora superamos los siete mil millones.
—No tengo respuesta a esa pregunta. Tiene mucho sentido, pero no, no sé de donde salen las almas. Por ahora.

Las voces se desvanecieron para darle paso a otra cálida voz, una que jamás había escuchado. Un maestro de la luz me habló.

—Elíam...
—¿Hola?
—De dónde salen las almas, te preguntabas... Las almas, al cumplir sus misiones en la tierra, obtienen el poder de dividirse. Al concluir correctamente todas las pruebas durante una vida, descifrar y obtener los conocimientos necesarios. En la siguiente vida o reencarnación, el alma renace dividiéndose; y empieza a experimentar vidas paralelas, en el mismo universo. No es nada fácil para los humanos lograr completar sus aprendizajes, muchos viven una y otra vez la misma vida intentándolo. El nivel máximo de división del alma es en siete fragmentos. Ese es el último nivel. Y es la razón por la que ahora hay más seres en la tierra. Muchos comparten una misma alma. La tuya ya está en el nivel máximo. Esa será tu misión final...

La bruma y el infinito comenzaron a desvanecerse a mi alrededor. Cayeron rayos de todos lados. La bruma azul oscura se transformó de nuevo en luz blanca, para luego, poco a poco, tornarse en oscuridad total.

Desperté entre el fuego.

Frank, al verme regresar a mi cuerpo en la recámara secreta, atravesó ágilmente las llamas, desesperado, para intentar sacarme de allí. Entre gritos y preguntas que no lograba identificar, cargó mi cuerpo en sus brazos. Trataba de buscar una ruta al exterior de la recámara que no se estuviera incendiando. El intenso calor hizo que varios de los amuletos de mi padre explotaran.

Todo era caos. No había escapatoria. El humo nos hizo toser, la conciencia se mezcló con la falta de oxígeno. Frank gritando por ayuda fue lo último que escuché antes de caer en un sueño absoluto.

Desperté.

Tragué saliva para humedecer mi garganta, árida, como la resequedad de un desierto. Abrí mis ojos con dificultad; no reconocía el lugar en el que estaba. Todo se fue aclarando.

Cientos de matas flotaban alrededor, figuras, símbolos y plumas colgaban del techo. Era una pequeña cabaña construida en el interior de un grueso árbol. Observé a mi lado y vi una ventana circular. En el exterior de ella me encontré con la magnífica vista de un bosque. Dirigí mi mirada hacia la parte inferior de la cama y allí estaba Frank, observándome boquiabierto, con una mezcla de alegría y terror.

Pude ver su sonrisa más grande que nunca, de oreja a oreja, y reconocí su particular cara pícara de haberse salido con la suya.

—¡Oigan! ¡Despertó! —gritó mientras se acercaba a abrazarme.

Partes de mi piel estaban quemadas y, aunque los brazos y el pecho ardían, no fue impedimento para regalarnos el abrazo más fuerte que jamás nos habíamos dado, para luego fundirse en un profundo beso.

—Tuve tanto miedo. Creí que no volvería a verte, chiquilín— dijo Frank, tocando cada parte de mi rostro, como si aún le costara aceptar que estaba vivo frente a él.
—Te extrañé —le dije con lágrimas en los ojos—. Creí que no lo lograríamos.
—Creí lo mismo. Pero los milagros existen. Aquí estamos, juntos, con vida.
—Te amo.
—…
—…

No pudimos hacer otra cosa más que mirarnos a los ojos.

—Te amo y no tengo miedo de decirlo. Te amo en todos los idiomas y universos. Y lo sé, porque eso es lo que me mantuvo con vida.

Se lanzó a abrazarme de nuevo, pero esta vez sí resultó imposible no quejarme por el dolor que provocó el roce de su cuerpo contra mi piel.

—¡Muchacho, despertaste!
—Jamás pensé que me alegraría tanto de verte, grandulón —exclamé con más lágrimas cayendo de mis ojos mientras Melek corría hacia mí.
—¡Puedo decir exactamente lo mismo!

—¿Cuánto tiempo llevo aquí?
—Tres días —contestó Frank.
—Wow... ¿Dónde estamos? —pregunté, observando de nuevo la imponente vista a través de la ventana circular.
—Estamos en los bosques de Paruno —respondió Melek—. Durante la batalla, un rayo de energía atravesó toda la Tierra. Era un clamor de ayuda. Esa madrugada llegaron diferentes seres en el campo astral a ayudarnos. Todos poseían energía Sulek que jamás habíamos conocido, provenían de otras partes de la Tierra. Uno de los que llegaron a ayudarnos fue Marcus. Vive en este bosque, relativamente cerca de Macdó. Él mismo construye estas casas, nos ofreció hospedaje y protección...
—¿Melek? —lo interrumpí, haciendo un gran esfuerzo por enfrentar la realidad—. ¿Qué pasó con los otros Sulek?
—Muchos cayeron —contestó cabizbajo—, pero muchos otros logramos sobrevivir. Ahora mismo están curándose y recuperándose abajo para volver al templo.
—Elíam, pasó algo terrible —agregó Frank—. Toda tu casa se quemó, todos los amuletos de tu padre desaparecieron entre las cenizas.
—No importa —respondí, armándome de valor—. Hay cosas que deben ocurrir para permitir la evolución y continuar fluyendo.

A lo lejos se escuchó el sonido de pisadas que corrían hacia nosotros. Pamela y Tom ingresaron sin aliento a la peculiar cabaña dentro del árbol.

—Gracias, gracias, gracias. Tenía miedo de preguntar por ustedes —exclamé—. Qué bueno, están bien.

—Lo logramos, Elíam —exclamó Tom, acercándose a tomar mi mano—. Logramos sobrevivir y…
—Déjame decir eso a mí —interrumpió Melek, dándole un divertido empujón a Tom—. Conseguí el libro del hechizo. Ahora podremos proteger el templo para recuperarnos y continuar con la lucha dentro de un tiempo futuro.

Mi alma y mi cuerpo respiraron de inmediato. Una gran risa comenzó a salir de mí, para luego contagiarlos a todos. No podía creerlo; lo habíamos conseguido. Eso y mucho más. Todos aplaudimos y festejamos.

—Al libro lo tengo conmigo en el campo astral —aseguró Melek.
—Todo valió la pena —exclamó Pamela, acariciando mi mano.
—Lamento lo de tus padres. Pero, te aseguro que ellos cumplieron un gran propósito, al igual que todos los que perdimos. Tal vez ahora sea difícil de entender. Es así…
—Espero entenderlo pronto —dijo cabizbaja.
—Lo harás. Lo prometo —le contesté con una sonrisa.
—Bien hecho, Elíam —dijo Tina, tomando el control del cuerpo de Pamela para darme un golpecito en el hombro.

Mi piel ardía cada vez más, el dolor en los brazos y el pecho comenzó a tornarse insoportable. Toqué la superficie de mi cara y resignado noté que ahora tenía cicatrices provocadas por la última batalla.

—No te preocupes por eso —dijo Frank tomando mi mano—, te hacen ver más guapo.

Definitivamente... «Hasta en los peores momentos me hace reír».

—Elíam, ¿qué pasó allá? —preguntó Melek—. ¿Por qué tardaste tanto y no regresabas a tu cuerpo?
—Logré transitar al séptimo cuerpo...
—¿Qué...? ¿Cómo?

Todos entraron en confusión. De inmediato me atacaron con preguntas y cuestionamientos que no pude responder. Me aturdieron a tal punto, que debí alzar la voz para callarlos.

—¡Ahora viene lo más difícil para ganar esta guerra! —exclamé, intentando pararme de la cama.
—Espera, no te levantes —ordenó Frank con preocupación.
—No hay tiempo, debemos iniciar ya —dije, resistiéndome a sus intentos por detenerme.
—¿Iniciar qué? —preguntó Melek confundido—. ¡Ya todo acabó! Con estos poderosos hechizos lograremos protegernos en el templo, volver a ser los poderosos protectores del mundo astral. Debemos enfocarnos en sanar el cuerpo de Pamela, regresando a Tina al suyo y...
—No, esto hasta ahora comienza —le dije muy seguro de lo que hablaba.
—¿Qué? —preguntó Frank angustiado—. ¿Qué comienza?
—La búsqueda... de los seis fragmentos restantes de mi alma. Lo que nos llevará a ganar finalmente la batalla.

No comprendemos la razón de los eventos negativos y dolorosos que nos ocurren, pero siempre debemos recordar que hacemos parte de un plan inmenso, mucho más grande que nuestro

propio entendimiento. Cada una de esas acciones y acontecimientos hacen parte de un plan, un plan maestro al que, si decides entregarte y reaccionar desde el fondo de tu corazón e intuición, no podrá llevarte a otro destino más que el de cumplir tu propósito.

Por algo estás aquí, por algo ocurren las cosas. Tú debes decidir si juzgarlas o entregarte a descubrir el lado positivo de ese oscuro suceso. Todos somos maldad y bondad al mismo tiempo, todos somos luz y oscuridad. Porque sin la una, no existe la otra.

¿Qué hay más allá de eso? No lo sé, pero lo descubriremos.

Ahora solo queda recorrer el mundo, siendo fiel a mi existencia para encontrar las partes restantes de mi alma, hallar a más seres extraordinarios que nos ayuden a usar sus poderes en esta gran batalla por derrotar a Vincent y así lograr que cada ser sobre la Tierra conozca el maravilloso poder que posee. Llevándonos a la siguiente gran evolución.

Damos fin a la iniciación para aplicar todo lo que hemos aprendido hasta el momento en esta búsqueda. La búsqueda de las siete fracciones del alma.

Sebastián Silva

Nunca creí que la magia existía de verdad, nunca quise creer en ella y jamás llegué a imaginar que estaba tan cerca. Solo existía en los libros y películas de ciencia ficción. Así fue, hasta el día en que mi padre se quitó la vida y liberó el hechizo que me había hecho para bloquear mis poderes. Ese día, que parecía salido de una pesadilla, pude sentir toda la magia del universo en cada centímetro de mí.

Esta es mi historia, es real, y la cuento con la única intención de cumplir mi propósito.

Los poderes del universo no pueden seguir ocultos.

Necesito tu ayuda para evolucionar y ganar la batalla contra la oscuridad.

Se vienen tiempos difíciles.

Elíam.

Conoce más de esta historia
www.losprotectoresdelamagia.com

Made in the USA
Las Vegas, NV
02 September 2024